Die Schlucht

ROMAN

TINA SABALAT

Furcht ist die Folge der Hoffnung.

Lucius Annaeus Seneca

– Prolog –

Das Flutlicht erwachte mit einem heiseren PENG! zum Leben, tauchte den regnerischen Sportplatz in kaltweißes Licht und blendete mich für eine Sekunde. Für eine wertvolle Sekunde, in der Luzi von der Bahn außen nach innen zog, mich haarscharf schnitt und aus dem Tritt brachte. Ich stolperte und fluchte, fing mich jedoch schnell und legte einen Zahn zu: Na warte, dachte ich – wenn du so spielen willst, bin ich dabei! Meine Füße trommelten auf die vom Regen wie lackiert glänzende Tartanbahn, noch vor Ende der Geraden konnte ich den entscheidenden Ausfallschritt machen und mich neben Luzi setzen. Ich hörte sie schwer atmen, aber mir fehlte die Kraft, um mich über dieses Zeichen von Schwäche zu freuen: 'Einen kleinen Lauf' nannte Peter die 5.000 Meter, die er uns zum Abschluss des Trainings rennen ließ, wir befanden uns auf der letzten Runde – 400 Meter bis zum Wochenende.

Jana und Sophie waren weit hinter uns zurück, Greta hatte kurz nach dem Start mit einem Wadenkrampf aufgegeben, also blieben noch Luzi und ich. Wie immer. Wir lagen nun nebeneinander, ich außen, ich mit dem längeren Weg. Ein rascher Blick: Regen lief ihr über das Gesicht, nasse Strähnen

3

klebten in ihrer Stirn, die Wangen waren fleckig. Jetzt gestattete ich mir doch ein Lächeln: Wenn Luzi Flecken bekam, war sie fertig. Fix und fertig. Ihre Augen zuckten zu mir rüber, ich streckte ihr die Zunge raus – dann schnitt ich so knapp vor ihr her, wie sie es eben bei mir getan hatte. Sie hatte die Wahl: In mich reinrasseln oder bremsen? Sie bremste, ich ging kurz drauf mit zehn Metern Vorsprung über die Ziellinie und lag damit in unserem internen Wettkampf 34:28 vorn. Ich holte mir von Peter die Zeit, warf mir dann meine Tasche über die Schulter: Ich würde zuhause duschen, denn nach uns Leichtathletik-Mädels trainierte die Fußball-Mannschaft der Jungs, und denen machte es besonderen Spaß, sich ganz zufällig in der Tür zur Umkleide zu irren.

***

An der Bushaltestelle drängten sich jede Menge Leute, zu viele für diese späte Stunde. Ein Blick auf die Anzeige offenbarte den Grund: Straßensperrung, Verspätung, Bedauern. Ich zog den Reißverschluss meiner Jacke hoch und beschloss zu Fuß zu gehen, denn ich hatte es nicht weit und der Regen hatte mittlerweile auch aufgehört – marschierte ich geradewegs durch das Wohngebiet, konnte ich in einer Viertelstunde unter der heißen Dusche stehen.

Ich schlängelte mich zwischen den vor der Ampel lauernden Autos hindurch, sprang auf den Bürgersteig, bog ab. Nach drei, vier Minuten waren die Lichter der Hauptstraße verblasst, die Läden tristen Mietskasernen gewichen. Meine Turnschuhe quatschten in den Pfützen auf dem Gehweg, ich verlagerte meine Tasche auf die andere Schulter und erreichte den Garagenhof. Graue Tore mit Rost und Dellen, bröckeliger Beton mit Büscheln von Unkraut, erblindete Straßenlaternen mit trübem Licht. Eine Wolke Zigarettenqualm waberte an mir vorbei, sie kam von drei dunkel gekleideten Gestalten in einer Ecke. Als sie auflachten, registrierte ich erleichtert, dass es Mädchen waren.

»Hat jemand die Feuerwehr gerufen?«

Das war eines der Mädchen gewesen, und sie hatte so laut gesprochen, dass ich die gequetschte Stimme erkannte. Johanna, kurz Jo, Schrecken unseres Schulhofes. Eigentlich ging Jo auf die Gesamtschule, nicht aufs Gymnasium, doch das nahm sie nicht so genau: Sie terrorisierte alles und jeden, mit Vorliebe Kleinere und Schwächere – bei einer Länge von gut eins achtzig und einem Abtropfgewicht von zwei Zentnern hatte sie da immer reichlich Auswahl.

»Tatüüü, Tataaaa ...«, intonierte Jo, ihre beiden Freundinnen lachten, kriecherisch und übereifrig.

Ich reagierte nicht, ging aber schneller: Sie waren deutlich in der Überzahl.

»He, Feuerwehr! Feuerwehr, bleib stehen, wir brennen!«

Aus dem Lachen wurde ein begeistertes Johlen, ich seufzte: Für Jo war der Spruch recht originell, dennoch war das kein Witz, den ich zum ersten Mal hörte. Wie alle Rothaarigen, auch wenn ich rothaariger war als andere Rothaarige. Viel rothaariger.

»Ich habe gesagt, du sollst stehen bleiben!«

Jetzt klang die Stimme befehlend, und ihr folgten Schritte. Ich warf einen Blick über die Schulter: Die Mädchen hatten ihre Kippen weggeworfen und kamen hinter mir her. Das Licht einer Straßenlaterne verwandelte sie in unscharfe Scherenschnitte aus schwarz, umwabert von weißgrauem Regendunst. Jos massiger Körper wurde flankiert von zwei klapperdürren Gestalten, die Linke trug hochhackige Stiefel, die Rechte einen sauengen Minirock: Keine Gefahr, ich konnte ihnen weglaufen, wenn ich wollte, ohne ins Schwitzen zu geraten.

»Bleib stehen, du rothaarige Fotze!«, brüllte Jo, ich streckte ihr den Mittelfinger hin, bog um die Ecke – und stand vor einer Mauer, die noch nicht da gewesen war, als ich das letzte Mal hier hergegangen war. Vor einem Jahr oder so.

»Na, hat die Feuerwehr sich verfahren?«

Die Mädchen schlenderten um die Ecke: Jo begleitet von dem hohen WITSCH! WITSCH! WITSCH! ihrer aneinander scheuernden Schenkel in der Mitte, die beiden anderen leicht versetzt dahinter. Eine erprobte Kampfformation, die mir in dem schmalen Durchgang mit soliden Mauern links und rechts keine Chance gab, vorbeizukommen.

»Weißt du, was ich dir schon immer mal sagen wollte? Dass du scheiße aussiehst«, sagte Jo. »Richtig scheiße. Wenn ich dein Spiegel wäre, würde ich jeden Tag kotzen.«

»Wenn du jeden Tag kotzen würdest, könntest du dich selbst mal wieder ganz im Spiegel sehen«, gab ich zurück, was Jo einen knurrenden Laut entlockte sowie einen Schritt nach vorn. Ihre linke Hand quetschte sich derart in die Hosentasche, dass das Fett darüber Wülste warf, die andere hing neben ihrer Schwabbelhüfte und hielt einen Regenschirm oder so was: Auch wenn ich zu meinen feuerroten Haaren noch knallgrüne Augen besaß, damit ich auch so richtig absonderlich aussah, konnte ich im trüben Zwielicht der Laterne nichts Genaueres erkennen.

»Du beleidigst uns, wenn du so scheiße aussiehst und durch unsere Straße gehst«, verkündete Jo, mein Blick wanderte hoch auf ihr Gesicht. Und ich erinnerte mich daran, warum die Jüngeren sie Jo-Jo nannten, freilich nur hinter ihrem breiten Rücken: Wenn Jo einen ansah, dann nur mit einem Auge, denn das andere sirrte in einer irren Drehbewegung immer wieder weg, ähnlich der bunten Plastikschale des gleichnamigen Spielzeugs an seiner Schnur. Nach oben, nach unten, zu mir. Nach oben, nach unten, zu mir.

»Das kostet was«, sagte die Hochhackige. »So scheiße auszusehen und hier durchzugehen.«

»Rück die Jacke raus«, kommandierte Jo, während ihr glitschiges Auge jetzt zur Abwechslung nach rechts und links irrte.

»Was willst du mit meiner Jacke?«, fragte ich, »du brauchst Größe Walross. Oder ist die für eins deiner Schoßhündchen?«

Die Dürren fletschten die Zähne, die Dicke rückte einen weiteren Schritt vor, und ich musste mich verdammt zusammenreißen, um nicht zurückzuweichen. Mein Herz wurde schneller, schneller als eben beim Wettlauf. Aber wie schon dort konnte ich mich auch jetzt nicht zurückhalten.

Genauer gesagt: mein Mundwerk.

»Die beiden Kläffer kenne ich ja noch gar nicht«, stichelte ich. »Bildest du sie aus? Abziehen für Anfänger?«

Jo lächelte nur, was aus meinem blöden Spruch Ernst machte.

»Jacke und Handy.«

Die Forderung wurde mit kalter Stimme erhöht, Jo merkte man im Gegensatz zu mir nicht an, dass sie Herzrasen hatte.

»Wozu das Handy? Willst du dich bei Weight Watchers anmelden?«, erkundigte ich mich, und diesmal machte die ganze Formation einen Schritt nach vorn. Sie rückten dabei enger zusammen, links tat sich eine schmale Lücke auf.

»Jacke, Handy und Geld.«

»Ich habe noch einen Müsliriegel«, informierte ich Jo und bewegte mich ein wenig zur Seite, auf die Lücke zu. »Du hast doch bestimmt Hunger.«

Ihr nächster Schritt brachte die drei so nah heran, dass mir das süßliche Vanille-Parfum in die Nase stach, das eines der Mädchen üppig über sich gekippt hatte. Und das vermischt mit dem feuchten, schalen Zigarettengeruch eine üble Mischung ergab.

»Wir könnten dich einfach verbrennen, weißt du?«, sagte Jo. »Hat man früher mit solchen wie dir gemacht. Hexenverbrennung und so. Inkisition. Das hattet ihr doch bestimmt schon in deiner tollen Schule, oder?«

»Inquisition«, verbesserte ich. »Mit Q und U, wie in 'Qualle'.«

Jos Auge zuckte, ihre riesigen Füße stampften einen weiteren Schritt auf mich zu: WUMM! WUMM!

»Stehst du auf Lernen, du Strebertussi? Machen wir doch mal praktischen Unterricht mit dir. Wir brauchen nur noch ein bisschen Holz, dann kann's losgehen.«

Sie zog ein Feuerzeug aus der Tasche, ratschte daran herum, und entzündete tatsächlich etwas – nämlich einen Funken Angst in meiner Brust. Ich bewegte mich weiter nach links, langsam und hoffentlich unauffällig. Wenn ich meine Tasche aufgab, das schwere Ding einfach fallen ließ, käme ich vielleicht an den Mädchen vorbei: ein Ausfallschritt nach links, ein schneller Start, dicht an der Betonwand entlang. Ja, das war ein Plan – mit etwas Glück ein besserer als auf den Bus zu pfeifen, denn der war gründlich schief gegangen.

»Opfer.« Das war die Hochhackige.

»Hexe.« Die im Minirock.

»Opfer-Hexe!«

»Hexen-Fotze!«

Als wäre damit der Olymp der Kreativität erreicht, erstarb das hohe, aufgeputschte Lachen abrupt.

»Jacke, Handy, Geld, Tasche«, befahl Jo.

Das Feuerzeug klickte, ihr irres Auge drehte sich erneut nach oben weg, als hätte sie eine Vision. Und meine Augen? Sie zuckten nach links: Die Lücke war da, schmal, aber da. Ich nahm langsam die Tasche von der Schulter, konzentrierte mich auf die Stellung meiner Füße und die Spannung meines Körpers, wie ich es vor jedem Start tat, spürte schon den Triumph: Gleich würden sie sehen, dass die Feuerwehr nicht nur verdammt rot war, sondern auch verdammt schnell.

»He, Hexen-Fotze, ich rede mit dir!«

Ich stutzte, blickte Jo gespielt erstaunt an.

»Echt? Sorry, aber du solltest die Leute ansehen, wenn du mit ihnen sprichst. Alles andere ist unhöflich.«

Ich wartete auf den nächsten Schritt nach vorn, der meinem Spruch logischerweise folgen musste, der die Lücke weiter vergrößern und mir die Flucht ermöglichen würde, doch er kam nicht. Stattdessen sirrte etwas durch die Luft, rasend schnell – und ich registrierte fassungslos, dass es kein Schirm gewesen war, den Jo da in der Hand gehabt hatte, sondern ein Baseballschläger.

Ich hörte erst das dumpfe WAMM!, als er in meinen Bauch gedroschen wurde, dann explodierte der Schmerz wie ein Feuerwerkskörper, und um mich herum wurde es schwarz. Den Bruchteil einer Sekunde nur, aber lang genug, damit ich mich auf dem Boden wiederfinden konnte, als ich zu mir kam. Mein sich viel zu langsam scharfstellender Blick erahnte den erneut herabsausenden Schläger mehr, als dass ich ihn tatsächlich sah, und ich hatte mich weggerollt, bevor ich einen klaren Gedanken zu fassen vermochte. Der zweite Schlag erwischte mich dennoch am Oberschenkel, was einen Schmerz ergab, als hätte mich ein Pferd getreten. Ich brüllte auf, der dritte Treffer der Dicken landete auf meinen Rücken und klatschte meine Wange in das ölige Pfützenwasser.

Gierige Hände rissen mir meine Tasche weg. Ich vernahm einen Freudenschrei, hob mit Mühe den Kopf. Die Dürre mit dem Minirock hielt meinen iPod hoch, eine Sekunde später stimmte die Zweite mit meinem Handy in der Hand in den Siegerjubel ein. Ich brachte die Arme auf den Boden, erahnte, wo sich meine anderen Glieder befanden, schmerzend, bedeckt von durchweichten Klamotten. Und ich erahnte auch, wo sie war. Jo. Keinen halben Meter von mir entfernt, unter ihr ächzte der Baseballschläger, weil sie die enorme Last ihrer Pfunde auf das Holz lehnte, während ihre Freundinnen meine Sachen durchwühlten. Ein dritter Freudenschrei verkam zu einem unzufriedenen Knurren, da meine Geldbörse nur klägliche Taschengeld-Reste enthielt. Der vierte ging unter in einem neuen, lauteren WAMM!, erzeugt vom kolossalen Körper der Dicken, dem mein gezielter Tritt gegen den Schläger jedweden Halt weggerissen hatte. Sie brüllte, die Dürren kreischten, und ich tat mit schmerzverzerrtem Gesicht und ächzendem Atem das, was ich ohnehin am besten konnte: Rennen.

***

Drei Wochen später lag ich in meinem Zimmer auf dem Bett. Es war Nachmittag, der Fernseher flimmerte stumm vor sich hin, auf dem Laptop meldete Facebook tote Hose. Meine sommersprossige Nase steckte in einem Buch, das ich mir von Jana geliehen hatte. Es fesselte mich nicht besonders, aber scheinbar musste man es gelesen haben, wenn man mitreden wollte: die x-te Vampir-Story, schwülstig bis zum Gehtnichtmehr. Die Haustür ging auf und zu, Schlüssel wurden auf die Kommode geworfen, Schuhe in die Ecke geschubst.

»Füchschen? Bist du da?«

»Ja!«, gab ich zurück und rollte mit den Augen, wie immer, wenn meine Mutter diesen Spitznamen gebrauchte, denn was bitte war ein 'Füchschen'? Ich dachte dabei automatisch an ein zitterndes, zusammengekauertes Fellknäuel, und das war ich bestimmt nicht! Ich war sogar nach der Schlägerei im Garagenhof selbst nach Hause gelaufen. Okay: nach Hause gewankt, mit Blut im Mund und stechenden Schmerzen im Unterleib, ohne Handy, Tasche oder Geld. Aber immerhin.

Die Tür zu meinem Zimmer ging auf. Mama trat zu mir ans Bett, drückte mir einen Kuss auf die Haare, sortierte ein paar meiner dicken Locken von links nach rechts und warf dann eine Karte samt Umschlag auf mein Bett.

»Hier, schon wieder eine.«

Ich seufzte. Das war die vierte Beileidskarte mit aufgedrucktem Kreuz, die in unserem Briefkasten gelandet war. Ohne Absender und ohne Text, wobei Letzteres ein deutlicher Hinweis darauf war, von wem sie kam: Schreiben und Lesen war noch nie Jos Stärke gewesen. Was ihr Anwalt bei der Polizei mehrmals betont hatte, und was wahrscheinlich der Grund dafür war, dass sie mit fünfzig Sozialstunden Strafe davongekommen war. Abzuleisten in einem Altenheim, wo es am Kiosk was in großer Auswahl zu kaufen gab? Genau, Beileidskarten.

»Schmeiß sie einfach weg, Mama«, sagte ich, doch die scharfe Sorgenfalte zwischen ihren Augenbrauen verriet, dass sie meine Gleichgültigkeit nicht teilte.

»Hast du auch wieder E-Mails bekommen?«

Ich zuckte mit den Schultern. Nach der zehnten Mail hatte ich einen Filter eingerichtet, der alles, was das Stichwort 'Hexe' enthielt, in den Papierkorb beförderte, und nachdem ich auch die exotischsten Schreibweisen mit ä statt e erfasst hatte, bekam ich keine mehr zu Gesicht. Auf Facebook hatte ich mir einen neuen Namen zulegen müssen, was schon ärgerlicher war – allerdings nicht ganz so ärgerlich wie die Woche Trainingspause wegen blaulila schillernder Hämatome auf

Bein, Bauch und Rücken.

»Wir sollten sie dem Polizisten zeigen«, sagte Mama und deutete auf die Karte, ich lachte auf.

»Soll sie mehr Stunden bekommen, damit sie mehr Karten schreiben kann?«

Meine Mutter seufzte, und als ihre grauen Augen nun auf mir lagen, ahnte ich, dass noch irgendwas im Busch war.

»Hausaufgaben?«, fragte Mama jedoch nur ganz harmlos, ich winkte ab.

»Fertig, war kaum was.« Warum auch, in zwei Tagen gab es Zeugnisse, in drei Tagen waren Sommerferien. Zum Glück!

»Gut.«

Sie sah immer noch auf mich hinunter, und nun runzelte ich die Stirn.

»Mama, was ist los?«

Sie zupfte an ihrer Halskette, schob meinen Laptop zur Seite, hockte sich neben mich auf das Bett. Sie duftete noch nach dem Parfüm, das sie am Morgen benutzt hatte, aber ich sah, dass sie müde war.

»Wir haben ein kleines Problem.«

»Mit Jo?«

»Nein. Ja, auch. Indirekt.«

»Mama ...« Ich rollte mit den Augen, sie seufzte wieder.

»Ich habe einen Auftrag. Eine kleine Sache, aber es eilt.«

»Wie lange?«

»Drei Wochen.«

Ich machte eine wegwerfende Geste. »Das geht ja noch.«

»Ja. Aber du kannst nicht hierbleiben, während ich unterwegs bin.«

Ich setzte mich auf, nun wirklich alarmiert.

»Warum nicht?«

»Sabine wird auch verreisen.«

Sabine war unsere Nachbarin, sie hatte ein Auge auf mich, wenn Mama unterwegs war, was so drei bis viermal im Jahr vorkam. Sabine war nett und jung genug, damit sie nicht durchdrehte, wenn ich mal eine halbe Stunde später nach Hause kam. Oder eine ganze. Der ideale Babysitter also.

»Und bevor du fragst«, sagte Mama, »ich habe mit den Eltern von Greta und Luzi gesprochen. Sie alle haben Pläne, aber du kannst nicht mehr mitfahren. Es gibt keine Flüge mehr, keine Hotelzimmer.«

»Internat?«

Da war ich schon mal gewesen, für ein halbes Jahr sogar, mit dreizehn, als Mama einen Auftrag in Russland gehabt hatte. Nicht toll, aber okay – es gab gute Trainingsmöglichkeiten als Ausgleich für fades Essen und eisige Schlafsäle.

»Zu knapp. Und zu teuer.«

»Und jetzt?«

Sie lächelte. »Nun, der Kunde hatte ohnehin schon ein schlechtes Gewissen, weil Ferienzeit ist. Er hat von sich aus gefragt, ob ich eine Familie hätte, ob er unsere Pläne zerstören würde. Und er hat angeboten, dass ich dich mitbringen kann. Ist das nicht nett?«

Ich runzelte die Stirn: Es gab sechs Wochen Ferien, die letzten zwei waren geblockt für die Jugendmeisterschaften und das Trainingslager davor – wollte ich die restliche Zeit damit verbringen, Mama beim Brüten über irgendwelchen Bauplänen zuzuschauen?

»Ich habe doch was vor«, versuchte ich mein Glück. »Ich muss trainieren. Lass mich einfach hierbleiben. Ich verspreche dir, dass ich nichts anstelle. Ich hab mich immer benommen, oder nicht?«

»Ja, aber da war Sabine hier. Diesmal ist es … anders.«

»Warum?«, fragte ich, dann fiel mein Blick auf die billige Grußkarte mit dem Kreuz darauf, und ich kannte die Antwort, bevor Mama sie aussprach.

»Wegen dieses schrecklichen Mädchens. Diese Drohungen … Ich lasse dich jetzt nicht allein.«

»Jo wird mir nichts tun. Sie ist sauer, weil sie in den Ferien arbeiten muss, mehr nicht!«

»Siena, bitte. Ich will dir keine Angst machen, aber ich sehe das anders. Es ist ja nicht so, dass du dich nicht wehren kannst …«

Sie hielt inne, ich rollte mit den Augen. Dieses Thema

hatten wir diskutiert, bis ich empört die Tür zu meinem Zimmer zugeknallt hatte. War ich zu frech gewesen, dort, auf dem Garagenhof? Hätte ich mir die blauen Flecken erspart, wenn ich nichts gesagt hätte? Hatte ich ebenso provoziert wie Jo? Nein, lautete die klare Antwort für mich, schließlich hatte ich mich auf Worte beschränkt und keinen Baseballschläger dabei gehabt.

»Schau«, setzte meine Mutter neu an, ohne das gefährliche Thema weiter zu vertiefen. »Für mich ist dieser Auftrag eine Chance. Ich bin zum ersten Mal gezielt angefordert worden. Die haben nach mir verlangt, nicht nach irgendeinem Ingenieur aus unserem Büro! Da kann ich nicht Nein sagen. Und für dich wird es bestimmt ein schöner Urlaub. Du warst eh enttäuscht, dass wir nicht wegfahren dieses Jahr!«

»Und wo genau ist das?«, fragte ich und hörte aus meinen eigenen Worten die Kapitulation heraus.

Mamas Strahlen wurde heller. »Weit im Süden, freu dich auf die Sonne. Und das Dorf muss total urig sein.«

»Das Dorf?«

Ich spukte das Wort aus, als wäre es giftig und hoffte inständig, dass Mama sich versprochen hatte, schlicht und einfach versprochen, denn bislang hatten ihre Aufträge sie immer an interessante Ziele geführt. Letztes Jahr war sie in Dohar gewesen, davor in Manila und im Frühjahr immerhin in Dublin! Peking, Melbourne, Rio oder so, was wäre cool gewesen – aber drei Wochen in irgendeinem Dorf? Ich ließ mich zurück in die Kissen fallen und stöhnte aus ganzem Herzen auf: Warum lief bei mir in letzter Zeit eigentlich alles schief?

***

Mama verschwand in der Küche, ich zog den Laptop heran und googelte den Ortsnamen, den sie mir genannt hatte: Borrone, Südtirol.

Meine Suche brachte unerfreulich wenig Treffer, scheinbar stand dieses Nest nicht im Mittelpunkt der

Weltaufmerksamkeit. Ich bemühte eine Satellitenkarte, die warf mich in das Zentrum des Dorfes, auf einen Platz. In der Mitte ein rundes Ding aus Stein, vielleicht ein Denkmal, darum herum Häuser mit Terrakotta-Schindeln auf den Dächern. Ich zoomte raus: noch ein paar Häuser, umgeben von einer halbrunden Stadtmauer und eng an einen Berg geschmiegt. Weiter raus: gelbbraun verdorrte Wiesen mit mickrigen Bäumen. Weiter raus: karge, graue Berge, von tiefen Tälern gespalten. Weiter raus: mehr Berge. Weiter raus: noch mehr Berge. Weiter, weiter, weiter: Berge, Berge, Berge. Eine Straße führte ins Dorf rein, keine raus – es wirkte verlassen und vom Rest der Welt abgeschnitten.

Ich kehrte zu den Suchergebnissen zurück. Ein Treffer führte auf eine Übersetzungsseite, der ich entnahm, dass 'Borrone' aus einem längst vergessenen, italienischen Dialekt stammte und so viel wie 'Schlucht' bedeutete: Ach was, angesichts der Lage des Dorfes mitten im Gebirge war das ja sehr kreativ! Ein weiterer Treffer, weil ein Restaurant-Führer den einzigen Gasthof des Ortes erfasst hatte – scheinbar aus sicherer Entfernung, denn außer der Adresse gab es keine Infos, geschweige eine Bewertung. Ein anderer Hit führte mich auf die Webseite der Zeitung der nächstgrößeren Stadt, in der es vor ein paar Jahren einen mageren Bericht über Borrone gegeben hatte: Man hatte auf einem Felsplateau in der Nähe des Dorfes menschliche Knochen gefunden. Von einem Mädchen, ungefähr 17 Jahre alt, nach Analyse der Gebeine gestorben etwa in den sechziger Jahren. Wahrscheinlich von einem Wolf angefallen und getötet. Ich schnaubte empört – und stellte fest, dass die sinnvollen Suchergebnisse damit erschöpft waren. Also? Ein Nest am Ende der Welt, in dem die Leute nur vielleicht meine Sprache sprachen, in dem sich Wölfe herumtrieben und Mädchen in meinem Alter verspeisten. Das genügte: Ich klappte entschlossen den Laptop zu und machte mich auf den Weg in die Küche, um Mama klarzumachen, dass sie sich das mit dem sogenannten Urlaub abschminken konnte.

1. Buch:

Das Dorf

– Das Dorf –

»Es ist nicht mehr weit«, sagte meine Mutter, und wie schon bei ihren letzten Bemerkungen tat ich, als hätte ich sie nicht gehört. In meinen Ohren steckten Kopfhörer, und auch wenn die Musik nicht auf voller Lautstärke lief, war das eine gute Ausrede, um nicht antworten zu müssen.

»Schau, der alte Hof dort drüben. Ist der nicht malerisch?«

Ich warf einen Blick durch das Seitenfenster. Das Wohnhaus war kaum mehr als eine Ruine mit Fensterhöhlen, die schwarz und leer hinter eingeworfenen Scheiben gähnten, die eingesackten Dächer der Stallungen überrankte vertrockneter Efeu. Bemerkenswert war die Anlage allerdings tatsächlich, und zwar, weil sie das erste Zeichen der Zivilisation darstellte, das wir in dieser gottverlassenen Gegend seit zwanzig, dreißig Kilometern sahen. Wahrscheinlich hatten sich die Bewohner des Gemäuers Ähnliches gedacht und waren vor Jahrzehnten abgehauen – verständlich, fand ich, und ließ mein Handy zum nächsten Lied hüpfen, nur zu verständlich.

»Sag schon«, drängelte meine Mutter und gestikulierte durch die Windschutzscheibe, »ist das nicht toll hier? Diese Landschaft ist faszinierend! Und die Luft ... Füchschen, ist die

Luft nicht wunderbar?«

Jetzt reichte es mir: Ich riss mir die Kopfhörer aus den Ohren, schwer genervt, weil sie glaubte, mich für etwas begeistern zu müssen, was mir gar nicht gefallen konnte, weil ich längst beschlossen hatte, dass ich es hasste. Und außer Bergen, Bergen und nochmals Bergen gab es rein gar nichts zu sehen: Grau und himmelhoch verstellten sie den Blick in die Ferne und gaben mir zunehmend das Gefühl, ein Labyrinth aus schmalen Tälern zu durchqueren, aus dem ich allein nie wieder herausfinden würde.

»Gib es auf«, zischte ich. »Das ist die ödeste Gegend, in der wir jemals waren, hier gibt es nichts, aber auch gar nichts, und das wird der beschissenste Urlaub aller Zeiten!«

Ich stopfte mir die Kopfhörer zurück in die Ohren und klickte so lange auf dem 'Lauter'-Button rum, bis meine Mutter das Scheppern der Musik hören musste. Hoffentlich nahm sie das als Hinweis darauf, dass ich keinen Bock hatte, mir etwas als toll verkaufen zu lassen, was einfach nur scheiße war, nämlich Ferien am Arsch der Welt.

Oh ja, das war der passende Ausdruck, Fluchen hin oder her: Die Autobahn hatten wir vor mehr als zwei Stunden hinter uns gelassen, gerade bogen wir von der Landstraße auf eine noch kleinere Straße ab. Die Spur war in jämmerlichem Zustand, wir holperten durch Schlaglöcher und über Steine. Ich hielt mich am Türgriff fest und stemmte die Füße gegen den Wagenboden, als ein dicker Brocken einen schmerzhaften RUMMS! durch das ganze Auto sandte und das Handy auf meinem Schoß ein Stück in die Luft katapultierte. Apropos: Ich warf einen Blick aufs Display. Kein Empfang. Doch, jetzt, ein einsamer Balken. Er erschien, zuckte weg, kam wieder, zuckte weg. Na super! Ich hatte versprochen, Luzi und Greta anzurufen und ihnen von meinem Exil zu berichten, aber daraus würde wohl nur was, wenn es ein Telefon in dem 'süßen Häuschen' gab, das wir laut meiner Mutter bewohnen würden.

Jetzt wurde ihr Lächeln noch strahlender, die Straße dementsprechend schmaler. Mittlerweile nicht mehr als ein Feldweg, flankiert von eng gestellten Felswänden, führte sie uns geradewegs auf einen Berg zu, der sich wie eine unüberwindbare, senkrechte Mauer aus blankem Fels himmelhoch über der Straße erhob. Unten hatte die Felsmauer eine klitzekleine Öffnung – ein Tunnel. Als wir in dieses Mauseloch eintauchten, machte das Auto von selbst das Licht an, weil es plötzlich so dunkel war wie in der Nacht: Willkommen im finsteren Mittelalter.

***

Nachdem wir uns durch den Berg gezwängt hatten, lag vor uns ein kreisrundes Tal – so sonnendurchflutet, dass meine Augen einige Zeit brauchten, um sich auf das grelle Licht einzustellen. Das Tal war vielleicht zwei oder drei Kilometer breit und ebenso lang, die Straße führte geradeaus hindurch, wie mit dem Lineal gezogen. Nach dem düsteren Tunnel hinter uns wirkte es erleichternd hell, doch dieser Eindruck hielt nicht lange an: Verdorrte Wiesen mit knorrigen Bäumen endeten auch hier abrupt an hochhaushohen, grauen Felswänden, diese Wände zogen sich einmal rund um das Tal, was eine bedrückende Atmosphäre ergab: Als wären wir in einen tiefen, engen Krater geraten, aus dem es nur einen Weg raus gab, nämlich den engen, nachtschwarzen Tunnel hinter uns.

Das Dorf befand sich am anderen Ende des Kraters an einem Hügel, der sich so eng an die sonnendurchglühte Felswand schmiegte, als wäre er vor ewigen Zeiten durch einen Abbruch entstanden. Der Anblick des Dorfes brachte mich dazu, aufzuseufzen, weil es genau so abgelegen war, wie ich befürchtet hatte. Aber es brauchte mich auch dazu, mich aufrechter hinzusetzen, um es genauer anschauen zu können, denn es war wohl die seltsamste Ansammlung von Häusern, die ich jemals gesehen hatte.

Dort, wo der Dorfhügel am höchsten war, stürzte ein in der Sonne glitzernder Wasserfall die dahinter aufragende Felswand herunter. Weil das höchste Haus genau vor diesem Wasserfall stand und die anderen sich darunter ausbreiteten, erst zwei, dann drei, dann vier, dann mehr, und weil die Häuser aus eben jenem Stein erbaut worden waren, der auch die Felswände formte, sah das Ganze aus, als wären die Häuser ... ja, mit dem Wasser aus dem Spalt heraus geflossen, wie Sand, der durch eine Sanduhr rinnt: oben ein schmales Rinnsal, dann ein immer breiter werdendes Häufchen von Häusern. Viele waren es nicht, vielleicht zwei oder drei Dutzend, von weitem wirkten sie klein und ununterscheidbar gleichförmig.

Ich bedachte das weiß die Felswand herunter gischtende Band des Wasserfalls mit einem düsteren Blick, machte es doch die Anwesenheit meiner Mutter hier erforderlich: Das Auffangbecken musste repariert und irgend eine Ableitung neu konzipiert werden, weil das Wasser drohte, die Häuser zu überschwemmen.

Eingefasst wurde das Dorf von der Stadtmauer, die ich schon auf der Internet-Karte gesehen hatte – nur dass die dortige Vogelperspektive nicht gezeigt hatte, wie bröckelig-alt und vor allem wie wahnsinnig hoch dieses Ding war. Sie verdeckte die unteren Reihen Häuser total, erst die in der oberen Hälfte des Dorfhügels linsten schüchtern darüber weg. Die Mauer formte einen Halbkreis von der Felswand links zur Felswand rechts und verlieh dem Dorf so die Optik eines überdimensionalen Schwalbennestes, das sich mit letzter Kraft an die Kraterwand klammerte.

Ganz links, dort, wo die Stadtmauer an die Felswand stieß, befand sich ein Schlitz im Mauerwerk, aus dem ein Schwall Wasser hervorschoss und einen Fluss speiste, vermutlich die Ableitung des Wasserfalls. Der Fluss folgte der Stadtmauer bis etwa zu ihrer Mitte, bis etwa zur Straße, und mündete dort in einen Teich. Eine schmale, mittelalterlich anmutende Steinbrücke führte die Straße und damit auch uns über den Fluss: Nach einer kurzen, aber rumpligen Fahrt quer durch das Tal zwängten wir uns durch das Stadttor, nicht mehr als ein schmaler Spalt in der monströsen Mauer, und tauchten in das Dorf ein. Aus der im Sonnenlicht bratenden Straße wurde von einer Sekunde zur anderen eine schattige Gasse, sie führte stetig bergauf. Die Häuser endeten unmittelbar an der Straße, schon ein Fußgänger hätte uns zum Anhalten gezwungen –

doch die Gasse war verlassen.

Der erste Mensch, den wir sahen, war ein alter Mann, der auf einer Bank an einem Denkmal saß. Die dunkle Gasse öffnete sich plötzlich auf einen sonnenwarmen Dorfplatz, an dem die gelbe Markise einer Bäckerei neben dem Schild des Gasthofes mit einer mir unbekannten Biermarke leuchtete wie eine Sonnenblume – der erste und einzige Farbklecks in dieser Welt aus grauem Stein. Der Alte hob den Kopf, als wir langsam das Denkmal umrollten, die tiefe Krempe seines Hutes enthüllte kaum mehr von seinem Gesicht als zahllose Falten in sonnengegerbter Haut.

Mama konsultierte kurz die ausgedruckte Mail, die ihr als Wegbeschreibung diente, dann tauchten wir wieder in das Gassengewirr ein und arbeiteten uns im Schritttempo weiter den Hügel hinauf. Eine Frau mit einem schreienden Kind an der Hand trat in eine Einfahrt, um uns passieren zu lassen, zwei Jungs von so siebzehn lehnten an einer Hauswand und starrten uns an – und ich dachte 'War ja klar!', als meine Mutter keinen Meter von ihnen anhielt. Sie sagte ein betont fröhliches 'Wir sind da!', ich warf einen düsteren Blick auf die Jungs: Mich nervte die Aussicht, unter den aufreizenden Blicken der Dorfjugend meine Koffer schleppen zu müssen und wappnete mich innerlich schon mal für die höhnischen Sprüche, die ihnen sicher auf der Zunge brannten.

Das Haus, vor dem wir standen, war quadratisch, zwei Stockwerke hoch, gemauert aus dem allgegenwärtigen groben Stein und trug ein Dach aus Holzschindeln. Eine Holzbank mit halber Lehne und ein Kübel mit einem verdursteten Bäumchen warteten neben einer Eingangstür mit absplitterndem Lack, hinter den kleinen Fenstern machte ich staubgraue Gardinen aus. Wie hatte meine Mutter es genannt? 'Ein süßes Häuschen'? Pah! Es verströmte die gleiche trübe Stimmung wie das ganze Dorf: steingrau, düster, verlassen.

***

Ich stieg langsam aus dem Auto, meine Mutter stand indes

schon vor dem Haus, mit tatkräftig in die Hüften gestemmten Händen und blitzenden Augen. Ein Rauschen und Tosen lag in der Luft, dazu ein Geruch nach Moos und Feuchtigkeit: Der Wasserfall, schlussfolgerte ich, das hiesige Pendant zum allgegenwärtigen Lärm und Geruch des Verkehrs.

»Herzlich willkommen«, sagte eine Stimme hinter uns, ich drehte mich um: ein Mann von ungefähr siebzig in einem Anzug mit goldenen Knöpfen. Graue, dünne Haare, die einmal quer über den Schädel gestriegelt worden waren und so eher betonten als verbargen, dass es mal mehr von ihnen gegeben hatte. Darunter ein hageres, längliches Gesicht mit kleinen Augen, die Ohren etwas zu groß, genauso wie der Anzug: Als habe der Typ ihn vor zwanzig Jahren gekauft und seit dem ebenso viele Kilos abgenommen.

Der Mann trat auf meine Mutter zu und gab ihr die Hand.

»Gestatten, Harald Gamper. Bürgermeister«, fügte er seiner Begrüßung hinzu. »Wir haben telefoniert. Ich hoffe, Sie hatten eine gute Fahrt.«

»Sehr erfreut«, antwortete meine Mutter. »Danke der Nachfrage, wir sind gut durchgekommen. Das ist meine Tochter, Siena.«

Ich ließ mich vom Bürgermeister von oben bis unten mustern, ohne mit der Wimper zu zucken, denn das machten alle, wenn sie mich das erste Mal sahen, mal mehr, mal weniger dreist. Ich wusste, dass das vor allem mit meinen Haaren zusammenhing, diesem wirren Wust an knallroten Locken, der mir mit meiner schneeweißen Haut und den giftgrünen Augen die Optik einer Porzellanpuppe verlieh und viele zu dem Fehlurteil verleitete, ich wäre empfindlich oder zerbrechlich. Auch der Bürgermeister nahm meine Hand in seine, als wäre sie aus Glas, und machte meiner Mutter ein Kompliment über dieses 'hübsche Kind', als stände ich nicht direkt daneben. Ich lächelte ein starres Puppen-Lächeln und fletschte innerlich die Zähne.

»Diese Herren werden mit dem Gepäck helfen«, sagte der Bürgermeister und zeigte auf die Jungs, die stießen sich von der Hauswand ab und schlenderten wenig motiviert zu uns rüber.

»Das ist aber nett«, antwortete meine Mutter, und auch ich war über die Anwesenheit der Dorfjugend plötzlich eher erleichtert: Scheinbar würden nicht die Typen mit dummen Sprüchen meine Schlepperei kommentieren, sondern ich mit gezielten Anweisungen die ihre, und das gefiel mir um einiges besser.

»Die Schlüssel«, sagte der Bürgermeister und überreichte Mama einen Bund. »Haustür und Hintertür. Den Wagen parken Sie bitte am Dorfplatz, wenn Sie ausgeräumt haben, neben dem Rathaus ist eine kleine Garage, die können sie nutzen. Das Haus ist frisch geputzt, Strom und Wasser funktionieren, davon habe ich mich selbst überzeugt.«

»Gibt's ein Telefon?«, fragte ich hoffnungsvoll, er schüttelte mit einem nachsichtigen Lächeln den Kopf.

»Nein, leider nicht. Wenn du telefonieren möchtest, findest du im Rathaus einen öffentlichen Fernsprecher.«

'Einen was?!', hätte ich beinahe gefragt, doch dann dämmerte mir, dass er eine Telefonzelle meinte.

»Und Fernsehen? Internet?«

Der Bürgermeister runzelte seine nicht eben hohe Stirn, mit seiner Antwort wurden meine düstersten Vorahnungen wahr.

»Nun, Fernsehen ist über Satellit möglich, aber dieses Haus hat leider keinen Anschluss. Internet ist im ganzen Dorf nicht verfügbar.«

»Warum haben wir denn kein eigenes Telefon? Man braucht doch bloß ein Kabel ...«

»Lass gut sein, Siena«, bremste mich meine Mutter, ich seufzte, schwieg aber.

»Wenn im Haus etwas nicht zu Ihrer Zufriedenheit ist, melden Sie sich bitte«, sagte der Bürgermeister, und warf mir dabei aus schmalen Augen einen Blick zu, der mir gar nicht gefiel. War er sauer, weil ich freche Fragen gestellt hatte? Nein, so sah er nicht aus. Er schaute immer noch neugierig, vielleicht sogar ... gierig? Nein, auch nicht. Aber er interessierte sich zu sehr für mich, sah öfter mich an als meine Mutter, selbst wenn er mit ihr sprach. Prüfend, suchend. Ja, als würde er in meinem

Gesicht etwas suchen, als käme ich ihm bekannt vor. Ich konterte mit hochgezogenen Augenbrauen, er sah weg.

»Herr Gonndorfer wird gleich morgen Vormittag bei Ihnen vorsprechen, er kümmert sich um unser Projekt.« Der Bürgermeister wies mit großer Geste in Richtung des Rauschens und Tosens. »Und lassen Sie mich noch einmal sagen, wie sehr wir uns freuen, dass Sie unser Angebot angenommen haben. Diese Angelegenheit mag im Vergleich zu Ihren bisherigen Herausforderungen geradezu lächerlich sein, aber für uns ist sie von enormer Bedeutung.«

»Ich finde das Projekt ebenso entzückend wie das Dorf, beides wird eine angenehme Abwechslung sein«, schleimte meine Mutter zurück, ich rollte mit den Augen.

»Ich habe mir übrigens erlaubt, für Freitag zu einem Abendessen einzuladen, damit Sie uns und unsere Gastfreundschaft besser kennenlernen können«, fügte er hinzu, ich verzog den Mund – aus einem guten Grund, den meine Mutter natürlich gleich verraten musste.

»Ach, das ist ja wunderbar. Siena hat am Freitag Geburtstag, und sie war schon betrübt, dass sie keine richtige Feier bekommen würde, weil ihre Freunde nicht da sind.«

»Bis Freitag wird sie hier viele neue Freunde gefunden haben«, antwortete ihr der Gamper. »Wir laden einfach die Familien mit ihren Kindern ein, dann wird Siena sich sicherlich sehr amüsieren.«

Der Bürgermeister deutete einen Diener an und eilte dann mit flatternden Rockschößen die Gasse hinab. Meine Mutter schloss die Haustür auf und machte eine einladende Geste, ich trat ein. Hinter der Haustür lag ein Flur, leer bis auf ein paar Kleiderhaken, eine steile Holztreppe führte in den ersten Stock. Im Erdgeschoss fand ich Abstellkammer, Wohnzimmer und Küche. Letztere besaß außer einem Tisch mit zerschnittener Plastikplatte, vier Stühlen und einem Küchenbuffet einen eisernen Herd, neben dem sich Holzstücke stapelten. Im Wohnzimmer stand eine Sofagarnitur aus dunkelgrünem Samt und mit Troddelbesatz unter dem großformatigen Ölgemälde einer Berglandschaft samt Hirsch.

Die Wände waren mit Tapeten mit verschossenem Blümchenmuster beklebt, die Türen aus dunklem Holz, die Decken niedrig, die Böden aus blanken Holzbohlen, die Gardinen hatten einen Grauschleier und in der Luft lag ein Geruch nach scharfem Putzmittel und altem Staub.

»Such dir oben ein Zimmer aus«, sagte meine Mutter, ich stieg gehorsam die Treppe hoch.

Ein Badezimmer mit gesprungenen Fliesen und altmodischen Armaturen, Badewanne statt Dusche, ein Boiler für heißes Wasser. Ein Elternschlafzimmer mit Doppelbett und dem Gemälde Berglandschaft mit Auerhahn, ein Kinderzimmer mit Einzelbett, Schreibtisch, Kleiderschrank und hellen Flecken auf den Wänden, die aussahen, als hätten hier über Jahre Poster oder Plakate gehangen. Ich sah aus dem Fenster. Im Haus gegenüber nahm ich eine schnelle Bewegung hinter einer der Scheiben wahr, ein dunkles Augenpaar verschwand, eine Gardine wurde vorgezogen – Neugierde auf die neuen Nachbarn? Vermutlich. Der Ausblick aus dem Fenster reichte nicht wie erhofft über die Dächer der anderen Häuser hinein in das sonnendurchflutete Tal, er beschränkte sich auf die steingraue Gasse, die viel zu schmal war, um einen Blick in den Himmel zu gestatten. Unten schwatzte und lachte meine Mutter mit den Jungs, und ich seufzte: Sie schien glücklich zu sein, und damit das genaue Gegenteil von mir.

***

Der nächste Tag begann früh, denn scheinbar hatte der Bürgermeister mit seiner Ankündigung, man werde sich gleich am Morgen bei meiner Mutter melden, nicht untertrieben: Es klingelte um sieben an der Tür, und der altmodische Gong ließ das Haus in seinen Grundfesten erzittern. Eine dröhnende Stimme begrüßte meine Mutter und wurde auch nicht leiser, als sie in die Küche geleitet wurde. Ich zog mir die Decke über den Kopf, was nur wenig nützte. Gegen acht dröhnte die Stimme davon, ich dämmerte wieder weg, doch als um halb neun die Klingel wieder ertönte, gab ich auf, zog meine

Laufsachen an und ging hinunter: Meine Mutter saß mit einer Frau am Küchentisch, die beiden tranken Kaffee.

Die Fremde war so um die Fünfzig, hatte dunkle Haare mit Grau darin, zum Pferdeschwanz hochgebunden. Ich blickte in ein ungeschminktes Gesicht mit schmalen Lippen und hartem Blick sowie auf hoffnungslos altmodische Klamotten: Ein Blümchenkleid mit Spitzenkragen, dazu ausgesprochen hässliche und daher bestimmt besonders gesunde Sandalen.

»Das ist Martha. Sie ist unsere Nachbarin«, stellte meine Mutter uns vor, »außerdem die Ärztin im Dorf. Martha, das ist Siena, meine Tochter.«

Wir schüttelten uns die Hände, wobei Martha meine nicht länger als eine Sekunde festhielt.

»Sie ist zu dünn«, diagnostizierte sie mit einer Stimme, die ebenso streng war wie ihr Blick, ich zuckte mit den Schultern: Überflüssige Pfunde konnte man nicht brauchen, wenn man über Hürden hüpfte.

»Dieser Diätwahn der jungen Mädchen ist schrecklich«, fügte die Ärztin hinzu, was meine Mutter auf den Plan rief.

»Siena macht viel Sport«, verteidigte sie mich – und wahrscheinlich ihren Ruf als gute Mutter gleich mit.

»Ich weiß«, antwortete Martha, ich zog die Augenbrauen hoch: Hatte Mama ihr schon mein halbes Leben erzählt, oder was? Meine Mutter sah Martha jedoch auch ein wenig überrascht an, während sich die Ärztin einen Schluck Kaffee genehmigte, als wäre nichts geschehen.

»Schicken Sie sie morgen früh in meine Praxis«, kommandierte sie in Richtung meiner Mutter. »Ich schaue sie mir mal an.«

»Ich habe aber nichts«, wandte ich ein, die Ärztin beachtete mich jedoch nicht, sondern sprach weiterhin mit meiner Mutter, als wäre ich gar nicht da.

»Es wird ihr guttun, hier viel an der frischen Luft zu sein.«

»Darf ich laufen gehen?«, schoss ich dazwischen, um diese Steilvorlage zu nutzen, meine Mutter nickte, wenn auch widerstrebend.

»Meinetwegen, aber nur eine halbe Stunde. Wir haben noch

einiges zu tun.«

»Halte dich auf den Wegen. Es ist nicht erwünscht, dass die Kinder durch die Plantagen toben«, sagte Martha, und das waren dann auch die einzigen Worte, die sie direkt an mich richtete: ein Verbot, vorgetragen mit eisiger Stimme.

Ich warf Mama einen vorwurfsvollen Blick zu (wenn ich nicht hier auf dem Land querfeldein laufen durfte, wo denn dann?), fand dort diesmal jedoch keine Hilfe und verzog mich: Die Ärztin war so unsympathisch, wie man nur sein konnte, und ich schauderte beim Gedanken daran, mich von ihren knochigen Händen abtasten zu lassen.

***

Unter dem neugierigen Blick des Augenpaares im Haus gegenüber machte ich vor der Haustür ein paar Dehnübungen, trabte dann gemächlich durch die Gassen und musterte das, was nach den Plänen meiner Mutter für die nächsten drei Wochen unser Zuhause sein sollte.

Ein Haus war wie das andere, stellte ich bald fest: quadratischer Grundriss, graue Steinwände, flache Schindeldächer, Holztüren, die immer gleichen Läden vor den immer gleichen Fenstern: Das Dorf sah aus, als habe vor ein paar hundert Jahren ein einfallsloser Architekt aufgemalt, wie er sich ein Haus vorstellte, und alle Einwohner hätten diesen Plan genommen und genau so nachgebaut.

Die Gassen fühlten sich auch außerhalb des Autos eng an, und dunkel waren sie, weil die Häuser so dicht beieinanderstanden, dass die Morgensonne nicht hineindrang. Pflastersteine bedeckten den Boden, ausgetreten und glatt, als wären sie Jahrhunderte alt, und nach nur wenigen Minuten hatte ich das alles andere als angenehme Gefühl, von einem Déjà-vu zum nächsten zu laufen: immer gleiche Gässchen und immer gleiche Häuser, ein steinernes Labyrinth ohne Straßenschilder oder sonstige Orientierungshilfen. Bis auf eine, sehr grobe: Unser Haus befand sich recht weit oben am Dorfhügel, denn ich bewegte mich stetig abwärts und entfernte mich vom dumpfen Dauerrauschen des Wasserfalls.

Nach einigen hundert Metern erreichte ich den Dorfplatz. Auf der Bank am Denkmal saß wie schon gestern der alte Mann, unter der goldgelben Markise der Bäckerei stand eine Frau mit unnatürlich ordentlicher Lockenpracht und rauchte eine Zigarette. Sie starrte mich an, rief über die Schulter was in den Laden, und keine zwei Sekunden später sah ihr ein Mann über die Schulter. Ich seufzte: Blöde Blicke war ich aus der Stadt gewohnt, allerdings holten die Leute da nicht noch ihre Verwandten herbei, wenn sie mich sahen.

Der Gasthof war so früh am Tage geschlossen, das große Gebäude daneben identifizierte ein Messingschild als das Rathaus. Es hatte einen Anbau, der von einem wie nachträglich angeklebt aussehenden Vordach mit Säulen geschmückt wurde, davor parkte eine auf Hochglanz polierte Limousine. Das Haus und das Auto vom Bürgermeister, riet ich, denn irgendwie passten das viel zu protzige Portal und das dicke Auto zu dem viel zu großen Anzug mit den Goldknöpfen, den der Bürgermeister gestern getragen hatte. In einem zweiten, ebenfalls recht großen Gebäude war die Dorfschule untergebracht, geschlossen wegen der Ferien.

Unter dem aufmerksamen Blick der Raucherin drehte ich eine Runde um das Denkmal in der Mitte des Dorfplatzes: oben drauf eine von Wind, Wetter und Zeit zerfressene Statue, die ich für einen Heiligen im Ringkampf mit einem Drachen hielt, drum herum eine verwitterte Inschrift. Ich entzifferte 'SACRIF ...' und 'UNITAS', wusste, dass 'unitas' so viel hieß wie 'gemeinsam' oder 'Einheit', dachte bei 'sacrif' an was Heiliges und hatte dann kein Interesse mehr an dem Ding. Apropos heilig: Ich hätte mir eine Kirche am Dorfplatz erwartet, alt und verwittert, mit Glockenturm und antiker Uhr, fand jedoch nichts dergleichen – scheinbar hatte man es hier nicht so mit dem Beten.

Nach dem Platz folgte ich der Gasse, die geradeaus aus dem Dorf herausführte, tauchte durch das Stadttor – und wurde von der Sonne getroffen wie von einem Blitz, grell und stechend. Ich überquerte die Brücke und mit ihr den Fluss, und als ich mich bald darauf auf einem Feldweg befand, der sich zwischen den Wiesen mit Olivenbäumen hindurchschlängelte, wurde ich schneller: Unter meinen Füßen war nun staubtrockene Erde, durchsetzt mit müden Grasbüscheln und Steinen. Es war warm hier im Talkessel, die Luft trocken, nach fünf Minuten Traben fühlte ich mich lockerer und legte noch einen Zahn zu. Der Weg führte mich vom Dorf weg, auf die absolut glatte Felswand zu, die das Tal umgab. Ich bemerkte eine kleine Kapelle, die sich demütig unter die übermächtige Felswand duckte, als habe man sie so weit aus dem Dorf verbannt, wie es gerade eben ging, darum herum lag ein Friedhof mit teils neueren, teils uralten und windschiefen Grabsteinen. Links hingen zwei Kletterer in der Felswand wie kleine, bunte Spinnen, ansonsten sah ich niemanden: Wie schon das Dorf wirkte das Tal wie ausgestorben.

Ich bemerkte einige Zäune, und da ich es für unwahrscheinlich hielt, dass die Kletterer mich bei der Ärztin verpetzen würden, verließ ich den Weg und nutzte die Zäune als Hindernisse. Ich drückte mich kräftig ab und riss die Beine hoch, bis ich das Ziehen in den Schenkeln spürte – ein gutes Gefühl, echt gut! Die Sonne brannte auf meiner Haut, ich wischte mir den Schweiß von der Stirn und wünschte mir statt der vereinzelten Olivenbäume einen Wald her: Mit großen Bäumen, die es unten schön schattig machten, mit federndem Boden voller Blätter und dicken Stämmen, über die man wegflanken konnte. In der Stadt hatte ich so einen Wald gehabt, ironischerweise, keine halbe Stunde mit dem Bus von der Haustür entfernt – hier, so weit im Süden, gab es nur genügsame Bäume und steinharte Erde.

Ich näherte mich nun wieder diesem feucht-finsteren Steinhaufen, der sich ein Dorf schimpfte. Da meine Muskeln nach der Zwangspause viel früher als gewohnt protestierten, ging ich in ein leichtes Jogger-Tempo über, obwohl mich das eigentlich langweilte. Wenn ich lief, wollte ich schnell sein, wollte ich rennen – dieses bedächtige Traben, wie es die Fitness-Freaks und schwabbeligen Frauen auf Diät machten, das war nichts für mich. Nein: Kühler Wind von der eigenen

Geschwindigkeit im Gesicht, das war das Größte – aber was mir gefiel, schien neuerdings ja keine Rolle mehr zu spielen.

***

Meine Mutter war wenig erfreut, als ich verspätet und verschwitzt zurückkam. Sie ließ mich kurz duschen, dann war Auspacken angesagt – unsere Versuche, das Haus wohnlicher zu machen, waren jedoch nicht wirklich erfolgreich. Es war und blieb eine muffige, alte Bude, wahrscheinlich seit Jahren, wenn nicht Jahrzehnten unbewohnt, und der Geruch nach abgestandener Luft und Staub waberte uns aus jedem Winkel entgegen. Die Wasserleitungen ächzten, sobald man einen Hahn öffnete, der rostige Boiler im Bad brauchte eine Viertelstunde Anlauf, um duschwarmes Wasser zu erzeugen, und die Sicherungen flogen gern mal raus, wenn man einen Lichtschalter betätigte. Meine Mutter witzelte darüber und schien das Ganze eher abenteuerlich zu finden, riss die Fenster auf und verteilte Kerzen als Notbeleuchtung in den Räumen, während meine Laune Stunde um Stunde schlechter wurde. Kein Handy, kein Internet, kein Fernsehen, nur ein öffentliches Telefon im Dorf: Ich hatte mittlerweile das Gefühl, in einem Kloster gelandet zu sein, dessen Bewohner ganz bewusst allen modernen Annehmlichkeiten abgeschworen hatten.

Und es bestand auch keine Aussicht, wenigstens zum Einkaufen mal rauszukommen: Als meine Mutter und ich mit ein paar leeren Einkaufstüten zum Dorfplatz kamen, fanden wir die Garage, in der unser Auto untergebracht war, verschlossen, ebenso die Tür zum Rathaus. Ein Klopfen am Haus des Bürgermeisters blieb unbeantwortet, rief jedoch die künstlich frisierte Bäckerin herbei, die eilfertig aus ihrem Laden herauslief, eine vorgedruckte Liste in der Hand. Diese läge doch bei uns auch aus, bestimmt irgendwo in der Küche, damit würden alle Dorfbewohner bei ihr die Lebensmittel und andere Kleinigkeiten des täglichen Lebens bestellen. Die Stadt sei so weit, die wenigsten hätten ein Auto. Die Waren könnten wir schon am nächsten Tag abholen, solange könnte sie uns mit dem nötigsten aushelfen – sie sprudelte einen ganzen Vortrag heraus. Meine Mutter schien angetan davon, nicht eine Stunde zum Supermarkt fahren zu müssen und bedankte sich für diesen Service. Wir machten brav unsere Kreuzchen in der Liste, wurden mit Kuchen, Brot, Milch, etwas Obst und Käse versorgt und trugen die Lebensmittel heim.

Am Nachmittag schlenderte ich noch einmal hinunter zum Rathaus, auf der Suche nach dem Telefon. Davor parkte ein Auto mit der Aufschrift 'Eilige Arzneimittel', drinnen traf ich auf eine ältliche Sekretärin in wild geblümter Bluse, die dem Fahrer gerade einen kleinen Kühlbehälter übergab und mich anschaute, als sei ich eine Erscheinung. Sie komplementierte den Mann rasch nach draußen und reagierte wenig begeistert, als ich darum bat, mit der Außenwelt verbunden zu werden. Der Bürgermeister habe erzählt, man könne jederzeit telefonieren, beharrte ich (nicht ganz richtig, von 'jederzeit' hatte der nichts gesagt), sie belehrte mich darüber, dass das Rathaus bereits für den Publikumsverkehr geschlossen sei. Ich verschränkte die Arme vor der Brust und wartete, sie seufzte und zeigte mir dann eine Kabine, die nach altem Schweiß müffelte und in der ein Telefon mit Wählscheibe hing.

Ich brauchte drei Anläufe, bis ich kapierte, wie der Apparat funktionierte, und telefonierte zuerst mit Greta. Sie hörte bereitwillig zu, während ich ihr meine Lage im finsteren Mittelalter schilderte, aber ich merkte an ihren wortkargen Reaktionen, dass sie das nicht wirklich interessierte. Sie fuhr morgen in Urlaub, in einen richtigen Urlaub, und packte gerade – ich fühlte mich noch verlassener und legte bald auf. Der nächste Wählversuch, mit dem ich Luzi erreichen wollte, scheiterte, weil aus dem Hörer nur Stille drang, so plötzlich, als hätte jemand die Leitung durchtrennt. Ich hämmerte erfolglos auf der Gabel herum und erntete vom Vorzimmerdrachen nur ein Achselzucken, als ich das Problem meldete. Also blieb mir nichts übrig, als mich auf den Weg durch die nun schon dämmerigen Gassen zurück zum Haus zu machen: Dieses Dorf war scheiße, einfach nur scheiße!

Meinen Frust bekam die Tür zu meinem Zimmer zu spüren, doch selbst der satte Knall, mit dem ich sie ins Schloss donnerte, vermochte nicht, mir meine Wut zu nehmen. Er lockte nur Staubmäuse unter dem alten Kleiderschrank hervor – und ein Stück Papier. Ich hob es auf. Falsch: kein Papier, ein Foto. Genauer gesagt ein Polaroid, mit verblassten Farben und vergilbtem Rand. Ein Paar war darauf zu sehen, beide so siebzehn oder achtzehn. Er hatte ein Jeanshemd an und einen sehr geraden Seitenscheitel in den gewellten Haaren, sie trug knallgelbe Plastikohrringe und ein breites Satinband in der Pony-Frisur – ich tippte auf die siebziger Jahre. Ihre Köpfe lehnten aneinander, sie lächelten. Ich fand das Mädchen hübsch und beneidete sie um ihre glatten, braunen Haare, drehte dann das Bild um: 'Nera, wo bist du nur? Ich vermisse dich so schrecklich. Giacomo'.

Hatte sie in diesem Haus gewohnt? War dies ihr Zimmer gewesen? Waren es Poster von ihren Lieblingsbands gewesen, die die hellen Flecken an diesen Wänden hinterlassen hatten? Vielleicht. Nera, du hast es gut, dachte ich und schnippte das Bild in meinen Rucksack, du hast es geschafft, auf Nimmerwiedersehen hier zu verschwinden! Beim Einschlafen stellte ich mir vor, wie Nera in genau diesem Zimmer ihre Tasche gepackt hatte und die Straße hinunter gegangen war, auf diesen Tunnel zu, der hinaus in die Welt führte, mit einem erwartungsvollen Lächeln auf den Lippen. Und in der Nacht war es dann ein wirrer Traum, in der ein riesiger Wolf die schreiende Nera aus dem Tunnel jagte, der meinen Schlaf verkürzte.

***

»Ich geh da nicht hin, vergiss es!«

Ich tigerte aufgebracht durch die Küche, während meine Mutter Brot in den Toaster stopfte. Wir stritten mal wieder, diesmal um diesen überflüssigen Besuch bei dieser ätzenden Ärztin, vor deren kalten Augen es mich immer noch gruselte.

»Und ob du gehen wirst«, sagte meine Mutter, der heute die

erste Besichtigung der Baustelle bevorstand, was sie nervös und leicht reizbar machte. »Es kostet dich keine halbe Stunde, und es ist eine nette Geste, dass sie dich untersuchen will.«

»Nette Geste?! Schwachsinn ist das! Ich habe nichts!«

»Siena, ...«

»Nein! Nein und nochmals nein! Und selbst wenn ich echt krank wäre, würde ich zu der nicht gehen!«

Aus dem Toaster drang ein knallendes Geräusch, gefolgt von knisternden Funken und einer kleinen, schwarzen Rauchwolke. Meine Mutter riss das Kabel aus der Wand – und die vorsintflutliche Steckdose gleich mit.

»Herrgott!«, stieß sie hervor, mir entschlüpfte ein hämisches Lachen, das mir allerdings im Hals stecken blieb, als Mama zu mir herumfuhr, mit blitzenden Augen und drohend erhobenem Finger.

»Siena, provozier mich nicht!«, zischte sie, ich verstummte: Wenn sie mal böse wurde, dann war Deckung angesagt, und jetzt funkelten ihre Augen, als würde sie es ernst meinen. Ich schaltete um auf Argumentieren, da Bitten und Betteln auch schon vergeblich gewesen waren.

»Mama, sag mir einen Grund, warum ich dahin gehen sollte. Was will die von mir?«

»Ich weiß es nicht. Aber du gehst. Jetzt. Und ich will kein Wort mehr hören. Darüber nicht, und auch nicht, dass du hier weg willst. Du redest von nichts anderem, und ich bin es leid. Leid!«

Ich schnappte mir meine Tasche und rauschte aus dem Haus. Dieser Streit war so typisch gewesen, typisch für die letzten Tage, und wenn ich ehrlich war, hatte ich langsam selbst genug davon, vor allem, weil es so herzlich wenig brachte.

Ich seufzte, bemerkte, dass das neugierige Augenpaar im Haus gegenüber heute zur Abwechslung aus dem Erdgeschoss herauslinste, und stapfte dann die paar Meter zum Nachbarhaus hinüber. Die Praxis war nicht so altertümlich, wie ich sie mir erwartet hatte, aber das Dorf blieb sich damit treu, dass außer der Ärztin und einer Sprechstundenhilfe niemand da war. Blut abnehmen, Pipi in einen Becher, Blutdruck checken, Messen, Wiegen, auch einen Blick in meinen Mund wollte Martha werfen – und ich hatte die ganze Zeit eine prickelnde Gänsehaut auf dem Rücken, weil ich das alles so seltsam, so verstörend fand. Als die Sprechstundenhilfe mich in einen Raum verwies, in dem einer dieser scheußlichen Gynäkologen-Stühle stand, machte ich auf dem Absatz kehrt und verließ die Praxis ohne ein weiteres Wort: Sollte die Ärztin sich doch bei meiner Mutter beschweren, aber irgendwo war mal Schluss.

***

Meinen noch lange nicht ausgelesenen Vampir-Roman im Rucksack, verließ ich die Stadt und schlenderte auf der Suche nach einem ruhigen Plätzchen neben dem Fluss an der Stadtmauer entlang. Ein schmaler Pfad trennte das Ufer von der himmelhohen Mauer, ein Gebüsch und einige kleine Bäume drückten sich hier in ihren Schatten, etwas üppiger als im Rest des Tals, wohl dank des Flusswassers.

Ich hatte jedoch gerade mal eine Viertelstunde unter einem der Bäumchen gesessen und war so halbwegs wieder auf dem Laufenden, was die Handlung dieses leider eher schmalzigen denn blutigen Schmökers anging, als ein Junge den Trampelpfad hinauf gerannt kam. Er zog sich im Laufen sein T-Shirt aus, kickte einen Tennisschuh weg, half bei dem zweiten mit den nackten Zehen des anderen Fußes nach, hielt aber zum Glück beim Aufknöpfen seiner Hose auf halber Strecke inne, weil er mich sah. Er war vielleicht zehn oder elf, braun gebrannt, schlank und hatte schwarze, halblange Haare, die ihm über die Stirn bis in die Augen fielen. Schokobraune Augen, dazu eine Stupsnase und ein kleiner Mund mit strahlend weißen Zähnen – Letztere waren gut zu erkennen, weil er seine Lippen zu einem überraschten 'Oh!' geformt hatte.

»Wer bist du denn?«, fragte er mich, die Hände immer noch an den Knöpfen.

»Jemand, der es lieber sähe, wenn du deine Hose anlassen würdest«, antwortete ich, und er knöpfte brav wieder zu, was schon halb offen gewesen war.

»Ich habe eine Badehose dabei«, sagte er und fummelte eine knallrote, zerknüllte Boxershorts aus der Hosentasche. Er sah auf die Shorts, dann auf mich – nein: auf meine Haare.

»Ein falsches Wort, und ich beschere dir dein letztes Bad im Fluss«, zischte ich mit finsterem Gesicht, der Junge klappte seinen Mund zu, lachte, lief die paar Schritte zu mir rüber und faltete sich geschmeidig im Schneidersitz auf die Erde. Er sah mit großen Augen zu mir auf, und mit dem Buch in der Hand und der erhöhten Sitzposition auf dem Stamm des Baumes hatte ich das Gefühl, er erhoffe sich, ich würde ihm was vorlesen.

»Wie heißt du?«, fragte er.

»Siena«, antwortete ich und suchte den Satz, bei dem ich den Faden verloren hatte.

»Warum heißt du wie eine Stadt?«

Eine Standardfrage, die meist mit anzüglich hochgezogenen Augenbrauen vorgebracht wurde – aber meine Eltern waren nie in Siena gewesen, somit fiel der naheliegende Grund aus. Der Echte war komplizierter: Meine Großmutter hatte Okka geheißen, ein Name, den man mir nicht hatte zumuten wollen – also wurde es Siena, nicht nach der Stadt, sondern nach der Farbe, die so ähnlich aussah wie Ocker.

»Weil meine Eltern den Namen schön fanden«, gab ich nur zurück, der Kleine gab sich damit zufrieden.

»Und was liest du da?«

»Ein Buch. Das kriegt ihr hier sicher auch bald, ist praktischer als diese Steintafeln. Oder habt ihr schon Pergamentrollen?«

Er runzelte fragend die Stirn, verbog dann seinen Oberkörper wie ein Schlangenmensch, damit er den Umschlag sehen konnte.

»Mädchenkram«, sagte er abschätzig, ich nickte.

»Ja. Da werden am Fließband kleine Jungen an böse Vampire verfüttert, wir Mädchen lieben so was.«

Er fand das lustig und lachte, hell und klingend wie ein Glöckchen.

»Wohnst du jetzt hier?«

Ich nickte und fügte ein 'vorübergehend' hinzu.

»Cool. Hier zieht nie jemand her. Wo?«

Ich fuchtelte mit der Hand in Richtung der ununterscheidbaren Häuser und las diesen einen Satz bestimmt schon zum dritten Mal – was nervte, denn so toll war er auch wieder nicht.

»Seit wann?«

»Vorgestern.«

»Bist du die Tochter von der Frau, die wegen dem Wasserfall da ist?«

»Ja.«

»Und was macht dein Papa?«

»Nichts.«

»Echt nicht?« Der Kleine klang, als hielte er das für beneidenswert. »Hier arbeiten alle im Rathaus, das ist voll langweilig. Mein Papa auch. Warum macht deiner nichts? Ist er so reich?«

»Nein, so tot.«

Der Junge sah bedröppelt drein. »Wie ist er denn gestorben?«

»Er hatte Krebs.«

Dem Jungen schien das zu genügen, Gott sei Dank: Die meisten Leute erwarteten sich große Emotionen, wenn man Halbwaise war und über das verlorene Elternteil sprach, aber damit konnte ich nicht dienen. Ich war sieben Jahre alt gewesen, als ich gelernt hatte, dass Papa nicht wiederkommen würde. Ich erinnerte mich durchaus an ihn, an seine blonden Haare und seine Sommersprossen, doch ich hatte auch nicht so viele Erinnerungen, dass ich ihn jetzt noch schmerzlich vermisste. Ob das gut war, wusste ich nicht, wohl aber ahnte ich, dass es schlimmer hätte kommen können.

»Wo wohnst du sonst?«, fragte der Kleine als Nächstes.

»In einer Stadt. Das ist so was wie viele Dörfer auf einem Haufen.«

Er lachte, natürlich. »Im Norden?«

»Ja.«

»Am Meer?«

»Nein.«

»Warst du schon mal am Meer?«

»Ja.«

»Cool. Ich nicht, aber ich würd gern mal. Ist bestimmt was anderes als ein Fluss. Zum Schwimmen.«

Ich warf einen Blick auf seinen schmalen Körper.

»Allerdings. Eine kräftige Welle, und so eine halbe Portion wie du ist Fischfutter.«

Er machte große Augen, fand das aber wohl eher aufregend als abschreckend.

»Kann ich dich mal besuchen? Ich mag Städte, da ist viel mehr los als hier.«

»Oh ja«, sagte ich mit Inbrunst, was er scheinbar als Einladung verstand und nicht als Zustimmung zu seinem Urteil über dieses Dorf, denn er strahlte dankbar.

»Super! Gibt es da Kinos?«

»Ja, mehrere.«

»Cool. Wieso bist du so blass?«, wollte er dann unvermittelt wissen, was echt unverschämt war.

»Weil bei uns im Norden nicht so oft die Sonne scheint«, antwortete ich.

»Und warum hast du lange Sachen an? Ist dir nicht warm?«

Ich schüttelte den Kopf (eine Lüge, denn es war selbst im Schatten sauheiß), beantwortete damit aber nur die zweite Frage – der Junge legte daraufhin erwartungsvoll den Kopf schief.

»Ich habe lange Sachen an, weil ich sonst einen Sonnenbrand bekommen würde, da ich so blass bin«, behauptete ich, was ihn nachdenken ließ.

»Aber dann wirst du hier ja auch nicht braun«, teilte mir das Ergebnis seiner Anstrengung mit, ich nickte traurig.

»Richtig. Ein Teufelskreis. Sag mir Bescheid, wenn du die Lösung dafür gefunden hast, okay?«

Er bejahte, sehr ernsthaft – und ich bezweifelte nicht, dass er tatsächlich freudestrahlend angehüpft kommen würde, sobald ihm dazu etwas eingefallen war.

»Meine Mutter sagt immer, mein Bruder und ich sähen aus wie Indianer«, plapperte der Junge weiter, und ich musterte ihn noch mal genauer. Ja, er hatte schwarze Haare und braune Haut, doch seine Gesichtszüge waren alles andere als indianisch. Nicht, dass ich schon mal einen leibhaftigen Indianer gesehen hätte, aber ich stellte sie mir markanter vor, schärfer in den Gesichtszügen, nicht so jungenhaft und weich wie dieses Bürschchen. Nein, er sah eher aus wie Mowgli aus dem Dschungelbuch, dünn und wuschelhaarig und ein bisschen verwildert.

»Im Winter bin ich blasser«, ergänzte er noch.

»Ich auch«, gab ich zurück, was ihn wieder lachen ließ: Ich war weiß wie eine frisch gekalkte Wand, zu jeder Jahreszeit.

»Und deine Haare? Sind die immer so?«

Ich seufzte. »Wie 'so'? Wie sind sie denn?«

»Rot. Blutrot. Nee, hellblutrot. Feuerwehrrot.«

»Ja, sie sind immer hellblutfeuerwehrrot.«

»Cool!«

Der Kleine strahlte, und ich war widerwillig fasziniert: Er hatte was von einem Hundewelpen, eifrig und tollig, wissbegierig und begeisterungsfähig. Allerdings gingen mir Welpen nach zehn Minuten gehörig auf die Nerven, und der Junge hatte das Zeug dazu, meine Schmerzgrenze nach der Hälfte dieser Zeit zu überschreiten.

»Findest du deine Haarfarbe nicht schön?«, fragte er, wahrscheinlich, weil ich auf seinen Eifer so skeptisch reagiert hatte.

»Nein.«

»Warum nicht?«

»Zu auffällig«, antwortete ich, was er anders sah, denn er schüttelte geradezu empört den Kopf. »Und man bekommt blöde Spitznamen«, fügte ich hinzu, was der kleine Indianer wohl akzeptieren konnte, denn dazu nickte er.

Meiner Mutter hatte es ja das 'Füchschen' besonders angetan, und das war vergleichsweise kreativ, wenn auch indiskutabel, weil es mich so winzig und hilflos machte. 'Hexe' war das Übliche, zu mehr reichte die Fantasie der meisten Leute nicht – siehe die Mädchengang. Apropos Hexe: In diesem mittelalterlichen Kaff am Ende der Welt hatten sie doch bestimmt noch einen Scheiterhaufen für vorlaute, rothaarige Weibsbilder?

»Warst du schon schwimmen?«, fragte der Junge als Nächstes, ich schüttelte den Kopf.

»Wir können zusammen gehen. Es ist toll kalt«, lockte er, ich wiederholte meine ablehnende Geste.

»Ich zieh auch die Shorts an«, erhöhte er sein Gebot, was mich fast hätte Grinsen lassen.

»Nein, danke. Geh ruhig.«

»Kannst du nicht schwimmen?«

»Doch. Aber jetzt will ich lesen.«

Er hatte schon den Mund auf – für eine weitere Frage, natürlich.

»Willst du lesen?«, fragte ich stattdessen, und hielt ihm das Buch hin.

»Nö«, sagte er.

»Kannst du nicht lesen?«, gab ich zurück, er machte seine Augen noch größer und lachte aus voller Kehle, als er verstand, was ich ihm hatte vorführen wollen. Nach seinen Hobbys befragt, würde der Kleine wahrscheinlich 'Lachen' und 'Fragen stellen' angeben.

»Du bist lustig!«, verkündete er dann mit in den Nacken gelegtem Kopf, als wolle er das dem Himmel kundtun.

»Danke«, sagte ich artig.

»Wie alt bist du?«, machte er mit seinem Kreuzverhör weiter, aber bevor ich antworten konnte, kam ein zweiter Junge den Weg hinauf. Größer als der Erste, vielleicht siebzehn oder achtzehn, und zum Glück nicht dabei, sich auszuziehen.

»Hier bin ich!«, rief der Kleine und winkte, der Große kam zu uns herüber. Er sah mich interessiert an, aber auch … zögernd. Kann man zögernd schauen? Er konnte es, oder mir fiel einfach kein passenderes Wort ein: Er schaute, als wüsste er nicht so genau, ob er zu uns kommen sollte, ob ich nicht bissig war oder so was.

»Hallo«, sagte er – sehr verhalten, ich antwortete daher nur ein kurzes 'Hi', ohne Ausrufezeichen.

»Das ist Siena, sie wohnt jetzt hier«, stellte der Kleine mich dem Großen vor. »Das ist mein Bruder«, fügte er dann hinzu, »Thomas. Der andere Indianer.«

»Danke«, erwiderte ich, »aber vielleicht hättest du mir erst mal verraten sollen, wie du überhaupt heißt.«

Der Kleine entpuppte sich als 'Patrick', und ich schüttelte seine braungebrannte Hand, als er sie mir feierlich hinstreckte. Thomas behielt seine Hände in den Hosentaschen und sagte 'Siena'. Er sprach meinen Namen leise aus und nur so vor sich hin, als könne er ihn sich dann besser merken, doch seine Stimme klang ... toll. Trocken war sie, ein bisschen rau, gleichzeitig warm wie Samt. Ich hatte plötzlich einen heißen Kopf und schimpfte mich selbst eine dumme Pute: Dieser Typ hatte gerade mal zwei Wörter gesagt, und ich lief an wie eine reife Tomate!

»Wolltest du nicht schwimmen?«, fragte Thomas seinen Bruder, während ich mit einem hoffentlich unauffälligen Griff an mein Gesicht feststellte, ob meine Wangen mit meinen Haaren um die Wette leuchteten.

Patrick nickte. »Muss aber meine Badehose anziehen«, antwortete er, als wäre das ein großes Opfer, und deutete mit dem Daumen auf mich.

»Wäre besser«, gab der Ältere zurück. Er trug eine weite Cargohose, darüber ein ausgewaschenes T-Shirt, er war barfuß, seine Haut ebenso braun wie die seines Bruders.

»Kommst du nicht mit?«, fragte Patrick, Thomas nickte.

»Doch, gleich.«

Patrick sprang auf. »Bis nachher«, sagte er zu mir, als wären wir alte Bekannte, dann verschwand er im Gebüsch. Dessen Blätter wogten, keine zehn Sekunden später kam der Kleine in seiner Badehose wieder raus gerannt. Er warf im Laufen die Shorts zu den Tennisschuhen, verfehlte sie locker um zwei Meter und sprang mit einem Satz in den Fluss – was eine Fontäne erzeugte, von der dicke Tropfen mich und mein Buch trafen. Ich wuschelte mir durch die Haare, wischte das Papier mit dem Ärmel trocken.

»Tut mir leid«, sagte der Ältere mit seiner Samtstimme, »ist es sehr nass?«

Ich schüttelte den Kopf. »Meine Freundin hat es schon wellig geheult, das fällt nicht weiter auf.«

Ich sah zu Thomas hoch. Die Sonne stand hinter seinem Kopf, und ich konnte sein Gesicht nicht so gut erkennen, wie ich das gern gewollt hätte, denn ansehnlich war es, keine Frage. Schwarze Augen, hohe Wangenknochen und eine kleine Narbe an seinem Kinn, die ihn erwachsener und auch etwas abenteuerlustig aussehen ließ.

Der ältere Indianer hatte die Hände nach wie vor in den Taschen, sah ruhig auf mich herunter und schien im Gegensatz zu seinem Bruder nicht tausend Fragen zu haben.

»Haben wir dich gestört?«

Okay, da hatte ich mich geirrt: Fragen lagen bei denen in der Familie.

»Ja«, sagte ich, und klappte das Buch endgültig zu.

Thomas nickte zu seinem Bruder hinüber. »Pat ist der Teich zu langweilig zum Schwimmen, er mag die Strömung im Fluss. Lass ihm ein paar Minuten seinen Spaß, dann gehen wir wieder.«

Ich stand auf. Thomas war selbst ohne Schuhe um einiges größer als ich, sicher ein gutes Stück über einsachtzig. Seine Haare waren wie bei seinem Bruder etwas zu lang und glänzten satt, unter dem T-Shirt zeichneten sich die Brustmuskeln ab, auch seine Oberarme waren einen zweiten Blick wert. Den ich jetzt aber schon hinter mir hatte, also war es Zeit für den Aufbruch.

»Nein, ich gehe«, sagte ich. »Ich kann überall lesen.«

Eine Lüge, denn scheinbar konnte ich hier in der Einöde nirgendwo in Ruhe lesen.

»He!«, brüllte der Kleine aus dem Fluss, Thomas und ich drehten uns um: Patrick stand mitten im wirbelnden Wasser und winkte zu uns herüber. »Du hast mir noch nicht gesagt, wie alt du bist!«

»Siebzehn, ab morgen«, rief ich hinüber. »Wie alt ist er?«, fragte ich dann den größeren Indianer und deutete auf den kleineren.

»Elf«, antwortete Thomas.

»Gefühlt zwei«, gab ich zurück, und er lächelte liebevoll.

»Pat ist was Besonderes«, sagte er.

Ich sah zu Patrick rüber, der jetzt tauchte und dabei den rotbehosten Po aus dem Wasser streckte wie eine Ente beim Gründeln.

»Weil er als Fragezeichen auf die Welt gekommen ist?«

Thomas schmunzelte. »Hat er dir sehr zugesetzt?«

»Ich wollte ihm gerade zum zweiten Mal mit dem Tod drohen.«

»Ich war früher ähnlich«, sagte Thomas, was mich ihn skeptisch ansehen ließ: Er wirkte so ruhig wie Patrick aufgekratzt.

»Sind dir die Fragen ausgegangen?«

»Nein. Ich bin aus der Wand gefallen.«

Aha. »Was hast du an einer Wand gemacht?« Ich sah im Geiste Thomas wie Spiderman an der Hauswand hängen und fand das ziemlich sinnfrei.

»Ich bin geklettert.«

»Wand gleich Felswand?«

»Ja. Ich bin zehn Meter tief gefallen, habe mir das Wadenbein gebrochen und aufgehört, Fragen zu stellen. Es war einfach nicht mehr nötig.«

»Klettert Patrick auch?«

Thomas nickte.

»Dann schubs ihn mal, wahrscheinlich wäre dir der Rest des Dorfes sehr dankbar.«

»Klettern?«, fragte Patrick, ich zuckte zusammen und bemerkte überrascht, dass er tropfnass hinter mir stand: Das lautlose Anpirschen beherrschte er Indianer-mäßig, kein Zweifel.

»Klettern ist toll. Kannst du klettern? Thomas kommt ohne Sicherung aufs Plateau.«

»Plateau?«

Patrick zeigte auf die Kante der steilen Felsen, die sich rund um das Dorf zogen, auf den Rand des Kessels, der mich in diesem Tal einpferchte.

»Kannst du klettern?«, wiederholte Patrick, ich schüttelte den Kopf.

»Willst du's lernen?«

»Nein. Ich brauche mein Wadenbein noch.«

»Wozu?«

»Zum Laufen.«

»Bist du das heute Morgen gewesen, die gejoggt ist? Durch die Olivenbäume?«

»Ja.«

»Ich dachte, da hätte einer eine rote Mütze auf.«

Ich sah den kleinen Indianer finster an, aber das war wohl nicht abschreckend genug.

»Warum joggst du? Du bist doch schon dünn.«

Ich runzelte die Stirn. »Ausdauertraining. Ich mache Hürden und Gelände. Und das nennt man nicht 'Joggen', sondern einfach Laufen.«

»Das kann ich auch. Springen. Aber du hast längere Beine als ich.« Patrick sah ohne große Hemmungen einmal an mir rauf und runter. »Sollen wir einen Wettlauf machen?«

»Pat«, sagte Thomas mahnend, und der Kleine zog den Kopf ein, wie eine Schildkröte beim Rückzug in den Panzer.

»Tschuldigung«, flüsterte er, plötzlich ganz verschämt und zaghaft. Ich winkte ab, hatte ihn damit jedoch wohl ermutigt, weiterzumachen: Er straffte sich und stellte die nächste Frage, als wäre nichts gewesen.

»Hast du Geschwister?«

»Nein.«

»Ich aber.«

»Ach was«, sagte ich, und Thomas lachte – ein dunkles Lachen, das schön klang.

»Nicht nur ihn«, rechtfertigte Patrick seine Antwort, »ich habe noch eine Schwester. Lilla. Sie ist genau so alt wie du. Du könntest ihre Freundin sein. Willst du?«

Ich überging dieses großzügige Angebot. »Ihr kommt also

öfter her?«, fragte ich, und Thomas schaute mich an – argwöhnisch, wie eben, als er mich das erste Mal gesehen hatte. Dachte er, dass ich mich an seinen Indianerstamm andocken wollte? Neue Freunde suchte? Blutsbrüder?

»Ja?«, antwortete Thomas mit leichtem Frageton, als wolle er sagen 'Und? Warum willst du das wissen?' – Patrick dagegen nickte weitaus ermutigender.

»Dann suche ich mir einen anderen Baum«, sagte ich, und wandte mich zum Gehen.

»Musst du nicht«, protestierte Patrick, aber ich ging trotzdem. Thomas Augen waren mir ein bisschen zu dunkel gewesen, sein Gesicht ein bisschen zu interessant und seine Stimme ein bisschen zu samtig, wenn ich meinen kribbelnden Magen diese Begegnung beurteilen ließ. Und sein Blick auf mich ein bisschen zu skeptisch, wenn mein weitaus vernünftigerer Kopf auch mal dazu kam, seine Meinung zu sagen.

***

Am nächsten Vormittag zog ich mich gerade in meinem Zimmer zum Laufen um, als meine Mutter mich von unten rief.

»Was ist denn?«, brüllte ich zurück, aber nur, damit sie mich hörte und nicht, weil ich wütend war: Heute war mein Geburtstag, und aus diesem Grund hatten wir in stillschweigender Übereinstimmung die weiße Flagge gehisst.

»Du hast Besuch!«, rief Mama die Treppe hoch, ich band mir die Turnschuhe zu, rubbelte mir eine doppelte Portion Sonnencreme auf die Haut und ging dann runter.

In der Küche saß der kleinere der beiden Indianer von gestern, vor sich hatte er ein Glas Saft und ein mit zerknautschtem Geschenkpapier eingewickeltes Paket. Als ich in die Küche kam, sprang er auf, sagte 'Herzlichen Glückwunsch zum Geburtstag!' und drückte mir das ziemlich schwere Päckchen in die Hand. Auf dem Geschenkpapier waren Elche, die um Weihnachtsbäume herumhopsten, das

Band war schief und an verschiedenen Stellen eingedrückt, als habe der Kleine die Schleife ein paar Mal neu gebunden.

»Tschuldigung«, sagte Patrick und strahlte trotzdem, »ich hatte kein anderes Papier.«

Ich packte aus: ein Schuhkarton, darin ein himbeerrotes Gewirr aus Bändern mit irgendwelchen Metallteilen daran.

»Äh ... Was ist das?«, fragte ich, er sah ein bisschen erschüttert aus.

»Ein Klettergurt natürlich! Das ist der Gurt von Lilla, aber die hat ihn noch nie benutzt. Weil ich ihn ihr zum Geburtstag geschenkt habe vor einem Jahr, gehört er eigentlich mir und ich kann ihn weiter verschenken, wenn sie ihn nicht will«, erklärte Patrick und forschte mit seinen Mowgliaugen in meinem Gesicht, wahrscheinlich auf der Suche nach Freude und Dankbarkeit.

Ich lächelte, sagte 'Super, danke!', und seine Erschütterung verwandelte sich wie auf Knopfdruck in ein strahlendes Lächeln.

»Ich darf heute Abend mit auf die Party«, verkündete er. »Freust du dich schon drauf?«

»Ja«, log ich und sparte mir den Hinweis, dass das vom Bürgermeister organisierte Abendessen im Dorfgasthof bestimmt keine 'Party' war.

»Willst du laufen gehen?«, fragte er und piekte mit seinem braungebrannten Finger in Richtung meiner Turnschuhe.

»Ja.«

»Thomas und ich wollen klettern. Gestern waren die Wände feucht, weil es vorgestern Gewitter gegeben hat, wir konnten nur ein paar Meter hoch. Aber heute müsste es gehen, meint Thomas. Wenn's nass ist, kann man abrutschen und runter fallen.«

»Und hört dann auf, Fragen abzuschießen wie ein Maschinengewehr?«

Meine Mutter sagte mahnend 'Sienaaa ...', doch den Kleinen musste man wohl gröber beleidigen, um auch nur einen milden Schatten auf sein treues Welpengesicht zu zaubern.

»Willst du den Gurt gleich ausprobieren? Damit ist das total sicher. Und Thomas ist stark, er kann dich festhalten.«

Ich widmete der Vorstellung, von Thomas festgehalten zu werden, eine stumme Sekunde, und fand das gar nicht so unangenehm. Dann schüttelte ich den Kopf, um diesen Gedanken schnell loszuwerden, entsetzt über mich selbst: Das neue, das achtzehnte Lebensjahr würde aus mir hoffentlich keinen den Dorfschönling anschmachtenden Teenager machen?

»Ich weiß nicht ...«, setzte ich an, doch dann mischte sich meiner Mutter ein.

»Warum denn nicht? Versuch es mal, Füchschen, das macht dir bestimmt Spaß. Wenn du so nett eingeladen wirst!«

Patrick nickte so heftig, dass seine Ponyfransen wippten, ich seufzte, was er als Zustimmung zu nehmen schien.

»Sollen wir ein Wettrennen bis zur Wand machen?«

Ich wollte erneut ablehnen, ließ das dann aber: Sobald ich den jüngeren Indianer beim älteren abgeliefert hatte, könnte ich hoffentlich allein weiter laufen. Meine Mutter sah sehr glücklich aus, als ich den himbeerroten Klettergurt in meinen Rucksack stopfte und mit meinem 'neuen Freund' aufbrach, ich nutzte das aus und sagte ihr, vor dem Nachmittag wäre ich nicht wieder da.

»Wo klettert ihr?«, fragte ich den Kleinen, als wir vor der Haustür standen, er deutete wage auf die Felswand links neben dem Dorf.

»Genauer?«

»Warum? Wir laufen doch zusammen.«

»Nein, wir machen ein Wettrennen. Und da ich dich in einer Minute abgehängt habe, muss ich wissen, wo es lang geht.«

Patrick lachte. »Hier die Straße lang. Über den Platz geradeaus und immer weiter, bis wir aus dem Dorf raus sind. Um den Teich herum, dann nach links ...« Patrick ratterte die Strecke runter wie ein Navi mit Schnellvorlauf: Fluss, Brücke, links, rechts, geradeaus.

»An der Wand gibt's an einer Stelle Zypressen, ganz hoch und dünn und dunkelgrün«, kam er zum Ende. »Wenn ich vor dir da bin, kletterst du mit uns, ja?«

»Und wenn ich gewinne?«

»Mädchenkram, Band zwei?«, fragte er, ich musste kurz nachdenken, bis mir aufging, dass er die Vampirbücher meinte.

»Nein. Wenn ich gewinne, stellst du mir für eine Woche keine Frage mehr. Und du hast diesen bescheuerten Spitznamen, den meine Mutter eben benutzt hat, nie gehört.«

Patrick verzog den Mund, als hätte ich seine junge Seele eingefordert.

»Na gut«, sagte er wenig begeistert. »Fertig?«

Kaum hatte ich genickt, rannte er los wie ein gebräunter Blitz. Ich stopfte erst einmal den Gurt in den Rucksack, zog an einem meiner Schuhe die Schnürbänder fester, kontrollierte, ob das neugierige Augenpaar im Haus gegenüber wieder da war, winkte herüber, als ich es im ersten Stock entdeckte, und folgte dem Kleinen dann. Auf dem Dorfplatz hatte ich ihn eingeholt: Er schenkte mir ein zahnpastaweißes Lächeln, als ich neben ihm war, und machte einen übermütigen Hüpfer, als ich vorbei zog und vor ihm in die Gasse eintauchte, die uns aus dem Dorf hinaus führte. Ich hörte Patricks Schritte auf dem Pflaster, zunehmend ferner – bis ich aus dem Dorf heraus war und dort auf den Feldweg traf, der am Teich begann. Ein Bauer ging an mir vorbei, eine Sense unter dem Arm. Er trat zur Seite, ich lächelte zum Dank und sah aus dem Augenwinkel, wie er eine seltsame Geste machte, kaum dass ich vorüber war: Er hob eine Hand an seine Brust und klopfte sich mit den Fingern drei Mal auf die Stelle, an der das Herz saß. Ein mir unbekannter Gruß? Vielleicht – wahrscheinlich aber eher ein Fluch, wenn ich den Gesichtsausdruck des Mannes mit beachtete.

Ich lief nicht mein maximales Tempo, doch schon zügig: Ich wollte gewinnen, den Kleinen aber auch nicht völlig entmutigen. Ich überquerte die Brücke, dahinter machte der Weg einen scharfen Knick und führte auf die Felswand links neben dem Dorf zu, an der ich auch die beschrieben Zypressen sah. Ich blickte mich um: kein Patrick. Ich verlangsamte meine Schritte, drehte mich um, trabte rückwärts, reckte den Hals: kein Patrick. Ich wandte mich wieder nach vorn – und dabei sah ich ihn, nicht hinter mir, sondern vor mir, schon viel näher am Ziel. Er hatte mich nicht überholt, nein, ausgeschlossen! Gab es einen anderen Weg aus dem Dorf heraus? Oder hatte er nicht den Umweg um den Teich gemacht, der aber doch in seiner Wegbeschreibung enthalten gewesen war?

Ich lief aus und stemmte entrüstet die Hände in die Hüften – hatte dieser kleine Indianer mich doch eiskalt ausgetrickst! Patrick sah zu mir hinüber und winkte, ich schüttelte den Kopf, lachte und rannte weiter – schneller, damit er trotz seiner Schummelei nicht zu viel Vorsprung hatte.

***

Als ich bei den Zypressen ankam, lag Patrick auf der Erde und keuchte heftig. Neben ihm saß Thomas, wieder barfuß, in einer verwaschenen Jeans und mit bloßem Oberkörper. Auf dem Schoß hatte er irgendwelche Gurte, bunte Seile und ein paar Karabiner, er befestigte das eine am anderen oder das andere am einen. Er hatte eine Narbe auf der Brust, die auf seiner gebräunten Haut weiß leuchtete: Eine vielleicht fünfzehn Zentimeter lange Linie, die unter seiner linken Brust begann und sich diagonal nach oben bewegte, schnurgerade und schmal, wie mit dem Messer gezogen.

»Erster!«, krächzte Patrick kurz vor dem Erstickungstod, ich musste grinsen, auch wenn ich böse auf ihn war.

»Wie hast du das gemacht?«

»Bist du ... gar nicht ... außer Atem?«, japste er, statt zu antworten, ich nahm meinen Rucksack ab und schüttelte den Kopf.

»Keine Fragen mehr, für eine Woche. Du hast verloren.«

»Ich war ... eher da.«

»Weil du gemogelt hast.«

»Ja ... trotzdem.«

»Ist da eine zweite Brücke? Rechts am Teich runter?«

Patrick schüttelte den Kopf.

»Nein. Bin durch ... den Fluss gelaufen.«

»Was er nicht darf, zumindest nicht allein. Die Strömung

kann so stark sein, dass sie dich mitreißt«, ergänzte Thomas, dann stand er auf und streckte mir die Hand entgegen. »Alles Gute zum Geburtstag.«

Ich schüttelte seine Rechte: Sie fühlte sich hart und fest an, mit kurzen Nägeln und glatter Hornhaut – vom Klettern wahrscheinlich.

»Danke«, sagte ich, Thomas nickte nur knapp, hockte sich wieder hin und nahm sein Seilpuzzle zur Hand, als habe er nicht vor, sich weiter am Gespräch zu beteiligen.

»Du rennst echt ganz schön schnell«, schnaufte Patrick, »und es sah voll cool aus, als du über den Zaun gesprungen bist.« Er stutzte. »Das war auch eine Abkürzung!«, rief er triumphierend, »also hast du genauso geschummelt!«

Ich lachte, nahm die Wasserflasche aus meinem Rucksack. Es war erst elf Uhr, aber verdammt heiß – die Sonne knallte auf die Felsen und die Wärme strahlte in Wellen auf uns runter, als ständen wir vor einem offenen Backofen. Ich trank einen Schluck, sah die Wand hinauf: Hoch war sie schon aus der Ferne, ungleich höher indes, wenn man so nah war – von hier unten schien sie bis in den Himmel zu reichen.

»Da geht ihr rauf?«, fragte ich Thomas, der nickte knapp, sagte aber nichts weiter. Wie schon gestern am Fluss hatte ich auch hier das Gefühl, für den größeren Indianer ein ungebetener Gast zu sein – und beschloss, genau das zu tun, was man von einem ungebetenen Gast erwartete, nämlich, mich schnellstmöglich zu verabschieden.

»Viel Spaß beim Klettern«, wünschte ich dem kleinen Indianer, steckte die Wasserflasche in den Rucksack und schnallte ihn mir wieder auf den Rücken.

»He!«, sagte Patrick, als ich mich umdrehte und weiterlaufen wollte. »Du musst mitklettern!«

Er rappelte sich hoch und streckte eine Hand nach mir aus, als wolle er mich festhalten.

»Nein, muss ich nicht«, gab ich zurück. »Du hast gemogelt, damit hast du verloren.«

Er zog eine Schmollschnute. »Und der Gurt? Er gefällt dir doch, oder nicht?«

»Ja, er ist sehr schön, aber ...«

»Wir sichern dich, du brauchst keine Angst zu haben«, erklang plötzlich Thomas Stimme. »Probier es doch einfach mal aus.«

Ich zögerte, sah von seinen dunklen Augen zur Wand und schließlich in die hellere Ausgabe seiner Augen im Gesicht von Patrick. Thomas schwarzer Blick war höflich-neutral, Patricks schokobrauner bittend-eifrig.

»Na gut«, sagte ich ohne Begeisterung, »aber danach ist das Thema erledigt. Wenn ich das scheiße finde, finde ich das scheiße. Und das wird nicht in Frage gestellt«, fügte ich für den jüngeren Bruder hinzu.

Der nickte bereitwillig, allerdings erst nach einer Bedenkpause, die seine sonst so glatte Kinderstirn in winzige Grübel-Falten gelegt hatte.

***

Fünf Minuten später hatte ich mich in dieses himbeerrote Ding gezwängt: je ein Riemen spannte sich um die Oberschenkel direkt unter dem Po, zwei weitere verliefen über Taille und Hüfte. An meinem Gurt waren zwei Karabiner angebracht, an jedem hing ein Seil – eines blau und eines gelb. Als Patrick mich für korrekt gekleidet erklärt hatte, sah ich die Felswand hoch. Mein Magen fand die Aussicht, da raufzuklettern, alles andere als toll und protestierte schon jetzt mit einem nervösen Kribbeln, wo ich mit den Beinen noch sicher auf dem Boden stand.

»Ich gehe hinauf und nehme beide Seile mit«, sagte Thomas zu mir. »Das eine hänge ich auf halber Höhe in eine Krampe und werfe es runter. Pat wird es halten.« Ich warf dem schmalen Indianer einen zweifelnden Blick zu, und Thomas wurde genauer. »Er hängt es an seinem Gurt ein und führt es nach. Wenn du abstürzen solltest, ist er dein Gegengewicht.«

»Ist das so üblich?«, fragte ich skeptisch, Thomas zuckte mit den Schultern.

»Es funktioniert. Das ist das Wichtigste, oder?«

Ich war nicht überzeugt. Im Fernsehen war Klettern immer eine Hightech-Sache, das hier schien eher die Steinzeit-Variante zu sein.

»Und das andere Seil?«

»Damit gehe ich nach oben, da kommt es auch um eine Krampe. Und ich halte es.«

»Ganz da hoch? Das dauert ja ewig«, protestierte ich, aber Thomas lachte.

»Nein. Wir haben dort vorn Haken eingeschlagen, zum Üben«, sagte er und wies auf die Wand weiter links: Ich bemerkte bei genauerem Hinsehen glänzende Stahlstifte in regelmäßigem Abstand und war schwer erleichtert.

»Ich würde dich beim ersten Mal nicht auf blanken Fels loslassen, keine Sorge«, fuhr der große Indianer fort. »Ich brauche ein paar Minuten, bis ich oben bin, und in der Zeit erzählt dir Pat, was du sonst noch wissen musst.«

»Wie der Fallschirm funktioniert?«

Thomas lachte erneut sein dunkles, raues Lachen, hängte sich die beiden Seilbündel um die Schultern und begann, die Wand an den dicken Nägeln hochzuklettern wie andere eine Leiter. Ich sah ihm zu, eine Minute, zwei. Als er nach knapp drei Minuten die Hälfte der Wand hinter sich hatte, das blaue Seil durch eine Schlaufe zog und nach unten warf, war ich durchaus beeindruckt: Thomas fand die Stahlstifte ohne tastendes Suchen, klemmte seine Füße aber ebenso in die schmalen, natürlichen Spalten im Fels. Er rutschte nicht ab, zögerte nicht, sondern zog sich mit geschmeidigen Bewegungen Meter um Meter nach oben.

»Cool, oder?«, fragte Patrick, ich nickte, denn auch wenn der Kleine dieses Wörtchen ziemlich inflationär gebrauchte, war es hier absolut passend.

»Solltest du mir nicht noch was wahnsinnig Wichtiges erklären? Damit ich nicht runter falle und sterbe?«, erkundigte ich mich, als er weiter mit strahlenden Augen seinen großen Bruder beobachtete.

»Ach so. Ja.« Er deutete auf meine Laufschuhe. »Zieh die aus, damit hast du kein Gefühl.«

Ich tat, wie mir geheißen.

»Wichtig ist, dass du bei jedem Haken guckst, ob er fest ist, bevor du dich dran hängst. Sonst reißt du ihn raus.«

»Und was mache ich, wenn er nicht fest ist?«

»Dann musst du den Nächsten nehmen. Und du musst mit den Beinen stärker drücken als mit den Armen ziehen, weil du in den Beinen mehr Kraft hast.«

»Okay.«

Ich bekam noch einen Vortrag darüber, wie ich heil wieder runter kommen könnte, hörte jedoch nur halb zu, denn Thomas war jetzt auf den letzten Metern und zog sich wenig später über die Kante auf das Plateau. Das gelbe Seil an meinem Gurt ruckte kurz darauf kräftig an, ich stolperte einen Schritt nach vorn und schickte Thomas einen bösen Blick hinauf.

»Los geht's«, verkündete Patrick fröhlich, ich schluckte, legte den Kopf in den Nacken und blickte am Felsen hoch: Okay, sagte ich mir, dann zeig mal, ob du's in der Senkrechten auch drauf hast!

Ich stellte einen nackten Fuß auf den untersten Haken, drückte mich hoch, fasste nach zwei anderen Nägeln. Damit hing ein Fuß leer in der Luft, aber Patrick assistierte mir mit 'Etwas weiter oben und ein bisschen links!'. Ich tastete, fand den Haken. Die Metallstäbe bohrten sich in meine Fußsohlen und waren nicht wirklich breit: Das war eher ein wackeliges Balancieren als ein gemütliches Stehen, bei Thomas hatte das um einiges einfacher ausgesehen! Ich hob den Kopf, suchte die nächsten Nägel: einer etwa vierzig Zentimeter über meiner rechten Hand, der andere dreißig Zentimeter über meiner linken. Ich drückte meine gebeugten Knie durch und packte den näheren Stift, drückte weiter und hatte den Zweiten in der Hand.

»Sehr gut«, rief Thomas von oben, »lass dir Zeit. Immer Schritt für Schritt.«

Ja, dachte ich, vielleicht ist das die richtige Sichtweise: Schritt für Schritt oder Stufe für Stufe die Leiter hoch. Ich erinnerte mich an Patricks Warnung und ruckelte an den nächsten Haken, bevor ich mich dran hängte: bombenfest.

»Der Nächste für deine linke Hand ist etwas nach links versetzt«, vernahm ich Thomas, und fand den Nagel schräg über meinem Kopf. Ich hob den rechten Fuß und musste das Bein stark anziehen, um den dafür vorgesehenen Stift zu erwischen: Es erforderte verdammt Kraft, mich dieses Stück in die Höhe zu stemmen, und das stahlharte Metall des Stiftes schien meine viel zu weiche Fußsohle zu halbieren. Ich merkte jetzt schon, dass das hier was anderes war als Laufen – vor allem, weil man Sehnen und Muskeln an Stellen brauchte, wo ich scheinbar keine hatte. Die nächste Stufe bescherte mir einen Schreckmoment, als ich beim Abdrücken mit dem Fußballen vom Nagel abrutschte. Ich kratzte jedoch nur mit dem empfindlichen Mittelteil der Fußsohle über den Haken und fand dann wieder Halt, was brannte wie die Hölle, aber nicht weiter schlimm war. Der Patzer ließ mich meine Sicherung überprüfen: Das gelbe Seil in Thomas Händen war straff gespannt, das blaue hing trotz Beinaheabsturz locker durch.

»He, Fragezeichen«, sagte ich nach unten, »könntest du das Seil bitte fester halten?«

Das blaue Seil straffte sich, ich überwand die nächste Stufe relativ problemlos, auch wenn meine Beine bereits gegen diese ungewohnte Belastung protestierten.

»Wie viel habe ich?«, fragte ich nach oben, Thomas beugte sich über die Kante.

»Ein gutes Drittel«, rief er, ich stöhnte.

Meine Hände brannten von dem klammernden Griff, und die Haken fühlten sich heiß an, als hätte die Sonne sie zum Glühen gebracht. Ich kratzte mit den Fingern immer wieder über den Fels und war mir sicher, dass schon zwei oder drei meiner Fingernägel auf der Strecke geblieben waren. Leider kam es noch schlimmer: Der nächste Haken, nach dem ich fasste, wackelte ziemlich in seinem Loch, und ich musste mich stattdessen in einem Felsspalt festkrallen, wobei ich mir die Knöchel aufschrappte. Ich zischte vor Schmerz und machte, dass ich von dieser Stelle wegkam.

Mit zitternden Oberschenkeln passierte ich die Krampe, in der das blaue Seil eingehängt war, und hatte damit die Hälfte geschafft. Ich fand die nächsten Haken recht weit links, sah geradeaus aber ein paar Risse im Fels und beschloss, die zu nehmen: Luftlinie war immer am kürzesten. Thomas fasste das Seil fester, als er mich meine Finger in den ersten Spalt klemmen sah, fand diese Idee also scheinbar nicht so super wie ich. In der zweiten Spalte fühlte ich etwas Feuchtes, Kühles, und meine Finger waren glitschig-schwarz, als ich sie raus zog – igitt, was Totes, hoffentlich pflanzlich. Ich wischte meine Hand an der Felswand ab und nahm die nächsten Meter wieder über die Stahlstifte. Thomas war jetzt so nah, dass ich die Narbe auf seiner Brust erkennen konnte, also noch vier, vielleicht fünf Stufen. Ich riskierte einen Blick nach unten, wo Patrick überraschend klein aussah – Gott, war das hoch! Meter über Meter Felswand, in scheinbar endloser Ferne der braune, trockene Boden. Ich hatte wieder dieses brausige Kribbeln im Magen und fragte mich, ob ich wirklich jeden Scheiß mitmachen musste. Die vorletzte Stufe, die letzte, noch eine halbe – und als ich nach der Kante tastete, wurde mein Unterarm von Thomas warmer, fester Hand umfasst.

»Den Rest schaffe ich auch allein«, knurrte ich, die Hand löste sich sofort. Ich krabbelte mit letzter Kraft nach oben, mit elend zuckenden Beinmuskeln und nach Sauerstoff hechelnder Lunge. Von unten drang ein leises Patschen hinauf: Patrick klatschte mir Applaus.

»Du bist unmöglich«, sagte Thomas zu mir herunter, als ich auf dem Boden zusammengesackt war, hilflos auf dem Rücken liegend wie ein umgedrehter Käfer.

»Wieso?«, bekam ich atemlos nach zwei Anläufen heraus, für einen ganzen Satz hatte ich zu wenig Kraft.

»Du solltest nur probieren, ob das Klettern was für dich ist, und nicht gleich den Mount Everest besteigen.«

»Könntest du bitte meine Beine flach hinlegen?«, presste ich hervor, Thomas schüttelte amüsiert den Kopf, tat jedoch, worum ich gebeten hatte. Er hielt sogar erst mein rechtes Bein hoch und lockerte es, dann das linke – ich war solche

Entspannungsübungen von meinem Trainer gewohnt, fand sie mit dem großen Indianer aber interessanter. Vorsichtig ausgedrückt. Tatsächlich machte mein Magen bei der Berührung von Thomas braunen Händen auf meiner Haut ähnliche Zuckungen wie eben, als ich an der Felswand hinuntergeblickt hatte.

»Ich sollte nicht ganz hoch?«, fragte ich, er setzte sich neben mich.

»Nein. Die Hälfte wäre schon eine Leistung gewesen.«

»Hättest du mir das nicht vorher sagen können?«

»Du sahst aus, als mache dir das Spaß.«

»Das hat getäuscht.«

»Warum hast du dann weiter gemacht?«

Ich zuckte mit den Schultern. Autsch, die taten auch weh!

»Wahrscheinlich bist du einfach zu stur zum Aufgeben«, sagte Thomas, und diese Bemerkung würdigte ich keiner Antwort, hatte er doch genau ins Schwarze getroffen.

»Thomas? Thomas!«

Die Stimme des jüngeren Indianers kam nur dünn bei uns an, Thomas trat an den Rand des Plateaus.

»Ja?«

»Kann ich jetzt?«

Es klang bettelnd, und ich lächelte in den wolkenlosen Himmel: Patrick war toll, keine Frage, selbst wenn er nervte.

»Nein. Du musst Siena beim Abstieg sichern«, rief Thomas herunter.

Ich rappelte mich hoch. 'Abstieg'? Ich musste da wieder runter steigen? Mit diesen wackeligen Beinen? Diesen zitternden Armen? Ach du Scheiße!

»Kann ich nicht erst rauf, und du gehst runter?«, versuchte der Kleine erneut sein Glück.

»Pat, du kannst sie nicht halten, wenn sie fällt.«

»So fett bin ich gar nicht«, grummelte ich, was Thomas nicht beachtete.

»Das weißt du doch gar nicht«, rief Patrick, und ich sah den großen Indianer den Kopf schütteln.

»Nein, aber ich möchte das auch nicht ausprobieren. Siena

steigt erst ab.«

Kurze Stille, dann unten im Tal ein leises Klingeln von Metall auf Metall.

»Wenn du nicht sofort von der Wand weggehst, war das deine letzte Kletterpartie«, knurrte Thomas, das Klingeln hörte auf, kurz darauf knallte es.

»Was hat er gemacht?«, fragte ich, als Thomas mit einem Schmunzeln vom Rand zurücktrat.

»Versucht, mich mit einem Stein zu treffen. Er ist ein miserabler Werfer«, sagte der große Indianer, ich lachte – meine Lunge fand das Okay, also war ich wohl halbwegs wieder fit. Ich setzte mich auf, sah mich auf dem Plateau um: Es dehnte sich scheinbar bis zum Horizont aus, war völlig eben, bewachsen mit niedrigen Büschen und struppigem Gras, hier und da lagen Felsbrocken, als hätte sie jemand willkürlich aus dem Himmel geworfen.

»Kann man nicht irgendwo anders von dem Berg runter?«

»Anders als ...?«

»Als diese Wand hinab.«

»Nein.«

Ich wollte mich damit nicht zufriedengeben, stand auf und wankte ein paar Schritte, bei denen mir das harte Gras in meine wunden Fußsohlen piekte. Dann kletterte ich ächzend auf einen der Felsbrocken, doch auch von dort sah ich nichts anderes als Büsche, Gras, Felsen. Und in einigen hundert Metern Entfernung ein weiteres Tal, das wie ein scharfer, langer Spalt, wie der Schlitz im Rücken eines Sparschweins in dem Plateau klaffte. Es war viel schmaler als das Tal, aus dem wir aufgestiegen waren, also eher eine Schlucht. Sie schien unmittelbar hinter dem Wasserfall zu beginnen und bog sich wie eine Ellipse vom Dorf weg. Hineinschauen konnte ich auch von meinem Ausguck nicht, aber sie erschien mir üppiger bewachsen als das sonnenverdorrte Tal mit dem Dorf, denn ich sah ein dichtes Grün, wahrscheinlich die Wipfel hoher Laubbäume. Und das weckte mein Interesse.

»Was ist das für eine Schlucht?«, fragte ich und zeigte auf das Tal hinter dem Wasserfall.

»Eine Schlucht halt«, antwortete Thomas, ich seufzte wegen seiner Verstocktheit.

»Danke für die erschöpfende Auskunft. Gibt's da einen Weg nach unten? Eine Treppe? Eine Seilbahn?«

Thomas schüttelte den Kopf. »Nein.«

Ich kraxelte wieder von dem Felsen runter, zögerte, trat dann aber doch an die Kante des Plateaus. Tief unter mir saß Patrick auf der Erde und rupfte Gras aus, mit dem Rücken zur Felswand, als wäre er schwer beleidigt. Ein paar hundert Meter weiter lag das Dorf, flirrende Hitze verwischte die Konturen der Häuser, vom Wasserfall kam nur das entfernte Rauschen, nicht jedoch die erfrischende Gischt bei mir an. Ich runzelte die Stirn, sah mich noch einmal auf dem Plateau um.

»Sag mal, wo kommt eigentlich der Wasserfall her? Ich sehe hier oben gar keinen Fluss!«

»Das ist etwas kompliziert«, antwortete der große Indianer. »Es gibt in den Felsen überall Löcher und Höhlen. Und scheinbar eine unterirdische Quelle, die nirgends heraus kann. Durch den Druck steigt das Wasser im Stein durch irgendwelche Aushöhlungen nach oben. Siehst du die Pflanzen da?«

Er wies auf ein Gebüsch, etwa auf Höhe des Wasserfalls, im Vergleich zum Rest des Bewuchses relativ grün und dicht.

»Da kommt das Wasser an die Oberfläche. Weil das Plateau dort ausgewaschen und abschüssig ist, fließt es zur Kante und fällt zwischen den Felsen nach unten.«

»Zwischen den Felsen?«

Thomas nickte. »Ja. Es sieht zwar aus, als wäre hinter dem Dorf eine durchgängige Wand, aber da treffen zwei Felsen aufeinander. Oder es war mal einer, der vom Wasser ausgewaschen und geteilt wurde. Wie ein Spalt.«

»Und der Wasserfall fällt in ein Becken, das jetzt kaputt gegangen ist?«

»Richtig. Der Wasserfall wird auf der Dorfseite aufgefangen und mit einer Betonrinne abgeleitet, durch die Stadtmauer fließt er erst in den Fluss und dann runter zum Teich. Das Auffangbecken ist uralt und morsch, es sickert Wasser raus.

Und die Ableitung ist zu flach oder zu steil, das Wasser schießt oben drüber. Jetzt, im Sommer, ist es nur wenig Wasser, aber im Herbst oder Winter regnet es hier auch, manchmal kräftig.«

»Keine Sorge«, sagte ich. »Meine Mutter hat schon Staudämme repariert, euer Becken macht sie mit links.«

Thomas sah wenig beeindruckt aus. »Das hätten wir auch hinbekommen«, gab er zurück. »Zement anrühren und ein paar Steine aufeinander kleben können wir Hinterwäldler gerade noch selbst.«

Ich vollführte eine Dehnübung, die gegen das übliche Beinzucken nach dem Laufen half. Als ich wieder hochkam, lagen Thomas schwarze Augen auf mir – dann sah er schnell weg, als wäre ihm peinlich, erwischt worden zu sein.

»Keine Sorge, ich bin gewohnt, dass die Leute mich anstarren«, sagte ich leichthin, was seine Wangen dunkler machte und seine Augen ganz schmal.

»Was ja scheinbar gewollt ist«, zischte er zurück, ich runzelte die Stirn.

»Wie meinst du das? Was ist gewollt?«

»Dass die Leute dich anstarren. Schau dich doch an. Du siehst aus wie ein Freak. Diese Haare ...«

»Was genau ist das Problem mit meinen Haaren?«, fauchte ich, Thomas zog eine Augenbraue hoch.

»Das ist die schlimmste Haarfarbe, die ich jemals gesehen habe.«

»Ich auch«, zischte ich zurück, was ihn kurz innehalten ließ, als habe er damit nicht gerechnet, doch dann sprach er im gleichen Tonfall weiter. Vorwurfsvoll, fast schon höhnisch.

»Oh, entschuldige. War das nur ein Unfall beim Friseur? Ich dachte, du fändest das schön.«

Ich lachte auf, so kalt und verachtend, wie ich es fertigbrachte.

»Du denkst, die sind gefärbt? Du glaubst wirklich, ich würde mir freiwillig so eine Farbe in die Haare schmieren? Oder nicht alles dafür tun, dass sie wieder normal aussehen, wenn das ein Versehen gewesen wäre?«

Thomas starrte zu mir hinauf, ich sah seine schwarzen

Augen funkeln, doch er sagte nichts mehr. Ich stand mit brennenden Fußsohlen, zitternden Gliedern und knallroten Wangen auf dieser sonnenverbrannten Ebene und bereute, dass ich mich zu dieser bescheuerten Kletterei hatte überreden lassen. Und ich registrierte, dass es mir weh tat, dass er mich als Freak bezeichnet hatte, und zwar ganz tief in meiner Brust, ein scharfer, nadelspitzer Stich, heiß und kalt zugleich.

»Schaff mich auf dem schnellsten Weg hier runter«, presste ich heraus, Thomas stand wortlos auf und griff nach dem Seil.

***

»Gott, Siena, was hast du denn gemacht?«

Meine Mutter starrte mich an, ich stand am Waschbecken und rubbelte mit einer Nagelbürste Seife in meine Haut. Moosreste hatten sich unter den Fingernägeln eingenistet, vor allem aber diese schwarze Glibber-Masse aus der Felsspalte war hartnäckig wie Teer und wollte nicht weichen.

»Klettern«, antwortete ich nur.

»Was ist mit deinem Knie? Und deinem Arm?«

Ich zuckte mit den Schultern: Das Hochklettern war anstrengend gewesen, hatte aber außer zerschundenen Knöcheln und abgebrochenen Fingernägeln keine größeren Schäden erzeugt – anders als das Abseilen. Ich hatte weg gewollt, schnell weg von Thomas, daher hatte ich seine Anweisung, ich solle mich an der Wand abstoßen und dabei Stück für Stück am Seil runter lassen, zu schwungvoll interpretiert. Ich war viel zu schnell gewesen, hatte mich unabsichtlich gedreht und war statt mit den Füßen mit dem Arm und dem Bein zuerst an die Wand gependelt. Ergebnis: ein aufgeschürftes Knie und eine blutige Schramme am Arm.

»Das ist nur aufgekratzt«, sagte ich, »nicht schlimm.«

»Aber wie sieht das denn aus! Und da im Gesicht, da hast du auch was!«

Meine Mutter machte zwei schnelle Schritte auf mich zu und bog meinen Kopf zu sich herum.

Ja, gut: An der Stirn hatte mich ein vorwitzig aus der

Felswand ragender Ast erwischt, doch das war nun wirklich gar nichts. Aber über den kleinen Kratzer gingen sogar meine Haare drüber, und die hatten eh die gleiche Farbe wie das frische Blut – wie Patrick unbeirrbar bestlaunig angemerkt hatte, als ich wieder neben ihm auf der Erde gestanden hatte. Schwer erleichtert, der Wand und Thomas entkommen zu sein.

»Siena, also wirklich. Was sollen denn die Leute denken?« Meine Mutter verschränkte die Hände vor der Brust.

»Reg dich doch nicht so auf«, sagte ich – nicht mal besonders streitlustig. »Du hast mich doch quasi überredet, mit Patrick zu gehen.«

»Und wie stellst du dir das heute Abend vor? Mit diesen Wunden überall?«

»Mama, es ist nur ein Kratzer. Den Rest sieht man gar nicht.«

»Wenn du ein Kleid anziehst, schon.«

»Dann ziehe ich eben eine Jeans an.«

»Nein.«

»Dann ziehe ich ein Kleid an, gehe aber nicht hin.«

»Siena ...« Sie ließ den Kopf hängen. »Du machst mich lächerlich«, sagte sie, und ihre Stimme klang, als wäre sie schrecklich müde. »Du machst mich absichtlich lächerlich.«

Ich hörte auf zu schrubben und blickte sie über den Spiegel an. Sie sah traurig aus, und das tat mir weh. Ich wusste, dass das hier wichtig für sie war, auch wenn es eine lächerlich kleine Sache darstellte. Sie hatte kaum mehr als ein Jahr gearbeitet, bevor sie mich bekommen hatte, danach hatte mein Vater die Familie versorgt, gut versorgt – bis zu seinem Tod. Nun kämpfte sie seit Jahren darum, mehr zu sein als nur die Assistentin von jemand anderem, die, die mitreiste, die die half. So klein dieser Auftrag auch war, für sie war er mehr. Viel mehr.

»Mama ... ich ziehe eine Strumpfhose unter das Kleid und eine Jacke drüber, okay? Dann sind die Schrammen verdeckt. Ich habe das nicht mit Absicht gemacht, ich habe halt keine Übung. Patrick sagte, er habe sich beim ersten Mal einen Finger ausgerenkt.«

Er hatte es nicht nur gesagt, er hatte es mir verkündet, als wäre es die Verleihung des Nobelpreises gewesen. Unüberhörbar stolz.

»Und du benimmst dich heute Abend? Du bist höflich zu den Leuten?«

Ich nickte. Ja, zu den Leuten würde ich nett sein, aber nicht zu Thomas: Der gehörte nicht zu den Leuten, sondern zu den Spinnern, und die musste man auf Abstand halten.

***

Ein paar Stunden später stand ich neben meiner Mutter in dem Gasthof am Dorfplatz. Darin gab es zwei dunkle, gewölbeartige Räume, der Erste hatte eine kleine Theke, der Zweite war dekoriert mit allerlei alten Werkzeugen – und die gedeckten Tische boten Platz für locker fünfzig, sechzig Leute, registrierte ich mit Erschrecken.

»Mama«, flüsterte ich, als wir allein und etwas verloren im vorderen Gastraum warteten, »Mama, die haben doch nicht den ganzen Laden reserviert, oder?«

»Keine Ahnung«, sagte sie und beugte sich über die Theke. Dahinter war ein Durchgang: Zur Küche wahrscheinlich, denn es drang Geklapper von Töpfen und Pfannen heraus.

»Hallo?«

Es klapperte noch mal, und keine Minute später kam eine kugelrunde Frau aus dem Durchgang.

»Ah, du musst Luisa sein!«, rief sie, wischte sich die Hände an der Schürze ab und umpflügte die Theke wie ein Tanker Kap Horn. »Ich freue mich, dich kennen zu lernen! Ich darf Du sagen, oder? Ich bin die Ginevra!«

Die Wirtin drückte meine überrumpelte Mutter an ihre üppige Brust, als wäre sie eine lang vermisste Freundin, ich wanderte derweil in den Gastraum hinein, zählte Tische und Stühle. Ich kam doch nur auf ungefähr vierzig Plätze, aber das war ja auch schon ziemlich viel. Wie viele der Gäste würde ich kennen? Drei, vier, maximal.

»Siena?« Ich drehte mich wieder um. »Nimm die Hände aus

den Taschen«, befahl meine Mutter, »du beulst die Strickjacke ja ganz aus.«

Ich nahm die Hände aus den Taschen: Einfach machen, was sie will, hatte ich mir für den Rest des Tages auferlegt, dann gibt es keinen Ärger.

»Herzlichen Glückwunsch zum Geburtstag«, sagte Ginevra und schwenkte meinen Arm beim Händeschütteln auf und ab wie einen Pumpschwengel, während ihre in Fettpölsterchen verpackten Augen einmal an mir hinauf und hinunter wanderten.

»Hübsch«, kommentierte sie nach dieser Inspektion zu meiner Mutter – und war damit nach dem Gamper und der Ärztin die Dritte im Dorf, die wenn möglich nicht mit mir redete, sondern nur über mich.

»Ja, das Kleid ist toll«, gab ich zurück, als wäre das Kompliment doch irgendwie an mich gerichtet gewesen, was die Wirtin die glänzende Stirn runzeln ließ.

»Ich bringe euch mal ein Glas Prosecco«, sagte sie, als das Schweigen peinlich wurde und eilte hinter die Theke, dann ging die Tür der Gaststätte auf, und ein Strom von Menschen ergoss sich in die Räume – und ich stellte mir die Frage, wo um alles in der Welt diese Leute sich in den letzten Tagen versteckt hatten, wirkte das Dorf doch tagsüber immer wie ausgestorben.

Die Leute kamen familienweise, und ich bemerkte, dass ich durchaus schon mehr Dorfbewohner kannte als gedacht: Die Jungs, die beim Kofferschleppen geholfen hatten, waren bekannte Gesichter. Dann der ekelige Bürgermeister mitsamt der auch heute mutig geblümten Sekretärin, die sich als seine Ehefrau entpuppte, der alte Mann, der immer am Denkmal hockte, die Bäckerin und ihr Mann: der Typ, der ihr über die Schulter gesehen hatte, als ich vorbei gelaufen war. Ich gab mir Mühe, das neugierige Paar Augen aus dem Haus gegenüber zu identifizieren, aber es gelang mir nicht – zu viel Schatten in den dunklen Räumen.

Meine Mutter parkte mich neben sich, die eintreffenden Gäste schüttelten erst ihr die Hand und dann mir. Sie sagten

'Herzlichen Glückwunsch', ich antwortete 'Vielen Dank' – und fand das Ganze so seltsam wie selten etwas zuvor, denn ich fühlte mich dabei wie ein neues Ausstellungsstück im Museum: Die Gäste begutachteten mich von oben bis unten, starrten unverhohlen bis unverschämt auf meine Haare, aber außer dem obligatorischen Glückwunsch redete niemand mit mir. Keine Frage, kein belangloser Smalltalk. Nichts. Wie schon Ginevra richteten alle ihre einfallslosen Komplimente an meine Mutter: was für eine hübsche Tochter, sicher gut in der Schule! Wenn ich versuchte zu antworten, erntete ich ausweichende Blicke, nichts mehr, also gab ich das auf und begnügte mich mit einem stummen Lächeln, damit meine Mutter nichts zu meckern hatte.

Nach einer halben Stunde Lächeln hatte ich einen Krampf in den Wangen und war daher fast erleichtert, als ich in der nächsten Gruppe Thomas entdeckte und meinen Gesichtsausdruck zu unfreundlich umsortieren konnte. Er folgte einem Mann und einer Frau (seine Eltern, vermutete ich), hinter ihm kam Patrick und dann noch eine jüngere Ausgabe der Mutter: sicher die Schwester, Lilla. Die Mutter sah Thomas nicht ähnlich, war blond, klein und rundlich, der Vater dagegen hatte eine etwas hellere Variante von Thomas Hautfarbe und ebenfalls schwarze Haare, ein großer, eindrucksvoller Typ, der ziemlich streng aussah. Thomas trug einen Anzug und Schuhe. Nein, echt? Ich folgte ihm mit den Augen: ja, tatsächlich. Schwarze, auf Hochglanz polierte Herrenschuhe. Unter dem schwarzen Anzug ein schwarzes T-Shirt, unter dem Arm ein Paket. Das drückte er jedoch Patrick in die Hand, der mit einem bis zum Hals zugeknöpften Hemd und gestriegelten Haaren aussah wie auf dem Weg in die Sonntagsschule, während das blonde Mädchen an seinem Kleid herumzupfte: Zu Recht, es war ihr mindestens zwei Nummern zu klein.

Thomas Mutter und Vater begrüßen Mama, ich knipste mein Lächeln an, nahm die knappe Gratulation der beiden entgegen – und ließ es wieder erlöschen, als Thomas an der Reihe war, mich zu begrüßen.

»Ihr kennt euch schon, oder?«, fragte meine Mutter, Thomas nickte und streckte seine Hand aus.

Ich zögerte und nahm seine Rechte erst, als die Blicke meiner Mutter, seiner Eltern und der Schwester fragend auf mir lagen. Thomas sagte 'Glückwunsch', ich erwiderte 'Danke' und ließ seine Hand so schnell los, als wäre sie heißer als Ginevras Töpfe. Er hatte mich keine Sekunde angesehen und musterte auch jetzt lieber seine Schuhe: wahrscheinlich die Ersten, die er seit einem Jahr anhatte, verständlich, dass ihn das ablenkte.

Nach ihm war seine Schwester dran.

»Hallo«, sagte Lilla mit einem Gesichtsausdruck, der nahelegte, dass Thomas ihr schon lang und breit erzählt hatte, was für ein schreckliches Geschöpf ich war. Doch ich kam nicht weiter als zu einem 'Hi', weil Patrick sich auf mich stürzte, kaum, dass seine Schwester ihre knappe Begrüßung herausgewürgt hatte.

»Und noch mal Glückwunsch!«, rief er, ich bekam das Paket in die Hand gedrückt, mit einem der Jahreszeit angepassten Blümchenpapier und einer ordentlich gebundenen Schleife.

»Du hast mir doch schon was geschenkt«, protestierte ich, er sah empört drein.

»Wenn man auf eine Party eingeladen ist, muss man etwas mitbringen«, dozierte er, ich lachte.

»Und was ist das?«, fragte ich, er zuckte mit den Schultern.

»Weiß nicht, hat meine Mama ausgesucht. Hast du noch mehr Geschenke bekommen heute?«, erkundigte sich Patrick, ich nickte.

»Einen neuen MP3-Player und einen Gutschein für Sportsachen.«

»Cool. Ich habe einen Tag vor Weihnachten Geburtstag«, plapperte er weiter, »dann bekommt man immer weniger. Das ist total ungerecht.«

Er zog die Mundwinkel nach unten, sah aber trotzdem nicht vernachlässigt aus. Eher kerngesund und blitzblank poliert.

»Blutest du noch?«, wollte er als Nächstes wissen, was ihm einen scharfen Seitenblick von meiner Mutter einbrachte, die gerade Martha die Hand gab und wahrscheinlich befürchtete, die Ärztin würde mich direkt aus dem Gasthof in ihre Praxis schleppen, wenn sie von meinen Kratzern erfuhr.

»Nein«, sagte ich schnell, »ist schon so gut wie weg.«

»Dann kommst du morgen wieder mit, ja? Klettern?«

»Mal sehen«, antwortete ich ausweichend: Ich hatte nicht vor, mich freiwillig noch einmal in Thomas Nähe zu begeben, aber das musste auch keiner erfahren.

Meine Mutter hatte den Begleiter der Ärztin begrüßt, wandte sich jetzt einem älteren Ehepaar zu, und damit bildete sich hinter dem kleinen Indianer so langsam eine Schlange, die mein weißes Mädchenhändchen schütteln musste.

»Wenn du mitkommst, kann ich dich wieder abholen«, bot Patrick gerade an, was aus seinem Mund so großartig klang, als würde er sich im Rolls-Royce vorfahren lassen.

»Mal sehen«, wiederholte ich. »Wir reden nachher, okay? Jetzt setz dich erst mal.«

»Ich darf aber nicht an deinem Tisch sitzen«, informierte mich der Kleine, während ich ihn sanft weiterschob, »ich muss zu den Kindern.«

Er betonte das Wort mit einem Widerwillen, als hätte man ihn in eine Leprakolonie verbannt.

»Wo muss ich sitzen?«, fragte ich meine Mutter, die warf mir einen warnenden Blick zu.

»Neben mir natürlich. Bei uns sitzen der Bürgermeister mit seiner Frau, der Bauleiter und seine Frau, Martha und ihr Mann.«

Ich fing den Blick der Ärztin auf: Sie sah mich an, als wäre sie keinesfalls erfreut darüber, den Abend in meiner Nähe verbringen zu müssen – was auf Gegenseitigkeit beruhte.

»Beschwer dich nicht, bei dir wird es wenigstens lustig«, sagte ich zu Patrick, und leider sollte ich mit dieser Vorhersage Recht behalten: Es tröpfelten noch ein paar Leute rein, dann nahmen wir Platz. Der Bürgermeister hielt eine Ansprache, in der er meine Mutter im Dorf begrüßte und vom erfolgreichen

Beginn der Bauarbeiten erzählte. Meine Mutter revanchierte sich mit einer Rede, in die sie genug Fachbegriffe einflocht, damit man ihr die Ingenieurin abnahm, die aber so verständlich war, dass man wusste, worum es ging. Ich war stolz auf sie und nahm mir vor, den berühmten Wasserfall morgen zu besichtigen, dann begann Ginevra mit ein paar Hilfen, das Essen zu servieren.

Ich bemühte mich zuhören, was bei uns am Tisch gesprochen wurde, stellte aber bald fest, dass auch jetzt niemand auf mich achtete – was mir genug Zeit ließ, mir die ganzen neuen Gesichter anzuschauen. Gleichaltrige gab es durchaus ein paar, stellte ich fest: Lilla, drei weitere Mädchen namens Nele, Chiara und Bianca, dann die Jungs, Kabel-Charlie und ... Frederico, genau. Charlie war lang und dünn, Frederico etwas pickelig. Und Thomas natürlich. Ich hielt nach ihm Ausschau, während Ginevra mir eine rahmige Suppe auf den Teller schöpfte. Zwei Tische weiter links fand ich den großen Indianer, mit dem Rücken zu mir. Er saß sehr aufrecht, schien sich mit niemandem zu unterhalten. Ich starrte auf seinen Hinterkopf und war ihm immer noch böse, verdammt böse sogar. Was war das da heute gewesen, auf dem Plateau? Warum war er so fies geworden? Ich löffelte meine Suppe und fand sie lecker – fast so lecker wie der Rinderbraten, der als Nächstes kam und den man fast mit der Gabel zerteilen konnte, weil er so weich war. Eigenartig, wie unterschiedlich die Brüder waren: Patrick hatte mir von seinem Kindertisch schon zweimal zugewinkt, während sein Bruder mich am liebsten auf den Mond schießen wollte. Vielleicht ist bei Thomas Kletterunfall mehr kaputt gegangen als nur sein Bein, dachte ich bitter, und nahm mir noch vom Gemüse nach. Nach dem Braten gab es einen Fisch mit Fenchel, was mir nicht so schmeckte, das Tiramisu zum Nachtisch gefiel mir da schon besser. Patrick wohl auch, denn ich bekam einen hochgereckten Daumen von ihm angezeigt, mit Kakaopulver verschmiert.

Nachdem das Essen gegessen war, standen fast alle auf, ein paar Erwachsene spazierten raus zum Rauchen. Auch Thomas schlüpfte durch die Tür, ich sah es mit Erleichterung, ging auf die Toilette und blieb dann an der Theke bei Nele stehen, die ihre Schwester davon abzuhalten versuchte, an Patricks zweites Geschenk zu gelangen. Ich legte es dem Mädchen in die Hände, lachend sahen wir zu, wie die Kleine das Papier zerfetzte und eines dieser fertigen Sets aus der Drogerie enthüllte: Badezusatz und Bodylotion im Körbchen.

»Wir dürfen das nicht«, sagte plötzlich eine heisere, brüchige Stimme hinter mir, ich drehte mich um: Vor mir stand der alte Mann vom Marktplatz. Ohne den üblichen Hut war sein Kopf bedeckt von zuckerwatteweichen, schlohweißen Haaren, die an Einstein erinnerten, darunter lag ein wettergegerbtes Gesicht mit Millionen von Falten. Er trug einen sauber gebürsteten Anzug in altmodischem Schnitt, dazu ein Hemd, das nicht weniger weiß war als seine Haare und einen schmerzhaft steifen Kragen hatte. Der Alte stützte sich schwer auf seinen Stock und sah mich aus Augen an, die trübe waren, milchig und zu hell.

»Wir dürfen das nicht«, wiederholte er mit seinem weitgehend zahnlosen Mund, nachdrücklicher, lauter, und stieß im Rhythmus seiner Worte seinen Gehstock auf den Boden. Neles Schwester erschrak, als der knorrige Stab neben ihr auf den Boden pochte, ließ das Paket fallen und begann zu heulen wie eine Sirene. Ein weinendes Kind bei einer Feier ist kein Grund für Aufregung, daher achtete kaum jemand drauf. Leider begann der alte Mann, seinen Satz zu wiederholen, laut und lauter, immer klarer und kräftiger – bis er das brüllende Kind übertönte und die Gespräche in der Gastwirtschaft verstummten.

»Wir dürfen das nicht! Nicht schon wieder! Wer sind wir, dass wir das verantworten können? Dass wir über Leben und Tod entscheiden? Was für eine Schuld! Was für eine höllische Schuld!«

Der Bürgermeister stand in der Nähe, und ich sah, wie er Thomas Vater heranwinkte – gemeinsam packten sie den Alten rasch unter die Arme und trugen ihn zur Tür hinaus, während er noch lamentierte. Die zufallende Tür ließ die aufgeregte

Stimme verstummen, ich tauschte einen Blick mit Nele, die zuckte überfragt mit den Schultern: Der Alte hatte mit seinem knotigen Finger auf mich gezeigt, während er seine schrille Klage vorgebracht hatte, aber was er gemeint hatte, war mir alles andere als klar. Und die Männer hatten ihn so schnell aus dem Gasthof geschafft, dass mir für eine Frage keine Zeit mehr geblieben war.

Meine Mutter eilte zu mir herüber, dicht gefolgt von der Frau des Bürgermeisters.

»Du meine Güte, was war das denn? Geht es dir gut?«

Ich nickte. »Ja, klar. Was hat er gemeint?«

»Sein Geist ist verwirrt«, sagte die Frau vom Bürgermeister geschwollen, aber das war keine Antwort: Verwirrt war ich auch, mindestens einmal täglich, trotzdem schrie ich keine wildfremden Leute an.

»Das mag sein, aber er wollte trotzdem etwas sagen. Und ich möchte wissen, was er gemeint hat. Mit Schuld und Tod und Hölle«, gab ich zurück, was sie verstummen ließ, die Lippen zu einem schmalen, schweigenden Strich zusammengepresst.

Meine Mutter legte mir den Arm um die Schultern und führte mich ein paar Schritte zur Seite.

»Füchschen, sei nicht so unhöflich«, flüsterte sie. »Sie kann dir doch nicht sagen, was der Alte wollte.«

»Kann sie nicht, oder will sie nicht?«

»Siena, lass es gut sein. Er ist wahrscheinlich nicht mehr ganz dicht.« Sie sortierte ein paar meiner Locken von links nach rechts, was mir peinlich war, denn ich spürte die Blicke des halben Dorfes auf uns. »Möchtest du vielleicht mal raus gehen, frische Luft schnappen?«

»Ich würde gern nach Hause«, sagte ich. »Mein Knie tut weh, und ich bin ziemlich kaputt.«

Das war nur halb gelogen, denn die ungewohnten Bewegungen beim Klettern waren nicht spurlos an mir vorbei gegangen: Morgen würde ich einen hübschen Muskelkater haben, das deuteten meine bleischweren Beine schon an.

Meine Mutter sah auf die Uhr und nickte – es war nach

zehn, scheinbar hatte ich lange genug durchgehalten und war endlich erlöst. Na ja, fast: Kaum hatte ich einen Schritt in Richtung Ausgang gemacht, stürzte Patrick herbei.

»Gehst du?«

»Ja. Ciao.«

»Ich bringe dich nach Hause!«

»Danke, aber ich weiß, wo ich wohne. Das Haus mit Bank und Zypresse davor.«

»Alleine gehen ist doch total langweilig, wir können noch am Fluss gucken oder so. Ich muss eh ins Bett, ich bin ganz müde.«

Ich seufzte ob dieser wirren Logik, folgte dem Kleinen jedoch klaglos, froh, der Feier und der Gesellschaft der seltsamen Dorfbewohner entkommen zu sein. Draußen war es locker zehn Grad kühler als in der stickigen Gaststätte, ich zog meine Strickjacke aus und atmete ein paar Mal tief ein und aus. Patrick dauerte das wohl zu lange, denn er fasste mich ohne große Umstände an der Hand und zog mich durch die Gassen und das Stadttor zum Fluss hinüber.

»Was wollte der olle Hutzelmann von dir?«, fragte der Kleine, während wir dem schmalen Trampelpfad am Ufer dorfaufwärts folgten.

»Wer?« Ah, der alte Mann. »Hutzelmann nennst du den?«

Patrick nickte und sah sich verstohlen um, als habe er Angst, wir könnten belauscht werden.

»Matteo heißt er eigentlich. Er hockt immer am Denkmal rum und murmelt vor sich hin. Von 'Schuld' und von 'Hölle'. Mama meint, er wäre harmlos, aber ...«

Patrick machte mit seinem Zeigefinger eine Drehbewegung vor der Stirn.

»Du hast Kakao am Finger«, bemerkte ich, erleichtert darüber, dass der Alte mir nur entgegengeplappert hatte, was er allen vorhielt.

Patrick wischte die Hand achtlos an seiner feinen Sonntagshose ab.

»Da würde ich jetzt echt gern reinspringen«, sagte ich mit Blick auf das rauschende Wasser des Flusses und den dünnen

TINA SABALAT

Schweißfilm auf meiner Stirn, erntete dafür aber einen strengen Blick von Patrick.

»Nachts darf man nicht schwimmen«, informierte er mich, sah sich dann erneut um und fuhr mit leiserer Stimme fort – verschwörerisch, als vertraue er mir ein Geheimnis an. »Aber mit Thomas war ich schon, wenn unsere Eltern abends in der Stadt waren. Im Fluss, nicht in diesem blöden Teich. Im Fluss darf man eigentlich auch nicht schwimmen, aber wenn Thomas aufpasst, ist es okay.«

»Was darf man noch so alles nicht?«, erkundigte ich mich, und Patrick plapperte weiter.

»Im Dunkeln nicht alleine draußen rumlaufen. Dabei ist es echt schön, weil man so viele Sterne sieht. Orion und den Großen Wagen und so. Sternschnuppen auch. Vor allem auf dem Plateau kann man gut sehen. Da bin ich bei Vollmond schon mal raufgeklettert, mit Thomas.«

»Warum sollst du nachts nicht raus? Wegen der Wölfe?«

Der Kleine machte große Augen. »Hier gibt's doch keine Wölfe!«

»Das habe ich aber gelesen. In der Nähe des Dorfes wurde ein Mädchen von einem Wolf getötet, man hat Knochen gefunden.«

»Einen Knochen, und der war nur angeknabbert. Und nicht nur von einem Wolf, auch von einem Vogel, einem Adler oder so«, antwortete Patrick abgeklärt, als wüsste das jeder außer mir. »Auf dem Plateau. Ein Typ aus der Stadt hat da was gemessen, für Strommasten. Er hat den Knochen mitgenommen, und ein Arzt hat gesagt, der wäre von einem Mädchen und schon uralt.«

Das klang nach Neandertaler. »Aus den sechzigern Jahren, stand in dem Artikel.«

»Sag ich doch«, erwiderte Patrick, der scheinbar mit anderen Zeitdimensionen lebte, dann klaubte er einen Stein auf und schleuderte ihn in den Fluss. »Aber damals hat kein Mädchen gefehlt«, ergänzte er, und ich musste lachen, weil das klang, als wären Mädchen Gegenstände, die man ab und zu nachzählen sollte, damit einem keins abhandenkam.

Apropos ... Ich dachte an das verblasste Polaroid, das ich unter dem Schrank gefunden hatte und das noch immer in meinem Rucksack steckte.

»Sagt dir der Name Nera was?«

»Nö. Warum?«

»Sie ist wohl wirklich verschwunden.«

»War sie das Wolfsmädchen?«

Ein kluger Gedanke, doch ich schüttelte den Kopf, denn die Klamotten aus den Siebzigern passten nicht zu einem Knochen aus den Fünfzigern.

»Nein, wahrscheinlich nicht. Und sie wurde auch vermisst«, fügte ich in Erinnerung an die sehnsüchtige Notiz auf der Rückseite des Fotos hinzu. Der Kleine sah mich fragend an, ich winkte ab. »Sorry, erzähl weiter. Sonst noch Verbote?«

Ein weiterer Stein landete im Fluss.

»Ja. Nie in die Schlucht gehen.«

»Die hinter dem Wasserfall?«

»Ja.«

»Warum nicht?«

»Sie ist ziemlich gefährlich. Es gibt einen riesigen Sumpf, giftige Pflanzen und ganz tiefe Höhlen, in denen man sich verirren kann.«

»Wow. Was noch?«

Patrick überlegte. »Ich darf noch nicht alleine klettern wie Thomas. Nicht zu nah an den Wasserfall oder die Rinne gehen. Das war's. Sonst nur normale Sachen.«

»Normal?«

»Ja. So was wie ... keine Ahnung, bis morgens unter der Bettdecke lesen.«

Mir fiel noch etwas ein. »Weißt du, was das hier bedeutet?«, fragte ich und klopfte mir mit dem Zeigefinger drei Mal auf das Herz.

Der kleine Indianer schüttelte tadelnd den Kopf, fasste meine Hand und bog mir den Mittelfinger auch heraus.

»So geht das. Das macht man, wenn man was Böses gesehen hat. Einen Geist oder so. Kenne ich von meiner Oma, heute macht das aber keiner mehr.«

Nur Bauern, die mir begegneten, was immer das bedeuten mochte.

Wir wanderten wieder zum Dorf hinüber und schlüpften zurück in die Gassen, die nur von ein paar funzeligen, knauserig platzierten Laternen beleuchtet wurden. Unsere Schritte hallten überlaut auf den Pflastersteinen, und als ich durch die Häuserschlucht hochsah zur dürren Sichel des Mondes, glaubte ich, Fledermäuse davor hin und her zischten zu sehen wie kleine Bat-Zeichen. Patrick verabschiedete sich am Eingang meiner Gasse und lief winkend die Straße hinunter, ich spielte mit dem Haustürschlüssel herum und erschrak dann ziemlich, als sich vor mir plötzlich eine Gestalt aus der Dunkelheit herausschälte. Sie saß auf der Bank vor unserer Haustür und war in der nachtschwarzen Gasse auch aus zwei, drei Metern Entfernung nicht richtig zu erkennen: groß und schlank, schwarze Haare, schwarze Klamotten – und barfuß. Damit war die Frage, wer da wartete, geklärt, im Gegensatz zu der, wo Thomas seine blitzblanken Schuhe gelassen hatte.

Ich hoffte, dass er mein erschrockenes Zucken nicht gesehen hatte, ging einfach an ihm vorbei, steckte den Schlüssel ins Schloss, drehte ihn herum, machte die Tür auf, wollte wortlos rein gehen.

»Du bist unmöglich«, sagte Thomas, ich blieb auf der Türschwelle stehen.

»Und du wiederholst dich.«

Er stand auf, vergrub die Hände in den Hosentaschen seines Anzugs und hielt den Kopf gesenkt. Seine Haare fielen ihm tief in die Stirn, verbargen seine Augen, und in der Nacht war seine Haut so viel heller als am Tag. Es schien, als würde die Dunkelheit ihn irgendwie verletzlich machen, denn wie er so vor mir stand, war von der Arroganz und der Kälte, die mich am Nachmittag so verletzt hatte, nichts mehr übrig.

»Ich möchte dich um Entschuldigung bitten«, sagte er. »Für das, was ich heute Nachmittag gesagt habe. Es war gemein von mir, mich über dein Aussehen lustig zu machen.«

»Stimmt.«

»Ich habe mich dabei erwischt, wie ich dich angestarrt habe. Du hast es auch bemerkt, das war mir peinlich. Mir ist nichts anderes eingefallen als ... das. Und was ich gesagt habe, war nicht ehrlich. Nicht wahr.«

Ich schwieg, er fuhr zögernd fort.

»Ich wollte irgendetwas sagen, dass dir zeigen sollte, ... dass ich dich nicht angeschaut habe, weil ... du weißt schon. Die Wahrheit ist: Ich finde deine Haare schön. Außergewöhnlich, aber schön. Bitte verzeih mir.«

Ich war angesichts dieser Entschuldigung sprachlos, antwortete daher nur ein lapidares 'Schon gut' und wollte die Tür schließen, doch Thomas hob die Hand.

»Eine Minute noch. Das Klettern ... Hat es dir gefallen?«

Ich war versucht, sofort 'Nein' zu sagen, doch das wäre nicht wahr gewesen. Es war mal was anderes als Laufen. Langsamer, ja, aber auch gefährlicher. Und mir gefiel am Querfeldeinrennen nicht zuletzt, dass man Sekunden hatte, in denen man sich wünschte, man hätte nachgesehen, ob hinter der Hecke wirklich Rasen war und kein Graben. Aufregende Sekunden, die einem Adrenalin in die Adern jagten. Und beim Klettern schien es davon mehr pro Meter zu geben als beim Laufen pro Kilometer.

»Es war okay«, antwortete ich – gespannt, auf was Thomas hinaus wollte.

»Du warst schnell und geschickt«, fuhr er fort. »Du bist gut trainiert, hattest keine Angst, schwindelig war dir auch nicht. Wenn du Lust hast ... Pat und ich gehen morgen auf die andere Talseite, Frederico kommt auch, Nele vielleicht. Da sind keine Nägel, aber der Felsen ist ziemlich unregelmäßig, mit natürlichen Griffen.«

Ich zögerte. »Wann geht ihr?«

»So um zwei.«

»Mal sehen«, antwortete ich schließlich nur, »ich weiß noch nicht. Meine Mutter war nicht so glücklich, als sie mich heute gesehen hat. Mit den Schrammen.«

»Du warst wütend«, erklärte Thomas, »und wütend kommt man niemals einen Berg rauf oder runter.«

Ich dankte ihm für diesen weisen Spruch aus Reinhold Messners Poesiealbum, sagte 'Gute Nacht' und schloss die Tür.

***

Am nächsten Morgen begleitete ich meine Mutter zum Wasserfall. Sie war erstaunt, als ich fragte, ob ich mir die Baustelle anschauen könne, dann erfreut. Wir gingen so einvernehmlich wie lange nicht mehr durch die Gassen hinauf bis zum höchsten Punkt des Dorfhügels, wo der Wasserfall vom Plateau donnerte und die gischtgeschwängerte Luft meine Haare in einen wirren Haufen Kringel verwandelte.

Ein halbes Dutzend Männer war am Werk, als wir ankamen, und während einer von ihnen meine Mutter mit Beschlag belegte, wanderte ich um das Becken am Fuß der Felswand herum. Es war größer, als ich es mir vorgestellt hatte, eine zehn, zwölf Meter breite und zudem richtig tiefe Betonschale, eingelassen in den Boden, eingefasst von einer brusthohen Mauer. Es musste ein tolles Schauspiel sein, wenn das Wasser die Felswand hinunter in dieses Becken donnerte, eine enorme Wassermasse, schäumend und kochend, doch jetzt gähnte es mich leer an. An der linken Seite des Bassins befand sich ein Auslass, über den das Wasser aus dem Becken ablaufen konnte, in eine schmale Betonrinne, die die Flut vom Dorfhügel wegtransportierte. Ich beugte mich über die Brüstung und folgte der Rinne mit den Augen: Sie ging wie eine Achterbahn steil in die Kurve und entließ das Wasser zweifellos dann irgendwann durch die Stadtmauer in das Flussbett und schließlich in den Teich.

Diesen Weg nahm das Wasser nach wie vor, abgesehen davon, dass das Becken dank eines Gerüsts trocken und leer war: Eine hölzerne Verschalung war in den Spalt mit dem Wasserfall geschoben worden, in drei oder vier Metern Höhe stand sie wie ein schräges Dach von der Felswand ab. Das Wasser rauschte daran hinunter, wurde von einem hohen Rand abgefangen und direkt zur Rinne geleitet, bevor es in das Becken fallen konnte: Das Ganze sah aus wie eine hölzerne

Rutsche, umtost vom Rauschen des Wassers.

»Es ist fast trocken!«, rief meine Mutter, um den hier oben ohrenbetäubenden Lärm des Wassers zu übertönen, und deutete in das Becken. »Heute kommt der Putz ab, morgen geht es an die Steine! Die Rinne müssen wir verbreitern und die Wände vor allem rechts etwas höher ziehen, dann reicht das auch für eine Sturzflut.«

Sie zog mich ein Stück nach rechts hinüber und zeigte in den Spalt, den die Holzverschalung zwischen Wasser und Wand geschaffen hatte, und zwar auf ganzer Breite, einmal quer durch die Felswand: eine schmale, gut zehn Meter lange Passage mit dem schrägen Holzdach oben, der feucht glänzenden Felswand links und rechts sowie dem Stützgerippe des Dachs aus Holzbalken am schlammigen Boden.

»Sieh doch! Schön, oder?«, fragte meine Mutter, ich runzelte überfragt die Stirn, ging in die Knie, dann sah ich, was sie meinte: Einen winzigen Ausschnitt der Schlucht auf der anderen Seite, umrahmt von dem dunklen Durchgang wie ein Gemälde. Und ich sah nicht nur das üppig grüne Dickicht der wild wuchernden Bäume, die ich bereits vom Plateau aus erspäht hatte, nein – vor diesem Dschungel lag ein kleiner See. Seine Oberfläche funkelte bewegungslos in der Sonne, ein brauner Rand an seinem Ufer zeigte, dass die Holzkonstruktion, die das Wasser ableitete, auch ihn schon etwas Volumen gekostet hatte. Trotzdem war er wunderschön – und nur wenige Meter entfernt!

»Kann man da durchgehen?«, fragte ich mit Geste zu dem Felsspalt, sie schüttelte den Kopf.

»Das Gerüst würde halten, aber die Schlucht ist tabu. Ich wollte einen Teil der Streben von der anderen Seite anbringen lassen, doch die Leute hier weigern sich, auch nur einen Fuß da rein zu setzen.«

»Tabu?«

Zwei der Arbeiter sahen auf, als ich dieses kleine Wort brüllte, Mama lachte, zweifellos, weil sie das begierige Blitzen in meinen Augen kannte.

»Was du wieder denkst! Sie steht unter Naturschutz, mehr

nicht. So, und jetzt kannst du mir helfen, die Feuchtigkeit im Beton zu messen.«

Ich wunderte mich kurz darüber, dass diese Begründung so ganz anders lautete als die, die Patrick mir genannt hatte, dann hatte ich genug damit zu tun, die endlosen Ziffernfolgen, die meine Mutter mir diktierte, in einen Laptop zu tippen.

***

Am frühen Nachmittag machte ich mich auf zum Klettern. Als ich auf den Dorfplatz kam, hockte Matteo auf seinem Stammplatz am Denkmal, den Stock vor sich aufgestützt, die Hände auf dem Griff verschränkt, den verknautschten Hut tief in die Stirn gedrückt. Ich zögerte, ging dann aber zu dem Alten rüber: Wenn er glaubte, mir etwas sagen zu müssen, von Hölle und Schuld, Leben und Tod, wollte ich das auch hören.

»Siena? Hallo, Siena!«

Ich drehte mich um: Die Bäckerin stand vor ihrem Laden, neben ihr der Bürgermeister. Sie winkte mir, ich winkte zurück, ging weiter zum Denkmal.

»Komm doch mal her«, rief sie, ich seufzte und bog ab: Was wollte die denn? Der Bürgermeister nickte, als er an mir vorbei ging, ich grüßte zurück, auch wenn ich ihn nach wie vor irgendwie gruselig fand.

»Komm rein, komm rein.« Die Bäckerin komplimentierte mich in den Laden. »Deine Mutter hatte sechs Kiwis bestellt, aber ich hatte nur vier bekommen. Nimmst du ihr die beiden mit?«

Ich war mir sicher, dass wir vier Kiwis bestellt hatten, nickte aber trotzdem. Und sah aus dem Augenwinkel, wie der Bürgermeister Matteo ansprach. Die Bäckerin griff mit ihren hageren Nikotinfingern die Früchte aus einem Korb und gab sie in eine Papiertüte.

»Hast du schon einen Ferienjob?«, fragte sie, als ich mich umdrehen und gehen wollte, ich hielt inne.

»Äh ... nein.«

»Dann komm mal mit!«

Sie huschte hinter der Theke hervor und öffnete eine Tür, ich wurde in eine gewölbeartige Backstube geschoben: mit riesigen Öfen, die wie eiserne Schränke aussahen und einem kratzigen Geruch nach Mehl in der Luft. Die Bäckerin lotste mich nach hinten zu einem gefliesten Arbeitstisch voller Schokosprengler.

»Du kannst uns helfen, Schokolade aufzupinseln, Glasuren zu machen und so was. Wir fangen morgens um vier an, aber du bräuchtest erst gegen sechs hier sein. Zwei, drei Stunden pro Tag, montags bis samstags.«

Früh aufstehen war in den Ferien nicht so mein Ding, Taschengeldprobleme hatte ich auch keine, außerdem war die Vorstellung, den Tag in diesem kalten, finsteren Raum zu beginnen, nicht gerade verlockend. Die Bäckerin sah mich erwartungsvoll an.

»Ich überlege es mir, ja?«, sagte ich in nicht sonderlich begeistertem Tonfall, damit sie die spätere Absage nicht mehr überraschen würde.

»Klar, melde dich ... Moment, da ist jemand im Laden. Bin gleich wieder da«, unterbrach sich die Bäckerin und war aus der Tür, bevor ich das 'Wiedersehen' rausgebracht hatte, mit dem ich mich hatte verabschieden wollen.

Ich blieb in der Backstube zurück, schlenderte zum nächsten Ofen, spähte auf die darin gestapelten Backbleche, sah dann keinen Grund mehr, hier eine Minute länger zu verbringen, wandte mich zur Tür und drückte die Klinke herunter. Vergeblich. Ich drückte stärker, half mit der Schulter nach: Die Tür ging nicht auf. Ich nahm die andere Hand zur Hilfe, rüttelte daran.

»Hallo? Hallo!«

Stille. Ich riss wieder an der Klinke, fluchte, trat mit dem Fuß dagegen, was wehtat, dafür aber ein lautes WUMM! durch das ganze Haus sendete.

»Hey! Lassen Sie mich raus!«

Kurze Zeit später bewegte sich die Klinke. Ich zog mit aller Kraft daran, so dass die Bäckerin mir fast entgegenfiel, als die Tür endlich aufsprang.

»Das tut mir aber leid«, heuchelte sie, ich stürmte an ihr vorbei, durch den Laden hinaus auf den Platz – und dort war die Bank am Denkmal leer, keine Spur mehr von Matteo.

Na super, dachte ich: Hatte diese blöde Bäcker-Tussi mich ausgerechnet in den paar Minuten in ihre Backstube schleppen müssen, in denen der Alte nach Hause oder sonst wohin geschlurft war? Das war doch zu ärgerlich! Oder ...? Nein. Nein, unmöglich. Es konnte keine Absicht gewesen sein, dass sie mich eingesperrt hatte, denn was sollte die Bäckerin dagegen haben, dass ich mich mit Matteo unterhielt? Oder hatte der Bürgermeister ihr das aufgetragen? Lenk du die Rothaarige ab, ich bringe Matteo weg? Vielleicht – aber warum? Aus dem gleichen Grund, aus dem der Alte so schnell aus dem Gasthof geschleppt worden war, nämlich, damit er mir nichts über Tod und Hölle und Schuld erzählen durfte? Vielleicht, vielleicht aber auch nicht. Ich stopfte die Tüte mit den Kiwis in den nächstbesten Mülleimer und ging frustriert aus dem Dorf hinaus, durch die Feldwege bis zur Wand.

***

Ich brauchte einige Zeit, bis ich die Kletterfans fand, denn sie hatten sich in den Schatten einer Gruppe von Olivenbäumen gehockt. Außer Thomas und Patrick waren auch Frederico und Nele dabei. Thomas war schon einmal oben gewesen und hatte eine Strickleiter über die Felswand gehängt: Dann müsse der, der vom Plateau sichere, nicht langwierig selbst rauf klettern, erklärte er mir. Patrick wollte natürlich als Erster, diesmal bekam er seinen Willen und hing wenig später wie ein Äffchen in der Wand. Er bewegte sich leicht und geschickt, Thomas stand oben und bremste ihn mit knappen Anweisungen, während wir anderen im Schatten warteten.

Nele und Frederico lagen neben mir im Gras. Sie plapperten über Gott und die Welt, vor allem aber darüber, wann sie dem Dorf endlich den Rücken kehren würden. Die Jobs hier beschränkten sich auf Lehrer, Bauer und Stellen im Rathaus, die scheinbar alle die bekamen, die weder Lehrer noch Bauer wurden. Die Fluchtpläne der beiden erinnerten mich an das Foto, das unter dem Schrank hervorgewirbelt war.

»Sagen euch die Namen Nera und Giacomo was?«, erkundigte ich mich, was Frederico nicken ließ.

»Giacomo heißt unser Mathelehrer. Nera habe ich noch nie gehört. Wie kommst du drauf?«

Ich zog meinen Rucksack zu mir heran und das Foto hervor.

»Wow, das ist echt alt, der hat heute quasi keine Haare mehr!«, lachte Frederico, während Nele das Bild und den Text auf der Rückseite mit gerunzelter Stirn betrachtete.

»Ich habe gehört, dass er mal sehr unglücklich verliebt gewesen ist«, sagte sie. »Das wird zumindest in der Schule erzählt. Sie ist wohl verschwunden, ganz plötzlich, und niemand weiß, wohin. Passt zu dem Text hinten.«

Die Erinnerung an die von Patrick so belachte Geschichte mit dem Wolf und dem Knochen wurde wieder wach, auch wenn nach wie vor die Zeiten nicht zusammenpassten: ein Knochen aus den Sechzigern, ein Foto aus einem späteren Jahrzehnt.

»Was meinst du mit 'verschwunden'?«, fragte ich, Nele zuckte mit den Schultern.

»Sie war einfach weg, von heute auf morgen, ohne eine Spur. Die Mutter ist gestorben, weil sie das nicht verkraftet hat, und die Familie ist danach weggezogen. Heißt es.«

»Vielleicht hat sie ja in eurem Haus gewohnt«, fügte Frederico hinzu, was Nele nicken ließ.

»Das würde erklären, warum keiner da drin wohnen will. Die Leute hier sind verdammt abergläubisch«, fügte sie hinzu. »Und auch in dem gegenüber nicht, denn es gibt ein Sprichwort ... Wie war das nochmal? Dass man dem Unglück nicht in die Augen sehen soll, damit es nicht überspringt. Oder so ähnlich.«

Ich stutzte, dachte an das neugierige Augenpaar, das mal vom Erdgeschoss ins erste Stockwerk wanderte, aber dennoch getreulich jeden unserer Schritte ins Haus oder aus dem Haus beobachtete.

»Das Haus uns gegenüber steht auch leer?«

»Ja, klar«, antwortete Nele, dann maß sie mich mit prüfendem Blick und sah noch einmal auf das Foto.

»Wenn du gesagt hättest, das wäre ein Bild von deiner Mutter, hätte ich mich nicht gewundert.«

»Was meinst du?«

Nele deutete auf das Mädchen. »Sie sieht dir total ähnlich, findest du nicht?«

Sie gab Frederico das Bild, der hielt es auf Höhe meines Gesichts.

»Na ja, ein bisschen. Die Haare sind braun, das macht viel aus. Aber schau nicht so entsetzt«, sagte er zu mir, »wenn das das Haus der verschwundenen Mädchen ist, hast du den Trip ans Ende der Welt wenigstens bald hinter dir!«

Ich stutzte, weil scheinbar jeder merkte, wie ungern ich mich hierher hatte schleppen lassen, lachte dann laut auf. Das sorgte dafür, dass Patrick sich vergriff und am Seil pendelte – zumindest behauptete er das, als er wieder auf dem Boden angekommen war. Danach sicherte Frederico Nele, die auch um einiges mehr Übung hatte als ich. Der kleine Indianer versicherte mir, er sei an dieser Wand ohne Haken schon einmal bis hoch aufs Plateau gekommen, was Thomas mit einem nur für mich sichtbaren Kopfschütteln bestritt, ohne seinem Brüderchen über den Mund zu fahren. Thomas sprach wenig, was er zu mir sagte, war jedoch freundlich, als hätte es diese seltsame Szene auf dem Plateau nie gegeben – und als Nele nach etwa zwei Dritteln aufgab, stand er auf.

»Wollen wir?«, fragte er, ich nickte. Der große Indianer überprüfte den Sitz meines Gurtes, dann wartete er, bis Frederico die Leiter runter gekommen war, und lief sie mit meinem Sicherungsseil hinauf. Er legte es oben um eine Krampe, zog es straff, wickelte es sich einmal um den Oberkörper und in Windungen um den Arm.

»Kann losgehen«, rief er, und ich blickte auf die steinerne Wand vor mir.

»Ein paar Tipps wären nicht schlecht«, gab ich zurück, und Thomas begann, mich in die Höhe zu lotsen. Kleine Schritte, riet er mir, und niemals mehr als eine Hand oder einen Fuß lösen. Den ganzen Körper anspannen, die Hände steif machen, wenn sie sicher greifen, die Zehen biegen und den Fuß drehen, bis er Halt hat.

Ich tat, wie mir Thomas sagte, und ruckte immer kurz an den Stellen, an denen ich mich festhalten wollte, um zu testen, ob der Felsen fest war, was das Vorwärtskommen leider verdammt verlangsamte. Ich brauchte auch recht lange, bis ich Griffmulden fand, die für meine ungeübten Finger tief genug waren – Thomas mochte sich an jeden Krümel klammern können, ich vermochte das nicht. Das hier war ungleich schwerer als das Klettern an den Stahlstiften, einfach deshalb, weil es viel mehr Kraft erforderte. Man hatte keine Fläche, von der man sich abdrücken konnte, nichts, an dem man sich wirklich festhalten konnte – man hing an seinen Fingern, stand auf seinen Zehen, und das tat höllisch weh: Nach fünf Minuten brannten meine Oberschenkel wie Feuer, außerdem hatte ich einen milden Krampf in der rechten Wade und meine Nackenmuskeln wimmerten um Gnade.

Ich hielt noch eine gute Minute durch, dann rief ich 'Ich kann nicht mehr!' zu Thomas hinauf. Der fasste mein Seil straffer und trat näher an die Kante, um meinen Fortschritt zu begutachten. Ich hatte keine Ahnung, wie hoch ich war – um nach unten sehen zu können, hätte ich mich nach links oder rechts beugen müssen, wusste aber nicht, wie ich das hinkriegen sollte, ohne wegzurutschen. An mir runter blicken ging auch nicht: Ich klebte mit dem Bauch an der Wand, und den Po rauszustrecken, um geradeaus runterschauen zu können, war mir zu riskant.

»Wenn du noch zwei Züge machst, bist du auf der Hälfte«, rief Thomas, ich nickte verbissen – Hälfte klang gut, das war ein Ziel. Ich verlagerte mein Gewicht auf die Beine und nahm die rechte Hand aus dem Spalt, hielt Ausschau nach der nächsten Ritze, fand sie dreißig Zentimeter über meinem Kopf, griff beherzt zu – und mein Herz setzte einen Schlag aus, als der Fels unter meinen Fingern nachgab. Ich blickte auf den Brocken in meiner Hand, Sekundenbruchteile nur, danach rauschte ich abwärts. Ich ruderte mit den Armen und schrie, hatte für eine schreckliche Sekunde absolute Angst zu zerschellen, zu sterben – dann ruckte es kräftig am Seil, mein Oberkörper schleuderte nach hinten: Der Gurt, das Seil und Thomas hatten meinen Sturz aufgefangen. Ich hörte Stimmen unter mir: Nele, die zu mir hoch rief, Patrick, der Fragen abschoss, aber ich blickte starr nach oben, in Thomas schwarze Augen. Es gab keinen Tadel, keinen Vorwurf in seinem Blick, er sah ruhig und sicher in mein Gesicht. Ich baumelte an meinem Seil wie eine umgedrehte Schildkröte, und dieser Moment schien ewig zu dauern – Thomas sah zu mir herunter, ich zu ihm hinauf, seine Augen bohrten sich in meine. Schließlich formte ich mit den Lippen das Wort 'Danke' und sah ihn nicken, dann ließ er mich Stück für Stück auf den Rasen runter. Das Abseilen dauerte, und ich stellte fest, dass die Hälfte bei dieser Wand verdammt hoch war: Wäre ich gefallen, hätte ich mir sicher ein paar Knochen gebrochen.

Ich landete wegen meiner Rückenlage auf dem Po im Gras und überließ mich der Fürsorge von Patrick, die vor allem darin bestand, mich zu fragen, ob das Gefühl nicht cool gewesen wäre. Ich lachte und antwortete, dass das nicht der richtige Ausdruck sei, wenn das Leben angesichts des bevorstehenden Todes an einem vorbei rauschte, dann stand Thomas auch schon neben mir und zog mich hoch.

»In den Schatten«, sagte er nur, schlang mir seinen Arm um die Taille und schleppte mich auf meinen wackligen Beinen zu den Bäumen. Er holte eine Wasserflasche, spülte meine zerschundene Hand, kramte dann aus seinem Rucksack ein Handtuch raus und begann, die Steinsplitter und ein wenig Blut von meinen Fingern und der Handfläche wegzuputzen. Groß war der Schaden nicht: aufgeschrappte Haut an den Knöcheln, eingerissene Fingernägel, Kratzer am Handballen.

»Danke, dass du mich gehalten hast«, sagte ich, doch Thomas schüttelte den Kopf.

»Meine Aufgabe«, erwiderte er nur.

»Welchen Fehler habe ich gemacht?«, fragte ich ihn und war froh, dass meine Stimme so ruhig klang.

Er lächelte, aber nicht überheblich. »Du hast dich mit dem ganzen Körper an eine nicht gecheckte Stelle gehängt, und konntest dich dann natürlich nicht mehr halten.«

Patrick kniete sich neben uns und nickte eifrig, Nele kletterte die Strickleiter hoch, während Frederico sich in sein Geschirr zwang: Niemand lachte über meinen Absturz, niemand machte Witze auf meine Kosten, und das gefiel mir.

»Es ist schwierig, bei einem Abbruch nicht zu fallen«, fuhr Thomas fort. »Du erschreckst dich, verlierst dabei automatisch das Gleichgewicht. Als ich damals abgestürzt bin, war die Situation ganz ähnlich. Das passiert, deswegen sichern wir uns gegenseitig.«

Thomas Hände waren vorsichtig, trotzdem zischte ich einmal, als er über einen in der Haut steckenden Splitter strich, den er dann behutsam herauszupfte. Meine Beine fühlten sich zittrig an – von der Anstrengung des Kletterns? Wahrscheinlich: Den Schreck merkte ich eher im Herz, denn das klopfte immer noch wie blöd gegen meine Brust.

»Geh hoch und hilf Nele«, sagte Thomas zu seinem Bruder.

Der kleine Indianer strahlte, sicher, weil das eine verantwortungsvolle Aufgabe war, hangelte sich an der Leiter nach oben – und ließ mich mit Thomas allein. Auch wenn der heute noch keinen Müll geredet hatte, auch wenn er sich gestern Abend entschuldigt hatte, fühlte ich mich dabei nicht sonderlich wohl: Dass er mich als Freak bezeichnet hatte, piekte fies in meiner Brust, und leider konnte man das nicht so problemlos rausziehen wie einen Splitter aus der Haut. Nicht, dass ich mich vor dummen Sprüchen fürchtete, ich konnte stundenlang einstecken und austeilen. Aber aus Thomas Mund, aus diesem Mund, war das was anders. 'Aus diesem Mund?' Mensch Siena, dachte ich, was soll das denn jetzt? Willst du dich in diesen Typen verknallen? Lass das lieber! Er läuft immer barfuß herum und ist schon mal aus der Wand gefallen, was einen bleibenden Schaden hinterlassen hat. Such dir lieber ein anderes Modell ohne Macken – jemanden, der dich vielleicht sogar mag!

»Und nun?«, fragte Thomas, ich zuckte zusammen. Konnte

er Gedanken lesen? Ich wollte in seinen Augen nach einer Antwort suchen, aber die blickten auf meine Hände.

»Was 'und nun'? Wir sind allein, das wäre doch eine gute Gelegenheit für dich, um mir zu sagen, wie scheiße ich aussehe.«

Thomas erstarrte. »Nachtragend bist du also auch.«

Ich zuckte mit den Schultern, Thomas begann, Pflaster um meine Knöchel zu wickeln.

»Was ich meinte, war: Willst du es noch mal probieren, oder schmeißt du hin? Das Klettern?«

Ach so. »Gleich heute? Mit tut so ziemlich alles weh«, gab ich zurück.

»Nur ein paar Meter«, antwortete er. »Wegen der Angst. Wenn man einmal fällt und dann Pause macht, fängt man meist gar nicht wieder an.«

»Lass mich raten: Als du abgestürzt bist, hast du dir nur kurz dein Bein eingegipst und bist auf Krücken zur Wand zurück gehumpelt.«

Er grinste. »Fast, ich bin wieder los, als die Schiene ab war. Sie reichte bis über das Knie, damit ging es nicht.«

»Und du bist dir sicher, dass du dir nicht auch noch was am Kopf geholt hast bei deinem Sturz?«, fragte ich, Thomas zuckte mit den Schultern.

»Und wenn schon. Also: Klettern oder nicht klettern?«

»Klettern. Aber lass mich erst ausruhen«, bat ich, »ich habe an den falschen Stellen Muskeln.«

Thomas legte meine fertig bandagierte Hand auf den grasigen Boden und nahm die andere, an der jedoch nichts Verbindenswertes war. Seine Hände waren so dunkel wie meine hell, und als er Glied für Glied untersuchte, sahen unsere verschränkten Finger aus, wie die Tasten auf einem Klavier, schwarz und weiß. Ich fand mich selbst peinlich-poetisch, während ich das dachte, und außerdem stimmte das nicht: Weder war ich so hell noch er tatsächlich so dunkel, aber dennoch, der Vergleich hatte was – anders und trotzdem harmonisch, das klang doch gut. Ich spürte die Hornhaut an seinen Fingern und fand sie eher schlank als kräftig: schöne

Hände, behutsame Hände.

»Sonst noch Wunden?«, fragte Thomas und löste seine Finger aus meinen, ich legte mich auf den Rücken.

»Nur in meinem Stolz«, sagte ich, der große Indianer lächelte.

»Ja, der geht immer als Erstes kaputt.«

Er setzte sich neben mich auf die Erde, ließ sich zurückfallen, stützte sich aber mit den Ellenbogen auf, um Frederico in der Wand im Auge behalten zu können.

»Geh ruhig«, sagte ich, »liegen kann ich so gerade noch, ohne mich umzubringen.«

Thomas lachte sein raues Lachen.

»Sie brauchen mich nicht«, erwiderte er, ich sah in den Olivenbaum hoch: Die Blätter zitterten im Wind, waren unten silbrig und oben dunkelgrün, der Stamm sah aus, als sei seine knorrige Borke jahrzehntelang von der Sonne ausgedorrt worden. Apropos ...

»Weißt du, wo dieser alte Typ wohnt, der immer auf dem Marktplatz am Denkmal sitzt? Matteo heißt er, glaube ich.«

»Über seiner Werkstatt, unten an der Stadtmauer. Warum?«

»Ich will mit ihm reden.«

»Worüber?«

»Schuld und Hölle. Leben und Tod.«

Thomas sah mich fragend an: Richtig, er war schon weg gewesen, als Matteo mich angebrüllt hatte.

»Der Alte hat mich gestern Abend angesprochen. Nein, eigentlich hat er mich richtig angeschrien. Patrick meinte, er wäre ein bisschen verrückt.«

»Geschrien? Matteo schreit sonst nicht. Er ist über neunzig, aber er arbeitet noch: Er hat mir die Stege für die Strickleitern gedrechselt. Nicht alle Alten sind schwachsinnig«, fügte Thomas altklug hinzu, ich rollte mit den Augen.

»Ich weiß das«, sagte ich betont geduldig. »Ich sagte ja auch nur, dass dein Bruder gesagt habe, er sei verrückt. Ich fand ihn eher verstört. Er wollte mir etwas sagen, irgendwas über das Dorf. Ich habe nicht schnell genug geschaltet, weil ich so überrascht war, und dann haben sie ihn schon raus gebracht.

Dein Vater und der Bürgermeister. Hat dein Vater dir das nicht erzählt?« Thomas schüttelte den Kopf. »Eben war der Alte wieder auf dem Marktplatz«, fuhr ich fort, »und ich wollte mit ihm reden. Ihn fragen, was er gemeint hat.«

»Und?«

»Die Bäckerin hat mich in die Backstube gesperrt, und als ich wieder draußen war, war Matteo weg.«

»In die Backstube gesperrt?« Thomas klang ungläubig, zu Recht, denn auch ich musste zugeben, dass das ziemlich bescheuert klang. Ich betrachtete meine verbundenen Finger, bewegte sie vorsichtig: Der große Indianer hatte die Pflaster weder zu locker noch zu fest angebracht, damit würde ich sogar klettern können.

»Hast du dir dein Bein hier gebrochen?«, fragte ich und deutete auf die Felswand, er schüttelte den Kopf.

»Nein, weiter in Richtung Tunnel. Und ich war allein. Ich musste den halben Weg zurück ins Dorf, bis ich jemandem begegnet bin, der mir helfen konnte. Ich habe bei jedem Schritt geschrien«, ergänzte er, und ich wollte mir lieber gar nicht vorstellen, wie es sich anfühlte, wenn man auf einem gebrochenen Bein gehen musste: Bis jetzt war mir das trotz gelegentlicher Stürze beim Laufen erspart geblieben.

»Ihr klettert also nur hier? In diesem Tal?«

»Wo sonst?«

»In der Schlucht hinter dem Wasserfall zum Beispiel, da ist es doch viel grüner. Und vielleicht nicht so heiß.«

»Warum sollten wir? In die Schlucht dürfen wir nicht, und Wand ist Wand.«

»Und Verbot ist Verbot?«, fragte ich, Thomas nickte.

»Für mich nicht«, sagte ich, er lachte leise.

»Natürlich nicht, für dich gelten andere Regeln.«

»Ach komm, du machst doch auch, was du willst«, gab ich zurück.

Thomas zog eine Augenbraue hoch.

»Wenn Patrick mir erzählt hat, was er nicht darf, kam dahinter sofort der Hinweis, dass du das trotzdem machst«, fuhr ich fort. »Zum Beispiel das mit der Schlucht. Patrick wusste genau, warum er nicht hinein darf: weil es Höhlen und einen Sumpf gibt. Das hat er von dir, und du weißt es, weil du schon mal drin warst. Meiner Mutter haben sie nur erzählt, die Schlucht stände unter Naturschutz. Nicht von Höhlen und Sümpfen.«

Das war eine kühne Theorie, für die ich keinerlei Beweise hatte, und Thomas zögerte mit seiner Antwort, was mich verwirrte. Was war denn daran so schlimm, dass er in der Schlucht gewesen war? Wir machten doch alle, was wir konnten, ohne dass unsere Eltern es mitkriegten – sei es nun hinter der Ecke rauchen, sich mit den falschen Leuten anfreunden, die Schule schwänzen oder eben in der Schlucht nebenan klettern.

»Ja, ich war schon mal drin«, sagte Thomas schließlich. »Wegen der Burg.«

Das verstärkte mein Interesse. »Da gibt es eine Burg?«

»Ja. Ziemlich groß und sehr alt.«

»Und sonst? Die Schlucht sah total zugewuchert aus. Anders als dieses Tal. Als wäre da ein richtiger Wald. Und ein See.«

Thomas nickte. »Auf der Dorfseite wird der Wasserfall in diesem Becken aufgefangen, aber in der Schlucht fällt es in einen Teich. Von dem sickert Wasser in die Schlucht, der Boden ist viel feuchter. Deswegen wachsen dort auch andere Bäume: höhere, mehr Laubbäume, Büsche mit großen Blumen, Flechten. Und es gibt Höhlen in den Felswänden.«

»Zeigst du mir die Schlucht?«, fragte ich, Thomas nickte, wenn auch erst nach einem kurzen Zögern.

»Meinetwegen. Aber bitte erzähl niemandem davon, sonst kriegen wir richtig Ärger.«

Ich antwortete ein 'Okay' – und fand die Aussicht, die verbotene Schlucht zu besuchen, ebenso aufregend wie das Gefühl, mit dem großen Indianer ein kleines Geheimnis zu teilen.

***

PENG!

Ich schrak aus dem Schlaf hoch, starrte in die Dunkelheit. Die dünnen Gardinen bewegten sich im Nachtwind, das Haus war still, dennoch hatte mich irgendwas geweckt.

PENG!

Also doch! Ich schlug die Decke zurück und tapste zum Fenster – auf dem Fensterbrett lag ein Stein. Ich zog beide Flügel weit auf und spähte hinaus. Unten stand eine schmale Gestalt in Shorts: Patrick.

»Morgen!«, rief er, als hätte er mich um neun geweckt und nicht um zwei in der Nacht.

»Psst!«, zischte ich zu ihm herunter. »Was willst du?«

»Komm runter!«

»Warum sollte ich?«

»Hier stimmt was nicht«, wisperte Patrick und gestikulierte aufgeregt in der Luft herum. »Meine Eltern sind weg!«

»Wie, weg?«

»Weg halt! Auch die Nachbarn! Alle Erwachsenen!«

Alle? Ich war mir ziemlich sicher, dass meine Mutter nebenan selig schlummerte: Der alte Holzboden des Hauses machte jede Bewegung hörbar, und Mamas Schritte hatten einmal ins Bett geführt, nicht wieder hinaus.

»Läufst du allein draußen rum? Das darfst du doch nicht!«

Der kleine Indianer fuchtelte zur Hausecke.

»Thomas ist auch da! Jetzt komm! Ich glaub, die sind in der Kirche!«

Ich zögerte: Wahrscheinlich war heute nur irgendein Feiertag, den der Kleine verpennt hatte.

»Meine Mutter würde mich hören, die Treppe knarrt«, versuchte ich eine plausible Ausrede, aber Patrick griff nach einem Bündel neben sich, und Sekunden später flog mir das Ende einer Strickleiter entgegen. Eine der Holzstreben knallte gegen die Hausmauer, außer Reichweite meiner Hände, ich hielt die Luft an und lauschte: Stille. Beim zweiten Mal warf der Kleine zu hoch, erst beim dritten Mal erwischte ich das Seil – Thomas hatte recht, er war ein miserabler Werfer. Ich sicherte die Haken am Fensterbrett, schlüpfte in Jeans, T-Shirt und

Sandalen, dann kletterte ich hinunter.

»Ich wollte mir was zu trinken holen, da habe ich Mama und Papa aus dem Haus gehen sehen«, flüsterte Patrick, als ich neben ihm stand, seine Welpenaugen glänzten aufgeregt. »Ich habe aus dem Fenster geschaut, und auch die Nachbarn sind weggegangen! Alle! Mit Taschenlampen, total gruselig!«

»Und warum denkst du, dass die in der Kirche sind?«

»Ich bin ihnen bis zur Mauer nachgeschlichen und sie sind alle da rüber gegangen!«, ergänzte Patrick und zeigte zur rechten Felswand, wo tatsächlich außer der Kapelle nichts war.

Hinter der Hausecke standen Thomas und Lilla. Er nickte mir knapp zu, von ihr erntete ich einen genervten Blick, aber Patricks vor Aufregung feuchte Finger umfassten die meinen und zogen mich weiter, bevor seine Schwester gegen meine Anwesenheit protestieren konnte.

Wir huschten durch die verlassenen, stockdunklen Gassen und durch das Tor in der Stadtmauer aus dem Dorf. Die Mondsichel war nur wenig breiter geworden und beschien das Tal mit einem schwächlichen, blauen Licht, das aus den Olivenbäumen mit ihren tiefen Kronen nachtschwarze Hindernisse machte. Die Kapelle war ein dunkelgrauer Fleck auf der dunkelgrauen Felswand, ein milder, warmer Lichtschein aus ihren Fenstern wies uns jedoch den Weg so deutlich wie ein Leuchtturm. Patricks feuchter Griff um meine Hand wurde fester, als wir zwischen den Bäumen hervortraten und nun die Grabsteine umlaufen mussten, kurz darauf drückten wir uns unterhalb eines Fensters an die nachtkalte Mauer. Aus der Kirche drang kein Laut, das Licht aus den Butzenscheiben war seltsam bewegt und malte wabernde Muster auf das trockene Gras des Friedhof, als suche es die dort ruhenden Seelen. Ich schauderte.

»Wie sollen wir mitkriegen, was da drinnen passiert?«, wisperte Lilla. »Die Fenster sind zu hoch, und es gibt nur eine Tür!«

»Räuberleiter!«, flüsterte Patrick, ich warf einen skeptischen Blick auf seine dünnen Arme.

»Meinst du, du kannst mich heben?«

»Du sollst mich hochheben!«

Ich schnaubte: Hatte er mich nur aus dem Bett geholt, um mich als Trittleiter missbrauchen zu können?

»Pat! Leise!«, zischte Thomas.

Er bedeutete uns, zu bleiben, wo wir waren, klemmte seine bloßen Füße in die Ritzen zwischen den Steinen und zog sich zum Fenster hoch. Eine Minute verging, eine Zweite, eine Dritte – dann ließ sich er wieder runter und drückte sich neben mich an die Wand.

»Alle Erwachsenen sind da«, berichtete er. »Gamper steht vorn, es hängt eine Art Plan an der Wand, an dem er etwas erklärt. Unsere Eltern sitzen in der ersten Reihe, und Mutter ...« – Thomas stockte – »Mutter weint.«

»Mama weint?«

Lilla klang erschrocken, Patrick machte große Augen – dann drehte er sich um und versuchte, ebenfalls zum Fenster hochzuklettern. Sein Fuß rutschte ab, Stein bröckelte, überlaut in dem stillen Tal. Thomas packte ihn am Kragen wie eine Katze und stellte ihn wieder auf die Erde.

»Lass das! Willst du, dass sie uns hören?«

Der Kleine schüttelte das Köpfchen und sah dabei aus, als würde er auf der Stelle sterben, wenn er nicht sofort einen Blick in die Kirche werfen konnte. Ich seufzte und verschränkte die Hände, wenige Sekunden später drückte sich Patricks Oberschenkel gegen meine Wange und das Rautenmuster von seinen Tennisschuhen in meine Handflächen. Sein Hosenbein roch nach Waschpulver, und für so eine halbe Portion war er verdammt schwer.

»Mama weint wirklich«, wisperte der Kleine atemlos. »Papa tröstet sie. Sie schüttelt den Kopf. Wieder und wieder. Der Bürgermeister redet auf sie ein ...«

»Nur das Wichtigste!«, knurrte Thomas, Patrick verstummte.

»Jetzt stimmen sie ab«, ließ er sich nach kurzer Zeit erneut vernehmen. »Viele heben die Hand, eigentlich alle. Mama aber nicht. Papa schon ...«

»Pat!«

Thomas klang streng, und dem kleinen Indianer stockte der Atem, als wäre ihm das Luftholen ebenfalls verboten worden. Seltsamerweise machte ihn das schwerer: Meine Arme ächzten, aus meinem Mund kam ein angestrengter Laut.

»Komm runter, ich kann nicht mehr!«, flüsterte ich, Patrick gab ein nörgelndes Geräusch von sich. Ich hielt noch ein paar Sekunden durch, dann lösten sich meine verschränkten Hände und der Kleine rutschte an mir herunter.

Als Nächstes wuchtete Thomas Lilla hoch, wofür er mir leidtat, denn sie wog locker doppelt so viel wie Patrick.

»Mama scheint sich beruhigt zu haben«, berichtete sie nur, danach war ich an der Reihe: Patrick nahm bereitwillig Aufstellung, kurz darauf presste ich meine Nase gegen das blaugraue Glas des Fensters.

Die Kirche war innen winzig. Statt Bänken gab es Stühle mit hohen Lehnen, statt Altar lag da ein großer Findling, auf dem dicke, flackernde Kerzen brannten. Seltsamerweise gab es kein Kreuz, auch keine Heiligenbilder oder Statuen – nichts, was man in Kirchen üblicherweise fand. Die Felswand rund um das Dorf bildete die Rückwand, sie sah seltsam zerfurcht aus, als wäre dort eine Zeichnung eingeritzt. Ich versuchte auszumachen, was das war, erahnte Stacheln und Schuppen ähnlich dem Drachen auf dem Denkmal am Dorfplatz – und wandte mich dann den Menschen zu.

Die wenigen vorhandenen Plätze waren bis auf den Letzten besetzt. Ich erkannte Thomas Eltern vorn, die Mutter zusammengesunken, der Vater aufrecht und aufmerksam. Links entdeckte ich die künstlichen Locken der Bäckerin, Matteo saß am Rand und schien mit dem Bürgermeister zu streiten: Gerade erhob der Alte sich und pochte mit seinem Stock auf den Boden. Sein faltiges Gesicht war verzerrt, sein zahnloser Mund spie unhörbare Wörter aus, voller Wut, vielleicht sogar voller Hass – doch außer einem dunklen, unverständlichen Murmeln ließ das dicke Bleiglas nichts durch.

Unter mir stöhnte Patrick gequält, ich zischte 'Stell dich nicht so an!', dann sackte ich plötzlich ab und landete unsanft auf dem Boden.

»Tschuldigung«, wisperte Patrick, Thomas half mir auf.

»Alles Okay?«, flüsterte der große Indianer, ich nickte.

Er schob mich in den Schatten, turnte erneut zum Fenster hoch – und sprang mit einem schnellen Satz wieder herunter, kaum, dass er einen Blick in die Kirche geworfen hatte.

»Sie kommen raus!«, zischte er. Im gleichen Moment wurde das Licht in der Kirche gelöscht, ich von einer kräftigen Hand gepackt und weg gerissen, hinter einen uralten, moosigen Grabstein. Aus dem Augenwinkel bekam ich mit, wie Patrick und Lilla ebenfalls abtauchten, dann quietschte schon die Tür.

»Du leuchtest wie eine Fackel!«, flüsterte Thomas, ich zog den Kopf ein, als Lichtkegel von Taschenlampen die Dunkelheit zerschnitten, was ihm nicht zu genügen schien: Er schlang die Arme um mich, verbarg meine Haare und die weiße Haut von Gesicht und Hals an seiner dunklen Brust. Ich hörte dumpf die Schritte der Leute, ihre murmelnden Stimmen, ahnte, wie gefährlich nah sie an uns vorbei gingen. Doch mir war diese seltsame nächtliche Versammlung plötzlich völlig egal, denn ich hatte einen Duft in der Nase, den ich zuvor noch nie gerochen hatte. Er war ganz natürlich, mit warmer Erde, kühlen Steinen und süßen Zitronen, und er erzeugte in meinem Kopf einen wilden Wirbel aus Schwindel und Wohligkeit, der mich gleichzeitig benommen und glücklich machte. Der Duft kam von Thomas und schien im gleichen Rhythmus, mit dem sein Herz gegen mein Ohr klopfte, in meine Nase zu pulsieren. Das Gesicht des großen Indianers drückte sich in meine Haare, seine Hand war tief in meinen Locken vergraben, sein Körper bog sich schützend um mich. Unsere zusammengekauerte Haltung hinter dem alten Grabstein war denkbar unbequem, Entdeckung wahrscheinlich, Ärger vorprogrammiert, dennoch verspürte ich nicht den kleinsten Funken Angst. Ich fühlte mich geborgen, wünschte mir, dieser Augenblick möge nie vorübergehen – natürlich blieb das nur ein Wunsch, denn nach viel zu kurzen Minuten erklang Patricks helle, drängende Stimme über uns.

»Sie sind weg! Kommt, los!«

Thomas Griff löste sich, ich hob den Kopf und sah aus

wenigen Zentimetern in seine Augen, die der blasse Mond so schwarz wie Kohlen malte. Sie lagen so ruhig auf mir wie heute Nachmittag, als er meinen Sturz abgefangen hatte, aber ich erahnte einen sanften Schein auf seinen Wangen, der vielleicht Röte war. Das ernste Gesicht erhellte sich mit einem kleinen Lächeln, dann zog er mich hoch. Enttäuschung registrierte ich, wie seine Wärme der nächtlichen Kühle wich – und mein Herz machte einen Satz, als der große Indianer meine Hand nahm und mich eng an seine Seite zog, als wäre das nun mein Platz. Ich ließ es geschehen, unfähig, mich dagegen wehren zu können. Oder wehren zu wollen.

»Wir müssen nach Hause!«, drängelte Patrick.

Thomas nickte. »Ja, aber langsam. Sie müssen erst alle zurück in die Häuser, sonst entdeckt uns jemand.«

»Was haben die da nur gemacht?«, flüsterte Lilla und schlang die Arme um ihren Oberkörper, als wäre ihr kalt.

»Das ist bestimmt ein Geheimbund«, fantasierte Patrick. »Wie ein Orden. Deswegen treffen die sich nachts, und nur die Erwachsenen!«

Niemand antwortete ihm. Die letzte Taschenlampe war jetzt im Dorf verschwunden, und auch wir machten uns auf den Rückweg. Patrick schwatzte leise, aber aufgeregt auf Lilla ein, Thomas und ich folgten den beiden schweigend, über die Wiesen, die Brücke und schließlich durch das Stadttor. In den Gassen kamen wir nur langsam voran, weil wir uns vor jeder Abbiegung versicherten, dass niemand mehr zu sehen war und wir eher schlichen als gingen, um mit unseren Schritten niemanden ans Fenster zu locken, vor allem nicht den unermüdlichen Beobachter im Haus dem unseren gegenüber.

Als wir wieder unter meinem Schlafzimmerfenster standen und ich schon einen Fuß auf die Strickleiter gesetzt hatte, spürte ich Thomas Hand an meinem Arm.

»Möchtest du immer noch in die Schlucht?«, flüsterte er, ich nickte. »Dann hole ich dich morgen ab. So um zwei?«

»Ja. Ich freu mich«, sagte ich, und meinte es so.

Thomas lächelte, und ich verfluchte die Dunkelheit dafür, dass sie dieser Miene ihre fast ganze Wirkung raubte und mir kaum mehr als eine Ahnung davon gestattete. Wir sahen uns an, es verging eine Sekunde, zwei, drei, vier – dann hüstelte Lilla wie eine Gouvernante.

»Bis morgen«, raunte Thomas, und während ich die Leiter erklomm, hörte ich noch, wie er seinem plötzlich von der seltsamen Versammlung abgelenkten Brüderchen leise, aber bestimmt klarmachte, dass die Einladung nur an mich ergangen wäre. Ich löste die Leiter und warf sie zu dem großen Indianer herunter, was ein in der Stille geradezu ohrenbetäubendes Klappern von Holzstegen auf Holzstegen erzeugte. Wir alle verharrten mit angehaltenem Atem, dann entfernten sich die Geschwister: Patricks gewisperte, bettelnde Fragen und Thomas ruhige Antworten verloren sich in den Gassen, Lilla folgte ihnen gedankenverloren und stumm.

***

Ich war schrecklich müde, als ich wieder in meinem Bett lag, gleichzeitig klopfte mir das Herz bis zum Hals. Zwei Dinge waren es, die mich keinen Schlaf finden ließen: das Dorf – und Thomas.

Das Dorf, in dem Leute sich auf altertümliche Art bekreuzigten, sobald sie meiner ansichtig wurden. Mich ignorierten oder 'aus Versehen' einsperrten. In dem Telefone kaputt gingen, wenn ich sie benutzen wollte. In dem das Kommen und Gehen von mir und meiner Mutter von einem neugierigen Augenpaar rund um die Uhr überwacht wurde. In dem eine Ärztin mich untersuchte, als wäre ich eine frisch angelieferte Ware, die sie auf Qualitätsmängel abklopfen musste. In dem unser Auto weggesperrt wurde. In dem es einen alten Mann gab, der mir etwas über Tod und Schuld und Hölle sagen wollte, aber nicht durfte. In dem Leute sich zu nachtschlafender Zeit in einer abgelegenen Kapelle versammelten, wobei eine Frau weinte und Matteo mit dem Bürgermeister stritt, bis er geiferte.

Und dann: Thomas. Der große Indianer, der oft so wortkarg war und mich mit seinen schwarzen Augen angesehen hatte, als wäre ich ein Alien, das schnellstmöglich auf seinen Heimatplaneten gebeamt gehörte. Der nach Erde, Steinen und süßen Zitronen duftete, der so herrlich warm war und dessen Hand sich eben in meinen Haaren vergraben hatte, als hätte er mich nie wieder loslassen wollen. Die Erinnerung an seine Berührung erfüllte mich mit Glück – und als ich feststellte, dass ich an die Decke grinste, während ich an ihn dachte, lachte ich über mich selbst.

Als ich schließlich einschlief, träumte ich, dass ich rannte, wie noch nie zuvor in meinem Leben, nämlich um mein Leben. Über das Plateau, gehetzt von den Dorfbewohnern, die wie schwarze Schatten hinter mir her zischten und mich gnadenlos auf die Klippe zutrieben. Thomas braune Hände rissen mich im letzten Augenblick zur Seite, und nachdem ich mit einem Schrei erwacht war, stürzte ich ins Bad und schaufelte mir kaltes Wasser ins Gesicht.

Gib dem Dorf eine Chance, sagte ich mir, während ich in mein bleiches, von diesen unmöglichen knallroten Locken umrahmtes Gesicht starrte, das mir tropfend aus dem Spiegel entgegensah. Ja, es ist seltsam, aber es hat einen kleinen Indianer und einen großen. Goldbraune Augen, schwarze Augen. Und die beiden sind es wert, dass du es hier aushältst.

2. Buch:

Das Tier

– Das Tier –

Thomas holte mich am Nachmittag ab, wie versprochen. Ich hatte den ganzen Morgen über Magenkribbeln gehabt, gespeist aus verschiedenen Quellen. Vorfreudiges Kribbeln, weil ich Thomas wiedersehen würde. Ängstliches Kribbeln, weil ich befürchtete, er würde wieder kalt und abweisend sein – oder womöglich gar nicht kommen. Und ein unbestimmbares Kribbeln, das mit der nächtlichen Versammlung zusammenhing. Beim Frühstück hatte ich mit mir gerungen: Sollte ich meiner Mutter davon erzählen? Ich entschied mich dagegen, denn wahrscheinlich würde sie das wieder als Gemecker am Dorf sehen und mir ins Gewissen reden, worauf ich gut verzichten konnte.

Meine Sorge über Thomas war indes unberechtigt: Er klingelte pünktlich, barfuß und mit einem riesigen Rucksack über der Schulter. Ich hatte nur eine Mini-Ausgabe dieses Monsters dabei und fühlte mich vergleichsweise schlecht vorbereitet – auch dafür, dass Thomas mich tatsächlich anlächelte, als mein roter Schopf in seinem Blickfeld auftauchte. Ich brachte ein 'Hi' heraus, während die aufmerksamen Augen meiner Mutter erst fragend, dann allzu wissend zwischen mir und dem großen Indianer hin und her wanderten.

»Wie hast du es geschafft, dass Patrick zuhause bleibt?«, fragte ich Thomas und zog die Haustür schnell hinter mir zu, damit meine Mutter keine peinlichen Fragen stellen konnte.

»Ich hab ihm versprochen, dass er die Wand probieren darf, an der ich abgestürzt bin«, antwortete der große Indianer, als wir hinaus aus dem Dorf, hinüber zur Wand mit den Nägeln marschierten. »Mit Sicherung natürlich. Für ihn ist das so etwas wie der Mount Everest, er quengelt schon ewig, dass er da dran will.«

Ich lachte, dann brauchte ich meinen Atem, um erneut diese verflixte Felswand hochzukommen.

»Was hast du alles in diesem Rucksack?«, erkundigte ich mich kurz darauf, als ich nach dem Aufstieg mal wieder auf dem Rücken lag und meine Beine lockerte.

Der große Indianer zuckte mit den Schultern. »Was man so braucht: Erste-Hilfe-Kasten, Decken, frische Klamotten, Essen, Wasser. Einen Kocher ...«

»Wollen wir in der Schlucht campen?«

»Nein«, antwortete er und legte sich ebenfalls zurück in das harte Gras des Plateaus, »aber man weiß ja nie. Wenn ein Unwetter kommt, sitzt man schnell fest.«

Wir starrten in den hier immer wolkenlosen, immer strahlend blauen Himmel.

»Soll ich was davon tragen?«, bot ich an, er schüttelte den Kopf, stand auf, zog mich hoch, und wir begannen unsere Wanderung über das Plateau. Unterwegs erzählte mir Thomas von seinem ersten, heimlichen Ausflug in die Schlucht und von Patrick, den er mal erwischt hatte, als er schon auf halbem Wege über die Hochebene gewesen war, mit einem Seil über der Schulter. Ich lachte über den kleinen Indianer, stolperte über einen Stein und ließ zu, dass Thomas meine Hand nahm. Die Seine war warm und fest, ich spürte seinen Herzschlag in ihr pochen, meinen eigenen bis zum Hals hochschlagen – und ich war schrecklich froh, meinen Frieden mit dem großen Indianer gemacht zu haben. Oder auch mehr.

***

Wir waren an der Felswand mit den Nägeln aufgestiegen. Ich hatte vermutet, dass wir nur kurz zum Wasserfall rübergehen und dort in die Schlucht absteigen würden, aber Thomas führte mich vom Dorf weg, hinüber zur entfernteren Stirnseite der Schlucht. Die Felswände nahe dem Wasserfall lägen im Süden und damit im Dauerschatten, erklärte mir der große Indianer diesen Umweg, sie wären feucht und moosig, viel zu rutschig zum Klettern.

Thomas plauderte außerdem über das Plateau und die ungewöhnliche Vegetation der Schlucht, ich nickte, war aber so abgelenkt von seiner Berührung, von seiner Hand in meiner, dass er mir auch was über die Landung von Marsmenschen hätte erzählen können. Komisch: So sehr mich diese Schlucht und dieser Wald interessierten – Thomas interessierte mich noch mehr, und so lauschte ich eher auf seine Stimme denn auf seine Worte.

Als wir nach drei oder vier Kilometer Spaziergang über das Plateau die Nordseite der Schlucht erreicht hatten, ließ Thomas mich an die Kante treten und hinunter spähen. Er hielt meine Hand dabei noch fester, ich beugte mich mutig über die Felswand – und war erneut überrascht, wie schön und exotisch diese Schlucht war, was für ein Kontrast zu diesem sonnenverbrannten Tal mit dem Dorf und dieser verdorrten Hochebene! Ich blickte auf einen dichten Wald mit unglaublich hohen Bäumen und üppigen Büschen, ein Meer in Grün, wild wuchernd und herrlich lebendig. Von der Burg konnte ich von hier oben nicht viel erkennen, denn sie war von Bäumen umgeben, die im Lauf der Jahrhunderte weit über sie hinausgewachsen waren: Ich erspähte ein Stück Dach mit Zinnen und einen trutzigen Turm, gemauert aus grauem, nachgedunkelten Stein, bewachsen von Flechten und blühenden Ranken. Wie ein vergessenes Dornröschenschloss erschien sie mir, verwoben mit dem Wald und gefangen in dieser Schlucht, die wie ein scharfer, tiefer Schnitt in der

Hochebene klaffte. Den Teich sah ich nicht. Natürlich nicht, befand er sich doch auf der gegenüberliegenden Schmalseite der Schlucht, unterhalb des Wasserfalls, der wie ein Diamantband in der Sonne glitzerte, bevor er auf halber Höhe und im freien Fall von der Holzkonstruktion abgefischt wurde.

Thomas ließ mich schauen, und als unsere Augen sich begegneten, sah ich, dass meine Faszination ihn freute. Ich drückte seine Hand, dankbar und bewegt von diesem wunderbaren Anblick, dann spazierten wir auf der anderen Seite der Schlucht noch ein Stück weiter, wieder zurück nach Süden. Schließlich hielt der große Indianer an.

»Siehst du die Höhle dort? Etwa auf halber Höhe?«

Mein Blick folgte seiner Hand zur Felswand gegenüber: ein ovales Loch in der Wand, vielleicht vier Meter hoch und drei breit.

»Auf dieser Seite sind noch zwei«, fuhr Thomas fort, »sie liegen nicht so hoch wie die da drüben, sondern am Fuß der Wand, ungefähr einen Kilometer von hier zurück in Richtung Dorf. Ich war ja bislang nur in einer, aber die war interessant. Es gibt ein paar Stalagmiten, außerdem ein Bild.«

»Was für ein Bild?«

»Ein sehr, sehr altes, in den Fels gemeißelt. Hast du gestern Nacht das gesehen, was in der Kirche ist? Hinten, an der Wand?«, fragte Thomas, während er seinen Rucksack öffnete und die Kletterausrüstung auspackte.

Ich hatte einen schnellen Blick darauf erhascht, als wir durch die Fenster gespäht hatten, mehr nicht.

»Ein Drache, oder so was? Wie das Standbild auf dem Dorfplatz?«

Thomas nickte. »Genau. Ein Drache und ein Mensch. Keiner weiß mehr, was genau sie darstellen sollen, sie sind schon uralt. Die Statue ist aus dem Mittelalter, die Bilder sehen noch älter aus. In der Schule erzählen sie, das Motiv ginge auf eine vergessene Legende zurück, vielleicht so etwas wie Siegfried aus dem Nibelungenlied oder der Heilige Georg. Drachentöter. Das Bild in der Kirche ist einfach, nur eine Strichzeichnung im Felsen, aber das in der Höhle ist richtig aufwändig.«

Er streckte mir den himbeerroten Klettergurt entgegen.

»Und es hat eine sehr komische Sache, die das in der Kirche nicht hat«, fuhr er fort, während ich mich in die Riemen zwängte. »Namenstafeln, viele sogar. Meistens Frauennamen. Als hätten eine Zeitlang Leute ihre Namen neben dieses Bild gehängt, warum auch immer. Magst du das sehen?«

Ich nickte. »Unbedingt. Und die Burg.«

Thomas lächelte. »Wenn wir genug Zeit haben. Aber erst mal müssen wir da runter. Ich lasse dich ab, und wenn du unten bis, sicherst du meinen Abstieg.«

Bald darauf hing ich am Seil und stieß mich in kleinen Sätzen von der Felswand ab, während Thomas Stück für Stück Leine nachgab. Nach wenigen Minuten trafen meine Füße auf Boden, weich, mit hohem Gras bewachsen, und ich hatte endlich mal wieder pure Waldluft in der Nase, schwer, feucht und erdig, aber trotzdem frisch. Ich stand auf einem Grasstreifen, ein paar Meter breit, hatte die Felswand im Rücken und blickte auf den Waldrand: enorme Stämme mit großen Blättern in Formen, wie ich sie nie zuvor gesehen hatte, dazwischen gigantische Stauden, die wie Farne aussahen, und Büsche mit leuchtenden, faustgroßen Blüten.

»Alles klar?«, rief Thomas von oben, ich bejahte. Als er wenig später neben mir stand, vertäute er das Seil an einem dicken Nagel, den er mit einem gezielten Schlag in den Boden trieb. Der große Indianer zog ein Paar Tennisschuhe an, die er in seinem Rucksack gehabt hatte (stachelige Pflanzen, sagte er, als müsse er sich rechtfertigen), nahm mich wieder an der Hand und wies nach rechts.

»Erst die Höhle, dann die Burg, okay?«, schlug er vor, ich nickte.

***

Wir gingen gemächlich. Schnell konnte man in diesem Wald eh nicht vorwärtskommen, denn es war ein Urwald, den seit langem kein Mensch mehr betreten hatte, und in dem schon gar keine menschliche Hand für Ordnung sorgte. Alles wucherte wild durcheinander, haarige Flechten rankten sich an den Stämmen hoch und hingen von den Ästen herab wie Spinnweben, Schlingpflanzen und Pilze zogen sich in dichten Teppichen über den Boden. Die Erde federte unter unseren Füßen, Jahrzehnte alte Laubschichten raschelten leise. Die Sonne brannte auf das vom Wind sanft bewegte Blätterdach, doch es kamen nur einzelne Strahlen auf dem Boden an, die aufblitzten wie die Leuchtpunkte einer Discokugel: Der Wald war exotisch und unwirklich, wie aus einer vergessenen Zeit. Ich atmete tief ein und aus, war ein bisschen verliebt: in diesen wilden Wald mit seinem Duft nach immergrünem Moos, altem Laub und fremdartigen Blumen. Und in Thomas mit seinem Duft nach trockener Erde, kühlen Steinen und diesen süßen Zitronen.

Wir brauchten für vielleicht einen Kilometer durch den Wald eine gute Viertelstunde, und schließlich zeigte der große Indianer auf die Felswand rechts von uns, die grau und hell durch die Bäume schimmerte.

»Wir müssten auf Höhe der ersten Höhle sein«, sagte er, und wir gingen hinüber, traten aus dem Wald hinaus auf den Grasstreifen, der auch hier Felswand und Bäume trennte.

Ja, tatsächlich: eine Höhle am Fuß der Wand. Ihr Eingang sah aus, als hätte jemand mit einem Locher ein Stück aus dem Stein gestanzt, als hätten Menschen ihn gemacht, Menschen mit Zirkelmaß und Sinn für den perfekten Kreis. Der Eingang war nur einen guten Meter über dem Boden, Thomas legte seinen Rucksack auf dem Vorsprung ab.

»Möchtest du Tee oder Kaffee?«

»Wasser reicht«, antwortete ich, er verzog seinen Mund.

»Wofür habe ich dann bitte diesen Kocher mitgeschleppt?« Du meine Güte! »Tee. Danke.«

Thomas machte sich an seinem Rucksack zu schaffen, ich hockte mich auf die Kante, ließ die Füße baumeln und blickte immer noch hingerissen auf den Urwald: War er schön! Es juckte mich geradezu in den Beinen, durch diesen Wald zu rennen, meine Lungen mit dieser frischen Luft zu füllen, von dieser weichen Erde abzufedern ...

Ich zupfte von einem neben der Höhle wachsenden Busch eine Blüte ab: Sie war handtellergroß, hatte gelbe Blätter, leuchtender als die einer Sonnenblume, und innen orangefarbene Punkte.

»Solche Blüten habe ich noch nie gesehen. Was ist das für ein Busch?«, fragte ich Thomas, der zuckte mit den Schultern, als ich mich zu ihm umdrehte, und hantierte gerade mit zwei Blechtassen.

»Das weiß ich nicht. Aber die meisten Pflanzen in der Schlucht sind ziemlich selten, deswegen steht hier alles unter Naturschutz.«

»Aber giftig sind sie nicht?«

Thomas schüttelte den Kopf. »Wie kommst du darauf?«

»Das war eine der Begründungen von Patrick, warum er nicht hier runter darf. Giftige Pflanzen, gefährliche Höhlen und ein riesiger Sumpf.«

»Ich fürchte, da habe ich etwas übertrieben«, sagte der große Indianer mit einem Lachen. »Der Boden ist teilweise etwas matschig, die eine Höhle, in der ich war, war verdammt dunkel und die Pflanzen sind selten und sehen sehr exotisch aus. Aber das hätte meinen Bruder nicht genug abgeschreckt.«

Ich lachte mit ihm. Das Wasser war schnell heiß, einige Minuten später setzte der große Indianer sich neben mich. Nah genug, damit ich die Wärme seines Körpers spüren konnte, nah genug, damit ich ein paar feine Narben in der braunen Haut seiner Unterarme sehen konnte – Andenken an kleine Kletterunfälle, vermutlich. Er war gar nicht so viel anders als ich, ging mir auf: Ich rannte, er kletterte – und wir beide wollten uns das auf keinen Fall nehmen lassen. Okay, sein Sport war gefährlicher, trotzdem verband uns eine Leidenschaft, wenn auch sonst nicht viel: Wir waren rein optisch wahrscheinlich ein echt komisches Paar. Hell und dunkel, weiß-rot und braun-schwarz – wie Tag und Nacht, die gemeinsam (unmöglich!) im kreisrunden Eingang einer Höhle saßen.

Ich trank mit kleinen Schlucken meinen Tee und sah aus

dem Augenwinkel, dass auch Thomas mich beobachtete, den Teebecher vergessen in den Händen. Ich fand seinen Blick nicht unangenehm, fragte mich aber, nach was er suchte – und ob ihm gefiel, was er da sah. Bislang hatten weder er noch ich diese Sache aus der vergangenen Nacht erwähnt, diesen besonderen Moment, in dem wir uns so nah gewesen waren. Ich überlegte, ob es klug wäre etwas zu sagen. Und wenn ja – was? Und wie?

Ich trank noch ein paar Schlucke von dem Tee, aber eher aus wortloser Verlegenheit, denn er war viel zu bitter. Thomas schien er auch nicht sonderlich zu schmecken, nachdem er einmal kurz daran genippt hatte, kippte er ihn mit angewidertem Gesichtsausdruck auf den Boden. Die Sonne brannte auf uns herunter, es war warm in diesem Höhleneingang – zu warm, fand ich. Oder war das der Tee? Ich stellte die Tasse weg, wischte mir mit der Hand über die Stirn. Sie war trocken, aber mir war trotzdem heiß. Ich rutschte auf dem Hosenboden nach hinten, in den Schatten der Höhle, schlang die Arme um die Beine.

»Alles okay?«, fragte Thomas, ich nickte.

»Ja«, sagte ich und war selbst erstaunt, wie träge meine Stimme plötzlich klang. »Ja, geht schon.«

Ich lächelte, was mich ziemlich anstrengte, und stellte fest, dass Thomas Gestalt vor meinen Augen ganz verschwommen war. Ich blinzelte, er wurde kurz schärfer – eine schwarze Silhouette im gleißenden Sonnenlicht, dann verwischte er wieder. Ich rieb mir die Augen, doch auch danach war mein Blick immer noch verschmiert, eher mehr als weniger.

Ich legte den Kopf auf die Knie und atmete konzentriert ein und aus.

»Siena? Was hast du?«

»Weiß nicht«, lallte ich und sehnte mich plötzlich unendlich nach einem Bett und ein paar Stunden Schlaf. Gott, was war das nur? Ich hatte nie Kreislaufprobleme, war nie krank – na gut, mal eine Erkältung im Winter, aber nichts Schlimmeres. Und jetzt ... ausgerechnet jetzt ging es mir so dreckig wie seit Jahren nicht!

Ich nahm ein paar tiefe Atemzüge und rang mit aller Kraft um Haltung, spürte dann ohne Erstaunen, wie ich zusammensackte. Thomas fasste mich unter die Achseln, zog mich weiter in den Schatten, legte meinen Oberkörper auf dem Boden ab, machte meine Beine lang.

»Lass doch«, sagte ich, wofür ich mich richtig konzentrieren musste: Worte finden, Worte aussprechen – mein Gehirn war total vernebelt, nichts ging mehr schnell, nichts war mehr selbstverständlich.

»Es geht dir bestimmt gleich besser«, hörte ich Thomas samtige Stimme an meinem Ohr, und eine Gänsehaut jagte mir über den Körper. Ich erblinzelte sein Gesicht nah über mir, war jedoch zu müde, um etwas erwidern zu können, was mir entsetzlich leidtat. Ich weiß auch nicht, was ich habe, wollte ich sagen, ich bin sonst nie so müde – so plötzlich so müde! Thomas strich mir ein paar Strähnen aus der Stirn, ich starrte zu ihm hoch – bis aller Wille, alle Anstrengung meine Augen nicht mehr offen halten konnte und ich in eine Schwärze fiel, wie ich sie noch nie zuvor erlebt hatte.

***

Als ich die Augen wieder aufschlug, war es draußen schon leicht dämmerig und Thomas nirgends zu sehen. Eine Decke war um meine Beine gewickelt, eine andere lag zusammengerollt unter meinem Kopf, neben mir standen zwei Flaschen Wasser, zwei Müsliriegel und eine Taschenlampe. Ich setzte mich auf, rieb mir mit den Händen durch das Gesicht, warf einen Blick auf die Uhr. Was, schon sieben? Ich schüttelte erstaunt den Kopf: Damit war ich fast vier Stunden weg gewesen! Ja, 'weg' war das richtige Wort, denn geschlafen hatte ich nicht, das war eher eine pechschwarze Bewusstlosigkeit gewesen.

»Thomas?«

Meine Stimme klang kratzig, ich hustete trocken, versuchte es dann noch einmal, ein bisschen lauter.

»Thomas? Wo bist du?«

Der Wald rauschte, eine dicke Biene brummte durch die warme Luft, aber es antwortete niemand. Ich schlug die Decke zurück und stand auf – schwerfällig, denn meine Beine waren jetzt nicht mehr nur vom Muskelkater geschwächt: Was auch immer mich ausgeknockt hatte, ganz weg war es nicht. Mein Kopf war trudelig, Denken fühlte sich an, als hätte ich Watte im Hirn, meine Glieder wollten eindeutig, dass ich liegen blieb.

»Thomas? Thomas!«

Ich taumelte mehr, als dass ich ging, und stützte mich an der Wand ab, während ich vom Höhleneingang aus nach links und rechts spähte. Die Wiese war verlassen, der Wald lag ruhig da – der große Indianer war nirgends zu sehen. Und sein Rucksack samt Kochgeschirr war auch verschwunden, registrierte ich, als ich mich wieder dem Lager zuwandte, auf dem ich gerade erwacht war, meiner lag dagegen noch auf der Erde. Ich trank ein paar Schlucke Wasser gegen den ekelhaften Geschmack in meinem Mund, wankte dann mit der Flasche in der Hand hinein in die Höhle. Sie schien nicht besonders groß zu sein: Der Raum gleich hinter dem Eingang war länglich und so sieben, acht Meter tief, machte danach einen Schwenk nach links. Ich folgte der Biegung, stützte mich dabei weiterhin mit einer Hand an der Wand ab: diese verdammten Beine!

»Thomas?«, rief ich, nicht zu laut – und hoffentlich auch nicht allzu verunsichert. Würde der große Indianer jetzt mit einem Lächeln um die Ecke kommen und mich fragen, ob ich gut geschlafen hätte, wollte ich nicht aussehen, als hätte ich mir vor Angst in die Hosen gemacht.

Hinter dem Schwenk war die Höhle schmaler, eher ein Gang als ein Raum. Die grauen Felswände rückten auf Armeslänge Abstand an mich heran, fühlten sich nass und kühl an. Ich wischte mir die Hand an meiner Bluse ab und ging langsamer weiter, denn das Tageslicht wurde mit jedem Schritt, den ich mich vom Eingang entfernte, merklich matter.

»Thomas? Thomas!«

Meine Stimme hatte ein leises Echo, das die kahlen Steinwände hin und her spielten, bis es kläglich verklang, aber auch jetzt kam keine Antwort. Und allmählich wurde es richtig finster hier drinnen – eine dichte, fast greifbare Schwärze, feucht und kalt. Meine Füße schlurften über den unregelmäßigen Boden des schmalen Ganges, ein stetiger, leicht heulender Luftsog bescherte mir eine Gänsehaut am Rücken und brachte einen Geruch nach nassem Stein und uralter Leere mit sich. Ich zögerte: Sollte ich überhaupt in der Höhle nach Thomas suchen? War es wahrscheinlich, dass er darin war? Ich wusste nicht, was ich sonst tun sollte, also ging ich zurück und holte die Taschenlampe, deren Lichtkegel die trübe Dunkelheit mit einem ermutigenden, wenn auch nicht sehr großen Strahl durchschnitt.

Nach vielleicht fünfzehn, zwanzig Metern verbreiterte der Gang sich erneut zu einem Raum, dessen enorme Höhe ich trotz der Lampe indes eher erahnen als sehen musste, weil der Lichtstrahl im Dunst versickerte, bevor er auf die Decke traf. Um mich herum hörte ich ein nahes Tropfen und ein entfernteres Rauschen von Wasser, fand jedoch nur ein paar schmale Klüfte im Fels, keine Ausgänge. Scheinbar endete die Höhle hier, und Thomas war nicht darin.

War er in die andere Höhle gegangen, die ja ganz in der Nähe sein sollte? Oder hoch zur Burg? Oder hinunter zum See? Vielleicht. Aber Thomas würde mich doch nicht einfach zurücklassen! Warum auch? Um mich zu ärgern? Einen anderen Grund konnte ich mir beim besten Willen nicht vorstellen. Aber Thomas war heute doch freundlich gewesen, er hatte mit mir gelacht, er hatte sogar meine Hand gehalten! War das alles nur eine Lüge gewesen? Nein, nein, nein! Er ist bestimmt draußen, sagte ich mir, er ist spazieren, klettern, irgendwas – geh einfach raus und schau nach! Was läufst du auch in dieses finstere Loch hinein?

Ich tastete mich zurück zum Ausgang, ließ den Lichtkegel meiner Taschenlampe dabei über die Wände tanzen, in der Hoffnung, doch noch einen Raum übersehen zu haben. Und ich stutzte, als sich nach Meter über Meter grauem, nassen Fels unvermittelt eine Art Bild aus der Dunkelheit herausschälte: ein Relief, tief in den Fels gehauen, vielleicht zwei Meter hoch und eineinhalb breit. Das musste das Bild sein, von dem

Thomas mir erzählt hatte! Ich erkannte den Drachen und eine menschliche Gestalt, wahrscheinlich eine Frau oder ein Mädchen, wenn man die langen Haare und die fließende Kleidung betrachtete. Ich strich mit den Fingern über den glitschig-moosigen Stein und bewunderte die fein gearbeitete Noppenhaut des Drachens, den detailreichen Faltenwurf im Kleid des Mädchens: Das Bild sah alt aus, sehr alt. Ich suchte nach einer Jahreszahl, aber stattdessen fand ich etwas anderes: viele kleine Holztafeln, außen entlang des Rahmens angebracht, immer ordentlich eine über der vorhergehenden. Sie bedeckten die linke, lange Seite des Bildes und knickten mit diesem dann in die Waagrechte ab, die letzte Tafel lag etwa in der Mitte des oberen Rahmens. Thomas hatte sie erwähnt, erinnerte ich mich. Die unten waren dunkel und verwittert, die oben besser erhalten – und die Letzte glänzte so neu, als wäre sie nicht länger in dieser Höhle als ich. Mein Magen zog sich zu einem harten Klumpen zusammen, ich wollte nicht genauer hinschauen, ahnte aber, dass ich es tun musste. Ahnte, dass sie wichtig war, diese eine, diese neue Tafel.

Ich trat näher heran. Die Täfelchen waren denkbar simpel beschriftet: mit einem Namen, in einer verschnörkelten Schrift in das Holz graviert. Ich las 'Bianca', 'Roja', 'Nera', 'Azul' – und auf dem neuesten 'Siena'. Ich starrte auf das Täfelchen mit meinem Namen, und meine Hand mit der Taschenlampe begann zu zittern. Was hatten all diese Mädchen mit dieser Höhle zu tun? Was verband all diese Mädchen mit mir? Warum tauchte der Name der verschwundenen Nera ausgerechnet hier noch einmal auf? Und die wichtigste Frage: Wer hatte das Schild mit meinem Namen dort angebracht und warum?

Ich wandte mich wieder dem Bild zu, suchte erneut nach Inschriften, nach einem Hinweis darauf, was die Namen sagen sollten, was der Drache und das Mädchen bedeuteten, aber vergeblich: Nichts, was mir geholfen oder mich beruhigt hätte. Dafür registrierte ich jetzt etwas anderes, wiederum mit einem Schauder: die Monstrosität des Drachens. Er war größer als das Mädchen, deutlich größer, besaß eine spitze Echsenschnauze, weit geöffnet und mit langen, scharfen Zähnen. Enorme, gebogene Klauen an den Tatzen und dicke Stachelschuppen auf dem Rücken erkannte ich – jedoch keine Flügel. Drachen hatten aber Flügel, also war das kein Drache. Das Tier erinnerte auch ein bisschen an Godzilla oder einen T-Rex, besaß jedoch längere Vorderbeine: Sie waren genau so lang wie die hinten, und noch dazu verdammt kräftig. Auf dem Bild stand das Tier auf seinen Hinterbeinen, und die Arme waren vor allem deshalb so gut zu erkennen, weil es damit das Mädchen gepackt hatte. Von ihr war nichts zu sehen außer einer zierlichen Rückenansicht – kein schreiendes Gesicht, keine Angst, kein Schmerz. Aber nach einem Spiel oder selbst einem Kampf sah das auch nicht aus. Dafür war das Tier zu groß, zu bedrohlich, und das Mädchen zu klein, zu zerbrechlich. Das Bildnis war so lebensecht, dass ich fast glaubte, ich würde das Mädchen zittern sehen und seine Furcht vor diesem Echsentier spüren.

Ich schluckte hart und die Fragen in meinem Kopf überschlugen sich. Was hatte das Mädchen auf dem Bild mit den Namen auf den Schildern zu tun? Was hatte es mit mir zu tun? Dieses Mädchen war so gesichtslos, so austauschbar – ein Platzhalter für andere Mädchen? Für die, deren Namen hier standen? Für Bianca, für Nera, für Azul? Für mich? Aber so bin ich nicht, dachte ich trotzig, während meine Kehle sich zuschnürte und mein Magen sich aufbäumte, als wollte er sich von meiner Angst wegbiegen, so bin ich nicht! Ich schluckte noch einmal, doch es half nichts: Etwas Bitteres stieg mir im Hals hoch, ließ mich erst räuspern, dann würgen, und nach einigen Schritten zur Seite übergab ich mich in eine Ecke der Höhle.

Ich hustete, bis nichts mehr kam und die Galle heiß in meinem Hals brannte, danach hockte ich auf dem Boden und keuchte, bis mein Atem ruhiger ging und mein Herz langsamer pochte. Um mich herum war es stockdunkel, Wasser rauschte unsichtbar in den Felsen, in der feuchten Kälte der Höhle überzog sich mein ganzer Körper mit prickelnder Gänsehaut: Ich hatte mich noch nie so einsam und allein gefühlt, so verwirrt, so erschöpft und gleichzeitig so unruhig – meine Gedanken rasten, fanden aber nichts, was das alles erklären konnte. Mein plötzlicher Schlaf, der verschwundene Thomas, das Relief, die Namen: Es war irgendetwas Dunkles, ahnte ich, irgendetwas Böses. Warum sonst versteckten sich dieses Bild und diese Tafeln im dunkelsten Eck einer Höhle? Gelegen in einer Schlucht, die man nicht betreten durfte?

Ich tastete nach der Wasserflasche, spülte meinen Mund aus und trank ein paar Schlucke. Den Rest kippte ich mir in die Hand, wusch mir damit durchs Gesicht, und als das kühle Wasser meinen Hals beruhigte und meinen Magen besänftigte, ging es mir besser. Das Übergeben war fies gewesen, aber auch erleichternd: Mein Kopf war klarer, und meine Beine ... Ich stand auf: Endlich, meine Beine waren wieder richtig benutzbar! Ich knipste die Taschenlampe wieder an, zögerte, trat dann jedoch noch einmal an das Relief. Ich hatte zwar nach wie vor keinen blassen Schimmer, was es bedeutete, zwei andere Sachen aber wusste ich genau: Ich wollte nicht, dass mein Name den Abschluss dieser Namensreihe bildete, und ich wollte so schnell wie möglich raus aus dieser Höhle und dieser Schlucht. Also stellte ich mich auf die Zehenspitzen, krallte meine Finger um das 'Siena'-Täfelchen und riss daran, bis ich es in der Hand hatte – dann machte ich, dass ich zurück ans Tageslicht kam.

***

Als ich aus der Höhle hinunter auf den Waldboden sprang, hatte ich die Taschenlampe in der einen Hosentasche meiner Shorts, die zweite Flasche Wasser in der anderen, einen Müsliriegel im Mund und den anderen ausgepackt in der Hand. Ich rief wieder zweimal, dreimal Thomas Namen, natürlich antwortete niemand. Ein Blick auf die Uhr und einer in den Himmel: Halb acht, mein Ausflug in die Höhle mit dem Wandbild hatte mich ganz schön Zeit gekostet. Die Sonne ging nun bereits unter, gerade malte sie die letzten, rotgelben Streifen Abendlicht an die Felswand hinter mir: Noch eine halbe Stunde, dann wäre sie raus aus dem Tal, eine weitere Viertelstunde, und es wäre stockdunkel.

Ich biss vom zweiten Müsliriegel ab und spürte in meinem Bauch eine pochende Mischung aus Wut und Sorge. Wut auf Thomas, Sorge um Thomas. Warum war er verschwunden? Hatte er mich wirklich einfach so allein gelassen – oder war ihm vielleicht etwas passiert? Hatte er die Zeit für eine Kletterpartie genutzt und lag jetzt irgendwo am Fuß der Wand, mit zerschmetterten Gliedern? Nach kurzem Nachdenken hielt ich das indes für unwahrscheinlich: Niemand ging in aller Ruhe klettern, wenn der, mit dem er unterwegs war, bewusstlos wurde. Da war es wahrscheinlicher, dass er Hilfe holen war – das würde auch erklären, warum sein Rucksack mit der ganzen Kletterausrüstung nicht mehr vor der Höhle lag. Oder ... Ein Gedanke blitzte durch meinen Kopf, ich nickte und kaute energischer. Thomas hatte gesagt, die Schlucht wäre verbotenes Gebiet, es gäbe Ärger, wenn wir erwischt würden. Richtig Ärger. Vielleicht war das hier so eine Art Mutprobe? Ein Ritual, durch das alle Neuen im Dorf durchmussten? Alle, die in die Kletter-Gang wollten? Ich steckte mir den Rest des Riegels in den Mund und fand diese Theorie gar nicht so abwegig: Wahrscheinlich lagen Thomas, Patrick, Nele und die anderen oben auf der Lauer und warteten darauf, dass ich über die Kante aufs Plateau krabbelte, um mich dann zu feiern. Oder darauf, dass ich aus der Schlucht jämmerlich um Hilfe rief. Ersteres wäre 'Mutprobe bestanden', das zweite 'Mutprobe nicht bestanden'.

Oder gefiel mir diese Idee nur deshalb so gut, weil sie meinen zuckenden Magen zumindest ein wenig besänftigte? Ich schluckte den Mundvoll Müsli herunter und beschloss, die Mutprobe zu bestehen, wenn es denn eine war: Denn auch, wenn es keine war, würde mich diese Sichtweise aus der Schlucht rausführen.

Um zurück zum Seil zu gelangen, musste ich nach Norden, Richtung Burg, und der kürzeste Weg führte am Waldrand entlang. Wenn ich zügig ging, würde ich für diese Strecke vielleicht so zehn Minuten brauchen – wenn ich rannte, weitaus weniger. Ich warf einen Blick in den vom Abendrot satt gefärbten Himmel: Ja, wenn ich lief, wäre ich schneller – und damit blieb mir etwas Zeit. Ich beschloss in einem Anflug von Trotz, auch einen Blick in die andere Höhle auf dieser Seite der Schlucht zu werfen: In der Ersten war das Relief mit den Tafeln gewesen, vielleicht hatte die zweite Höhle ja auch noch etwas zu bieten? Vielleicht war das Bild nur der erste Teil von einem Rätsel? Und das zu lösen, gehörte zur Mutprobe dazu? War vielleicht sogar der Schlüssel zum Bestehen derselben? Verdammt viele 'vielleicht', aber ich wandte mich trotzdem nach Süden.

Mein Weg führte mich so nah an der Felswand entlang, wie es der wilde Wald zuließ, und so brauchte ich nicht lange, bis ich ein zweites Loch in der Felswand entdeckte. Es war nicht kreisrund wie das Erste, eher hoch und schmal. Ich sah auf die Uhr, gab mir fünf Minuten für die Suche nach irgendwelchen Hinweisen, zückte die Taschenlampe und kletterte in diese Höhle.

***

Gott, was für ein Gestank, dachte ich, als ich ein paar Meter hineingegangen war – wenn du dich nicht eben übergeben hättest, wäre das jetzt fällig! Faulig und süßlich roch es, nach verrottendem Müll, aber nicht nur: Irgendwas Scharfes war dabei, wie Katzenurin im Sandkasten.

Wegen ihres schmalen Eingangs war diese Höhle bereits vorn recht düster, auf dem unebenen Felsboden lagen Haufen von matschigen Pflanzenresten, glitschig und schwärzlich. Wasser tropfte von der Decke, die Tropfen waren kalt und schwer. Hier und da hatten sie dünne Stalagmiten geformt, die wie kniehohe Spargel vom Boden emporragten, unter dem Schein meiner Taschenlampe glänzten sie weißlich vor dem allgegenwärtigen grauen Felsgestein. Dieser erste Raum mochte vielleicht zwanzig Meter lang sein, dann kam eine Biegung. Hinter der verbreiterte sich die Höhle zu einem großen Raum, in den das matte Restlicht des endenden Tages nicht mehr hineinreichte. Ich leuchtete gewissenhaft die Wände ab, fand jedoch außer mehr schimmelndem Kompost in den Ecken und weiteren, oftmals abgebrochenen Stalagmiten nichts, was mir weiter geholfen hätte. Und den vermoderten Kadaver eines rötlichen, pelzigen Tierchens deutete ich lieber nicht als entscheidenden Hinweis.

Hinten links entdeckte ich einen Durchgang zu einem neuen Raum, scheinbar war diese Höhle größer als die Erste. Ich umkreiste einen Felsvorsprung und befand den neuen Raum als noch stärker stinkend als die beiden davor: Was immer die Quelle dieses schauderhaften Dunstes war, es schien tiefer in der Höhle zu stecken. Da dieser Raum absolut nachtschwarz war, ging ein Großteil meiner fünf Minuten schon dafür drauf, ihn einmal rundum zu gehen. Auch hier lag schleimiges Zeug auf dem Boden, und da ich mein spärliches Licht brauchte, um die Wände nach den ersehnten Hinweisen abzusuchen, tapsten meine Füße blind in diesem schwarzen Matsch. Doch meine Mühe lohnte sich nicht: kein Hinweis, kein Teil zwei des Rätsels.

Ich beschloss, den Raum einmal zu kreuzen – es konnte ja auch eine Skulptur oder so etwas sein, das hier auf seine Entdeckung wartete. Etwas, das eher dem Denkmal auf dem Dorfplatz ähnelte als dem Wandbild in der anderen Höhle. Nach zwei, drei forschen Schritten stolperte ich, und als ich die Lampe tiefer hielt, sah ich, dass ich in einen weiteren Kadaver getreten war: Braune Schmiere bedeckte meine Turnschuhe und ein atemberaubender Gestank ließ mich schwindeln. Mein Magen meldete erneut leichten Protest, als ich auf weißliche Knochen in verrottendem Fleisch starrte und etwas von meinem Schuh schüttelte, was wahrscheinlich mal eine Pfote dieses armen Wesens gewesen war. Mein Kopf sah das mittlerweile ähnlich wie mein Magen: Was machst du da?, fragte sich der Teil meines Gehirns, der die Theorie von der Mutprobe nach wie vor völlig bescheuert fand, was zum Teufel machst du da? Du bist in einer stockdunklen Höhle, in der etwas wohnt, das flauschige Tierchen frisst! Oder denkst du, die Tiere sind in die Höhle gekrabbelt und dann freiwillig hier gestorben, weil's so gemütlich ist? Ich schüttelte den Kopf: Das dachte ich sicher nicht. Okay, also nichts wie raus – scheiß drauf, ob es weitere Räume gibt, scheiß drauf, ob es weitere Hinweise gibt. Hinweise auf was auch immer!

Ich richtete die Lampe nun so aus, dass ich den Boden erkennen und mich vor neuen, unappetitlichen Stolperfallen schützen konnte, und machte mich auf den Weg zum Ausgang. Nach einigen Metern fiel mein Lichtkegel auf einen großen, schwarzen, stinkenden Haufen, den ich auf den ersten Blick als erneute Ansammlung von schimmelnden Blättern ansah – bis ein zweiter Blick mir zeigte, dass er verdammt rund war. Zu rund, um zufällig entstanden zu sein. Durch Wind, Wasser oder was auch immer.

Ich näherte mich zögernd und vorsichtig. Was war das? Ein Haufen moderiger Blätter auf einem hohen Kranz aus braunem, unglaublich müffelndem Matsch. Das Gebilde war kreisrund, maß locker eineinhalb Meter im Durchmesser, der Rand des Kranzes außen war sicher vierzig Zentimeter hoch. Ich ging in die Hocke, ließ das Licht der Lampe über die Schicht schwärzlicher Blätter wandern. Hier und da blitzte etwas Helles unter dieser modrigen Decke hervor, und nach einem ermutigendem Luftholen hob ich das glitschige Zeug an einer Seite vorsichtig an. Was war das? Ich runzelte die Stirn, legte behutsam mehr frei: Die hellen Dinge unter der Moderschicht waren Eier, das ganze Gebilde war ein Nest. Und zwar das mit Abstand gigantischste Gelege, das ich jemals gesehen hatte – nicht nur von der Größe des Nestes her, auch hinsichtlich der darin ordentlich aufgestellten Eier: Ich zählte sechs Stück, und ein jedes war unten so dick wie ein Fußball.

Mein Herz trommelte gegen meine viel zu schnell atmende Brust, und ich musste mich stark zusammenreißen, um nicht auf der Stelle aus dieser Höhle zu flüchten. Was mochten das für Eier sein? Vogeleier? Zu groß. Was legte sonst noch Eier? Krokodile? Ja. Schildkröten? Ja. Okay, dann waren das hier monströse Galapagos-Schildkröten oder riesige Killer-Krokodile. Ich berührte mit zitternden Fingern die weiß-grau-grün gesprenkelte Schale eines Eis, fand sie hart und fest wie

Stein. Und trotz der Kühle in der Höhle hatte sie fast Körpertemperatur, wahrscheinlich dank der Wärme, die von der Decke aus verrottenden Blättern ausging.

Ich richtete mich auf, trat langsam zurück und begriff etwas sehr, sehr Wichtiges. Wenn dafür gesorgt war, dass diese Eier warm blieben, gab es jemanden, der sich um sie kümmerte. Diese Höhle war somit bewohnt. Von einem Vieh, das fußballgroße Eier legte und pelzige Tierchen fraß!

Ich schmeckte einen sauren Geschmack im Mund, den ich nun schon als Angst kannte, wich noch weiter zurück von diesem Nest, weiter und weiter und weiter, bis ich den feuchten Fels der Wand in meinem Rücken spürte. Mit prickelnder Gänsehaut auf dem ganzen Körper und mit gespitzten Ohren, die doch nichts hörten außer dem panischen Pochen meines eigenen Herzens. Ich musste weg, raus hier, so schnell wie möglich! Schritt für Schritt folgte ich der Wand bis zum Ausgang des Raumes, hielt die Augen und den Kegel der Taschenlampe dabei fest auf das Nest gerichtet – als vermöchten das bisschen Licht und mein purer Wille, die darin steckende Gefahr zu bannen.

***

Kurz darauf sprang ich auf den Waldboden. Die Luft draußen war herrlich frisch und duftig, ich machte meine gequälten Lungen ein paar Mal ganz voll davon, bis mein Atem sich beruhigt hatte, dann warf ich einen Blick auf die Uhr: Viertel vor acht und bereits merklich dämmerig in der Schlucht. Höchste Zeit, dass ich mich zum Seil aufmachte!

Ich wäre gern gelaufen, lieber noch gerannt – da ich aber all meine Kraft brauchen würde, um wieder aus der Schlucht herauszuklettern, ging ich nur in flottem Tempo den Weg zurück, den ich gerade gekommen war.

Ich wünschte mir, ich hätte den Besuch in der zweiten Höhle nicht gemacht. Dann hätte ich nicht so viel Zeit verloren, und ich hätte es mir außerdem erspart, mit ängstlich klopfendem Herzen auf die Geräusche horchen zu müssen, die aus dem bereits recht dunklen Wald drangen. War er am Nachmittag schön und exotisch gewesen, wirkte er jetzt nur noch unheimlich: nicht mehr üppig grün, sondern düster, nicht mehr herrlich wild, sondern undurchdringbar, nicht mehr zum Durchlaufen einladend, sondern nur zum Davonlaufen. Irgendwo gab es hier ein großes Tier, und egal, was es war, ich wollte ihm definitiv nicht begegnen. Ich hörte jedoch nur ein paar Vögel zirpen und Blätter rauschen, zuckte aber trotzdem ein oder zwei Mal zusammen, als irgendwas knirschte und etwas anderes knackte. Das sind nur die normalen Geräusche eines Waldes, sagte ich mir, wenn ich mich für meine eigene Schreckhaftigkeit schämte, das ist gar nichts. Vor allem nichts Großes, nichts Gefährliches!

Um mich abzulenken, dachte ich über ein Problem nach, das ohnehin viel dringender war: Wie sollte ich diese Felswand hochkommen? Dass die Wand für meine ungeübten Finger okay sein würde, konnte ich nur hoffen, denn hilfreiche Haken gab es keine. Und ich hatte auch den Kletterkünstler Thomas nicht bei mir, der mir sagen konnte, wann ich wo hinzufassen hatte. Daher blieb mir nur eine Hoffnung: das Seil. Auch wenn mein Gurt in Thomas Rucksack steckte, würde ich es zur Sicherung benutzen können, und natürlich auch als Kletterhilfe, um mich daran hochzuziehen oder festzuhalten. Thomas hatte es oben mit einer dicken Krampe eingeschlagen und dann noch mal mit einem Nagel auf dem Boden gesichert. Ohne das Seil ... puh! Die Wand hier war höher als die rund um das Dorf, über zwanzig Meter, immerhin überragte sie sogar den Turm dieser mächtigen Burg – das war mit purer Muskelkraft nicht zu schaffen, nicht für mich. Das Seil meine Lebensversicherung – ohne wäre ich aufgeschmissen. Ich würde ... ja, ich würde in der Schlucht übernachten müssen. Aber dann säße ich am Morgen immer noch hier, denn auch wenn Klettern am Tag sicher einfacher war als in der Nacht: Wenn meine Kraft nicht reichte, um die Wand hochzukommen, war die Tageszeit herzlich egal. Nein, das Seil brauchte ich, unbedingt!

Als ich diese weise Erkenntnis erlangt hatte, war ich gerade wieder auf Höhe der ersten Höhle. Ich hatte kurz die Hoffnung, dass Thomas im Eingang saß, sich Sorgen um mich machte und mich mit einem 'Wo warst du denn?' oder dem üblichen 'Du bist unmöglich!' begrüßte – das Loch in der Wand gähnte jedoch leer, und ich gönnte ihm nicht mehr als diesen einen Blick.

Als ich mit Thomas von der Abstiegsstelle zu dieser Höhle gegangen war, waren wir durch den Wald gebummelt – jetzt schritt ich zügig aus, und das auch noch auf dem direkten Weg, immer so nah wie möglich an der Felswand entlang. Nach vielleicht zehn Minuten näherte ich mich der Abstiegsstelle und hielt Ausschau nach dem Seil. Es war blau gewesen, erinnerte ich mich, ein leuchtendes Türkisblau, dürfte also gar nicht zu übersehen sein. Wo wir abgestiegen waren, konnte ich nicht genau sagen, aber es hatte direkt am Waldrand auffällige Büsche gegeben, mit großen, violetten Blüten mit tiefen Kelchen, fast wie Hibiskus. Ich suchte im zum Glück noch halbwegs ausreichenden Licht nach den lila Blumen und einem blauen Seil, wurde so immer langsamer und langsamer, bis ich erleichtert einatmete: Da war der Busch! Ich drehte mich zur Wand: Das Seil musste hier sein – war es aber nicht. Vielleicht war der Busch nicht links gewesen, sondern rechts? Ich nahm die Taschenlampe zur Hilfe, ließ ihren Strahl die Felswand erst rechts, dann noch einmal links hoch und runter wandern: kein Seil, definitiv kein Seil. Mir wurde schwarz vor Augen, denn ... nein, nie im Leben hätte ich damit gerechnet, dass Thomas das Seil wieder hochgeholt hatte! Das Seil, das meine einzige Chance war, aus dieser Schlucht heraus zu kommen! Ich war kein geübter Kletterer, ich hatte nicht die nötige Kraft, ich brauchte dieses verdammte Seil!

Ganz ruhig, beschwichtigte ich mich selbst, ganz ruhig: Wer sagt denn, dass dieser Busch der Busch ist? Diese Pflanze wird in der Schlucht öfter vorkommen, du bist sicher einfach noch nicht weit genug gegangen! Das konnte sein – oder auch nicht. Ich beschloss, den Boden abzusuchen: Thomas hatte das Seil mit einem Nagel gesichert, außerdem waren wir herumgelaufen und hatten dabei sicher irgendwelche Spuren hinterlassen. Ich ging langsam hin und her, wuschelte mit dem Fuß durch das hohe Gras. Als es 'pock' machte, weil mein Schuh gegen etwas Hartes stieß, kniete ich nieder und schob die Halme mit den Händen zur Seite: ein Nagel. Ich riss daran herum, bis er locker war und ich ihn aus der Erde ziehen konnte. Er war locker zwanzig Zentimeter lang und dick wie mein Daumen, schweres, wie neu glänzendes Metall. Ja, das war der Nagel, den Thomas eingeschlagen hatte, und wenn der Nagel hier war, war dies die Abstiegsstelle. Wenn der Nagel hier war, das Seil aber nicht, dann hatte Thomas es mitgenommen. Und mit dem Seil hatte er mir die einzige Chance geraubt, aus diesem Tal rauszukommen – es sei denn, ich wagte den ungesicherten Aufstieg. Und wie der bei meiner mangelnden Erfahrung enden würde, war vorauszusehen: mit einem Absturz, mit einer Verletzung, wenn nicht gar Schlimmerem! Ich war kurz davor, frustriert zu schreien, zwang mich aber erneut zur Ruhe: Tief atmen, vernünftig bleiben, nachdenken.

Ich trat ein paar Schritte zurück, wandte mich zur Wand. Meter über Meter glatter Fels, nur wenige Griffspalten für meine Hände, außerdem ... ein leichter Überhang? Ich richtete die Lampe auf die letzten Meter vor dem Plateau. Ja, die Wand wölbte sich, und zwar in die schlechte Richtung. Mein Herz klopfte wie wild, als mir aufging, was das bedeutete: Ich würde nach einer anderen Stelle suchen müssen, einer Stelle, die keinen Überhang und gute Griffmöglichkeiten hatte – und bis ich die gefunden hätte, würde es stockdunkel sein. Gerade verlösche der letzte Streifen Abendrot oben am Rand des Plateaus, und als habe jemand das Licht gedimmt, war es plötzlich so gut wie Nacht in der Schlucht. Länger als eine Viertelstunde mattes Restlicht hatte ich sicher nicht mehr – bessere Stelle finden und klettern, in dieser Zeit nicht zu schaffen. Und damit war das, was ich eben befürchtet hatte, nun gewiss: Ich würde die Nacht über hier bleiben müssen. Hier, in dieser Schlucht.

Ich stöhnte und sank auf die Knie, verzweifelt, aber zugleich auch wütend – so wütend, dass mich diese Wut schwindeln ließ, weil sie meinen Kopf ganz rauschig machte.

Ich war wütend auf meine Mutter, weil sie mich in dieses Dreckskaff geschleppt hatte, wütend auf Thomas und seine Spielchen. Und wütend auf mich selbst, weil ich wie ein verliebter Teenager hinter dem großen Indianer in diese Schlucht getapst war.

»Scheiße!«, schrie ich aus voller Kraft, um meinem Frust irgendwie Luft zu machen. »Wenn das ein Spiel ist, dann ist es ein Scheißspiel, und ich gebe auf, okay? Ich habe verloren, ihr habt gewonnen, ich gebe auf!«

Meine Stimme prallte von der Felswand ab und sauste einmal quer durch das Tal, bis sie verhallte, aber niemand antwortete. Ich hörte weder Nele, Patrick noch Frederico lachen, ich hörte Thomas nicht, der mir sein 'Du bist unmöglich!' die Felswand herunter rief. Es kam auch kein Seil geflogen, jetzt, wo ich meine Niederlage eingestanden hatte: Das Ganze war kein Spiel, ich konnte es nicht stoppen, indem ich mein schachmatt herausbrüllte und mein Figürchen (also mich!) vom Spielfeld nahm.

Ich blieb auf der Erde hocken, verzweifelt, einsam, allein. Allein? Nein, nicht allein. Hinter mir raschelte es im Wald: lauter als vorher, deutlicher als vorher. Das war nicht der Wind, denn der war jetzt, bei Einbruch der Nacht, ganz abgeflaut. Nein, das war ein Tier, und es kam in meine Richtung. Ich richtete mich wie in Zeitlupe auf und fasste den Nagel fester. Aus dem Rascheln wurde ein Knacken von brechenden Ästen, dann spürte ich Schritte hinter mir. Schwere Schritte. Nicht, dass sie die Erde erbeben ließen, aber man hörte und fühlte sie, dumpf und kräftig. Ich wandte den Kopf, langsam – und wenn ich nicht gewusst hätte, dass es mein Schrei gewesen war, der dieses Tier zu mir geführt hatte, hätte ich jetzt so laut und so panisch geschrien wie noch nie zuvor in meinem Leben: Keine zehn Meter von mir entfernt stand die Drachen-Echse von dem Bild aus der Höhle und sah mich aus kalten, gelben Reptilaugen an.

***

Mir fiel komischerweise als Erstes auf, dass das Tier nicht genau so aussah wie auf dem Bild in der Höhle oder der Statue auf dem Dorfplatz. Im Vergleich zu dem Mädchen hatte es dort riesig ausgesehen, aber das war es nicht: So, wie es jetzt vor mir stand, auf allen Vieren und mit leicht gesenktem Kopf, war es vielleicht so groß wie ein ausgewachsener Löwe.

Es hatte jedoch sonst nichts Katzenartiges an sich: Seine Haut war wie bei einer Echse noppig und lederartig, von einem dunklen, schlammigen Braun, mit weißen und grünen Flecken in unregelmäßigem Wechsel. Es besaß Beine mit klar definierten, prallen Muskeln, geknickt wie die Hinterbeine einer Wildkatze, was das Tier aussehen ließ, als hätte es sich zum Sprung geduckt, als würde es gleich auf mich zu jagen. Was allerdings absolut mit dem Bild in der Höhle übereinstimmte, war die Größe seines Mauls: Es zog sich wie ein klaffender Spalt durch den langen, schmalen Kopf des Tieres, hinten war der Schlitz etwas nach oben gezogen, was wie ein Lächeln aussah, aber gewiss keins war. Die Haut rund um das Maul war heller als am Rest des Körpers, was diesen Spalt noch einmal größer, breiter, bedrohlicher wirken ließ – und ich wollte lieber gar nicht wissen, ob die Zähne auf dem Relief auch so gut getroffen waren: Lang und spitz waren sie gewesen, höllisch scharf hatten sie gewirkt. Die Augen waren stechend gelb, besaßen einen senkrechten Schlitz als Pupille und saßen wie bei einem Vogel an den Seiten des Kopfes, weswegen das Tier seinen Schädel zur Seite geneigt hatte und mich mit seinem rechten Auge anstarrte. Es zwinkerte nicht, es zuckte nicht, es starrte nur. Ich sah keine Ohren, aber leicht zitternde Nüstern vorn in der Schnauze – der ganze Kopf war sehr Dino-mäßig, sehr 'Jurassic Park'. Er saß auf einem langen Hals, kräftig wie die Beine, auch hier wölbten sich unter der Haut mächtige Muskelstränge. Die stacheligen Rückenschuppen vom Relief fehlten, dafür hatte das Vieh einen langen, kräftigen Schwanz, der mir auf dem Bild nicht aufgefallen war. Ich fragte mich, wofür dieses schwere Ding gut war – und als könnte das Tier meine Gedanken lesen, richtete es sich auf. Es nahm in einer bewundernswert geschmeidigen Bewegung die Vorderbeine vom Boden, stützte den Schwanz auf die Erde wie ein Känguru, hob den Kopf. Ich schluckte hart: Aufgerichtet kam es fast auf drei Meter, und ich musste den Kopf in den Nacken legen, um ihm noch in die Augen schauen zu können. Die Beine, der Körper, der Hals ... ein einziger Strang Kraft, eine gewaltige Masse Muskeln, die jetzt aus luftiger Höhe auf mich kleines, rothaariges Wesen hinunter blickte.

Und noch etwas sah ich nun besser, weil zumindest an den Vorderbeinen nicht länger vom Gras verborgen: die Krallen dieses Tieres. Schwarz und matt schimmernd gab es fünf davon an jeder Tatze, vier waren in etwa so lang wie mein Zeigefinger – und jeweils in der Mitte dieser Tatzen saß eine riesige. Doppelt so lang wie eine meiner Hände, schätzte ich, geformt wie eine Sichel, messerscharf. Gemacht, um damit zu jagen, um damit zu reißen. Um damit zu töten.

Als würde es nicht wollen, dass ich seine Tatzen anstarrte, gab das Tier ein Schnauben von sich und hob die Arme eng an den Körper. Meine Augen wanderten wieder hoch, zu seinem Kopf. Das Tier zog die Haut von den Zähnen zurück und ich keuchte, als die Beißer bloßlagen: Sie waren fünf oder sechs Zentimeter lang, die an den Ecken stachen aus dieser tödlichen Reihe heraus wie Leuchttürme. Bräunlich verfärbt und nadelspitz, dabei glänzten sie feucht, als wären sie aus purem Schmerz.

Mein Herz klopfte wie wahnsinnig, mein Kopf sirrte, meine Beine schrien danach, zu rennen, zu flüchten – lauf, brüllten sie mir zu, lauf weg! Renn, wie du noch nie zuvor gerannt bist, nicht für gute Zeiten, nicht für belanglose Medaillen, sondern um dein nacktes Leben! Das ist das Tier von dem Bild, du bist das Mädchen von dem Bild – und du hast gesehen, wie das auf dem Bild war, oder? Was das große Tier mit dem kleinen Mädchen gemacht hat?

Ich hatte es gesehen, das Relief hatte sich geradezu in meinen Kopf eingebrannt – dennoch stand ich da wie festgeklebt. Mein Gehirn weigerte sich, logisch zu denken und auf das zu reagieren, was meine Beine ihm zuriefen, Gedanken wirbelten wie auf einem Karussell durch meinen Kopf, viel zu schnell, um einen greifen zu können, um sie auch nur auseinanderhalten zu können – ein verwischter, kunterbunter Gedankenteppich, ohne Anfang oder Ende, ohne Logik oder Ziel.

Das Tier stand weiterhin da und sah auf mich herunter. Prüfend, argwöhnisch geradezu. Auf was wartete es? Was suchte es? Das Gedankenkarrussel stoppte, abrupt, und ich verstand. Es war erschreckend simpel, denn das Tier dachte nicht kompliziert. Also: Das Tier hatte etwas entdeckt, das es nicht kannte, nämlich mich. Ich war für das Tier eine unbekannte Spezies, darum schaute es erst mal, was es da gefunden hatte, war vorsichtig. Im Vergleich zu den anderen Tieren in der Schlucht war ich vermutlich ziemlich groß, und Krallen hatte ich auch: Aus der einen meiner schweißfeuchten Hände ragte der Nagel hervor wie die Sichelkrallen aus den Klauen des Tieres, kalt und metallisch glänzend – in der anderen hielt ich die Taschenlampe. Also: Das Tier hatte mich gemustert, als es mich entdeckt hatte, dann hatte es sich auf seine Beine erhoben, seine Krallen und Zähne gezeigt – und ich wusste nun, was das bedeutete. 'So groß bin ich, und das sind meine Waffen', hieß das. Und noch mehr, das stellte Fragen an mich: 'Bist du größer, bist du stärker? Wenn ja, verschwinde ich – wenn nicht, habe ich gewonnen ... und dann lauf.'

***

Ich lief. Ich war kleiner, ich war schwächer, meine Krallen waren nur ein Nagel, wütend herausgerissen aus dem Boden, und eine Taschenlampe aus Plastik – also sah ich zu, dass ich Land gewann.

Vor dem Start hatte jedoch eine wichtige Entscheidung gestanden: Welche Richtung sollte ich wählen? Links, das hieß zurück zu den Höhlen. Die, in der Thomas mich zurückgelassen hatte, war groß und offen, bot keinen Schutz. Und die andere? In der wohnte dieses Vieh! Wenn links in der

DIE SCHLUCHT

Schlucht nichts war, das mir helfen konnte, blieb nur rechts: Da ging es an der Felswand entlang nach Norden, und im Norden war die Burg. Die Burg! Was brauchte ich schon? Eine Schießscharte, ein Fenster, durch das eine halbe Portion wie ich durchpasste, ein Brocken wie dieses Vieh aber nicht. Eine feste Mauer zwischen mir und diesem Tier, damit konnte ich die Nacht überleben! Überleben? Bei diesem Wort war mein Magen wie ein Fahrstuhl nach unten gesackt und ein Hauch Todesangst hatte mich gestreift: Schwarz und lähmend, eisig und aussichtslos. Ja, dieses Tier war lebensgefährlich. Es war ein Jäger, ich war Beute. Es würde mich jagen und töten, etwas anderes anzunehmen wäre blauäugig, blöd, bescheuert. Also hatte ich das Einzige getan, was ich tun konnte: Ich hatte unvermittelt auf der Ferse kehrt gemacht und die Beine hochgerissen, als wäre das wieder ein Start, bei dem es um eine Qualifikation ging, um Gewinnen oder Verlieren, um meinen ewigen Wettstreit mit Luzi – an so etwas wie 'um Leben und Tod' wollte ich lieber gar nicht denken.

***

Als ich Fersengeld gab, machte das Tier ein keckerndes Geräusch wie ein großer Vogel, heiser und krächzend und hohl, dann setzte es sich ebenfalls in Bewegung. Mit langen Schritten, die mir mit dumpfem Wummern, einem durch das Gras kaum abgemilderten DUMMMM! DUMMMM! DUMMMM! folgten. Es klang schwerfällig, wie sich das Tier bewegte, aber ich glaubte nicht eine Sekunde, dass es langsamer sein würde als ich. Ich hatte zwei Beine, das Tier vier. Ich hatte dünne Beine, das Tier enorme Muskeln am ganzen Körper. Und: Ich konnte in der nun fast schon nächtlichen Schlucht gerade noch ein bisschen was sehen, während das Tier seine Reptilaugen hatte, die mich wahrscheinlich so gut erkannten, als wäre es helllichter Tag. Die Taschenlampe in meiner Hand brannte noch, doch ihr Licht war im Laufen nicht mehr als ein winziges, auf und nieder zuckendes Spotlight, das hier einen Busch traf und da einen Stamm. Es verwirrte mich eher, als dass es half: Ich knipste die Lampe aus und stopfte sie in meine Hosentasche.

DUMMMMM! DUMMM! DUMM! DUM! – die Schritte des Tieres beschleunigten sich und ich setzte über den Stamm eines umgestürzten Baumes, im fahlen Restlicht eben noch zu erkennen. Hinter mir knackte es vernehmlich, ein Knirschen von vermodertem Holz, und ich vermutete, dass das Vieh voll auf den Stamm getreten war, den ich gerade übergesprungen hatte. Nach dem Knirschen waren seine Schritte ferner geworden: Das Hindernis hatte es gebremst und unseren Abstand vergrößert. Hatte meine Chance, zu entkommen, vergrößert. Konnte ich das für mich nutzen? Ja!

Ich orientierte mich weiter nach links, zum Wald: Dort gab es Büsche und Stämme und Steine, natürliche Hindernisse, die das Tier bremsen konnten. Ein Blick nach hinten: Zehn Meter lagen zwischen uns, wenn überhaupt. DUMMMMM! DUMMM! DUMM! – das Tier wurde wieder schneller und keckerte vorwurfsvoll, als ich in den Wald eintauchte, was von der Felswand verstärkt schaurig klang. Zweige peitschten mir ins Gesicht, ich riss die Hände hoch und wehrte ab, was ich in der Dunkelheit nicht kommen sehen konnte. Es war indes nicht so finster im Wald, wie ich befürchtet hatte, oder meine Augen hatten sich schon an das mangelnde Licht gewöhnt, denn ich vermochte Bäume, Steine und Boden noch halbwegs erkennen. Was ich sah, reichte – musste einfach reichen!

Vor mir schälte sich der Umriss eines flachen Felsens aus der Dunkelheit, ich sprang, stützte mich mit den Armen ab und flankte darüber. Als ich wieder auftrat, zählte ich die Sekunden, bis das Vieh den Stein erreichte: Eins, zwei, drei, vier, fünf, sechs ... – es schrappte, als das Tier mit seinen Krallen über den Felsen kratzte, und ich riskierte erneut einen Blick über die Schulter. Es sprang wie ein Hund: Drückte sich mit den Hinterbeinen ab, landete zuerst mit den Vorderbeinen auf dem Stein, fand wegen dieser enormen Krallen nur unsicheren Halt, wuchtete dann den Rest seines schweren Körper ebenfalls hoch. Als es auf der anderen Seite aufsetzte, hatte das Tier mehrere Meter auf mich verloren, und ich gönnte mir eine Sekunde der Hoffnung: Vielleicht konnte ich es ja wirklich abhängen? Ich vergewisserte mich, dass die helle Felswand noch durch die Bäume schimmerte und mir den Weg nach Norden wies – dort wartete die Burg, und bis dahin musste ich jeden Stein, jeden Baum mitnehmen, denn das bremste das Vieh.

***

Ich rannte, wie ich noch nie zuvor gerannt war, sprang, flankte, hüpfte – und mein Plan ging auf, das Tier fiel Meter um Meter zurück.

Es keckerte nun häufiger, und der Tonfall hatte sich verändert: Es klang nicht mehr vorwurfsvoll oder gar erstaunt, sondern gereizt. Es hat sich erwartet, dass es mich nach ein paar Metern schon hat, dachte ich, und jetzt stellt es fest, dass das Abendessen zickiger ist als erhofft.

Nach einem weiteren Kontrollblick über die Schulter erwischte mich ein Ast mitten im Gesicht, als ich mich wieder nach vorn wandte, ich stolperte und gab ein überrashtes Keuchen von mir. Das Tier schnaubte schadenfroh, seine Schritte verkürzten sich zu einem DUMMMMM! DUMMMM! DUMMM!, während ich mich wieder fing: Meine Lippe war aufgeplatzt und meine Wange brannte, als hätte mir jemand eine saftige Ohrfeige verpasst. Ich schüttelte den Kopf, um wieder klar zu werden, wischte mir das Blut vom Mund und gab erneut Gas – ein Felsen, ein Baumstamm, und aus den nahen Schritten waren wieder fernere geworden. Wie weit war es noch zur Burg? Keine Ahnung, weit aber sicher nicht. Bitte, bitte nicht!

Ich schwitzte mittlerweile ziemlich, und der Schweiß brannte in den Kratzern, die die Zweige auf meiner Haut hinterlassen hatten. Meine Beine waren jedoch noch okay: Ich zog leicht nach rechts, um einen besonders schönen, dicken Baumstamm nicht auszulassen, dessen rindenloses Holz im Mondlicht weißlich schimmerte, und sah aus dem Augenwinkel, dass das Vieh mir bereitwillig folgte. Hinter dem

Stamm zog ich erneut nach links, zurück auf meine Route, die Luftlinie nach Norden, und als das Tier diesmal hinter mir keckerte, klang das wieder anders als das letzte Mal. Ich horchte genau hin, denn für mich war jede Veränderung im Ton des Tieres wichtig, lebenswichtig: Ich musste wissen, ob es nur ein bisschen spielte, oder ob es ernsthaft jagte. Das tut es jetzt, sagte mir sein heiser-scharfer Ton, denn es klang nun auch nicht mehr gereizt, sondern nur noch bösartig.

Ich wandte mich um – und sah zu meinem Entsetzen, dass das Tier nach rechts abdrehte und zwischen den Bäumen verschwand. Scheiße! War das mit dem Stamm gerade zu offensichtlich gewesen? Hatte dieses Vieh etwa verstanden, dass ich es mit diesen Steinen und Bäumen gezielt ausbremste? Scheinbar ja, denn ich glaubte nicht, dass es abgebogen war, weil es wieder nach Hause wollte, nach Hause in seine stinkende Höhle. Es war abgebogen, weil es mein Spielchen nicht mehr mitspielen mochte, vielleicht sogar, weil es selbst einen Plan hatte.

Gut, dachte ich, während ich hektisch nach allen Seiten Ausschau hielt, was nun? Was wird dieses Tier tun? Am wahrscheinlichsten erschien mir, dass es auf dem freien Streifen zwischen Wald und Felswand Gas geben und mir dann den Weg abschneiden wollte. Sollte ich ihm folgen, sollte ich ebenfalls auf den Grasstreifen ausweichen? Dort würde das Tier mich sicher nicht vermuten. Es war immer noch ein Tier und kein Schachspieler, der Zug um Zug plante, Zug um Zug seines Gegners voraussah!

Nein, beschloss ich, das freie Feld war sein Terrain, denn dort konnte seine Kraft über meine siegen – ich würde den Teufel tun und mich hier rauslocken lassen, ich würde im sicheren Wald bleiben! Und hier hieß die Devise nun: Nach vorn schauen. Von hinten konnte das Tier nicht kommen, neben mir war es auch nicht. Oder? Meine Augen suchten panisch den Bereich zwischen Felswand und Wald ab, fanden seltsame, schwarze Umrisse, Baumstämme, wirr wuchernde Äste, aber nichts, was dem Umriss dieses Viehs ähnlich war. Ich rannte und suchte, ich rannte und lauschte auf die schweren Schritte des Tieres – und ich verfluchte meine schwachen Augen ebenso wie meine Ohren: In ihnen rauschte mein kochendes Blut, in ihnen klopfte mein vom Laufen und von der Angst pochendes Herz. Schweiß rann mir von der Stirn in die Augen, ich wischte ihn mit dem Handrücken weg, fuhr mir über den Mund, wo ich noch immer kupfern mein eigenes Blut schmeckte. Ich machte schon seit einiger Zeit keine Anstalten mehr, die zahllosen Ästchen und Zweige abzuwehren, die nach mir schlugen: Es war egal, ob sie mir die Haut aufpeitschten, solange ich nur überlebte, solange ich nur irgendeinen Ort erreichte, an dem ich in Sicherheit war!

Vor mir ragte jetzt eine Gruppe dicker Steine auf, die im Nachtlicht blass schimmerten, und ich musste nach rechts ausweichen, weil sie zum Überspringen zu hoch waren. Der Untergrund fühlte sich auf einmal feucht an, meine Schritte wurden automatisch vorsichtiger, und das nicht nur wegen des glitschigen Bodens: So etwas wie diese dicken Felsen wäre ideal für einen Hinterhalt, auch wenn das Tier unmöglich schon hier sein konnte. Ich passierte die Steine, hörte die feuchte Erde unter meinen Füßen schmatzen – und dachte tatsächlich noch ein fast resigniertes 'War ja klar!', als keine zwei Meter von mir ein erfreutes Keckern ertönte.

Das konnte nicht sein! Das Tier war hinter mir gewesen, deutlich hinter mir, wie konnte es jetzt vor mir an dieser Stelle sein? Sich unbemerkt in den Dämmerschatten dieser Felsen geschlichen haben, ohne dass ich es gehört hatte? Egal, es war da, und es hatte mich überrascht. Ich blickte hektisch nach rechts, von wo das Keckern gekommen war, sah nichts – bis das Vieh sein monströses Maul aufriss und seine blanken Zähne funkelten, als habe jemand ein Spotlight darauf geworfen. Ich roch den Gestank und spürte die Hitze, die von seinem enormen Körper ausging: Es war keine fünf Meter von mir entfernt, und es stürzte auf mich zu. Ich taumelte zurück, zu erschrocken, um gezielt ausweichen zu können. Meine Füße verhedderten sich in irgendwelchen Ranken, ich stolperte – und fiel. Fiel zur Erde, während das Tier auf mich zustürmte und die riesigen Krallen an seinen Tatzen im matten Restlicht aufblitzten wie Messerklingen.

***

Als ich auf den matschigen Boden klatschte, wurde mir klar, dass ich in einen der sumpfigen Bereiche der Schlucht geraten war. Die Erde roch schimmelig, und ich glitschte ein ganzes Stück weiter, nachdem mich meine gefesselten Beine bäuchlings in den Dreck geschleudert hatten. Ich spürte die Schritte des Tieres als dumpfes Vibrieren der Erde, sie schmatzen auf mich zu, kraftvoll und schwer. Es keckerte, ich keuchte: Ich musste es sehen, wenn ich ihm ausweichen wollte, wenn ich mich aufrappeln, weiter flüchten wollte – ich musste wissen, wo es war! Ich grub einen Arm in den Boden und versuchte, mich noch im Rutschen umzudrehen: Mit dem Gesicht im Dreck war ich blind, war ich verloren!

Ich riss die matschverschmierten Augen auf, als ich endlich wieder nach oben blickte, und natürlich war das Tier ganz nah, natürlich stürmte es heran, das Maul aufgerissen, die Krallen blinkend. Ich wuchtete meinen Körper herum, saß mit dem Hintern im Modder. Das war besser als mit dem Bauch in diesem schwarzen Schleim zu liegen, doch meine hektischen Hände fanden keinen Halt, glitschten immer wieder weg: Ich würde mich mühsam von dem klebrigen Boden hochrappeln müssen, bevor ich weglaufen konnte, und dazu fehlte mir schlicht die Zeit, dafür war das Vieh zu schnell.

Ich sackte in mich zusammen. Ich hatte verloren, das Tier hatte mich überrascht und gestellt. Die Beute war dem Jäger ins Netz gegangen. Ich wusste, dass es sich nun auf mich stürzen würde, und registrierte fast erstaunt, dass sich meine Angst plötzlich verflüchtigt hatte. Es war jetzt unausweichlich, und vor dem, was man kennt, muss man keine Angst haben. Es? Ich lachte auf. 'Es' war mein Tod – was sollte ich darum herumreden? Ich würde heute sterben, mit siebzehn Jahren und zwei Tagen, in dieser Schlucht, durch die Krallen oder Zähne dieser Echse.

Doch noch ließ der Tod auf sich warten: Die Schritte waren

verstummt, das Tier hatte seinen Ansturm gestoppt, keinen Meter von meiner zusammengekauerten Gestalt entfernt, und blickte auf mich herunter. Hatte mein irres Lachen es verstört? Sein Gesichtsausdruck ... schwer zu lesen, aber wieder eher fragend. Es schien erneut zu warten – aber auf was? Auf die Trümpfe, die das fremde, rothaarige, weißhäutige und jetzt schlammverschmierte Wesen noch im Ärmel hatte? Dann wartete es vergeblich. Es gab nichts, was das Tier fürchten musste, ich war das Mädchen von dem Relief, schwach und schutzlos, einsam und allein. Hatte ich das eben empört von mir gewiesen, musste ich mir das nun doch eingestehen.

Das Tier stützte den Schwanz auf die Erde, nahm die Vorderbeine hoch, richtete sich auf. Ich musste den Kopf in den Nacken legen, um seinen Schädel mit dem bösartig grinsenden Maul nun noch sehen zu können, und behielt stattdessen seine Tatzen im Blick. Diese Tatzen mit den sichelförmigen Krallen, die jetzt über mir schwebten wie die sprichwörtliche Sense des Totenmanns.

Das Tier keckerte fragend, ich lachte erneut, es zog den Kopf zurück und verstummte, mit nervös bebenden Nüstern.

»Miststück«, sagte ich, laut und deutlich, das Vieh schnaubte, keine Sekunde später sausten die Tatzen auf mich hinab.

Ich hörte das Zischen, als die Krallen die Luft durchschnitten, und rollte mich weg, aber ich war zu langsam, gebremst durch den sumpfigen Boden, gebremst durch meine schwachen Menschenmuskeln und trägen Menschenreflexe. Ein Reißen von Stoff, knirschig und hoch, dann ein Schrei, noch höher und noch schriller, aus meinem eigenen Mund gekommen. Die schweren Pranken des Tieres gruben sich dort in den Boden, wo ich keine halbe Sekunde zuvor noch gekauert hatte, und ein glutroter Schmerz zerriss meine Brust. Ich schrie wieder, als die zerfetzten Nerven ihre Qual mit einem beißenden Brennen in den Fokus meines Bewusstseins prügelten, und rollte mich weiter fort: Fort von diesen schneidenden Tatzen, fort von diesem schnappenden Maul – und auch fort von diesem schlammigen Boden, denn jetzt kratzte meine Haut über trockene Erde, durchsetzt mit Steinen.

Ich presste eine Hand in meine Seite, rappelte mich mühsam hoch. Und das Tier? Es steckte mit den Vorderbeinen bis zu den Knien im Matsch, eingesunken durch die Wucht, mit der es das eigene Gewicht auf die Erde geschleudert hatte. Es riss an seinen Vorderpfoten, während der Sumpf dumpf schmatzte und Widerstand leistete, keckerte dabei gereizt zu mir hinüber. Die dicken Muskelstränge unter seiner Haut wölbten sich vor Anstrengung, als stünden sie kurz vor der Explosion – ich konnte die Kraft geradezu sehen, die in diesem Körper steckte. Und als ich jetzt schauderte, geschah das weder vor Kälte noch vor Schmerz, sondern aus purer Angst.

Als ich stand, krumm und schwankend, einen Arm auf die brennenden Rippen gepresst, warf ich einen schnellen Blick an mir herunter: Meine Bluse war zerfetzt, direkt unter der Brust, die Haut darunter loderte wie Zunder. Das Tier hatte mich erwischt, die Frage war nur, wie schlimm. Ich richtete mich ganz auf – die Wunde brannte wie die Hölle. Ich atmete tief ein – der Schmerz schnitt noch tiefer in mein schreiendes Fleisch. Ich schluckte hart, steckte eine Hand unter den Stoff, tastete über die Haut. Feucht war sie, und als ich meine Finger wieder hervor zog, glänzten sie dunkel vom Blut. Einen Schnitt hatte ich ertastet, er begann unter meiner rechten Brust und zog sich bis auf den Rücken.

Ich machte einen Schritt zurück, noch einen – und das Tier tat es mir nach, mit den freien Hinterbeinen, während es weiterhin mit aller Kraft an den gefangenen Vorderbeinen riss. Es zieht sich selbst aus dem Schlamm, erkannte ich, es befreit sich, du hast deine Chance verpasst. Die Chance worauf? Es umzubringen? Ich lachte erneut. Gerade noch war ich sicher gewesen, dass ich sterben würde, und jetzt faselte mein Gehirn was von verpassten Chancen? Irre, echt irre! Aber okay, wenn die Hoffnung wieder kam, war das gut, solange sie nicht auch diese verfluchte Angst wieder mitbrachte. Die Angst, doch noch zu sterben.

Umbringen ... das Tier töten ... An sich eine gute Idee, aber wie? Ich hatte keine Waffe, nur diesen Nagel, den ich noch immer umklammerte, als wäre er mein Leben. Sollte ich ihn dem Tier ins Herz stoßen? Keine Ahnung, wo das war – wenn dieses Ungetüm überhaupt eins hatte. Und selbst, wenn ich es gewusst hätte, würde ich den Nagel nicht durch die Haut dieses Viehs treiben können, niemals. Sie war dick und fest wie Leder, darunter lagen Knochen und diese enormen Muskeln. Das Tier ruckte immer noch an seinen Pfoten, riss das riesige Maul auf, zeigte seine Zähne – und ich sah eine Stelle, die verwundbarer war als dieser massive Körper. Nein, nicht das Maul, das die Waldluft mit einem fauligen, heißen Atem verpestete, sondern darüber: die Augen. Augen waren weich. Augen lagen in Augenhöhlen. Augenhöhlen waren hinten offen, wegen der Verbindungen zum Hirn, deswegen konnte man einem Totenkopf auch in den Schädel schauen. Das Hirn lag also hinter den Augenhöhlen – und ich bezweifelte, dass das Vieh weiter hinter mir her sein würde, wenn ihm dieser dicke Nagel in seinem menschenfressenden Spatzenhirn steckte.

Ich lächelte, dann lachte ich auf, keuchend, weil diese Bewegung den Kratzer auf meinen Rippen folterte, aber ich lachte, kalt und fies. Das Tier keckerte böse zurück, zog schmatzend die erste Pfote aus dem Matsch – und bevor es die Zweite befreit hatte, rannte ich schon wieder. Ich brauchte jeden Vorsprung, den ich bekommen konnte, und ich musste mich neu orientieren, denn ich hatte jetzt ein anderes Ziel: Es war nicht mehr die Burg, die ich erreichen wollte, sondern eine Felswand – nämlich die, die zu dieser Höhle auf halber Höhe führte, auf der anderen Seite der Schlucht. Ja, ich hatte einen neuen Plan, und der setzte nicht mehr darauf, dass mich jemand retten würde.

Das Tier keckerte noch einmal, fast fröhlich, denn seine Tatzen waren frei. Es manövrierte seinen Körper herum und kam mir nach, seine schweren Schritte ließen erneut den Waldboden erbeben und beschleunigten den Takt, mit dem meine kleinen Mädchenfüße auf den Boden trommelten. Ja, komm mit, dachte ich, komm schön hinter mir her, denn jetzt habe ich endlich begriffen, wie das hier läuft, wie das Gesetz der Schlucht lautet: Wenn ich überleben will, musst du sterben.

***

Mein Weg führte mich quer durch den Wald, und diesmal brauchte ich keine künstlichen Umwege zu machen, um das Tier auf Abstand zu halten: Steine und Stämme legten sich mir bereitwillig in den Weg. Allerdings machte der Kratzer in meiner Seite meine Freude über diese Hindernisse schnell zunichte, denn ich keuchte jedes Mal vor Schmerz, wenn ich die Arme hochriss oder mein Körper beim Aufsetzen gestaucht wurde. Ich presste mir einen Arm gegen die Wunde, was ein bisschen half: Ich wusste nicht, wie lange ich zu der Wand gegenüber brauchen würde, aber allzu weit durfte es nicht sein, denn dieses Tempo würde ich nicht ewig durchhalten. Vielleicht kann das Tier dich jetzt auch riechen?, fragte ich mich, vielleicht kann es dein Blut riechen? Wahrscheinlich, doch hoffentlich machte es das nicht noch schneller, noch gieriger: Es sollte mir folgen, mich aber doch nicht kriegen!

Noch bereitete mir das indes keine Sorgen: Das Tier war ein gutes Stück hinter mir und beschwerte sich nach wie vor bei jedem Sprung, zu dem ich es zwang, als wolle es mich dazu ermahnen, fairer zu spielen.

Als ich über eine kleine Lichtung lief, sah ich, dass der Mond mittlerweile aufgegangen war. Kein Vollmond diese Nacht, jedoch eine ausreichend dicke Sichel, die bläulich-kalt beschien, was ich sehen musste. Ein kleiner Bach kreuzte meinen Weg, keine zwei Meter breit, flach und mit matschigem Ufer. Mir glitt ein Fuß weg, als ich darüber sprang, aber außer einem fiesen Ziehen in meiner Wunde hatte ich Glück und kam trocken auf der anderen Seite an. DUMMM! DUMMMM! DUMMMMM! – das Tier wurde langsamer, dann verstummten die Schritte ganz, und es keckerte heftiger, schneller, böser. Es klang wie ein bellender Hund, aufgeregt und entrüstet. Ich sah über die Schulter: Es stand auf der anderen Seite des Baches und schimpfte lautstark vor sich hin. Was sollte das? Der Bach war nicht schwieriger zu überwinden als die Stämme und Steine, die wir schon hinter uns gebracht hatten! Vielleicht hatte es aus dem sumpfigen Boden eben gelernt, hatte Angst, wieder einzusinken? Ich lief aus, drehte mich um, presste mir den Arm fester gegen die brennenden Rippen. Das Tier stand am Ufer, und sein erregtes Gekläffe verstummte, als ich ebenfalls stehen geblieben war. Das Vieh hechelte ein bisschen – kein Vergleich zu meinem schmerzverzerrten nach Luft ringen, trotzdem war das ein Anblick, der mich freute. Es schnaubte mir eine modrige Atemwolke herüber, dann machte es zwei, drei schnelle Schritte nach links. Ich zuckte zusammen, bereit, blitzschnell weiter zu rennen, doch bei seinen nächsten Schritten hüpfte es nur wieder zurück: links und rechts, rechts und links. Es tigerte auf und ab, aber wo es im Zoo vor dem unruhigen Raubtier ein Gitter gab, gab es hier nur ein läppisches Bächlein.

»Gibst du auf? Oder hast du Angst, nasse Krallen zu kriegen?«, rief ich zu dem Tier hinüber, es fauchte zurück: ein neuer Laut, scharf und böse.

»Komm schon, hässliches Tierchen, komm schon! Oder bist du einfach nur feige?!?«

Das letzte Wort hatte ich geschrien, und das schien das Vieh zu mobilisieren: Es wuchtete den massigen Körper ein paar Schritte nach hinten, nahm Anlauf und setzte über dieses trübe Rinnsal. Ich hörte die Vordertatzen mit einem dumpfen Wummern auf den Boden treffen, bei den Hinterbeinen dagegen quatschte es hell, und das Tier keckerte entrüstet – hatte es doch nasse Füßchen bekommen, das arme Ding!

Ich hatte jedoch keine Zeit, mich an seiner Empörung zu erfreuen: Ich war schon wieder unterwegs, ein bisschen erstaunt darüber, dass ich tatsächlich mit dieser Bestie geredet hatte. Und mehr noch: Dass ich sie überredet hatte, mir weiterhin zu folgen. Absolut vernünftig, sagte ich mir, denn wenn das Tier meine Spur verlor und irgendwo im Wald herumstreunte, konnte es mich wieder so überraschen wie eben bei den Steinen. Ich musste es im Blick behalten – und wenn es ein bisschen Zuspruch benötigte, um am Ball zu bleiben, sollte es den auch bekommen.

***

Nach dem Bach lag ich fast zwanzig Meter vorn und spürte meinen Kratzer stärker: Die Wunde pochte genau so schnell und drängend wie mein Herz. Als ich mich nach ein paar höllisch anstrengenden Minuten durch ein dichtes Gebüsch schlug und dahinter auf freies Gelände traf, wusste ich, dass ich am Ziel war. Der Mond beschien die graue Felswand, und sie sah im kalten Nachtlicht so glatt aus, als wäre sie aus Beton: Schwierig zu klettern, da machte ich mir keine Illusionen.

Ich rannte über den Grünstreifen, meine Augen fuhren hektisch die Wand ab. Ich suchte die dritte Höhle, dieses große Loch mitten in der Felswand, das Thomas mir von oben gezeigt hatte. Ich musste die Höhle finden, denn ich würde die Felswand vom Fuß bis hoch zum Plateau niemals in einem Rutsch durchklettern können, ohne Sicherung, mit diesem Kratzer und meiner mangelnden Übung. Wenn ich abstürzte, würde ich mir sicherlich ein paar Knochen brechen, und wäre damit für das Tier so kompliziert zu fressen wie Dosenfutter im Napf. Nein, die Höhle war wichtig, überlebenswichtig: Die acht, neun, zehn Meter dort hoch könnte ich schaffen, mit viel Glück. Dazu kam, dass ich diesem Tier ja einiges zutraute, Beißen, Kratzen, Schnappen ... aber Klettern? Mit diesen Tatzen, aus denen Krallen von dreißig Zentimetern oder mehr herausragten? Nie im Leben!

Meine Augen suchten also nach einem schwarzen Loch in all dem Grau der Felswand, und als ich rechts und links nichts sah außer blankem Stein, stahl sich ein Anflug von Panik in mein Herz. Scheiße! Ich lief bis zur Wand vor, blickte hektisch nach Norden und Süden, während es im Wald hinter mir im Gebüsch knackste: Gleich war das Tier da. Wohin nun laufen, auf der Suche nach der Höhle? Rechts oder links? Norden oder Süden? Schon wieder diese alles entscheidende Frage. Also gut, logisch nachdenken, aber schnell! Ich war von der Stelle mit den beiden Höhlen auf der anderen Talseite erst nach Norden gerannt, in Richtung Burg, dann durch den Wald nach Westen. Ich wusste, dass die einzige Höhle auf dieser Seite der Schlucht eher in Richtung Burg lag als in Richtung Wasserfall, aber das war auch alles. Nur ... wo genau war ich jetzt? Wie weit war ich nach Norden gelaufen? Das Knacksen in meinem Rücken wurde zu einem Bersten, als Äste unter dem Ansturm des schweren Tierkörpers brachen. Ich hatte keine Zeit für langwierige Überlegungen und entschied mich für links. Spontan, aber auch, weil ich dumpf vermutete, dass ich auf meiner Flucht vor dem Tier schon recht weit nach Norden gelaufen war. Hinter mir keckerte das Tier erfreut, als es wie ein Berserker durch die Büsche brach und mich erneut im Blick hatte – allerdings sah es nicht mehr von mir als einen rotweißen Blitz, der weiter rannte, der wieder flüchtete.

Mein Zögern hatte mich vier, fünf Sekunden gekostet. Nicht viel, aber dennoch: Wertvolle Zeit war verloren, das Tier hatte seinen Abstand verkürzt und zwang mich nun dazu, schneller zu rennen, als ich mit dieser Wunde konnte. Einatmen und ausatmen, einatmen und ausatmen – jedes rein und raus meiner Brust jagte mir scharfe Schmerzen durch den ganzen Körper. Im gleichen Rhythmus, wie ich rannte und atmete, betete ich – kein richtiges Gebet, nur ein wirres BITTE! BITTE! BITTE!, aber es erfüllte seinen Zweck: Es lenkte mich von dem Schmerz ab, der in meiner Seite tobte, von der Angst, doch die falsche Richtung gewählt zu haben. Und von den schweren Schritten des Tieres, die unaufhaltsam näher kamen, jetzt, wo wir aus dem Wald raus waren. Meine Augen irrten die Felswand hoch und runter, suchten nach der Höhle, doch vergeblich. DUMMMM! DUMMM! DUMM!: Die Schritte kamen näher, das Keckern wurde heller – das Tier klang, als habe es sein Abendessen vor der Schnauze und jetzt auch verdammt noch mal genug dafür geschuftet. Ich riskierte einen Blick über die Schulter: Sechs Meter, und es wurden weniger. Ich wandte mich wieder nach vorn und keuchte überrascht, als ein dunkler, moosiger Baumstamm unmittelbar vor mir in den Weg ragte und ich gerade so mit einem halbherzigen Satz darüber hinwegsetzen konnte. Mein Kratzer fühlte sich an, als würde ich ihn mit dem Hochreißen der Arme noch tiefer einreißen: Ein Schrei kam aus meinem Mund, und das Tier antwortete mit seinem bösartigen Fauchen. Der Baumstamm bremste es ab, und als ich mich erneut auf die Felswand konzentrierte und mein BITTE! BITTE! BITTE!-Mantra vor mich hin keuchte, sah ich es endlich: ein schwarzes, kreisrundes Loch in der Wand. Ich schrie wieder auf, vor Freude, vor Erleichterung, vor Hoffnung – ich war tatsächlich richtig abgebogen, hatte in dieser ganzen verdammten Schlucht wirklich diese eine Stelle gefunden!

Dreißig oder vierzig Meter war das Loch entfernt, und als habe irgendjemand mein wirres Gebet erhört, gab es auf diesen Metern zwei Baumstämme und einen Felsen. Sie bescherten mir dreimal teuflische Schmerzen, nahmen aber dem Tier auch seinen Schwung – ich machte ein DANKE! DANKE! DANKE! aus dem BITTE! BITTE! BITTE!. Meine Augen hingen an diesem schwarzen Loch in der Wand, mein Leben hing an diesem schwarzen Loch in der Wand. Und ich musste unvermittelt an meine erste Begegnung mit Patrick denken, während ich mir im Laufen mit dem linken Fuß den rechten Schuh heruntertrat: Auch er hatte sich seine Tennisschuhe damals achtlos von den Füßen getreten, und er hatte dabei gelacht, wie er eigentlich immer lachte. Nach Lachen war mir jetzt nicht, aber trotzdem heiterte mich der Gedanke an den kleineren Indianer auf. Es würde sich lohnen, das Ganze zu überleben, nur um seine staunenden Augen zu sehen, wenn ich ihm vom Wald, von den Höhlen und dem großen, bösen Dino erzählte.

Der große, böse Dino krachte gerade über den letzten Baumstamm hinweg, dann hielten seine Schritte inne, so plötzlich, als wäre er vor eine Mauer geprallt. Ich wagte einen Schulterblick: Das Tier schnüffelte an etwas Hellem am Boden, meinem Turnschuh. Ich blieb stehen, trat mir den zweiten Schuh auch herunter, konnte nicht widerstehen und warf ihn nach dem Vieh. Ich erwischte es seitlich am Kopf – es schreckte zurück und zischte den Schuh gereizt an.

Ich heftete meine Augen wieder auf das Loch in der

Felswand: War das hoch! Aber immerhin, kein Überhang hier, keine böse Biegung im Gestein. Ich nahm den stützenden Arm von meiner Brustwunde, verstaute den Nagel tief in einer Tasche meiner Shorts, atmete tief ein – dann suchte ich nach der ersten Griffspalte und begann das, was hoffentlich mein Weg in Sicherheit werden würde: die Kletterpartie hinauf zur Höhle.

***

Die Wand war unregelmäßig und zerklüftet, zum Glück – ich fand sofort Stellen, die meine Hände greifen konnten. Allerdings war schon die erste Stufe eine Qual, da ich zum Klettern die Arme weit über den Kopf strecken und mich dann hochziehen musste, was die Wunde in eine brennende Kluft spaltete. Frisches Blut lief mir an der Seite herunter, warm und feucht. Ich keuchte gequält, was das Tier aufhorchen ließ – ich erahnte diese Bewegung allerdings mehr, als ich sie tatsächlich sah, denn das Tier war nun nur ein dunkler Koloss vor dem schwarzen Wald. Bald darauf sorgten indes seine Schritte dafür, dass ich nur zu genau wusste, wo es war, was es tat: DUMMMMM! DUMMMM! DUMMM! – es kam, und es kam rasch.

Ich biss die Zähne zusammen, zwang mich, auf den Felsen vor mir zu schauen, denn der allein war jetzt wichtig. Ich hatte gerade mal drei Züge nach oben gemacht, noch lange nicht genug, um aus der Reichweite des Mauls oder der Tatzen zu sein! Meine rechte Hand fuhr die Felswand entlang, traf auf eine Kerbe. Ich krallte meine Finger hinein, ließ mit der Linken meinen Halt los und diese Hand ebenfalls auf Wanderschaft gehen, etwa dreißig Zentimeter über meinem Kopf fand sie erneut eine Stelle zum Festklammern. Dann die Füße: Nach Ritzen tasten, die bloßen Zehen reinklemmen, das gleiche mit dem nächsten Fuß – und auch noch schnell, verflucht schnell!

DUMMM! DUMMM! DUMMM! – das Tier trabte heran und keckerte dabei fragend zu mir hinüber. 'Was machst du da?', sollte das wohl heißen, doch ich konnte nicht antworten, hatte ich doch gerade meine Hände in neue Spalten gerammt und mich damit auf gut drei Meter hochgewuchtet. Ich linste zur Seite, zum Tier: nur wenige Schritte noch – DUMMM! DUMM! DUM!, erneutes Keckern. Es wirkte wieder seltsam unaggressiv, aber ich wusste mittlerweile zu gut, dass das nur vorübergehend war: Ich bot dem Tier wahrscheinlich einfach mehr Abwechslung als sein sonstiges Futter. Wenn ich mich komisch genug gebärdete, würde es mich vielleicht nicht sofort fressen, wie die Katze die Maus nicht sofort fraß. Aber am Ende ... am Ende wäre ich unzweifelhaft tot, wie die verrottenden Kadaver in der Höhle von diesem Mistvieh.

Dieser Gedanke machte mir Angst, und diese Angst gab mir neue Kraft. Eine Stufe, noch eine Stufe, eine Dritte – wackelig und unsicher, aber damit hatte ich etwa vier Meter geschafft. Es schnaubte unter mir, beißender Gestank drang in meine Nase: Das Tier stand nur wenige Schritte von der Wand entfernt, hatte seinen Dino-Kopf schräg gelegt und linste mit dem rechten, gelb schimmernden Auge zu mir hoch. Ja, dachte ich, dieses Auge will ich sehen, genau dieses Auge! Aber noch war es zu weit weg, noch reichte ich nicht dran.

»Komm her«, lockte ich, während meine Finger sich in den Fels gruben und meine Beine verzweifelt versuchten, meinen auf einmal so schrecklich schweren Körper gegen die Wand zu drücken, »komm näher! Nur ein bisschen!«

Das Tier keckerte, eindeutig unzufrieden – und machte einen Schritt nach hinten. Dann noch einen und noch einen. Scheiße!, dachte ich, Scheiße, Scheiße, Scheiße! Mein Arm zuckte vor Schwäche, mein Kratzer schickte protestierende Schmerzwellen durch meine Brust – verdammt, lange würde ich mich nicht mehr halten können! Warum kam es nicht zu mir, warum wich es zurück? Das Vieh fauchte erneut zu mir herüber, bewegte sich weiter nach hinten. Es würde doch jetzt nicht aufgeben? Sich einfach umdrehen und auf Nimmerwiedersehen im Wald verschwinden? Nein, schrie es in mir, so haben wir nicht gewettet! Es sollte herkommen, sollte seinen hässlichen Kopf zu mir hochstrecken, meinetwegen sogar nach mir schnappen, damit ich an sein Auge heranreichen konnte, aus sicherer Höhe, außer Reichweite dieser Tatzen – so war doch der Plan!

Doch das Tier schien keine Lust zu verspüren, weiterhin nach meinen Regeln zu spielen. Es fauchte wieder, dann erhob sich auf seine Hinterbeine, fließend und kraftvoll und unglaublich schnell. Ich zuckte angesichts dieser unerwarteten Bewegung zusammen, und als es dann mit raschen Schritten, einem fast schon leichtfüßigen DUM! DUM! DUM! auf kräftigen Hinterbeinen auf die Felswand zustürmte, entfuhr mir ein atemloser Laut purer Angst. Das Tier brauchte nur Sekunden, um von seiner lauernden Position am Waldrand zu mir herüber zu jagen. Aufgerichtet, mit drohend erhobenen Vorderbeinen und vorgerecktem Kopf, in dem das Maul mit schneidendem Geräusch in die Luft biss, als übe es schon, seine nadelspitzen Zähne in mein Bein zu graben. Mir blieb nichts anderes übrig, als ihm hilflos und mit entgeistertem Gesicht zuzusehen: Nie im Leben hätte ich damit gerechnet, dass es auf zwei Beinen laufen konnte! Das war nicht fair, einfach nicht fair!

Als die Schritte das Tier bis kurz vor die Felswand geführt hatten, sprang es ab, und in diesem Satz war nichts von der Unbeholfenheit, die es im Wald bei Stämmen und Steinen an den Tag gelegt hatte. Wie eine Raubkatze schnellte das Vieh auf mich zu, mit ausgestreckten, blitzenden Klauen, und ich erkannte mit eisigem Schaudern, dass ich mich ganz enorm verschätzt hatte: Dieser Sprung katapultierte das Vieh problemlos auf meine jetzige Höhe, eine Höhe, auf der ich doch außerhalb der Reichweite seiner Tatzen sein sollte! Ich stieß einen Laut aus, den ich selbst nicht richtig einordnen konnte, Angst, Schreck, Panik, und erwachte aus meiner Starre: Zu niedrig, ich war viel zu niedrig! Ich riss die rechte Hand aus der sicheren Ritze, wischte mit der Handfläche die Felswand noch, suchte nach einem neuen Halt, denn ich musste höher, schnell höher! Mein Herz raste wie wahnsinnig, mein Schnitt brannte wie die Hölle, mein Kopf verfluchte meine kolossale Blödheit. Und meine Hand? Sie fand nichts außer betonglattem Stein, während meine Augen auf das Vieh starrten, das auf mich zuflog wie ein Pfeil: Es würde mich im Sprung packen, seine messerscharfen Zähne in meinen Schenkel graben und mich zu Boden reißen. Dann würde diese Tatze auf mich hinabsausen, diese Tatze mit dieser monströsen Sichelklaue, und sie würde mich durchbohren, aufschlitzen, töten!

Doch das Tier schaffte es mit diesem Sprung nicht bis zu mir hinauf, so mächtig der Satz auch gewesen war. Der schwere Körper knallte auf vielleicht drei Metern Höhe gegen den Fels, die Krallen gruben sich in die Wand, mit einem Geräusch, das an Kreide auf einer Tafel erinnerte und mir einen Schauer über den ganzen Körper jagte, weil es so nach Schmerz und Angst und Tod klang. Und ich jauchzte im gleichen Moment in wunderbarer erleichterter Freude auf: Meine Finger hatten den ersehnten Halt gefunden! Eine kleine Kerbe nur, aber ich hängte mich hinein und zog mich hoch, dieses so entscheidende Stück, das mich außer Reichweite des Tieres bringen musste, das jetzt unter mir in der Wand hing und nach meinen Beinen biss, mit gierig vorschnappendem Maul. Ja, ich zog mich hoch – und ich hörte Thomas Worte klar und deutlich in meinem Kopf, als mein Körper nur Sekundenteilchen später abwärtsfiel, weil der Fels sich mit einem hellen Knirschen unter meiner blind zupackenden Hand löste. 'Du hast dich mit dem ganzen Körper an eine nicht gecheckte Stelle gehängt', hatte er mit seiner Samtstimme gesagt, 'und konntest dich dann natürlich nicht mehr halten'.

Ich war eine schlechte Schülerin gewesen, erkannte ich jetzt, als meine Knöchel zum zweiten Mal schmerzhaft über Stein schrappten und ich abwärts rauschte: Ich hatte den gleichen Fehler gemacht, schon wieder. Diese Erkenntnis durchfuhr durch meinen Kopf so schnell wie ein Blitz, so schnell wie ich fiel, und auch das Tier hatte keine Chance, in Deckung zu gehen: Es hing genau unter mir, den Kopf hochgereckt, die Tatzen in die scheinbar butterweiche Felswand gebohrt – eine Momentaufnahme wie ein 3D-Foto, seltsam eingefroren und trotzdem lebendig. Ich registrierte sogar den blöden Ausdruck im Gesicht des Viehs, als ich ihm entgegen flog, dann donnerte ich schon mit meinem ganzen Gewicht auf seinen Dino-Schädel. Ich spürte den Aufschlag hart und schmerzhaft im Oberschenkel, dem Vieh knickte der Kopf weg, sein Hals wurde grob gestaucht, dann brach es unter mir zusammen. Gemeinsam knallten wir auf den Boden, ich oben, das Tier unten, sein Kopf begraben unter meinem Körper.

Mein Herz hatte ausgesetzt, als ich abwärtsgefallen war. Mein Kopf schwirrte, mir wurde schwarz vor Augen, vor Angst, vor Schreck, vor Schock: Ich hatte die Wand hoch flüchten wollen, und was hatte ich erreicht? Ich lag auf der Erde, auf diesem Vieh! Es rührte sich nicht, seine mächtigen Muskeln waren erschlafft, aber für wie lange? Mir blieb keine Sekunde, ahnte ich, keine Sekunde, bis es wach werden würde, bis es sich regen, mich abschütteln würde wie eine lästige Fliege. Beißender Bestiengestank reizte meine Nase, die eine Hälfte meines Körpers schmerzte vom Zusammenprall mit dem Tier, als habe mich ein Auto gestreift, mein Kratzer brannte wie Feuer, und der Nagel bohrte sich spitz in meinen Oberschenkel. Der Nagel? Der Nagel! Ich griff in meine Tasche, umfasste sein nun körperwarmes, glattes Metall und spürte, wie das Tier sich unter mir bewegte. Ein Bein zuckte, das zweite folgte – ein Beben lief durch den mächtigen Körper, es wurde wach!

Zum Nachdenken, zum Mut sammeln blieb mir keine Zeit. Ich schoss hoch, riss den Nagel aus der Tasche, registrierte, dass der Kopf des Tieres auf der Seite lag, ein bisschen schief, ein bisschen verdreht. Ich umfasste den Nagel mit beiden Händen, reckte die Arme über den Kopf, holte aus – und bohrte den Stahlstift mit einem scheußlichen Quietschen durch das Auge des Tieres.

Ich sprang zurück, das Tier zuckte und schrie auf, hoch und klagend, schrill und schleppend zugleich. Es riss den Kopf hoch, aus dem der Nagel grausig hervorragte, ich machte noch einen Schritt zurück, und mein Herz setzte mit einem unruhigen Wummern wieder ein: BUM! BUMM! BUM! BUMM! – ich hörte nichts anderes, nur meine eigene Angst

und das Jaulen des Tieres. Es schüttelte den Kopf, dann
zitterten erst seine Hinterbeine, danach die mächtigen Schenkel
vorn. Die Tatzen scharrten über den Boden, suchten nach Halt
– und ich erkannte mit Entsetzen, dass das kein Todeskampf
war, was ich da sah, sondern dass es sich aufrichtete. Mit
hängendem Kopf, mit klagendem Ton, mit zitternden Gliedern
zwar, aber dennoch: Es machte die Beine gerade, wuchtete den
schweren Körper hoch. Seine Bewegungen waren nicht so
geschmeidig und kraftvoll wie zuvor, doch es erhob sich, bis es
wieder vor mir stand. Groß. Stark. Unbesiegbar.

Ein Schluchzen brannte in meiner Kehle, ein Schluchzen
aus bloßer Verzweiflung. Das konnte doch nicht sein, das
konnte einfach nicht sein! War der Nagel zu kurz? Er steckte
verdammt tief im Auge, ich hatte all meine Kraft gebraucht,
um ihn da rein zu hämmern, beide Hände, beide Arme, den
Schwung meines ganzen Körpers! Und dieses Vieh stand
einfach wieder auf? Nein, nein, nein! Ich spürte, wie mir das
Blut aus der Wunde an der Seite herunter lief und Tränen mich
in den Augen kitzelten. Wenn es der Nagel nicht geschafft
hatte, das Tier zu töten, war ich endgültig verloren: Er war
meine einzige Waffe gewesen, meine einzige Munition – und
die hatte ich sinnlos verschossen.

Das Tier straffte sich. Das Zittern hörte auf, der Klagelaut
verstummte, es nahm den Kopf hoch, legte den Schädel zu
Seite, sah mich mit dem unversehrten, gelben Reptilienauge an.
Dann keckerte es vorwurfsvoll und schüttelte erneut seinen
Kopf, als wolle es den Nagel einfach abwerfen.

»Hast gewonnen«, sagte ich und sah mit Ekel, wie ein
wässrig-blutiger Strom sich seinen Weg aus dem zerstörten
Auge über die noppige, braun-grüne Haut bahnte wie ein
Strom roter Tränen. »Hast gewonnen. Tu mir nur einen
Gefallen: Mach's kurz und schmerzlos.«

Das Tier keckerte wieder, und als es nun zum dritten Mal
den Kopf schüttelte, wurde aus dieser Bewegung ein Beben,
das den ganzen Körper erfasste. Ein starkes Beben, ein
wellenförmiges Beben, das in einem spastischen Zucken der
enormen Muskeln gipfelte, was aussah, als bewegten sich

unzählige Schlangen unter seiner noppigen Haut. Dann stoppte das Beben so plötzlich, wie es begonnen hatte, dem Tier gaben die Beine nach – und es brach vor mir zusammen.

***

Mein Weg die Wand hinauf war eine einzige Qual. Jeder Meter riss meine Brust aufs Neue in zwei Teile, meine Muskeln zitterten vor Anstrengung – und vor Angst, dass das Tier doch nicht tot war. Deswegen sah ich fast häufiger nach unten, wo der braune Körper bewegungslos im Gras lag, denn nach oben, wo die Höhle auf mich wartete. Bis zur Höhle klettern, dort ausruhen, dann weiter aufs Plateau – soweit der Plan. In der Theorie super, in der Praxis allerdings machte mir mein Körper das Ganze echt schwer, wenn nicht sogar unmöglich.

Auf halber Höhe war mir, als hätte ich ein Geräusch gehört, ein helles Klingeln. Ich erstarrte, spürte mein Herz schneller klopfen, hatte wieder diese schwarze Angst im Kopf, warf einen schnellen Blick nach unten: Das Tier regte sich nicht, das Tier war tot. Der hoch am Himmel stehende Mond beschien den Kadaver mit bläulichem Licht, und er lag noch genau so da, wie er vor mir zusammengebrochen war.

Für mich hatte die Erde gebebt, als der schwere Körper zur Seite gekippt und auf dem Boden aufgeschlagen war, und ich hatte gefühlt eine Ewigkeit davor gestanden, reglos, zu Tode erschöpft. Ich hatte auf seine Nüstern gestarrt, auf seine Brust, seine Sichelkrallen, den Schwanz, das unversehrte Auge: keine Bewegung, keine noch so kleine Regung. Nichts.

Mit der nächsten Stufe erreichte ich einen schmalen Sims in der Felswand, der es mir erlaubte, die Füße fast bequem abzustellen und für ein paar Sekunden zu rasten. Ich hatte mittlerweile ein neues Mantra im Kopf, und das hieß CHECKEN! CHECKEN! CHECKEN! – es sollte mich davor bewahren, wieder abzustürzen, sollte mich daran erinnern, was Thomas mir beigebracht hatte: Keiner Griffstelle vertrauen, bevor du sie kontrolliert hast!

Über mir klingelte es wieder, ich erstarrte und keuchte dann vor Schreck, als mir ein paar Steinchen auf den Kopf rieselten. Was war da über mir? In der Wand – oder gar in der Höhle? Ich hielt den Atem an, hörte nichts. Doch. Doch! Ein Geräusch wie von Metall auf Stein, dann eine plötzliche Bewegung neben mir: Etwas Langes, Dünnes fiel an der Wand herunter, keine dreißig Zentimeter von meinem Gesicht. Ich schrie überrascht auf, einer meiner Füße verlor den Halt, ich keuchte erschrocken und tastete meine Zehen panisch zurück auf den Vorsprung. Es war ein Seil, das da neben mir aus dem Nichts aufgetaucht war, ein türkisblaues Seil. Glatt, und damit ganz anders als die samtig-raue Stimme, die ich von oben hörte.

»Nimm das Seil«, sagte Thomas, »mit beiden Händen. Halt dich gut fest, ich ziehe dich hoch.«

***

Ich schlang meine Arme um seinen Hals und schluchzte. Thomas drückte mich an sich und sagte genau die Dinge, die ich jetzt so dringend hören musste: dass es vorbei sei, dass ich in Sicherheit wäre, dass ich tapfer gewesen sei, dass ich mich nun ausruhen könne. Er würde meine Wunden versorgen, er habe Wasser und Essen dabei, flüsterte er, während seine Hand sich in meinen verfilzten Haaren vergrub und sein anderer Arm meinen Rücken streichelte.

Meine Schultern bebten vom Weinen, und mir fiel unvermittelt das letzte Mal ein, als Thomas mir etwas zu trinken gebracht hatte. Als noch alles in Ordnung gewesen war, als ich mich in dieser Schlucht und vor allem bei ihm so wohl gefühlt hatte. Moment. Thomas? Thomas, der mir in einer anderen Höhle schon mal was zu trinken gebracht hatte? Ich hielt inne, schluckte meine Tränen hart hinunter. Ja, Thomas hatte mir zu trinken gegeben. Tee. Er hatte bitter geschmeckt, und keine zwei Minuten später war ich so müde gewesen wie nie zuvor in meinem Leben. 'Leg dich hin', hatte Thomas gesagt, 'leg dich hin, ruh dich aus'. Ich hatte mich hingelegt, war bewusstlos geworden und erwacht in einem Alptraum. Mit einer Decke, Wasser, Müsliriegeln, einer Taschenlampe und einer hungrigen Riesenechse.

Ich hob den Kopf. Thomas Griff löste sich, ich konnte seine Augen sehen – diese so schönen, so schwarzen Augen, die mich so fies angelogen hatten.

»Du hast mir ein Schlafmittel gegeben«, sagte ich.

Er schüttelte den Kopf, natürlich, aber ich beachtete ihn gar nicht, sondern fuhr fort.

»Du wusstest von dem Tier. Du wusstest, dass es mich jagen würde. Du hast mich in diese Höhle gelotst und die Tafel mit meinem Namen neben diesem Bild angebracht.«

»Siena, nein ...«

Ich stieß ihn weg, machte zwei, drei Schritte nach hinten. Meine Beine waren noch immer zittrig von der Kletterei, ich taumelte, als ich an die Wand zurückwich. Thomas war verstummt, seine Augen lagen auf mir. Was schimmerte da in ihnen? Sorge? Oder doch eher Wut darüber, dass ich dem Tier entkommen war?

»Warum bist du zurückgekommen?«, fragte ich tonlos, denn die unendliche Erleichterung, die ich eben verspürt hatte, war in sich zusammengefallen und hatte ein schmerzhaftes Loch in meiner Brust hinterlassen. »Oder hast du die ganze Zeit hier gewartet? Damit du zuschauen kannst, wie dieses Vieh mich durch den Wald hetzt?«

Diesmal antwortete Thomas nicht, was wie ein Geständnis wirkte. Ich lachte hart auf und stützte mich an der Wand ab, damit ich nicht hinfiel.

»Tut mir leid, aber du kommst du spät. Es hat einen Nagel im Kopf, einen dicken, fetten Nagel in seinem Spatzenhirn. Ich habe es sterben sehen, es ist tot. Tot!«

Das letzte Wort hatte ich geschrien, und meine Stimme hallte in der Höhle schrill wieder. Ich bemerkte Überraschung in Thomas Blick, und das freute mich, weil sie meinen Sieg so viel größer machte.

»Ja, das Tier ist tot«, fuhr ich triumphierend fort. »Es konnte nicht klettern, war aber zu gierig, um aufzugeben.«

Thomas stand noch immer an der Stelle, an die mein Stoß

gegen seine Brust ihn befördert hatte, mit tatenlos herunterhängenden Armen.

»Ja, sie können nicht klettern«, antwortete er nun leise, »und schwimmen auch nicht.«

Ich hatte den Mund schon geöffnet, um ihm eine weitere höhnische Bemerkung um die Ohren zu hauen, doch dann dämmerte mir, was er da gerade gesagt hatte. Was wirklich wichtig gewesen war. Meine Beine gaben endgültig auf, und ich ließ mich kraftlos an der Wand nach unten rutschen, bis ich auf dem kalten Boden hockte. 'Sie' können nicht klettern, hatte Thomas gesagt. Sie – das war Mehrzahl. Plural.

»Es gibt nicht nur eins?«, fragte ich, und meine Stimme klang entsetzlich schwach. »Es sind ... mehrere?«

Der große Indianer nickte.

»Wie viele?«

»Zwei. Ein Männchen und ein Weibchen.«

Zwei. War mir das andere auch auf den Fersen gewesen? Hatte ich mich deshalb so darüber gewundert, wie schnell das Vieh bei den Steinen angekommen war, weil es in Wirklichkeit zwei gewesen waren? Die gemeinsam gejagt, mit mir Hase und Igel gespielt hatten? Mich hin und her gehetzt hatten wie einen Pingpong-Ball?

»Sehen sie verschieden aus?«, fragte ich, Thomas zuckte mit den Schultern.

»Ich habe sie noch nie in echt gesehen. Nur ein Foto. Aber das zeigte nur eins, und es war auch sehr dunkel und verwackelt.«

Zwei Menschenfresser. Ich presste mir die Handballen auf die Augen, um diesen Gedanken in meinen Kopf zu bekommen. Zwei Menschenfresser, denen Thomas mich quasi in den Napf gelegt hatte. Oh Gott, und ich hatte mich gerade gefreut, ihn zu sehen! Hatte ihn sogar umarmt! Mir wurde übel, ich krümmte mich zusammen, und während mich die Säure im Hals kitzelte, dachte ich an die andere Höhle, in der ich heute schon mal gekotzt hatte, die erste Höhle, die Relief-Höhle. Dort hatte ein Schild mit meinem Namen gehangen, neben anderen. Vielen anderen. Ich war in die Schlucht gebracht worden, und die anderen Mädchen waren in die Schlucht gebracht worden. Damit die Viecher uns jagen konnten. Ja, das war auf dem Relief dargestellt, nichts anderes!

Bei mir war der Plan jedoch nicht aufgegangen: Ich hatte ein Tier getötet und war auf dem Weg aufs Plateau gewesen, auf dem Weg zu überleben. Doch jetzt stand Thomas vor mir. Der große Indianer mit den unergründlichen Augen, der mich schon einmal diesen Tieren ausgeliefert hatte. Was wollte er hier? Dafür sorgen, dass das eine Vieh bekam, was dem anderen durch die Klauen geschlüpft war? Wenn ja, warum? Weil er mich so hasste, dass er mich tot sehen wollte? Ich zwang mich, aufzusehen und fair zu sein: Er sah nicht aus, als würde er mich hassen. Besorgt sah er aus. Und traurig.

»Was willst du hier?«, fragte ich schließlich, denn da nützte alles Raten nichts.

»Ich habe dich gesucht. Ich wollte dir helfen.«

»Suchen. Helfen. Nachdem du mich in der Höhle liegen gelassen hast. Nachdem du mich mit diesen Tieren allein gelassen hast.«

Er schüttelte den Kopf. »Nein, das stimmt nicht.«

Ich schnaubte ungläubig. »Und ob das stimmt!«

»Siena, lass mich erklären, ...«

»Was willst du mir erklären?«, fragte ich ätzend. »Dass es keine Absicht war, dass du mir ein Schlafmittel in den Tee gekippt hast? Diesen Tee, von dem du ganz zufällig nichts getrunken hast?«

Thomas schüttelte den Kopf. »Ich wusste nichts von dem Schlafmittel. Es war im Wasser ...«

Ich schnitt ihm mit einem ungläubigen Lachen das Wort ab.

»Und wer hat das Schlafmittel ins Wasser getan? Lass mich raten: Patrick? Weil er sauer war, dass du ihn nicht mitgenommen hast, um die großen, bösen Dinos anzuschauen?«

»Nein. Mein Vater«, entgegnete Thomas.

Diese unerwartete und mit harter Stimme vorgebrachte Antwort ließ mich zögern. Warum sollte Thomas Vater mich in der Schlucht einschläfern wollen? Er hatte doch gar nicht gewusst, dass Thomas und ich hierher wollten! Patrick ja, Lilla auch – aber der Vater?

Ich rieb mir über die Stirn, als würde das meinem überforderten Kopf beim Denken helfen, spürte jedoch nur kratzigen Schmutz auf der Haut. Ich betrachtete meine Hand: Dreck und getrocknetes Blut. Äste hatten mir das Gesicht aufgepeitscht, mein Sturz hatte mich von oben bis unten mit schwarzem Schlamm bedeckt, aber das war mir herzlich egal: Wenn man überlebte, war der Rest nebensächlich. Und Überleben schien nach wie vor etwas zu sein, um das ich mich zu kümmern hatte, also rappelte ich mich vom Boden hoch: Ich musste hier weg, so schnell wie möglich. Was auch immer vor sich ging, Thomas steckte bis zum Hals mit drin, denn alles, was ich mit Sicherheit wusste, war, dass er mich in diese Schlucht gebracht hatte.

»Ich glaube dir nicht, dass du mir helfen willst. Du wusstest von den Tieren, du hast mich absichtlich hergeführt und allein gelassen.«

»Nein, das ist falsch«, erwiderte Thomas. »Ich habe dir die Schlucht gezeigt, weil du sie so gern sehen wolltest.«

»Ach wie nett«, schnappte ich, und machte dabei ein paar Schritte weg von dem großen Indianer, näher zum Eingang der Höhle, zu dieser Kante, über die Thomas mich vor wenigen Minuten gezogen hatte. Das Seil hing noch dort, war mit einer dicken Krampe im Boden befestigt. Konnte ich mich daran runter lassen? Ja – aber Thomas musste nur kräftig gegen diese Metallklammer treten, dann würde sie sich mit dem Seil lösen und mich neben das Vieh da unten schleudern, zerschmettert, vielleicht tot.

»Und du wusstest nichts von den Tieren?«, fragte ich, damit er weiter sprach, denn das würde ihn hoffentlich von meinen Fluchtplänen ablenken.

»Nein. Der Bürgermeister hat mir davon erzählt, aber erst, nachdem ich schon wieder im Dorf war.«

Der Bürgermeister? Was war das für ein Scheiß? Ich schaffte zwei weitere Schritte zur Kante, doch auch Thomas hatte einen gemacht, nach vorn, auf mich zu. Er sprach eindringlich, schnell und bittend: 'Glaub mir', schien er sagen zu wollen, 'bitte glaub mir, ich lüge nicht'.

»Ich habe gedacht, du wärst ohnmächtig geworden, als du da in der Höhle plötzlich weggesackt bist. Von der Hitze, vom Klettern. Ich habe versucht, dich wieder wach zu kriegen, habe dir ins Gesicht gepatscht, es hat nichts genützt. Ich hatte solche Angst«, sagte er, und in seiner Stimme lag ein Ton, der mich ihm fast glauben ließ.

»Ich wusste nicht, was ich tun sollte. Ich hätte dich nie das Seil hochgebracht – mit einer Strickleiter hätte ich es versucht, aber so ... Ich bin allein hoch, wollte ins Dorf, Hilfe holen. Auf dem Plateau kam mir mein Vater entgegen. Mit dem Bürgermeister. Ich war so unglaublich froh, sie zu sehen, ich habe gar nicht gefragt, was sie da machen. Mein Vater ...«

Er stockte, ich schob mich einige Zentimeter weiter zurück, näher zum Ausgang der Höhle: Auch wenn seine Erzählung mich fesselte, mein Fluchtplan stand nach wie vor.

»Herrgott, er hat so geschauspielert! Er hat mir zugehört, hat besorgt getan und mich ins Dorf geschickt, damit ich Martha Bescheid sage. Damit sie nach dir sieht. Sie würden dich raufbringen, zu uns nach Hause, da sollte ich mit der Ärztin warten. Ich habe getan, was sie gesagt haben, aber als sie wieder kamen, waren sie allein, hatten nur meinen Rucksack dabei. Ich habe gefragt, wo du bist, wie es dir ginge. Ich wollte zur Tür raus, sie haben mich festgehalten. Ich hab das ganze Haus zusammen geschrien, und ... dann hat mir meine Mutter alles erzählt. Es war wirres Zeug für mich, ich habe gedacht, ich höre nicht richtig. Tiere in der Schlucht. Ein Mädchen, das sterben müsse, zum Wohl der Gemeinschaft, für die Zukunft des Dorfes. Lilla, die sie hätte retten wollen. Du, die für Lilla sterben sollte.« Er schüttelte den Kopf. »Es war unglaublich. Meine Mutter hat geweint, sie war wirklich fertig, aber mein Vater und der Bürgermeister ... sie waren so kalt. Eiskalt.«

Er sah mich an, und ich erkannte einen Zug um den Mund des großen Indianers, den ich nur schwer deuten konnte. Wut, Enttäuschung, Fassungslosigkeit? Hass? Ja, vielleicht auch.

Und wahrscheinlich war dies hier nur ein schwacher Abglanz des Entsetzens, das er vor ein paar Stunden empfunden hatte. Wenn denn stimmte, was er da so zusammenfabulierte.

»Ich hab dagestanden wie vom Blitz getroffen. Und dann sagt der Gamper noch, es wäre alles in Ordnung. Alles wäre, wie es sein sollte. Er müsste mir danken, Patrick auch.«

»Patrick?«, fragte ich irritiert, Thomas nickte.

»Ja. Du weißt, wie er ist«, fügte er mit einem unerwarteten, kleinen Lächeln hinzu, das zwischen brüderlicher Liebe und gemarterten Nerven schwankte. »Er hat mich um sechs geweckt und angefangen, auf mich einzureden, weil er mit in die Schlucht wollte. Mein Vater hat das gehört.«

»Und hat Schlafmittel in deine Wasserflasche gepanscht, da das die perfekte Gelegenheit war, um mich in die Schlucht zu bekommen?«

»Ja. Und als sie auf dem Plateau waren, wollten sie nur sehen, ob ich auch davon getrunken hatte, ob sie mich in Sicherheit bringen mussten.«

Ich nickte, als würde ich das glauben, doch in mir nagten Zweifel. Waren das nicht ein paar Zufälle zu viel?

»Natürlich wollte ich wieder los und dich holen, als ich gesehen habe, dass sie dich nicht mitgebracht hatten«, erzählte Thomas weiter und hob in einer hilflosen Geste die Hände. »Sie scheinen damit gerechnet zu haben. Sie haben mich einfach gepackt und in mein Zimmer gesperrt. Ich habe versucht, die Tür einzutreten. Als ich nicht mehr konnte, sind mein Vater und der Bürgermeister noch einmal rein gekommen und haben mir das alles erklärt. Ja, sie haben wirklich 'erklären' gesagt: Sie würden mir erklären, warum das alles genau so sein müsse.«

»Warum ich sterben soll«, präzisierte ich.

»Ja. Ich habe sie reden lassen, wollte wissen, was es zu wissen gibt. Als sie fertig waren, hat mein Vater mich eingeschlossen«, fuhr er fort, »sogar die Fensterläden hat er verrammelt. Ich habe ewig gebraucht, um die Schrauben der Angeln zu lösen, damit ich aus dem Fenster klettern konnte. Ich habe gehofft, dass du dich an diese Höhle erinnern und versuchen würdest, hier hochzukommen, weil das der einzig sichere Ort ist. Sie haben mir erzählt, die Tiere seien in der Schlucht gefangen, weil sie mit ihren Krallen nicht die Wände klettern könnten.«

Ich schnaubte – oh ja, ich kannte die Krallen, besser als Thomas, besser als der Bürgermeister oder sonst ein Arschloch aus diesem Mörderdorf!

»Danke«, sagte ich dennoch ganz ruhig und machte noch einen Schritt zurück, »das ist echt nett von dir.«

Thomas schien die Ironie in meiner Stimme zu hören, denn er sah mich aufmerksamer an.

»Warst du in der Höhle? Hast du die Plaketten mit den Namen gesehen, bei diesem Bild?«, fragte der große Indianer, ich nickte. »Ich weiß jetzt, was die Namen bedeuten. Darauf stehen Namen von Mädchen, die diese Jagd mitmachen mussten. Mädchen wie du. Deine hat mein Vater heute angebracht. Als ich dachte, sie würden dich holen, hat er seine verdammte Plakette dort an die Wand genagelt!«

Seine Stimme überschlug sich fast vor Wut, und es dauerte ein paar Sekunden, bis er sich wieder im Griff hatte.

»Matteo fertigt diese Plaketten, und er hat in seinen Leben schon einige machen müssen. Deswegen war er auch so verzweifelt und hat versucht, dich zu warnen. Ich war eben bei ihm.«

Thomas griff in die Tasche seiner Hose, ich zischte warnend und machte einen weiteren Schritt zur Kante. Er zog jedoch nur ein Holzstück aus seiner Hosentasche, hielt es mir auf der ausgestreckten Handfläche entgegen. Es war nun schon fast dunkel in der Höhle, aber das Licht reichte noch aus, damit ich erkennen konnte, dass das Holzstück die gleiche Form hatte wie die, die in der Höhle hingen. Wie das mit meinem Namen darauf. Und auf diesem stand 'Thomas'.

»Hast du bemerkt, dass es nicht nur Mädchennamen waren?«

Ich schüttelte den Kopf.

»Drei Jungen sind mit ihren Mädchen in der Schlucht geblieben und hier gestorben. Weil sie die Mädchen nicht allein lassen wollten.« Thomas lachte auf, kalt und hart. »Mein Vater hat mir das erzählt, wahrscheinlich, damit ich nicht auf die Idee komme, zurückzugehen. Ich will nicht sterben«, fügte der große Indianer hinzu, mit leiser, eindringlicher Stimme. »Ich will nicht sterben, aber ich kann dich auch nicht allein lassen. Ich darf nicht.«

Ich war von dem Gefühl in seiner Stimme tief berührt – doch ich straffte mich, bevor ich seinem Charme erlag und ihm glaubte. Ob er wirklich nichts vom Schlafmittel und den Tieren gewusst hatte? Ob er tatsächlich aus seinem Zimmer ausgebrochen war? Ich wusste es nicht, und außer seinem Wort hatte ich nichts.

Ich stand jetzt neben dem Seil, die Augen des großen Indianers wanderten von mir zur Öffnung der Höhle, und ihm schien zu dämmern, was ich vorhatte.

»Siena, tu das nicht. Du könntest abstürzen.«

Ich lachte bitter. »Und das gilt nicht, oder? Vielleicht knabbert das andere Vieh mich ja noch an, dann bin ich so gestorben, wie ihr das wolltet.«

»Ich nicht«, sagte Thomas, »ich will das nicht. Hast du nicht gehört, was ich dir gerade erzählt habe?«

»Du kannst so viel erzählen, wie du willst. Du hast mich in diese Höhle gebracht, das ist das Einzige, was ich mit Sicherheit weiß«, schnappte ich, fuhr herum, packte das Seil und machte mich auf den Rückweg hinab in die Schlucht. Doch ich kam nicht weit: Kaum hingen meine Beine wieder in diesen Abgrund und ächzten meine Arme, weil sie erneut das volle Gewicht meines Körpers tragen mussten, hörte ich schon Thomas schnelle Schritte, die zum Rand der Höhle eilten. Keine Sekunde später umklammerte seine Hand meinen Unterarm und hielt mich fest, bevor ich auch nur einen Meter gutgemacht hatte.

»Siena, nicht. Glaub mir, ich will dir helfen!«

»Leck mich.«

»Bitte kommt wieder hoch. Du willst doch nicht sterben!«

Thomas hatte ganz schön Kraft: Obwohl ich frei hing und an meinem Arm zog, wie ich nur konnte, bekam ich ihn nicht los. Ich musste mich irgendwo abstützen, mich abdrücken ... Wo war nur dieser verdammte Vorsprung, der mir eben auf dem letzten und schwersten Meter geholfen hatte?

»Das andere Tier ist da unten«, fuhr der große Indianer fort, fasste mit der freien Hand nach dem Seil und ging in die Hocke, stemmte die Beine in den Boden. »Es ist da unten, es wird dich jagen. Sie werden in der Dämmerung aktiv, streunen durch den Wald und suchen ihr Futter. Deswegen sind mein Vater und der Gamper überhaupt nur hier runter gestiegen: weil tagsüber viel weniger Gefahr besteht.«

»Es ist trotzdem nur ein Tier«, spuckte ich Thomas entgegen, »kein Lügner wie du. Es tut nicht so, als würde es mich mögen und lässt mich dann im Stich. Es will mich fressen, weil ich Fressen bin, damit komme ich klar.«

»Ich habe nicht gelogen«, sagte Thomas. »Ich habe nie gelogen.«

Meine tastenden Füße fanden den Vorsprung, ich klemmte die Zehen in die Kerbe und konnte nun endlich nach dem Seil greifen, mich abstoßen und nach unten sausen, wie Thomas es mir beigebracht hatte. Ich warf einen schnellen Blick die Felswand hinunter, und mein losrasendes Herz bestätigte mir, dass das äußerst riskant war. Doch je länger ich hing, desto schwächer wurde ich: Besser, ich nutzte meine restliche Kraft sofort. Wenn ich Pech hatte – okay, ich hatte eh länger gelebt, als geplant gewesen war. Aber wenn ich schon sterben musste, dann waren mir zwei, drei Sekunden freier Fall lieber, als die gelben Augen von dieser Echse zu sehen, während sie Stücke von mir abbiss.

»Lass mich los!«, brüllte ich, riss die freie Hand vom Seil, drehte sie in einer schnellen Bewegung und kratzte Thomas über den Unterarm.

Er schreckte zurück, ich sah leuchtende Striemen auf seiner Haut erblühen, dann schoss seine Hand vor und umklammerte mein Handgelenk in stahlhartem Griff, bevor ich wieder nach dem Seil hatte fassen können.

»Siena, ich verstehe dich. Aber denk logisch: Hier oben ist es sicher, du kannst dich ausruhen. Ich lasse dir alles da und gehe, wenn du mich nicht erträgst, aber bitte, erhol dich erst, bevor du abhaust.«

Ich lachte: sowohl über diese absurde Situation wie auch über das, was er gesagt hatte. Ich hing hier wie in einem billigen Actionfilm über dem Abgrund, der Held wollte mich auf den sicheren, festen Boden ziehen, aber ich weigerte mich. Und dabei faselte der Held auch noch was davon, dass ich abhauen wollte!

»Ich will nicht abhauen«, gab ich zurück, und der zweite Satz war aus meinem Mund, bevor ich wirklich nachgedacht hatte, was ich sagen, was ich tun wollte. Wahrscheinlich diktiert von meinem verletzten Stolz. »Ich will da runter und das andere Vieh auch umbringen.«

Thomas stutzte. »Okay, und womit? Mit deinen bloßen Händen?«

»Hast du eine bessere Idee?«, schnappte ich, und zu meiner Verwunderung nickte er. Zunächst zögernd, dann nachdrücklich.

»Ja. In der Burg gibt es Waffen. Gewehre. Allein kommst du dort nicht rein, weil man über das Dach gehen muss. Aber ich kann dir helfen.«

Gewehre? Ich überdachte das für ein paar Sekunden und war kurz davor, das als blöde Idee zurückzuweisen – damit ich nicht hochklettern und Thomas den Sieg überlassen musste.

»Schluss jetzt«, knurrte der große Indianer, während ich noch mit mir kämpfte, dann zog er mich mit einem satten Schwung zurück in die Höhle, bis ich bäuchlings auf dem Boden lag wie ein Fisch auf dem Trockenen.

»Wow«, sagte ich, gegen meinen Willen beeindruckt, und Thomas lachte. Es klang erleichtert, und als ich aufgestanden war, riss er mich an sich, wie schon eben, als er mich das erste Mal über die Kante gezogen hatte.

»Du bist unmöglich«, flüsterte er mit seiner Samtstimme in mein Ohr, und ich bekam wieder wackelige Knie.

Als Thomas mich nach warmen, geborgenen Minuten losließ, trat ich einen Schritt von ihm zurück und traute mich nicht, ihn anzuschauen. Ja, ich war wütend auf ihn, weil er mich in die Schlucht gebracht hatte, aber ich war auch dankbar, dass er jetzt hier war. Und: Er hatte gesagt, er habe nichts von den Tieren gewusst. Wenn das stimmte, war er ebenso reingelegt und benutzt worden wie ich, von seinem eigenen Vater. Meine Augen fielen auf das Holztäfelchen, das der große Indianer achtlos hatte fallen lassen, und ich war von dem unscheinbaren Stück Holz auf einmal sehr gerührt. Es war mehr als eine Namenstafel, es war ein Todesurteil. Matteo musste die Namen von denen in Holz ritzen, die bald schon tot sein würden, wenn sie nicht so enormes Glück hatten wie ich – kein Wunder, dass der Alte daran verzweifelte!

Ich griff in meine Hosentasche, zog die Plakette mit meinem Namen heraus und warf sie neben die von Thomas.

»Wolltest du deine in die Höhle bringen?«, fragte ich, der große Indianer nickte. »Das brauchst du nicht«, sagte ich. »Meine wird dort nicht noch einmal hängen.«

»Dann wird es ein anderer Name sein, der die Reihe fortführt«, gab Thomas bitter zurück. »Dann wird nächste Woche oder nächsten Monat ein anderes Mädchen dort unten um sein Leben laufen. Vielleicht Lilla, vielleicht Nele. Solange es noch ein Tier gibt, werden sie nicht aufhören.«

Ich zögerte. »Es geht also nicht ... um mich? Um den rothaarigen Freak?«

Er schüttelte den Kopf. »Nein, es geht nur um diese Tiere.«

Meine Gedanken kehrten automatisch zu dem zurück, was ich eben gesagt hatte, am Seil über dem Abgrund baumelnd, mit verletztem Stolz und ... ja, auch ein bisschen selbstaufopfernd.

»Dann müssen wir wirklich versuchen, das zweite Tier auch zu töten. Damit sie nie wieder ein Mädchen in die Schlucht schicken können.«

Thomas Gesicht blieb ernst und ich ahnte, was hinter seiner Stirn arbeitete: Machbarkeit und Risiko. Angst und Wut. Und Mut.

»Und sie können dann auch keinen Jungen mehr benutzen, um das Mädchen dort hinzubringen«, ergänzte er schließlich und stimmte mir damit zu. Meinem Plan, der eigentlich keiner war, sondern nur eine dumme Idee. Und der verdammt schief gehen konnte.

Mein Blick traf auf seine schwarzen Augen. Er blinzelte nicht, und ich sah die Müdigkeit, aber auch eine ansteckende Entschlossenheit in seinem Blick. Ich nickte, er nickte – und streckte die Hand aus.

»Wir töten das Tier«, sagte er, und ich schlug ein.

***

Thomas reichte mir die Wasserflasche, packte einen Schokoriegel aus und drückte ihn mir in die Hand. Er legte eine Decke auf den Boden, ich ließ mich darauf nieder: Es war mittlerweile ziemlich frisch, ich trug nur Shorts, Top und Bluse, durchgeschwitzt und matschverschmiert, nun kroch mir Gänsehaut den Rücken hoch. Ich schlang die Arme um meine von Dornen und Zweigen zerkratzten Knie, Thomas bemerkte mein Schaudern und schlug die Decke über meinen Beinen zusammen.

»Ich habe noch ein frisches Hemd dabei, das kannst du nehmen«, sagte er, »aber zieh die nassen Sachen vorher aus.«

Er stellte seine Taschenlampe wie eine Laterne in die Mitte der kleinen Höhle, suchte in seinem Rucksack herum und streckte mir bald darauf ein kariertes Hemd entgegen, das mild nach ihm roch: Holz, Steine, Zitronen.

»Umdrehen«, forderte ich, er wandte sich gehorsam zur Wand, während ich erst meine Bluse, dann das Top darunter über den Kopf zog und beides achtlos auf die Erde warf. Leider in sein Blickfeld. Meine Bluse war blau, die dunkle Farbe hatte das Blut verborgen. Das Top, das ich darunter getragen hatte und das jetzt neben dem großen Indianer auf der Erde lag, war jedoch weiß – na ja, weiß gewesen.

»Was ist das denn?«, fragte Thomas, als er das Blut und den Riss im Stoff sah, und drehte sich zu mir um – ich hatte gerade den obersten Knopf des Hemdes vor meiner Brust geschlossen, Glück gehabt.

»Nichts«, antwortete ich und knöpfte weiter. Ich hatte

gerade nur einen kurzen Blick auf den Kratzer werfen können und war ganz froh, ihn schnell wieder mit dem Stoff zudecken zu können: Er sah genau so scheußlich aus, wie er sich anfühlte – blutverschmierte, klaffende Haut.

Thomas kam zu mir herüber, hockte sich neben mich.

»Du bist verletzt«, sagte er, ich zuckte mit den Schultern.

»Das ist nur ein Kratzer.«

»Zeig her.«

»Nein.«

»Siena ...« Er setzte einen Blick auf, zu dem ich nicht Nein sagen konnte, weil er mich mehr als nur ein bisschen an Patricks Welpenaugen erinnerte. Also zog ich das Hemd hoch und enthüllte die Wunde, die das Vieh geschlagen hatte.

»War das ...?«

Ich nickte. »Ja, das war dieses Ding. Mit seinen langen, gebogenen Krallen, von denen du mir leider eben erst erzählt hast.«

Thomas überging diese Spitze, starrte auf meine Seite. »Es war so nah an dir dran? So nah, und du lebst noch?«

Ich sparte mir eine Antwort, die Antwort saß vor ihm und schämte sich ihrer bleichen Haut, auf der die knallrote Wunde selbst im schummerigen Nachtlicht leuchtete wie Feuer.

»Ich habe Verbandszeug«, sagte Thomas. »Ich mache das sauber und verbinde es. Leg dich auf die Seite, sonst komme ich nicht richtig dran.«

Ich wollte protestieren, überlegte es mir dann aber anders: Der Kratzer brannte nach wie vor richtig übel, ein Pflaster würde nicht schaden. Ich drapierte das Hemd so, dass Thomas von meinem Körper nicht mehr sehen konnte, als er sehen musste, kurz darauf bohrte sich irgendwas Kaltes, Scharfes in meine Seite. Ich zischte, fuhr herum und schlug Thomas Hand weg.

»Spinnst du? Was war das?«

Thomas sah auf das Tuch in seiner Hand. »Wasser«, sagte er, »ich muss erst mal das Blut und den Schmutz wegmachen.«

»Sorry«, sagte ich, legte mich wieder hin und zischte etwas leiser, als er weiter machte.

»Ist der Kratzer sehr lang?«, fragte ich durch zusammengebissene Zähne, während er behutsam putzte.

»Ja. Er geht hinten bis fast zum Schulterblatt hoch, aber da ist er nicht mehr so tief. Man müsste das nähen. Und das ist alles andere als nur ein Kratzer, eher ein richtiger Schnitt. Gibt eine schöne Narbe. Ich machte ein Desinfektionsmittel auf die Wunde«, fuhr er dann fort, »aber das wird brennen.«

Ich nickte, Thomas gab irgendein durchsichtiges Zeug auf ein Tuch, sagte 'Jetzt!' und presste das Tuch auf den Kratzer. Ich schrie und bäumte mich auf: Es fühlte sich an, als treibe er ein glühendes Eisen direkt in meinen Körper, beißend und brennend und brutal. Der Schmerz dauerte eine Sekunde, zwei, drei, vier – dann klang er ab zu einem heißen Prickeln und ließ mich erschöpft auf die Decke zurückfallen.

»Kannst du dich aufrichten?«, fragte Thomas, ich brachte nur ein schwaches Maunzen zustande.

»Okay, ich mache erst mal nur ein Stück Verband drüber. Nachher sollten wir einen richtigen Wickel um deine Rippen legen, das hält besser.«

Ich schaffte ein Nicken, kurz darauf befestigten Thomas warme, vorsichtige Finger mehrere Stücke Mull mit Klebeband.

»Nicht so gut wie neu, aber erst mal fertig.«

»Danke«, gab ich zurück. »Auch dafür, dass du zurückgekommen bist.«

»Du hast es ohne mich geschafft«, sagte er, und damit waren wir wieder beim eigentlichen Thema: Schlucht, Tier, Tod. Und da musste ich noch so viel wissen, hatte ich doch bislang nur wirres Zeug gehört: über den Bürgermeister, Thomas Vater, Lilla, Matteo. Was ich indes wusste, war, dass ich nicht das erste Mädchen war, das in der Schlucht um sein Leben hatte laufen müssen – davon zeugten die Namenstäfelchen in der Höhle. Also setzte ich da an.

»Wie viele Mädchen haben die Nacht in der Schlucht überlebt?«, fragte ich, Thomas legte die Decke enger um meine Beine.

»Du darfst dich nicht erkälten«, sagte er.

»Thomas? Wie viele?«

Ein Seufzen, Trauer in seinem Blick. »Keine. Sie sind alle gestorben.«

Ich rappelte mich auf. »Man hat also keine Chance? Man soll sterben?«

»Ja.«

»Erklär es mir«, bat ich.

Er zögerte, ich rutschte auf der Decke ein Stück und er setzte sich neben mich.

»Ich weiß auch nicht viel. Nur, was sie mir eben erzählt haben.«

»Und das ist mehr, als ich weiß«, antwortete ich.

»Ist dir noch kalt?«

Ich nickte, und er legte mir seinen Arm um die Schultern. Ich rückte näher an ihn heran, erinnerte mich zum zweiten Mal in dieser schrecklichen Nacht an den schönen Tag, der ihr vorausgegangen war. Ein bisschen verliebt war ich gewesen, und sehr glücklich. Und nun? Glücklich war ich jetzt auch, aber schlicht und einfach darüber, noch am Leben zu sein, die Schlucht und die Tiere überlebt zu haben. Und verliebt? Ich warf einen schnellen Seitenblick auf Thomas, erwischte einen kleinen Ausschnitt seiner Lippen, seiner ebenmäßigen Haut, seiner schwarzen Augen. Diese Augen hatten nicht geblinzelt, als er mir den Schlafmittel-Tee gebracht hatte, und diese Augen waren eben so erleichtert gewesen, als er mich halbwegs heil und lebendig wieder gesehen hatte. Ja, ich war immer noch ein bisschen verliebt – vielleicht jedoch in einen Lügner und Verräter.

»Sie machen das alle siebzehn Jahre. Ich weiß nicht, warum, aber dieser Turnus ist wichtig. Und sie sagten, das Mädchen müsse ebenfalls siebzehn sein.«

»Wer sind 'sie'?«

»Das Dorf.«

»Das ganze Dorf weiß davon?«

»Alle Erwachsenen.«

»Und seit wann machen sie das?«

»Seit Mitte des zehnten Jahrhunderts, zumindest gehen

wohl die Aufzeichnungen bis dahin zurück. Nach dieser Zählung bist du das zweiundfünfzigste Mädchen.«

Zweiundfünfzig tote Mädchen? Oh mein Gott ...

»Warum immer nur Mädchen?«

»Ein alter Aberglaube, wahrscheinlich genau so sinnfrei wie das mit diesen siebzehn Jahren«, antwortete Thomas, und wurde erst deutlicher, als ich ihn verständnislos ansah.

»Es sollen Jungfrauen sein«, präzisierte er, und meine Wangen glühten ebenso auf wie seine. Ich spürte jedoch, dass es Wut war, die mir die Röte ins Gesicht trieb, ausgelöst durch den Gedanken an diesen scheußlichen, altmodischen Gynäkologenstuhl in Marthas Praxis. Und den geheimen Sinn dieser seltsamen Untersuchung.

»Und wieso gerade ich?«, erkundigte ich mich nach etwas, was mich brennend interessierte, aber Thomas zuckte mit den Schultern.

»Entweder du oder Lilla, hat der Gamper gesagt. Eine müsse in die Schlucht.«

»Das ist doch Schwachsinn«, schoss ich dazwischen. »Das mit dem Müssen. Niemand muss in diese Schlucht!«

Thomas lachte leise. »Hier gelten andere Regeln – davon haben sie dauernd gesprochen, Regeln. Die Wichtigste lautet: Niemand spricht über das, was in der Schlucht geschieht, und jede Familie muss ihren Beitrag leisten. Und die zweitwichtigste: Niemand, der Bescheid weiß, verlässt das Dorf.« Er schüttelte den Kopf, als wäre er erstaunt. »Du wirst es mir nicht glauben, aber mir ist nie wirklich aufgefallen, mit welcher Macht die Leute im Dorf gehalten werden. Alle Einkäufe werden geliefert, wir haben eine Schule, einen Arzt, einen Zahnarzt, selbst zum Arbeiten fährt niemand in die Stadt. Im Rathaus bekommt jeder einen Job, meist im Büro – zwei sind sogar Chemiker und mehrere Apotheker, kannst du dir das vorstellen? Was machen die bloß den ganzen Tag? Klar, ein paar Jüngere gehen weg und studieren, doch die wissen ohnehin von nichts. Eingeweiht wird man erst mit Anfang zwanzig. Deswegen weiß ich auch nur so wenig.«

»Das erklärt aber nicht, warum jemand in die Schlucht

muss. Was wird denn dadurch verhindert, dass jemand hier stirbt? Das Jüngste Gericht? Oder – gottbewahre! – dass das böse Internet dieses Kaff erreicht?«

Thomas schüttelte den Kopf, und ich sah, dass ein Lächeln um seine Mundwinkel zuckte. »Mit dir haben sie als Schluchtmädchen wohl die schlechteste Wahl getroffen.«

»Warum?«

»Weil du außergewöhnlich bist. Dickköpfig. Und genau so schnell im Kopf wie mit den Beinen.«

»Dickköpfig?«

Thomas nickte. »Ja. Du hast wahrscheinlich einfach beschlossen, dass das Tier dich nicht kriegt, also hat es dich nicht gekriegt.«

Ich schüttelte den Kopf, denn so war es leider nicht gewesen.

»Immerhin wissen wir jetzt, worüber sie in der Kirche abgestimmt haben«, sagte Thomas. »Meine Mutter hat es mir erzählt. Sie haben die Leute zusammengetrommelt und ihnen gesagt, dass es wieder einmal Zeit wäre, dass die siebzehn Jahre vergangen wären. Und dass es zwei Möglichkeiten gebe, nämlich dich und Lilla. Die Leute mussten sich entscheiden.«

Und ich hatte verloren, was auch sonst. Es war klar, dass die Leute im Dorf so gewählt hatten: Wer opferte schon ein Mädchen aus den eigenen Reihen, wenn es zum Verfüttern noch eine fremde Rothaarige gab?

»Meinst du das ist Zufall?«, fragte ich den großen Indianer, Thomas runzelte die Stirn.

»Was meinst du?«

»Dass ich hier herkomme, siebzehn werde und ein paar Tage später das nächste Opfer fällig ist?«

Thomas zögerte.

»Hm. Sie sagten, es müsse immer gerecht zugehen, alle Familien würden ihren Beitrag leisten. Daher sind sie auch auf Lilla gekommen, scheinbar war meine Familie vorher noch nie an der Reihe.«

»Okay. Aber ich habe hier doch gar keine Familie«

»Das stimmt. Also haben sie haben dich gezielt geholt,

damit du an Lillas Stelle stirbst. Der Schaden am Becken vom Wasserfall war eine glückliche Fügung, der Grund, den sie brauchten, um deine Mutter und dich herzulocken. Sie wussten, dass die Leute im Dorf gegen dich stimmen würden, wenn man ihnen die Wahl ließ.«

Ich nickte, denn das erklärte einiges. »Deswegen haben sie mich also behandelt, als hätte ich die Pest. Die Erwachsenen. Haben nicht mit mir geredet oder dieses Todeszeichen gemacht. Sie haben vielleicht erst gestern abgestimmt, aber die Leute haben was geahnt.«

»Todeszeichen?«

Ich wiederholte die Handbewegung, die ich bei dem alten Bauer bei meinem ersten Lauf durch das Tal gesehen hatte, dieses Tippen mit zwei Fingern auf das Herz. Eine Abwehr von bösen Geistern – als wäre ich nicht die Todgeweihte, sondern ein Todesbote, was für eine Ironie!

Thomas starrte auf den Boden der Höhle.

»Eines passt nicht«, flüsterte er dann. »Der Gamper sagte, es müsse ein Mädchen aus dem Dorf sein, das in die Schlucht geht. Eine von uns, unser Fleisch und Blut. Doch du warst nie zuvor hier, oder?«

Ich schüttelte den Kopf. »Nein.«

»Und deine Familie?«

Ich zuckte überfordert mit den Schultern. »Die Eltern meines Vaters sind schon tot, von denen weiß ich so gut wie nichts. Die Eltern meiner Mutter sind beide aus Hamburg, soweit ich weiß. Meine Tante hat dort auch gewohnt, aber die ist in die USA ausgewandert, vor ein paar Jahren. Und mein Name hat nichts mit der Stadt zu tun, sondern mit der Farbe.«

Ich stutzte. Ja, Siena war eine Farbe, die nach einer Stadt benannt war. Und Lilla? Eine Abwandlung der Farbe Lila. Dann die Namen auf den Tafeln in der Höhle: Bianca, Roja, Nera, Azul. Weiß, rot, schwarz, blau. Alles Farben, in verschiedenen Sprachen.

»Was hast du?«, fragte Thomas, als ich fassungslos den Kopf schüttelte.

»Das ist der Zusammenhang«, stieß ich hervor, »das ist der

Grund, warum sie ausgerechnet mich genommen haben! Das hat nichts mit meiner Familie zu tun! Du hast die anderen Plaketten in der Höhle doch auch gesehen, oder? Und die komischen Namen der Mädchen?«

Thomas nickte, mir wurde übel beim Gedanken daran, dass es so etwas Banales gewesen sein sollte, was mich unter Tausenden, wenn nicht mehr Mädchen für die Schlucht ausgezeichnet hatte: dieser völlig bescheuerte Name.

»Wir haben keine richtigen Namen«, sagte ich schließlich mit tonloser Stimme. »Wir Schluchtmädchen heißen wie Farben, nicht wie Menschen. Ich bin Geschmack Braun, Lilla Violet, Bianca Weiß und Nera Schwarz. Wie bei Jelly Beans. Wir sind ... buntes Tierfutter.«

Thomas Arm fasste mich fester, er lehnte seinen Kopf an meinen, drückte seine Stirn in meine Haare. Sein Duft war jetzt kräftiger, und es roch gut – tröstend, ein bisschen vertraut schon, doch selbst das konnte dieses Entsetzen nicht auslöschen, das nun tief in meinem Inneren wütete.

»Du bist ein Mensch. Egal, wie du heißt«, sagte er. »Und Bianca ist zum Beispiel ein ganz normaler Name. Das muss Zufall sein. Du hast selbst gesagt, dass du nichts mit dem Dorf zu tun hast. Wenn dein Name irgendein Zeichen sein soll, müssten deine Eltern ja davon gewusst haben.«

Ich schwieg, rang meinem überanstrengten Kopf ein paar vernünftige Gedanken ab. War es denkbar, dass meine Mutter mich in dem Wissen, dass ich getötet werden sollte, in dieses Dorf geschleppt hatte? Nein. Oder mir diesen Namen gegeben hatte in dem Wissen, dass er ein Todesurteil war? Nein. Ich hatte ihn bekommen als verquastes Andenken an meine Großmutter. Okay, wenn es nicht so war, dann musste es anders herum sein: Die Leute im Dorf hatten gezielt nach einem Mädchen mit Farbennamen gesucht und waren so auf mich gekommen.

In meinem Kopf pochte etwas los, dass ich als Hass kalt und bitter auf der Zunge schmeckte, und wenn der Gamper in diesem Moment vor mir gestanden hätte, hätte ich ihm die Augen ausgekratzt. Aber er war nicht hier, er war im Dorf, sicher in dem Glauben, das Vieh wäre schon dabei, mir mein saftiges Mädchenfleisch von den Knochen zu reißen. Du irrst dich, dachte ich, mit Händen, die sich zu Fäusten ballten, du irrst dich und es wird anders kommen, als du denkst!

Der große Indianer schien das Brodeln in mir zu spüren, und sein Arm strich mir über den Rücken. Ich atmete tief ein, zwang mich, ruhiger zu werden, vernünftig zu denken – und die Frage aller Fragen zu stellen.

***

»Warum machen die im Dorf das überhaupt? Warum ... bringen sie den Tieren die Mädchen?«

»Ich weiß es nicht«, antwortete Thomas, und er klang, als wäre er alles andere als glücklich darüber. »Ich habe gefragt, aber sie sagten, das würde ich später erfahren. Ich wäre noch zu jung, an diesem Opfer hinge das Wohl und Wehe des ganzen Dorfes.«

Ein Opfer also. Keine Jagd, kein Wettrennen, keine Mutprobe, keine Chance auf Überleben. Das klang mittlerweile wie eine Geschichte, die man sich prima am Lagerfeuer erzählen konnte. Bei einem Camping-Ausflug, mit der alten Burg, die im Mondlicht schauerlich neben einem aufragte und mit dem dichten Wald, aus dem nächtliche Geräusche drangen, die einem das Blut in den Adern gefrieren ließen. Aber für mich war das keine schöne Schauergeschichte, das Ganze war wahr, echt, real – ich brauchte bloß einen Blick auf meine zerschnittene Brust zu richten, um zu wissen, dass das bitterböse Realität war!

»Du hast wirklich Glück gehabt, dass du keinem der Tiere begegnet bist, als du damals in der Schlucht warst«, sagte ich, Thomas nickte.

»Wahrscheinlich. Aber zum einen war es Tag, zum anderen war ich gar nicht so lange draußen unterwegs. Ich bin erst in der Burg gewesen, weil ich da abgestiegen bin, dann runter Richtung Wasserfall. Auf dem Rückweg habe ich die Höhle mit dem Bild gefunden, die zweite habe ich nur gesehen, bin aber nicht mehr rein.«

»Also hast du die Eier gar nicht gefunden?«

»Eier?« Thomas klang erstaunt.

»Ja. In der zweiten Höhle gibt es ein riesiges Nest.«

Er schüttelte den Kopf. »Nein, das habe ich nicht gesehen, in dieser Höhle war ich nicht.«

»Und es weiß niemand von den Tieren? Oder der Schlucht? Kein Mensch außerhalb des Dorfes? Es kommen doch auch mal Leute hier vorbei ... Wanderer, Kletterer.«

»Nicht oft«, sagte Thomas, »dafür sind wir zu abgelegen. Und wegen des Wasserfalls sieht ja auch niemand, dass es die Schlucht hinter dem Dorf überhaupt gibt.«

»Das sind also die Wölfe, nicht wahr?«, fragte ich in Erinnerung an den alten Zeitungsartikel, den ich im Internet aufgestöbert hatte. »Der Knochen von dem Mädchen, der da gefunden wurde ... Sie muss eines der Schluchtmädchen gewesen sein. Wenn ich dieses Jahr dran war ...«

Ich rechnete mit dem Turnus von siebzehn Jahren: 2013, 1996, 1979, 1962, 1945. Ja, der Knochen aus den Sechzigern konnte definitiv von einem Schluchtmädchen stammen. Und noch etwas begriff ich mit Schaudern. Nera, verschwunden in den Siebzigern, vermisst von Giacomo: Sie war 1979 in der Schlucht gestorben, wie das Holztäfelchen mit ihrem Namen in der Reliefhöhle unzweifelhaft belegte!

»Wie konnte es nur über all diese Jahre nie auffallen, dass hier in regelmäßigen Abständen Mädchen verschwinden? Man kann heutzutage nicht einfach weg sein!«

Thomas zuckte mit den Schultern. »Das Dorf gehört zu keiner größeren Stadt, hat eine eigene Verwaltung. Der Gamper sah nicht so aus, als würde ihm das Sorgen machen.«

»Und es waren ja auch nur Mädchen, oder?«, bemerkte ich bitter und schluckte etwas herunter, was vielleicht Tränen waren. »Buntes Tierfutter. Die vermisst eh niemand, die kann man mal eben opfern.«

Thomas strich mir eine von Schweiß und Matsch zusammengebackene Haarsträhne aus dem Gesicht.

»Falsch«, gab er zurück. »Man opfert nicht das Schlechteste.

Man opfert das Beste, was man hat, sonst ist es keine Gabe, die von Herzen kommt, keine Gabe, die wirklich in ... Demut geschieht. Keine Gabe, die weh tut.«

Ich runzelte die Stirn, er wandte sich zu mir um und nahm mein Gesicht in beide Hände.

»Mach dich nicht selbst schlecht«, sagte er. »Du bist zwar das verzogenste und dickköpfigste Mädchen, was ich jemals getroffen habe, aber auch das schönste. Und dass du klug bist, brauche ich dir nicht zu sagen.«

Ich bekam rote Backen und wollte wegrücken, aber er hielt mich fest.

»Red keinen Blödsinn«, sagte ich, »ich bin nicht schön. Ich bin die Hexe.«

Thomas zauberte eine Augenbraue nach oben. »Hexe?«

»Ja. Rote Haare, du weißt schon.«

»Kann man mit roten Haaren nicht schön sein?«, fragte Thomas, ich schüttelte den Kopf, so gut das eben ging mit meinem Gesicht in seinen Händen.

»Nein, kann man nicht.«

Thomas lächelte, und seine Augen wurden wieder weich.

»Das sehe ich anders«, sagte er, blickte mich dann ein wenig prüfend an. »Ich weiß, dass du immer noch denkst, dass ich dich im Stich gelassen habe, aber das stimmt nicht. Dich hierher bringen, dich betäuben, dich mit diesen Tieren allein lassen ... Ich hätte das niemals getan. Bitte denk nicht so schlecht von mir.«

»Ich könnte es verstehen«, antwortete ich. »Wenn du deine Schwester hättest retten wollen. Ich bin nur irgendwer.«

Thomas lachte, leise und ungläubig. »Irgendwer? Siena, du bist ganz bestimmt nicht irgendwer. Du bist ... alles.«

Dann küsste er mich – auf den Mund. Es war ein kurzer Kuss, seine Lippen lagen nur für Sekunden auf meinen, aber das reichte, um meinen Magen in die Höhe zu schleudern und ihn ein paar doppelte und dreifache Salti schlagen zu lassen.

»Darf ich das?«, fragte er leise, als er seine Lippen von meinen gelöst hatte und ich noch stärker zitterte, als nach der wilden Jagd durch den Wald. Ich wollte etwas sagen, aber meine Stimme weigerte sich, also nickte ich nur.

»Dann möchte ich noch mal«, sagte er, ich nickte erneut und schloss halb ohnmächtig die Augen, als ich seine Lippen wieder auf meinen spürte. Diesmal war er etwas bestimmter, etwas fester, etwas fordernder, und ich genoss jede einzelne Sekunde so, wie ich noch nie zuvor etwas genossen hatte.

»Du darfst nicht glauben, dass du wertlos bist«, flüsterte er, als er meine Lippen freigab. Ich machte die Augen auf, sah Thomas lächeln. »Und du bist die Erste, die die Schlucht überlebt hat. Mehr noch: die die Schlucht besiegt hat.«

»Noch nicht ganz«, antwortete ich, mit erneut leicht kratziger Stimme, und dachte an das zweite Tier.

»Ja, richtig«, sagte Thomas. »Aber lass uns warten, bis es hell wird und das Tier in seiner Höhle ist. Dort wird es am Tag hingehen, denn dort ist es kühl. Vorher holen wir uns ein Gewehr und Munition aus der Burg.«

Thomas strich mir über die Wange, berührte wieder mit seinen wunderbar weichen Lippen die meinen.

»Du hilfst mir wirklich?«, fragte ich, Thomas nickte. »Und dieses Mal ... dieses Mal lässt du mich nicht allein?«

Seine Augen wurden traurig, aber ich hatte das einfach fragen müssen.

»Ja, dieses Mal bleibe ich bei dir. Bis du mich nicht mehr sehen willst.«

Ich lächelte, müde und erleichtert.

»Das kann dauern«, sagte ich, »ich ... mag dich.«

»Ich dich auch. Sehr sogar«, entgegnete er. »Weil du rote Haare hast, weil du rennen kannst wie der Wind, weil du dickköpfig bist, frech, verwöhnt, nachtragend ... Und weil du mir immer noch nicht vertraust.«

»Doch«, sagte ich, »ich vertraue dir.«

Und ich meinte es ernst, endlich.

***

Ich musste bald darauf eingeschlafen sein, doch als ich das nächste Mal in dieser verfluchten Schlucht aus dem Schlaf hochschrak, musste ich nicht mit größer werdender Panik feststellen, dass ich allein war: Ich spürte schon mit geschlossenen Augen Thomas Arme um meinen Körper, hörte seinen ruhigen Atem, spürte sein kräftig schlagendes Herz und hatte seinen Duft in der Nase. Ich hob den Kopf und stellte fest, dass er nicht schlief: Er sah mich an, und im bleichen Mondlicht waren seine Augen pechschwarz.

»Hab ich dich geweckt?«, fragte ich, er schüttelte den Kopf.

»Nein. Ich kann nicht schlafen.«

»Warum nicht?«

»Ich bin ... aufgeregt.«

Ich stemmte mich hoch, seine Arme gaben mich nur widerstrebend frei.

»Warum? Weil wir noch mal da runter wollen? Du musst nicht mit, wenn du ...« 'Angst hast', hatte ich sagen wollen, aber Thomas sah nicht ängstlich aus.

»Ich komme mit, und das ist es nicht.« Er küsste mich auf die Wange, strich mir eine Haarsträhne aus der Stirn. »Leg dich hin, schlaf weiter.«

Ich bettete meinen Kopf wieder auf seiner Schulter.

»Sag es mir«, forderte ich, er seufzte.

»Ich kann nicht schlafen wegen dir«, sagte er leise.

»Hab ich geschnarcht?«

Er lachte, ich legte meine Hand auf seine sanft bebende Brust.

»Nein, aber du hast ein paar Mal gezuckt, als wolltest du weglaufen. Hast du Alpträume gehabt?«

Ich wollte sofort den Kopf schütteln, doch das wäre eine Lüge gewesen.

»Nicht richtige Albträume, aber schön war es nicht.«

Thomas wartete schweigend, ich seufzte und kapitulierte.

»Es ist diese Sache, bei der mich das Tier erwischt hat, bei der ich diesen ... Kratzer abbekommen habe. Ich bin gestürzt, habe mich mit den Füßen in irgendwelchen Ranken auf dem Boden verheddert. Es ist auf mich zugestürmt, hat sich aufgerichtet und ist mit den Tatzen auf mich runter. Ich habe mich weggedreht, aber nicht schnell genug. In meinem Traum war die Szene genau so, ich habe sogar gemerkt, wie meine Brust angefangen hat zu brennen. Ich war sicher, dass ich wieder davon gekommen bin, dass es mich nur gekratzt hat, dass ich aufstehen und weiter rennen kann. Doch dann ... habe ich gesehen, dass das dieses Mal nicht geklappt hat. Dass ich mich gar nicht weggedreht habe, dass die Kralle ... in meiner Brust steckt. Dass es mich mit der Kralle auf dem Boden festgenagelt hat. Ich konnte mich nicht mehr bewegen, der Schmerz war unglaublich. Dann kam dieses Maul mit diesen Zähnen auf mich zu, und ich bin aufgewacht.«

Thomas küsste mich tröstend auf die Stirn.

»Und warum schläfst du nun nicht? Machst du dir Sorgen wegen deiner Familie? Weil sie Angst um dich haben?«

»Nein. Mein Vater hat sich dafür entschieden, dass ihm dieser alte Schwachsinn wichtiger ist als ich. Meine Mutter ... Sie hat das alles sehr mitgenommen, aber getan hat sie auch nichts. Sie hätte dich geopfert, um Lilla zu retten. Das macht mich ... traurig. Und wütend.«

Ich seufzte, denn das war keine Antwort gewesen. »Sagst du es mir jetzt oder muss ich noch mal fragen? Patrick-mäßig?«

Thomas Brust bebte erneut vor Lachen. Es fühlte sich toll an.

»Es ist aufregend, neben dir zu liegen. Auf eine besondere Art und Weise.«

Ich verstand ihn nicht, richtete mich auf, sah ihm von oben ins Gesicht. Er schlang einen Arm um meinen Nacken und zog mich zu sich herunter, küsste mich auf den Mund – leidenschaftlicher und inniger als eben. Verlangend. Sehr verlangend.

»Ach so«, sagte ich, als er mich freigab und ich wieder Luft bekommen hatte, er lachte leise. »Soll ich woanders schlafen? Die Höhle ist groß genug.«

»Nein. Es ist angenehm, wach zu sein, weil man so glücklich ist. Weil man jemanden so gern hat. So sehr, dass es weh tut.«

»Wo tut es weh?«

Thomas verzog den Mund. »Im Herz – und an

unaussprechlichen Stellen.«

Jetzt musste ich lachen. Ich legte mich wieder hin, bette den Kopf auf seiner Schulter und realisierte, dass ich so gut wie nichts von ihm wusste. Außer, dass er immer barfuß herumlief, nach Steinen, Erde und Zitronen duftete, gerne kletterte und schrecklich gutaussehend war. Dass er mich zu den Tieren gebracht und mir ein Schlafmittel gegeben hatte. Dass er mich gesucht hatte, dass er fürsorglich und zärtlich war. Dass er gesagt hatte, er habe mich gern. Reichte das, um mich wirklich und nicht nur ein bisschen in ihn zu verlieben? Mein Herz schrie 'Ja!', und mein Kopf war viel zu müde, um zu widersprechen.

***

Als ich das nächste Mal wach wurde, war es schon dämmerig und Thomas warmer Körper fehlte neben mir. Ich hörte jedoch seine Stimme, und als ich mich aufrappelte, mit einem ersten Anflug von Muskelkater in den Schenkeln, sah ich ihn in der Öffnung der Höhle hocken. Neben einer baumelnden Strickleiter. Und neben Patrick.

»... auf gar keinen Fall«, sagte Thomas gerade, leise, aber eindringlich. »Du gehst zurück, und zwar sofort.«

Patrick schüttelte den Kopf. »Ich will euch helfen«, flüsterte er, »deswegen bin ich ja da!«

Es raschelte, als ich die Decke zurückschlug, und Thomas stand auf, kam zu mir herüber.

»Was macht er hier?«, fragte ich ihn, der ältere Indianer gab mir statt einer Antwort einen Kuss.

Ich schlang ihm die Arme um den Hals, spürte seine Hände auf meinem Rücken, dachte wieder an diese Schwarz- und Weiß-Sache: Thomas braune Hand auf meinem Rücken, meine weiße auf seinem – der Punkt im Yin und der Punkt im Yang.

Ich lachte leise, Yang sah mich fragend an.

»Es ist nichts«, sagte ich, »ich musste nur gerade daran denken, wie unterschiedlich wir aussehen. Wie bleich ich bin, und wie braun du bist.«

»Du bist nicht bleich. Du hast eine Haut wie Milch.«
Thomas fuhr mit dem Finger an meinem Arm entlang,
Gänsehaut folgte der Berührung. »Ich finde dich schön. Genau
so, wie du bist. Du hast die unglaublichsten Augen, die ich
jemals gesehen habe. So grün wie frisches Gras. Und deine
Lippen ...« Sein Zeigefinger fuhr leicht wie eine Feder über
meinen Mund, was sich unglaublich anfühlte. »Wie Erdbeeren
so rot. Und es ist völlig egal, ob wir uns ähnlich sind oder
nicht.«

Ich nickte. »Ja, klar. Aber wir sehen nicht nur
unterschiedlich aus, wir könnten zwei verschiedene Wesen
sein. Sonne und Mond. Erde und Feuer.«

Er lachte. »Feuer? Ja, du bist wie ein Feuer – schnell und
verdammt gefährlich. Aber auch wie Eis, wegen deiner Haut,
wegen deines Mundwerks. Du kannst ganz schön kalt sein.
Und ich bin für dich Erde?«

Ich nickte. »Ja. Erde und Stein. Ruhig, stark, geduldig.«

Thomas schien mit diesem Vergleich nicht unglücklich zu
sein und ich bekam noch einen Kuss von meinem Indianer,
der aber definitiv eher feurig denn erdig war.

Ich blickte zu Patrick: Der kleinere Indianer saß in der
Öffnung der Höhle, sah natürlich zu uns, neugierig und
verschüchtert zu gleich.

»Wir werden beobachtet«, flüsterte ich, als Thomas Mund
zu meinem Hals abwanderte, er hielt inne.

»Wenn Pat das nicht gefällt, kann er von mir aus gern
gehen«, sagte der große Indianer, ich gab ihm einen Kuss als
Trost für meine Zurückweisung.

»Was macht er denn nun hier?«, fragte ich mit gedämpfter
Stimme, Thomas seufzte.

»Ich habe ihn gehört, als er oben am Rand herumgelaufen
ist und nach mir gerufen hat. Er ist in der Nacht aus dem Haus
geschlichen, völlig lebensmüde allein auf das Plateau geklettert.
Und jetzt will er uns helfen. Ohne zu wissen, bei was.«

Ich lachte. »Weil du ihm nichts erzählst.«

»Ja. Solange er nichts weiß, ist er auf der sicheren Seite.«

Ich sah Thomas fragend an. »Wie meinst du das?«

»Kann er einfach so ins Dorf zurückgehen, wenn er weiß, dass sie dich an diese Tiere verfüttern wollten?«, flüsterte er. »Dass sie das seit Jahrhunderten mit Mädchen machen? Dass mein Vater das nicht nur geduldet, sondern auch noch dabei geholfen hat?«

Ich schüttelte den Kopf: nein, wahrscheinlich nicht.

»Also wäre es besser, wenn er nichts erfährt«, fuhr Thomas fort. »Er geht zurück, denn er wird dort weiterhin leben müssen. Im Dorf, bei unseren Eltern. Er ist noch ein Kind, er hat keine Wahl. Und wenn wir Glück haben, hat noch niemand gemerkt, dass er nicht mehr in seinem Bett liegt.«

»Und was ist mit dir?«, fragte ich Thomas, er wurde sehr ernst, fast schon bitter.

»Ich kann nicht mehr zurück. Ich will niemanden aus dem Dorf jemals wieder sehen, sie sind alle Mörder und Lügner, meine Eltern ebenso wie die anderen. Ich bin achtzehn, ich kann tun und lassen, was ich will.«

»Patrick ist nicht so unwissend, wie du denkst«, wisperte ich. »Er weiß nichts, aber er ahnt was. Und er wird Fragen stellen. Er stellt immer Fragen. Wenn wir sie ihm nicht beantworten, stellt er sie anderen.«

Thomas blickte zu seinem Bruder. »Ja, das wird er. Vielleicht bekommt er raus, was passiert ist, aber er wird jetzt nicht hier bleiben. Er wird nicht sterben, er wird kein Holztäfelchen in einer Höhle.«

»Okay. Soll ich mal mit ihm reden?«

Thomas zuckte mit den Schultern. »Versuchen kannst du es. Ich habe ihm befohlen zu gehen, habe gebeten und gebettelt. Er ist unglaublich stur, fast noch sturer als du. Willst du Tee?«

Ich nickte, kämmte mir mit den Händen die Haare und spritzte mir aus einer Flasche Wasser ins Gesicht, dann ging ich zu Patrick und setzte mich neben ihn an die Kante der Höhle. Der kleine Indianer ließ die Beine in den Abgrund baumeln und sah in den schlafenden Wald hinaus – eine Pose, die mich an mich selbst erinnerte, gestern in der ersten Höhle, während Thomas den Tee gekocht hatte. Ich warf einen verstohlenen Blick an der Felswand hinunter, und der zeigte mir, dass man von dem toten Tier am Boden noch nichts sah: Es war zwar schon dämmerig draußen, aber nicht hell genug. Und das Vieh war echt gut getarnt.

»Hey«, sagte ich.

Patrick sah mich an, bekam zwei rote Flecken auf den Wangen und schlug die Augen nieder.

»Eifersüchtig?«

Er schüttelte sofort den Kopf.

»Warum hast du dann Backen wie ich Haare?«

»Lockig?«, fragte er frech zurück, ich lachte.

»Nein, hellblutfeuerwehrrot!«

»Ich bin nicht eifersüchtig. Ich weiß schon lange, dass Thomas auf dich steht«, antwortete Patrick.

Ich stutzte. »Ach ja? Ich nicht.«

Er sah mich an als zweifle er an meiner Intelligenz. »Er hat dich zum Klettern eingeladen«, sagte er, langsam und deutlich, als wäre das gleichbedeutend mit einem Heiratsantrag.

»Nein, das warst du. Du hast mir den Gurt geschenkt.«

»Nur beim ersten Mal. Nach der Feier hat er dich selber gefragt, oder? Er hat noch nie jemanden zum Klettern eingeladen, er geht am liebsten ganz alleine.«

»Das wusstest du vielleicht«, antwortete ich, »für mich war das nur Höflichkeit.«

Patrick nickte, aber widerstrebend. Wahrscheinlich fand er, dass man auch als Fremder wissen musste, wie Indianer tickten. Einsame Kämpfer und so.

Hinter uns klapperte mein Indianer mit dem Kochgeschirr, und ich kam auf den Punkt.

»Du bist hergekommen, weil du uns bei etwas helfen willst«, sagte ich zu Patrick. »Von dem du gar nicht weißt, was es ist.«

»Doch, weiß ich. Irgendwer will dich umbringen. In der Schlucht. Das hat Thomas gestern Nacht gebrüllt.« Patrick sah auf, als ich schwieg. »Hast du was angestellt?«

»Nein.«

»Warum bist du dann hier? Haben sie dich aus dem Dorf

gejagt?«

»Nein.«

»Bist du selber aus dem Dorf abgehauen?«

»Nein.«

»Versteckst du dich hier, damit sie dich nicht finden? Oder verfolgt dich jemand? Jemand, der dich umbringen will?«

Das war haarscharf, aber da Patrick bestimmt an einen Menschen dachte und nicht an einen bösen Dino, verneinte ich erneut.

»Sag mir doch, was los ist. Bitte!«

Gott, was er für große Augen machen konnte!

»Patrick, Thomas hat Recht«, sagte ich mit einem Kopfschütteln. »Du musst wieder gehen. Das hier ist gefährlich. Wenn ich die Wahl hätte, würde ich abhauen, aber ich kann nicht. Noch nicht.«

»Würdest du nicht, wenn du wüsstest, dass dein Bruder Probleme hat. Und ... wir sind doch Freunde. Du würdest auch keinen Freund im Stich lassen!«

»Nein, wahrscheinlich nicht. Aber du hast keine andere Wahl. Wir schicken dich weg, und du wirst auf uns hören.«

»Nein.«

»Thomas kann nicht zulassen, dass du hier bleibst«, sagte ich nach einem Seufzer. »Er hat die Verantwortung für dich, er ist der Ältere. Wenn dir was passiert, wäre das, als hätte er das nicht verhindert. Das kannst du nicht wollen.«

»Er hat nicht für mich die Verantwortung. Ich bin elf!«

»Willst du zwölf werden? Willst du den heutigen Tag überleben?« Patrick sah mich nur an. »Ja? Dann geh. Wenn du hier bleibst, kannst du sterben.«

Das Wort ließ ihn zusammenzucken, und seine Augen waren nun aufmerksamer, heller: Jetzt hörte er mir zu, endlich.

»Patrick, in dieser Schlucht ist etwas sehr Gefährliches. Ich habe es gesehen, und ich habe Angst davor, schreckliche Angst. Das ist kein Abenteuer, wir spielen nicht Cowboy und Indianer. Das ist auch nicht wie Klettern mit Thomas, hier gibt es kein Sicherungsseil. Wenn du bleibst, wirst du Angst haben wie noch nie zuvor in deinem Leben. Glaub mir: Du wirst dir wünschen, du wärst weit weg. Du wirst dir wünschen, du hättest auf uns gehört.«

Ich hatte leise gesprochen, so eindringlich wie möglich, und Patrick dachte tatsächlich über meine Worte nach.

»Aber wenn wir zu dritt sind, sind wir mehr. Das ist besser, wir können gegenseitig auf uns aufpassen!«

Okay, er hatte nicht über das nachgedacht, was ich gesagt hatte, er hatte nur nach Gründen gesucht, die dafür sprachen, dass er trotzdem bleiben konnte.

Ich schüttelte den Kopf. »Nein. Wir müssten auf dich mehr aufpassen als auf uns selbst. Es wäre wirklich schlimm, wenn dir was passieren würde.«

»Was soll mir denn schon passieren? Worum geht es überhaupt? Sag es mir doch endlich!«

Patrick rang die Hände, ich schüttelte den Kopf – frustriert, weil der Kleine so hartnäckig war.

Thomas setzte sich neben mich, zwei Becher in der Hand.

»Wir haben keine drei Tassen«, sagte er, dann gab er eine mir, einen seinem Bruder.

»Thomas hat dir befohlen, dass du nach Hause gehen sollst, und du hörst nicht auf ihn?«, fragte ich Patrick, der sah schnell zu seinem Bruder, straffte seine schmalen Schultern und reckte das Kinn hoch.

»Nein.«

»Und Anweisungen von mir würdest du auch nicht befolgen?«

»Nein.«

Ich gab Thomas meine Tasse, nahm Patricks morgenkühles Gesicht in meine teewarmen Hände, zog ihn etwas näher.

»Und wenn ich dich bitte?«, flüsterte ich, »wenn ich dich von ganzem Herzen bitte? Jetzt zu gehen? Uns tun zu lassen, was wir tun müssen – und darauf zu hoffen, dass alles gut geht? Bitte, Patrick?«

Er schüttelte den Kopf, ich gab ihm ein Küsschen auf den Mund. Ohne große Hintergedanken, einfach nur, weil er so hübsch war und so lieb, so tapfer und so dickköpfig. Mein Kuss war ganz kurz und ganz sicher nicht so, wie ich Thomas letzte Nacht geküsst hatte, aber ich spürte unter meinen Händen, wie Patrick erbebte: ein heftiges Schlottern, einmal durch diesen schmalen Körper, von oben nach unten. Er schloss die Augen, sagte kein Wort und erstarrte zu einer kleinen Indianer-Statue, als das Zittern so abrupt endete, wie es begonnen hatte.

»Patrick?«

Er schüttelte wieder sein Köpfchen in meinen Händen, aber eher um klar zu werden, um sich zu sammeln, konzentriert und bedächtig. Nach ein oder zwei Minuten stummer Starre öffnete er die Augen, löste sich von mir, stand wortlos auf und ging ein paar Meter in die Höhle hinein. Dort blieb er stehen, mit hängenden Armen und gesenktem Kopf, dann ließ er sich kraftlos an der Wand runter rutschen, zog die Knie an, schlang die Arme darum und starrte auf den Boden.

Ich runzelte die Stirn, war verwirrt, sah Thomas an: dessen schwarze Augen lagen auf seinem Bruder. Er beobachtete Patricks Bewegungen, seinen Gesichtsausdruck – und als er sich zu mir umwandte und mir den Teebecher zurückgab, lachte der große Indianer leise.

»Das war seine Wand«, sagte er, ich verstand nicht.

»Dein Kuss war für ihn wie der Sturz aus der Felswand für mich«, erklärte Thomas. »Ein Schlag vor den Kopf, das Leben zieht an dir vorbei, die Zeit erstarrt. Und du bist von einem Moment auf den anderen ... ein anderer.«

Ach Gott, das war nun wirklich nicht meine Absicht gewesen! Ich warf einen Blick auf den immer noch ungewohnt stillen, geradezu versteinerten Patrick. »Und nun?«

Thomas nahm Patricks Becher und trank ein paar Schlucke Tee, dann zuckte er mit den Schultern.

»Jetzt ist er erwachsen. Jetzt können wir ihn mitnehmen.«

***

Patrick saß eine halbe Stunde hinten in der Höhle. In dieser Zeit machte ich eine ausführlichere Morgentoilette, bei der ich vor allem versuchte, den eingetrockneten Matsch und das geronnene Blut zu entfernen. Ich hatte große Sehnsucht nach heißem Wasser und literweise Shampoo und Duschgel, aber ich hatte nur einen feuchten Lappen und kratzte damit mehr schlecht als recht an den Schlieren auf meiner Haut herum. Meine Klamotten sahen im heller werdenden Morgenlicht auch nicht gut aus: Das von Thomas geliehene Hemd war das einzig saubere Kleidungsstück. Meine Shorts sonderte trockene Stückchen Sumpfmatsch ab, wenn ich mich bewegte, meine Schuhe waren wahrscheinlich ähnlich zugerichtet, aber die lagen noch unten, irgendwo vor der Wand.

Mangels eines Spiegels musste ich den Zustand meines Gesichts blind ertasten. Der Riss in der Lippe war verschorft, die Schrammen auf der Wange und der Stirn fühlten sich trocken an. Die Striemen auf Armen und Beinen kümmerten mich kaum, taten nicht weh. Nur der Schnitt, den mir das Vieh mit seiner Kralle quer über die Rippen geschlagen hatte, biss mich heftig, sobald ich mich bewegte: Schon nach meinen sparsamen Bewegungen beim Waschen fühlte er sich heiß, wütend und entzündet an.

Thomas bestand darauf, die Wunde neu zu verbinden, was ich nicht wollte, weil ich mich im Morgenlicht noch mehr dafür schämte, wie ich aussah. Mein großer Indianer steckte mich nur erneut in die 'unmöglich'-Schublade und zog mir ohne großes Federlesen das Hemd hoch. Wie viele in dieser Schublade noch herumlägen, fragte ich, und die Antwort lautete: Keiner, du passt mit niemandem in dasselbe Fach. Ich entschloss mich, das als Kompliment zu nehmen.

Ich bekam ein frisches Stück Mull, darüber mehrere Bahnen Verbandswickel, ein paar Mal um den Brustkorb rum, anschließend tranken wir den Rest Tee und aßen zum Frühstück das, was wir hatten: Müsli- und Schokoriegel. Während ich kaute, hockte sich Thomas neben Patrick und erzählte ihm die ganze Geschichte. Ich hörte nur zu und hatte an keiner Stelle Grund, ihn zu unterbrechen: Er beschönigte nichts – und als er sagte, ich sei in Todesangst um mein Leben gerannt, war das nur allzu wahr, auch wenn es sich verdammt schwächlich anhörte.

Ich saß am Eingang der Höhle, und als ein erster Sonnenstrahl die Baumwipfel kitzelte, beugte ich mich über die Kante und spähte an der Felswand hinunter. Es war nun schon nach fünf Uhr morgens und so hell, dass ich das tote Tier sehen konnte. Es lag ein oder zwei Meter vom Fuß der Wand entfernt, genau so, wie ich es am Abend zurückgelassen hatte: Halb auf dem Rücken, der lange Hals mit dem Kopf war zur Seite gefallen, eine Tatze krümmte sich nach oben – als hätte es noch im Moment seines Todes versucht, nach mir zu hacken. Ein Schauer kroch mein Rückgrat hoch: Die Wunde, die diese Kralle ohne Anstrengung geschlagen hatte, brannte heiß in meiner Seite. Und was hatte ich nun vor? Nichts Geringeres, als mich erneut in die Reichweite so eines Menschenfressers zu begeben. Keine gute Idee, sagten die Angst in meiner Brust und der Verstand in meinem Kopf ungewöhnlich einstimmig, keine gute Idee!

Ich trat von der Kante zurück. Ich würde jetzt nicht kneifen. Es war beschlossen, es war vernünftig. Und diesmal würde ich nicht allein sein, diesmal hatte ich zwei Indianer bei mir. Zwei Freunde. Und hoffentlich ein Gewehr.

Ich setzte mich neben Patrick an die Höhlenwand. Seine dünnen Arme umschlungen die ebenso mageren Knie, der Blick war gesenkt, so dass ihm die langen Haare ins Gesicht fielen. Ich war kurz versucht, ihm meinen Arm um die Schultern zu legen, aber das war vielleicht nicht erwünscht – jetzt, wo er laut Thomas 'erwachsen' war.

Der große Indianer war mit seinem Bericht fertig und sah nun ruhig auf seinen kleinen Bruder hinunter, ich wartete fast schon verzweifelt darauf, dass Patrick etwas sagen – nein: fragen! – würde: Fragen gehörten zu Patrick wie die Welpenaugen, die Ponyfransen, das Glöckchen-Lachen, das überstrapazierte 'cool'. Wir schwiegen eine Minute, zwei, drei – und als ich kurz davor war, diese regungslose Gestalt am Kragen zu packen und zu schütteln, hob Patrick den Kopf und sah Thomas vorwurfsvoll an.

»Ich verstehe nicht, warum du mir den Zettel hingelegt hast. Warum du mich nicht mitgenommen hast.«

»Zettel?«, fragte ich, Thomas lächelte.

»Ich habe ihm eine Nachricht hinterlassen, auf meinem Bett. Ich wusste, dass er kommen würde, später, wenn unsere Eltern schlafen gegangen wären, aber auch, dass ich dann schon nicht mehr da sein würde.« Sein Blick wurde strenger. »Und die Nachricht lautete, dass er uns nicht suchen soll. Dass er abwarten soll, bis ich wieder da bin.«

Patrick sah seinen Bruder immer noch an, wartete auf Antwort. Ich war mir nicht sicher, ob mir dieser ruhige Patrick gefiel: Mit seinen atemlosen Fragen nervend war er mir lieber gewesen, stellte ich fest, auch wenn ich das vor ein oder zwei Tagen noch empört bestritten hätte.

»Du hast also gewusst, dass ich dich suchen würde«, sagte er schließlich.

»Ich habe es befürchtet. Und gehofft, die Nachricht würde dich zur Vernunft bringen. Es war verdammt gefährlich, was du da gemacht hast. Am Rand des Plateaus rumlaufen, im Dunklen.«

»Du hättest du mich ja gleich mitnehmen können. Wenn du eh wusstest, dass ich komme.«

»Nein, konnte ich nicht. Du warst ein Kind«, antwortete Thomas, und Patrick stutzte.

»Ich war ein Kind?«

»Ja«, antwortete Thomas auf Patricks Frage, der nickte langsam und verstehend, sah dann wieder schweigend zu Boden.

Das Gespräch verstummte, und die Geräusche des erwachten Waldes drangen in meine Ohren. Vögel zwitscherten, Blätter raschelten im Wind. Dann verstummten die Schreie der Vögel abrupt, und aus dem milden Rascheln wurde ein Knistern und Knacken: Da kam etwas Großes, Schweres durchs Unterholz.

Ich sprang auf, huschte zurück zum Eingang der Höhle, wo ich mich hinkniete und hinunter sah. Ein Keckern kam aus dem dichten Buschwerk, und ich spürte, wie Thomas sich neben mich hockte. Einen Arm schlang er sichernd um meine Taille, dann beugte er sich ebenfalls vor. Es raschelte wieder, es keckerte erneut. Der Laut klang heller als der des anderen, des nun toten Tieres. Fragender, dringlicher. Verzweifelter? Ja. Ich schluckte hart: Das war das zweite Tier, auf der Suche nach seinem Gefährten.

»Was ist da?«, fragte Patrick von hinten, Thomas zischte ihm zu, er solle leise sein und herkommen.

Der kleinere Indianer rutschte zu uns herüber, Thomas schlang auch ihm einen Arm um den Oberkörper, zu dritt beugten wir uns über die Kante und starrten hinunter auf die im warmgelben Sonnenlicht sacht wogenden Büsche.

»Komm schon«, flüsterte ich dem Tier zu, »zeig dich.«

Es tat mir den Gefallen. Kaum hatte ich zu Ende gesprochen, schob sich der mir so wohlbekannte Dino-Kopf durch die Blätter, dann folgte langsam der Rest des Körpers. Es trat auf allen Vieren aus dem Wald, und es schnaubte, während der mächtige Schädel suchend von rechts nach links schwenkte wie ein Radar.

Ich spürte, wie Patrick zurückzuckte, wie Thomas Griff fester wurde, ahnte den Schrecken, den die beiden empfanden, sah aus dem Augenwinkel aber auch die Neugierde in ihrem Blick: Ich kannte die Tiere schon, die beiden Indianer erblickten sie gerade zum ersten Mal, und ihr Schrecken hing greifbar in der Luft, atemlos und klirrend kalt.

»Scheiße«, stieß der Kleine tonlos hervor, und mehr gab es da nicht zu sagen: Auch von hier oben war das Tier riesig, massig und muskulös. Einschüchternd, beängstigend.

Das Tier keckerte, als wolle es Patrick antworten, die Felswand transportierte den Ton klar und deutlich zu uns herauf. Dann ging es zielstrebig auf seinen toten Gefährten zu, beugte sich über ihn. Schnaufte, keckerte fragend, knuffte den Kadaver mit dem Kopf in die Seite. Die hochragende Tatze des toten Tieres sackte nach unten, Patrick keuchte erschrocken, als er die Krallen an den Klauen bemerkte. Das lebendige Tier knuffte das Tote erneut, fester. Dann noch einmal und noch einmal – und als es dann Laut gab, war es ein langer, jämmerlicher Ton, der sich wie ein Trauergesang aus dem hochgereckten Kopf über das Tal legte. Ich schluckte hart, unerwartetes Mitleid brannte in meiner Brust: Dieses Tier trauerte, und ich war Schuld an seinem Verlust, denn ich hatte ihm seinen Gefährten genommen, seinen Partner, seinen Freund. Thomas Arm um meine Taille drückte mich tröstend, ich sah in seine Augen: Sie forschten in meinem Gesicht, und als sie meine Schuldgefühle fanden, zog er mich näher zu sich heran. Ich schloss die Augen und lehnte meine Stirn in seine schönen, schwarzen Haare, während der Trauergesang des Tieres in meinen Ohren gellte. Ich fühlte mich entsetzlich schuldig, fragte mich, ob es wirklich nötig gewesen war, das erste Tier zu töten – es war doch nur ein Tier gewesen, ein hungriges Tier!

Die Klage verstummte, das zweite Tier schnaufte wieder, dann drang ein Laut an meine Ohren, den ich nicht verstand: ein Knirschen und Reißen, kräftig und irgendwie ... feucht? Ich spürte, wie Thomas zurückzuckte und öffnete meine Augen, zwang mich, erneut hinunterzusehen. Das lebendige Tier stand immer noch über dem toten und hatte seine Schnauze mit diesen scheußlich scharfen Zähnen im Vorderbein seines Gefährten vergraben. Wollte es den Kadaver in den Wald zerren? Nein, das Tier biss seinen toten Gefährten ... es fraß seinen toten Gefährten, riss dunkle Stücke Fleisch aus den enormen Beinmuskeln und schluckte sie!

Übelkeit stieg in meiner Kehle hoch, ich wand mich aus Thomas Griff und lief in die Höhle, in die hinterste, dunkelste Ecke. Ich presste mir die Hände auf die Ohren, damit ich dieses Reißen nicht mehr hören musste, dieses Schlucken, dieses Schmatzen. Thomas kam mir nach und drückte mich an sich, barg meinen Kopf an seinem Hals, schlang seine Arme um Rücken und Kopf, dämmte das grausige Geräusch. Säure brannte in meiner Kehle, Tränen in meinen Augen, ich schluchzte haltlos und hörte wie durch einen Nebel, dass Thomas tröstend auf mich einflüsterte. Ich brauchte lange, um mich zu beruhigen, doch der kurze Anflug von Schuld und Mitleid war verflogen, zersplittert unter den messerscharfen Zähnen des Tieres, das seinen Artgenossen fraß.

***

Ich schämte mich natürlich fürchterlich für mein Geheule, als ich die letzten Tränen runter geschluckt und Thomas mir mit dem Ärmel seines Hemdes das Gesicht getrocknet hatte. Ich versuchte, mich von ihm wegzudrehen, kaum, dass er mich losgelassen hatte, denn ich konnte mir ungefähr vorstellen, wie ich aussah: weiße Haut unter verfilzten, roten Haaren, mit Schmutzresten, Striemen von den zahllosen Ästen, einer aufgepeitschten Lippe und jetzt auch noch verquollenen Augen. Thomas lächelte jedoch nur, küsste mich auf den zitternden Mund, brachte mir mal wieder Wasser und setzte mich dann an der schattigen Höhlenwand ab.

»Hast du deine Meinung geändert?«, fragte er, während er vor mir kniete und ich mir den sauer schmeckenden Mund ausspülte.

Ich schüttelte den Kopf. »Nein. Als es so gejammert hat, so schrecklich geschrien – da habe ich mich gefühlt, als hätte ich einen Mord begangen. Aber jetzt ...? Nein. Wir müssen versuchen, es zu töten, und wir holen die Eier, damit in dieser Schlucht keine neuen Tiere schlüpfen. Wenn wir das nicht tun, werden weiterhin Mädchen sterben. Und Jungen«, fühlte ich in Erinnerung an Thomas Namensschild hinzu. Er küsste mich auf die Stirn, was ich als etwas väterlich, aber auch tröstend empfand.

Aus der Schlucht kamen jetzt klackernde Geräusche, Thomas stand auf und ging zu Patrick hinüber, ich hörte die leisen Stimmen der beiden. Dann kam der kleinere Indianer zu mir, setzte sich neben mich und legte mir seinen dünnen Arm um die Schultern als habe er den Auftrag bekommen, mich zu trösten, während Thomas begann, seinen Rucksack einzuräumen.

»Was hat da so einen Lärm gemacht?«, fragte ich Patrick, der lehnte seinen dunklen Schopf gegen meinen roten.

»Ich. Hab mit Steinen geschmissen. Damit es aufhört, das andere zu fressen.«

»Hast du getroffen?«

»Nein.«

»Wenn wir einen Plan machen, dann sollte darin nicht vorkommen, dass du etwas werfen musst«, sagte ich, Patrick grinste: Dieses schiefe Jungengrinsen hatte er wenigstens nicht verlernt, zum Glück!

»Es ist trotzdem abgehauen, als ihm Steine um die Ohren geflogen sind«, gab er trotzig zurück. »Das war echt fies, als es das andere gefressen hat. Mir war aber eher nach Kotzen als nach Heulen.«

»Ich konnte mich auch nur schwer entscheiden«, antwortete ich, »aber heulen stinkt nicht so.«

»Damit hätten wir es auch verscheuchen können: Ihm von oben auf den Kopf kotzen.«

Wir lachten, wenn auch etwas verhalten und leise, als wäre es verboten.

»Du musst nicht mit, wenn du nicht willst«, sagte ich zum kleinen Indianer. Ich hatte den Schreck in seinem Blick angesichts des Tieres noch lebhaft im Gedächtnis und versuchte trotzdem, nicht zu von oben herab zu klingen: Das würde ihn nur bockig machen.

»Ich komme mit. Das Vieh ist gemein. Und es ist unglaublich, was das Dorf da macht. Wenn wir das Tier nicht besiegen, steht irgendwann ein anderer da unten und kann nicht so schnell laufen wie du. Und hat keine Freunde, die ihm helfen.«

Das war eine gelungene Zusammenfassung der Sache, der ich nichts mehr hinzufügen konnte. Wir warteten ein paar Minuten, in denen ich nicht wusste, wer eigentlich wen tröstete, in denen Thomas unsere Gurte vorbereitete und die Sonne brav höher wanderte, als könnte sie es nicht erwarten, auf die Schlucht herunterzubrennen. Und das zweite Tier dorthin zu treiben, wo wir es haben wollten: in seine schattige, kühle Höhle.

3. Buch:

Die Jagd

– Die Jagd –

Als die Sonne höher am Himmel stand und die Hitze des Tages langsam die Kühle der Nacht vertrieb, war es Zeit. Zeit, um in die Schlucht hinab zu steigen, Zeit, sich dem zweiten Tier zu stellen. Dass nicht nur mir ein bisschen mulmig war, dass nicht nur ich die sichere Höhle ungern verließ, merkte ich an dem Zögern, mit dem Patrick und Thomas an die Kante traten und in die Schlucht blickten. Und das, obwohl der Wald zu unseren Füßen heute Morgen noch genau so idyllisch aussah wie gestern Nachmittag, als ich ihn durch meine rosarote Verliebtenbrille gesehen hatte: Die Morgensonne ließ die Blätter der Bäume sattgrün leuchten, ein milder Wind setzte Büsche und Wipfel in sanfte Bewegung, die ersten Blüten hatten sich zu leuchtenden Farbklecksen entfaltet und warteten auf fleißige Bienen – eine Urwald-Fototapete, kitschig, unrealistisch, überschön. Aber eben auch die Heimat eines Ungeheuers, eines Untiers. Eines gnadenlosen Jägers.

Wir wussten, was wir zu tun hatten, aber wir waren dennoch nicht wirklich bereit. In mir verspürte ich eine innere Unruhe, die mit 'Angst' nur unzureichend beschrieben war, weil sie sich so viel größer und schwerer anfühlte als dieses kleine, leichte Wort – und ich wusste, dass es meinen Gefährten ähnlich erging. Ja, von hinten sahen wir wahrscheinlich cool aus, scharfe Scherenschnittschatten von wagemutigen Actionfiguren: Thomas, groß und schlank, mit dem dicken Rucksack über der Schulter, Patrick, schmaler und wendiger, mit der eingerollten Strickleiter unter dem Arm – und ich. Mit einer bissigen Wunde in der Seite und schiefer Körperhaltung, verschorfter Lippe, zerkratzten Armen und Beinen, verfilzten Haaren. Ja, ich war der Schwachpunkt in unserer kleinen Heldentruppe. Ich hatte die Action schon einmal hinter mir, und ich hegte Zweifel daran, dass ich noch eine Runde durchhalten würde. Aber kneifen wollte ich nicht, konnte ich nicht. Aus purer Sturheit, einer guten Portion Dummheit – und aus Dankbarkeit. 'Wir sind doch Freunde', hatte Patrick vorhin gesagt, und als mir dieser Satz des kleinen Indianers nun wieder einfiel, hatte ich einen Kloß im Hals. Ja, wir waren Freunde – und ich verlangte von meinen neuen Freunden heute bereits das Äußerste, nämlich, dass sie mit ihrem Leben für mich einstanden.

**

Der Abstieg aus der Höhle hinunter in die Schlucht war eine Sache von wenigen Minuten, dann standen wir neben dem Kadaver am Fuß der Wand. Wir wussten, dass das Tier mausetot war, aber wir zögerten trotzdem, daran vorbeizugehen, denn es war auch tot noch verdammt groß. Ich registrierte den im Sonnenlicht schimmernden Nagel im Auge des Tieres, das eingetrocknete Blut, das zerbissene Fleisch in der Flanke: ganze Stücke fehlten, das freigelegte Gewebe sah bräunlich-gräulich aus. Und es stank ganz fürchterlich aus der Wunde, eiweißlich und süßlich, nach verdorbenem Fleisch.

»Hast du ein Messer?«, fragte ich meinen Indianer, er nickte.

»Ja. Wozu?«

»Ich will so eine Kralle da raus schneiden.«

Thomas stellte seinen Rucksack ab und reichte mir kurz

darauf ein dickes Schweizermesser. Ich bog ein Sägeblatt heraus und packte die Kralle, die wie eine Anklage gegen mich in den Himmel ragte. Sie war sicher dreißig, eher vierzig Zentimeter lang, wie eine Sichel geformt, glattgewetzt und vorn schartig verkratzt: Schwarz und stahlhart lag sie in meiner weißen und weichen Menschenhand.

Das Messer durchdrang mit Mühe und einem schauderhaften Knirschen die lederartige Haut, ich kratzte über Knochen, ratschte durch Sehnen. Mittendrin glitt ich ab und schnitt mich dabei in die Handfläche, fluchte jedoch nur und sägte weiter: Das war wohl das Ekelhafteste, was ich jemals getan hatte, aber ich musste es tun. Dieses Vieh hatte mich gejagt, weil es mich hatte töten wollen, töten und fressen, und mir war von diesem Horrortrip nichts geblieben außer einer Wunde in der Brust und atemloser Angst im Herz. Beides würde mich noch lange begleiten, das eine als hässliche Narbe, das andere als unsichtbarer und dennoch nicht weniger dauerhafter Stempel auf meiner Seele. Ich brauchte einen Beweis dafür, dass ich etwas Notwendiges getan hatte, als ich dem Leben dieses Tieres ein Ende gesetzt hatte, einen Beweis dafür, dass dieses Tier wirklich gefährlich gewesen war, ich brauchte einen Beweis für mich und mein Gewissen – und diese Kralle war tödlich, das zeigte allein ein Blick auf ihre höllisch scharfe Klinge. Sie war das Gegenstück zu der Wunde in meiner Brust und der Grund für meine Angst, sie war der Beweis dafür, dass ich mich nur gewehrt hatte.

Das Fleisch des Tieres blutete nicht mehr, war jedoch steif und zäh, und es dauerte, bis sich die Klaue mit einem schaurigen Knirschen aus der Tatze löste. Ich wickelte sie in meine alte Bluse, jene Bluse, die das Tier mit genau dieser Kralle zerfetzt hatte, Thomas verstaute das gruselige Paket in seinem Rucksack und versorgte den frischen Schnitt in meiner Hand mit einem Pflaster. Er hatte mich gewähren lassen, hatte mich meine Trophäe ernten lassen, keine Augenbraue hochgezogen, noch nicht einmal angeekelt geschaut: Ich hoffte, dass er verstand, was mich bewegt hatte. Jetzt nahm er meine Hand, und wir waren bereit für den Weg zur Burg. Na ja, fast: Erst musste ich meine bloßen Füße in meine Turnschuhe zwängen, die wir ein paar Meter weiter im Gras fanden und die ganz scheußlich nach dem Vieh stanken. Es hat sie abgeleckt, dachte ich angewidert, als wären sie die Vorspeise gewesen.

***

Wir bahnten uns langsam und lauschend unseren Weg an der Felswand entlang. Thomas Kopf ruckte immer wieder zum Wald, wenn dort etwas raschelte und knackste, aber ich konnte ihn mit sanftem Druck meiner Hand beruhigen: Das Vieh knisterte nicht im Gebüsch, wenn es auf Angriff geschaltet hatte, das Vieh kam mit donnerndem Schritt, aufgerissenem Maul und blitzenden Klauen.

Unser Weg führte nach Norden. Zwei, höchstens drei Kilometer an der Wand lang, so lautete der Plan, doch schon bald zwang uns ein sumpfiger Abschnitt, einige Meter in den Wald einzutauchen. Er wirkte hier unten ebenso friedlich wie aus der Höhle besehen, mit singenden Vögeln, hellen Sonnenflecken auf dem moosigen Boden und frisch entfalteten Blüten an den Büschen: Als feierten die Tiere und Bäume, dass das hässliche, böse Vieh in seiner Höhle war.

Patrick machte angesichts der exotischen Pflanzen große Augen, während Thomas sich noch mehr anspannte, kaum dass wir zwischen den dicken Stämmen waren und das Morgenlicht merklich matter wurde. Er fasste meine Hand fester, zog mich enger an sich heran und hatte auch eher Augen für die schattigen Stellen denn für die leuchtenden Blumen. Er war hier unten in der Schlucht heute ganz anders als gestern, und ich wusste, dass es das Tier war, das ihn so schweigsam und ernst machte, besser gesagt der Anblick des echten, großen, bissigen Tieres. Und das war ein untrüglicher Beweis dafür, dass er bis gestern Abend wirklich nichts gewusst hatte, nichts von den Tieren, nichts von den toten Mädchen.

Ja, wir gingen langsam, aber es war nicht nur Thomas

Vorsicht, die uns bremste: Der Kratzer in meiner Seite brannte nach dem Abseilen in die Schlucht stärker, ich spürte mein Blut heiß darin pochen und musste mir nach nur wenigen hundert Metern den freien Arm in die Seite pressen. Jeder Schritt bescherte mir ein fieses Ziepen, jede zu rasche, zu große Bewegung wurde mit einem plötzlichen, atemraubenden Schmerz bestraft. Thomas sah mich des Öfteren besorgt an, aber ich lächelte zuversichtlich und straffte mich.

Wir brauchten vielleicht zwanzig Minuten bis zur Burg. Als wir hinter einem dichten Gebüsch hervortraten und das alte Gemäuer plötzlich vor uns aufragte, blieb ich beeindruckt stehen: Hatte sie gestern von oben, vom Rand des Plateaus, ein wenig verwunschen und romantisch ausgesehen, war die Burg nun, wo wir unmittelbar unterhalb ihrer dicken Mauern standen, groß und unglaublich wuchtig – nein, so riesig hatte sie vom Rand der Schlucht nicht gewirkt!

Sie war mit der Rückwand an die Felsen gebaut und bestand aus dem allgegenwärtigen groben, grauen Stein. Ihr simpler, rechteckiger, zinnenverzierter Hauptbau trug einen quadratischen, mit Schießscharten bewehrten Turm genau in der Mitte. Zahllose Efeuranken hatten sich ihren Weg die Mauern empor gebahnt, ich vermutete daher zunächst, dass diese fleißigen Pflanzen die Fenster zugedeckt hatten. Falsch, erkannte ich dann jedoch, als ich die Augen über die Teppiche aus saftigem Grün schweifen ließ: Diese Burg hatte keine Fenster. Die einzige Öffnung an der Vorderseite des Hauptbaus war eine Eingangstür, eine vergleichsweise winzige Pforte, eingelassen in die meterdicken Mauern des sicher zwei, eher dreistöckigen Gebäudes. Außer Turm, Ranken und diesem unspektakulären Eingang gab es nicht viel zu sehen: Das hier war nicht Neuschwanstein, sondern eher ein Bunker, eckig und wuchtig und wehrhaft.

Während ich die Burg betrachte, hatte Thomas seinen Rucksack abgestellt und sein Glück an der Tür versucht: Es ertönte ein rostiges Knirschen, gefolgt von einem dumpfen 'WUMM', als er mit der Schulter dagegen drückte – vergeblich.

»Hab ich mir gedacht«, sagte mein Indianer mit einem

Schulterzucken. »Das letzte Mal war sie auch abgeschlossen. Dann gehe ich übers Dach in den Turm. Durch die Schießscharten kommt man auf eine Treppe, und die Tür, die von dort in die Burg führt, war damals auf.«,

Ich hockte mich auf einen Baumstamm und sah zu, wie er eines seiner Kletterseile auf dem Boden auslegte und ein Metallteil aus seinem Rucksack suchte. Er klappte es auseinander, bis es aussah wie ein Anker, befestigte das Seil an einem Ende und hielt beides dann locker in der Hand, während er langsam vor der Burgmauer auf und ab schritt und sich eine Stelle suchte, die nicht allzu zugewuchert war. Thomas begann, das Metallding am Seil rotieren zu lassen und schleuderte es dann in Richtung der Zinnen auf dem Dach des Hauptgebäudes: zu kurz. Er warf erneut, dieses Mal fiel das Ding über die Brüstung. Und als Thomas zog, griff der Anker, das Seil straffte sich.

Ich stemmte mich schwerfällig hoch, ging zum Rucksack, nahm meinen Gurt heraus.

»Was hast du vor?«, fragte der große Indianer, ich blickte auf das Geschirr in meiner Hand und fand das ziemlich offensichtlich.

»Ich komme mit. Ich will die Burg von innen sehen.«

»Da hoch? Das schaffst du nicht«, gab Thomas zurück, ich stutzte.

»Okay ... Allerdings sind es nur ein paar Meter bis zum Dach. Rauf aufs Plateau komme ich dann schon gar nicht, oder? Also bleibe ich in der Schlucht. Wie lange? Bis der Schnitt verheilt? Oder bis ich an Blutvergiftung sterbe?«

»Du neigst zur Dramatik«, antwortete Thomas, ich sagte nichts, sondern wartete nur unter seinem strengen, schwarzen Blick, bis er seufzte.

»Und du kannst gucken wie eine wütende Katze.«

Ich lachte – und stand danach leider immer noch mit dem Gurt in der Hand da.

»Siena, wenn wir beide da rein gehen, ist Patrick hier draußen allein.«

»Wenn du allein gehst, ist er mit mir allein. Einer

Verletzten«, erwiderte ich.

»Also?«

»Also sollten wir alle gehen«, schlussfolgerte ich, begleitet vom heftigen Nicken des kleinen Indianers, der auf eine einsame Wache vor der Burg scheinbar keine große Lust hatte.

Thomas zögerte, nickte dann. »Okay. Aber ich gehe zuerst allein und versuche, euch die Tür von innen zu öffnen. Es gab irgendwo einen Bund Schlüssel. Wenn das nicht geht, hole ich euch über die Strickleiter.«

Ich nickte, Patrick nickte, und Thomas hangelte sich am Seil hoch, verfolgt von zwei bewundernden Augenpaaren. Nach wenigen Minuten zog er sich über die Zinnen, dann verschwand sein dunkler Schopf.

Ich drehte mich nach vorn und ließ meine Augen über den Wald wandern, Patrick tat es mir nach: Tierwache. Wir hofften zwar, dass das Tier tagsüber in seiner Höhle war, vertrieben von der Hitze des Tages, aber wissen konnten wir das nicht. Vielleicht war es uns schon längst auf den Fersen? Also war Aufmerksamkeit alles, also hieß es Augen offen halten und Ohren spitzen!

»Tut's sehr weh?«, fragte Patrick nach ein oder zwei Minuten, in denen wir auf den leise rauschenden Wald gelauscht hatten, wahrscheinlich, weil ich mir immer noch einen Arm in die Seite presste. Ja, es tat weh. Im Liegen und Sitzen in der Höhle war es okay gewesen, stehen war etwas anstrengender, gehen unangenehm. Rennen oder klettern? Lieber nicht drüber nachdenken!

»Ja«, antwortete ich.

»Setz dich doch wieder auf den Stamm, ich pass auf«, schlug der Kleine heldenhaft vor.

Ich schüttelte den Kopf. »Nein, geht schon.«

Wieder Stille, dann seufzte Patrick.

»Ich versteh jetzt, was du gemeint hast. In der Höhle. Mit der Angst. Diese Viecher sind der Horror, und mich würden sie kriegen, weil ich nicht so schnell bin wie du. Sie würden mich fressen. Aber ... ich bin trotzdem froh, dass ich hier bin. Alles andere wäre feige gewesen.«

»Wir wollten dich nur zurückschicken, weil du so jung bist«, sagte ich, »nicht, weil du feige bist. Aber Thomas meinte, jetzt wärst du erwachsen. Und das käme von dem Küsschen, das ich dir gegeben habe.«

Patrick sah mich erstaunt an, drehte sich dann wieder zum Wald, mit etwas erhitztem Gesicht. »Kann sein. Ich fühl mich auch anders.«

»Das wollte ich nicht«, entschuldigte ich mich, er lachte und ich hörte es mit Erleichterung: Wenigstens hatte er das nicht verlernt, dieses helle, klingelnde Lachen, das wahrhaft fröhlich klang und mich auch jetzt aufmunterte.

»Musste ja irgendwann kommen. Thomas hat mir damit immer gedroht, wenn ich ihn genervt hab. Und mir ist es so lieber, ich brauch mein Wadenbein auch noch. Vor allem heute.«

Ich kicherte, wurde dann ein bisschen ernster. »Thomas sagte, du wärst in mich verliebt.«

Patrick fror mal wieder zu einer kleinen Indianerstatue ein. »Ehrlich?«

»Ja.«

Er wand sich. »Ein bisschen, okay? Nicht richtig. Du ... bist ganz anders als die Mädchen hier. Und nett.«

Ich warf ihm einen schiefen Blick zu. »Nett? Du musst mich verwechseln. Vielleicht gibt es noch mehr rothaarige Opfermädchen in eurem Dorf.«

»Wieso? Du hast doch mit mir geredet. Obwohl du viel älter bist.«

Ach Gott, das genügte? Ein paar Worte, nicht mal freundliche?

»Du bist mir aber echt auf die Nerven gegangen«, sagte ich, Patrick zuckte mit den Schultern.

»Du hast ja Thomas«, antwortete der kleine Indianer abgeklärt, als wäre das der einzige Grund, der uns daran hinderte, händchenhaltend in den Sonnenuntergang zu hüpfen.

»Stimmt. Und wir beide sind ja Freunde.«

»Ja. Oder ... Blutsbrüder? Blutsgeschwister?«

Ich lachte und sagte ein unterdrücktes 'Autsch', weil mich

mein Kratzer prompt für diese Bewegung bestrafte.

»Ich blute ja schon«, antwortete ich. »Pieks dich in den Finger und drück den dann in meinen Kratzer.«

Patrick verzog seinen Mund. »Nee, danke. Wir müssen uns in die Hand schneiden, glaub ich, sonst gilt das nicht.«

»Und ich finde, dass es reicht, wenn wir hier stehen. Zusammen. In dieser Schlucht.«

Patrick bedachte das, nickte und streckte mir dann eine braungebrannte Hand entgegen, ich schüttelte sie und war damit um einen kleinen Blutsbruder reicher. Und um ein wertvolles, warmes Gefühl in meiner Brust, das den Schmerz in meiner Seite ein bisschen erträglicher machte.

***

Nach einigen stillen Minuten wummste es dumpf hinter uns, ich ging zur Tür und klopfte gegen das verwitterte, rostige Metall.

»Thomas?«

Keine Antwort, also hämmerte ich kräftiger.

»Thomas!«

»Ja, ich bin da«, antwortete er, und seine Stimme klang weit entfernt, weil gefiltert durch die dicke Tür. »Es ist abgeschlossen, aber hier hängt noch der Schlüsselbund«, vernahm ich, kurz darauf ertönte ein Schrappen im Schloss.

Der erste Schlüssel, den er probierte, schien der falsche zu sein, ebenso der zweite, doch mit dem Dritten hatte er Glück. Es klackte, knirschte, und kurz darauf quietschte die Tür in ihren Angeln. Ganz bekam Thomas sie nicht auf, aber der schmale Spalt reichte, damit ich mich durchschlängeln konnte, keine Minute später folgte mir Patrick in den kleinen Vorraum. Der jüngere Indianer half Thomas, die Tür hinter uns zu schließen, und mit ihr schoben die beiden auch jedes Tageslicht aus dem Gemäuer heraus: Als sie mit einem nachhallenden Wummern ins Schloss fiel, standen wir von einer Sekunde zur anderen im Stockdunklen.

Thomas hatte seine Taschenlampe bereits in der Hand und

kramte ein altes Metallfeuerzeug aus der Hosentasche, das er Patrick gab – zwei winzige Lichtquellen, eine flackernd warm, eine künstlich kalt, die die Dunkelheit jedoch nur unzureichend erhellten. Ich schauderte, als die Kühle des alten Gemäuers sich auf meine gerade noch von der Sonne erhitzte Haut legte und hatte einen schimmelig-staubigen Geruch in der Nase. Der erste Eindruck von der Burg war eine schwarze, kalte Leere, die seit Jahren, Jahrzehnten, Jahrhunderten nicht mehr von Licht und Leben gestört worden war. Ich schauderte.

»Der Gewehrschrank war unten im Keller«, sagte Thomas und wies mit dem Strahl der Lampe auf einen türlosen Durchgang, ein klaffendes, schwarzes Loch in der Mauer. »Da sind auch noch andere Schränke, vielleicht finden wir dort mehr Lampen, die könnten wir in der Höhle gut gebrauchen.«

Ich nickte, Patrick nickte, und wir machten uns auf den Weg. Der große Indianer ließ den Strahl der Taschenlampe über den Boden und die Wände gleiten, während er uns zielgerichtet aus dem Vorraum führte, viel zu entdecken gab es jedoch nicht, denn nicht nur der kleine Eingang war komplett leer gewesen: staubige Steinwände, uralte Gardinen aus Spinnweben an der Decke, vertrocknetes Laub in den Ecken – abgesehen von diesen untrüglichen Anzeichen ereignislos verstrichener Zeit waren die Räume ausnahmslos völlig leer. Sie erinnerten mich auf unangenehme Art und Weise an die beiden Höhlen unten in der Schlucht, in denen ich gestern herumgeirrt war, und ich musste mich richtiggehend konzentrieren, damit nicht die gleiche Panik aufkam, die ich dort empfunden hatte. Beim Relief mit den Tafeln, beim Nest mit den Eiern. Und ich hoffte, dass die Burg keine ähnlich schlimmen Überraschungen bot.

»Wie lange warst du damals hier drin?«, fragte ich Thomas, während er uns durch zwei weitere Räume und dann in einen schnurrgeraden Gang führte.

»Ein oder zwei Stunden«, antwortete er, »und es war allein ziemlich unheimlich.«

Er zögerte, als unser Gang sich gabelte, entschied sich dann für den linken Weg. Als wir an eine Treppe kamen, die wie eine schwarze Röhre in die Tiefe führte, spürte ich Patricks Schulter an meiner: Seine Augen waren weit aufgerissen und nun ebenso schwarz wie die seines großen Bruders, die Knöchel seiner um das Feuerzeug verkrampften Hände weiß, die fest zusammengepressten Lippen gleichermaßen. Ich drückte seinen Arm, er schluckte und lächelte, wenn auch etwas zittrig und verhalten.

Nach der Treppe durchschritten wir zwei, drei weitere Räume, und sie sahen ausnahmslos aus wie die davor: grauer Stein am Boden, grauer Stein an den Wänden, ansonsten nur Staub und Spinnweben und Leere. Und Dunkelheit. Ich dachte wieder an gestern, dieses Mal an meine Flucht durch die Schlucht und meinen ursprünglichen Plan: Ich hatte mich in die Burg retten, mich hier vor dem Tier verbarrikadieren wollen, und ich erkannte jetzt, dass das nicht geklappt hätte. Ich hatte auf Fenster und Schießscharten gehofft, auf Löcher in maroden Mauern. Löcher gab es gar keine, die Burg mochte zugewuchert sein, doch sie war absolut heil. Und Fenster oder Schießscharten? Die gab es schon, aber nur im Turm, und damit für mich unerreichbar. Nein, die Burg hätte mich nicht gerettet – sie wäre das Ende meiner Flucht gewesen.

Eine zweite Steintreppe führte uns weiter hinunter, in einen Gang, von dem links und rechts türlose Räume abgingen, und ich verstand, warum Thomas vom 'Keller' gesprochen hatte, als er dieses Gewölbe beschrieb: Wir waren bereits zuvor eine Treppe tiefer gegangen, aber die Räume waren immer noch gemauert gewesen. Nun bestanden Wände, Decken und Böden aus feucht glänzendem Fels, unregelmäßig geformt und gerundet, bedeckt von zahllosen Scharten – als wären diese Kammern direkt aus dem Gestein geschlagen worden.

Es war noch kälter hier unten, so kalt, dass unser Atem zu kleinen Wolken kondensierte, auch der Geruch war anders als oben. Ebenfalls modrig und staubig, aber dazu kam etwas Bittersüßes, das ich zunächst nicht einordnen konnte. Rost und Schimmel, erkannte ich, als wir die Quelle entdeckten: Feldbetten mit Decken, gestapelt im ersten Raum, der von diesem unterirdischen Gang abging. Auf ihren grauen

Metallgestellen waren zahllose Rostflecken erblüht, die Wolldecken hatten sich im Laufe der Zeit zu einer grünlichen Masse zersetzt, gesprenkelt mit fetten, schwärzlichen Schimmelflecken.

Der zweite Raum des Kellers beinhaltete eng gestellte Regale, teilweise schief, teilweise zusammengefallen, größtenteils leer. Zwei bargen staubige Konservendosen, ein paar Dutzend, von kleinen und flachen bis hin zu eimergroßen. Thomas ließ die Dosen links liegen und ging zielstrebig tiefer in diesen Raum hinein, der Lichtkegel seiner Taschenlampe fuhr suchend über die Regalreihen. Patrick dagegen näherte sich etwas verstohlen den Vorräten – wahrscheinlich reichte einem Indianer in der Pubertät kein Müsliriegel zum Frühstück.

»Corned Beef«, las er vor, nachdem er die dicke Staubschicht weggepustet hatte, »Pfirsiche, Erbsen und Möhren. Sardinen. Dosenbrot.« Er drehte sich um, ein bisschen fassungslos. »Es gibt Brot in Dosen?«

Ich zuckte mit den Achseln. »Scheinbar. Was hast du dir erwartet? Pemmikan?«

»Was ist denn das?«, fragte Patrick, ich schnaubte.

»Das weißt du nicht? Und du willst mein Blutsbruder sein?«

Patrick sah entrüstet aus, für einen Moment abgelenkt von der Angst, die in seinem Gesicht gelegen hatte, seit dem die Tür der Burg hinter uns zugefallen war.

»Wieso? Kennst du dich da besser aus?«

»Scheint so. Pemmikan ist Trockenfleisch, das mit Fett vermatscht wird oder mit getrockneten Beeren und Nüssen. Hatten wir mal in der Schule«, erklärte ich mein Wissen, was Patrick mit einem gnädigen Kopfnicken akzeptierte, als wäre das eine Entschuldigung.

»Igitt«, antwortete er, »dann lieber Dosenbrot.«

Ich lachte. »Probier es doch, wenn du Hunger hast. Wenn's noch essbar ist.«

Der kleine Indianer drehte die Konserve, bis er ein Haltbarkeitsdatum gefunden hatte.

»Haltbar bis 1978.« Er verzog den Mund. »Und die

Pfirsiche?« Er pustete erneut Staub weg. »Die sind schon 1963 abgelaufen. Die Sardinen waren noch bis 1983 gut, die Erbsen nur bis 1960. Mist.«

Weiter hinten im Raum klapperte etwas.

»Hast du was gefunden?«, rief ich zu Thomas hinüber, Patrick stellte die verschmähten Konserven zurück ins Regal – schnell, als hätte man ihn beim Klauen erwischt.

»Kerzen«, antwortete Thomas, »aber die nützen uns nicht viel, die Dochte sehen total verschimmelt aus. Der Gewehrschrank ist einen Raum weiter, dort waren auch noch Spinde. Lasst es uns lieber da versuchen, hier ist nichts Brauchbares.«

Wir schlängelten uns aus dem muffigen Verlies hinaus in den nächsten Raum. Der verglaste Gewehrschrank war sicherlich über hundert Jahre alt und dennoch das mit Abstand neuste Möbelstück in diesem Gemäuer – er stand in der hintersten Ecke neben einem Tisch, seine Tür war abgeschlossen. Keiner der Schlüssel von Thomas Bund passte, und so war es ein Ruck von seinen kräftigen Armen am Griff, der die Angeln aus dem morschen Holz hebelte. Als der große Indianer seine Taschenlampe über die aufgereihten Flinten wandern ließ, erinnerte mich die kalte Angst in meinem Magen daran, warum wir hier waren: um eine Waffe zu holen, mit der ich das Tier töten konnte.

»Das hier ist ein normales Gewehr, die beiden da sind Schrotflinten«, erklärte der große Indianer, gab mir die Taschenlampe und nahm eine der Waffen aus der Halterung.

»Kennst du dich aus?«, erkundigte ich mich, als er das Gewehr aufklappte und mich in die Läufe hineinleuchten ließ, er zuckte mit den Schultern.

»Ein bisschen, unser Großvater hat gejagt. Ich fand das cool, bis ich gesehen habe, wie er ein Kaninchen abgeschossen hat. Das hier ist ziemlich rostig«, fügte er hinzu, und sein Gesicht trübte sich zusehends, als er auch die zweite und dritte Waffe inspiziert hatte. Erst, als er ein längliches Paket aus einer Art Wachstuch zum Tisch getragen und ausgepackt hatte, nickte er zufrieden.

»Die hier scheint okay zu sein. Siehst du diesen Schimmer auf dem Metall? Man hat sie eingeölt, bevor sie abgestellt wurde. Und schau: Die Munition ist in einer Tüte verpackt, die dürfte noch zu gebrauchen sein.«

Thomas legte mir das Gewehr in die Hände. Es fühlte sich ölig an. Ölig, schwer und kalt. Fremd. Nicht wirklich gefährlich, weil es nur ein toter Gegenstand war, aber trotzdem irgendwie bedrohlich, weil gemacht, um zu töten.

»Ist das auch eine Schrotflinte?«

»Ja.«

»Warum ist so eine besser als die anderen?«

»Nun, bei einem normalen Gewehr verschießt du mit jedem Schuss genau eine Kugel. Geht sie vorbei, hast du den Schuss verschwendet. Bei Schrot enthält jede Patrone viele kleine Kügelchen statt einer großen.« Er öffnete die den Pappkarton mit der Munition, entnahm einen der daumendicken Zylinder: Unten ein glänzender Metallfuß, darüber eine dunkelgrüne Plastikkappe. »Siehst du, sie ist vorne flach. Die Kügelchen stecken unter dem Plastik, der Treibsatz unten im Fuß. Das Plastik zerplatzt, die Kügelchen fliegen aus dem Gewehr. Und sie streuen, das heißt, sie verteilen sich, und du triffst eine breitere Fläche. Für Laien besser. Bei diesem Gewehr hier lädst du immer zwei Patronen auf einmal, also kannst du zweimal direkt hintereinander schießen.«

»Okay. Also ... haben wir nur ein Gewehr.«

»Leider. Die anderen sind völlig unbrauchbar.«

»Und ... ich soll schießen?«

Thomas sah auf, ich las die Überraschung in den Augen des großen Indianers.

»Ich dachte, dass wäre das, was du tun willst.«

Ich blickte auf das Gewehr in meinen Händen und ich wusste, dass ich gestern Abend den Mund ziemlich voll genommen hatte. Als wir unseren Pakt geschlossen hatten, das zweite Tier zu töten. Das Adrenalin der geglückten Flucht hatte mich mutig gemacht und mein Stolz mir Worte diktiert, die einfach nicht wahr gewesen waren. Oder besser: Die nur berücksichtigt hatten, was ich haben wollte, und nicht, was ich tun konnte.

»Dachte ich auch«, gab ich zögernd zurück. »Aber ich weiß nicht, ob ich das wirklich kann. Ich hab noch nie geschossen. Nicht mal auf dem Jahrmarkt. Und schon gar nicht auf ein lebendiges Wesen.«

»Es ist nicht schwer zu lernen«, antwortete der große Indianer. »Ich dachte nur, du wolltest.«

»Wollen ... Nein. Aber ich sollte das machen«, erklang es aus meinem Mund, schon wieder ganz automatisch, und bevor ich mich bewusst entschieden hatte. »Das Tier soll mich töten, also ist es nur logisch, dass ich das mache.«

Thomas sah mich ernst an. »Du musst dich jetzt nicht entscheiden, wir haben noch einen gewissen Weg vor uns. Wenn du es willst, gut. Ich bin bei dir, und ich helfe, so gut ich kann. Selbst wenn du schießen wirst, wirst du nicht allein sein, okay?«

Ich nickte wortlos – und hatte nun nicht nur eine schwere Waffe in der Hand, sondern auch eine schwere Entscheidung zu fällen.

»Kommt ihr mal?«, rief Patrick, der die Spinde untersucht hatte, wir gingen zu ihm hinüber. Er hielt ein Stück Holz in der Hand, das in etwa wie ein Baseballschläger geformt, aber oben mit Stoff umwickelt und mit irgendetwas Klebrigem eingepinselt war.

»Was ist das?«, fragte der kleine Indianer, »eine Keule?«

Thomas schüttelte den Kopf. »Nein, eine Fackel. Ein bisschen primitiv, aber im Grunde genau das, was wir brauchen. Wie viele sind da?«

Patrick zog die Tür des Schrankes weiter auf: Es gab Kisten voll von diesen Dingern, und sie verströmten einen scharfen Geruch nach Teer.

Thomas griff sich eine, nahm Patrick das Feuerzeug ab und hielt die kleine Flamme unter den Kopf. Der knisterte und knirschte, Thomas musste seine Hand schnell wegziehen, als der Teer heruntertropfte, kurz darauf entzündete sich die Fackel: Sie stank ganz scheußlich, flackerte und knarzte und russte, brannte aber hell und verwandelte den modrigen, dunklen Keller in einen modrigen, hellen Keller.

»Cool«, kommentierte der kleine Indianer, dann verteilten wir die Beute: Ich trug das Gewehr, Patrick die Munition, sich selbst lud Thomas ein gutes Dutzend der Fackeln auf – dann machten wir uns auf kürzestem Wege zurück nach oben, zurück zum Eingang.

»Wofür sind eigentlich die anderen Schlüssel? Gibt es hier irgendwo noch abgeschlossene Räume?«, fragte ich, als wir wieder am Eingang standen und Thomas den Bund zurück auf einen Haken neben der Tür hängte. Es gab daran vier Schlüssel, aber benutzt hatten wir nur einen: den, mit dem Thomas die Eingangstür geöffnet hatte. Handgroß und rostrot.

Thomas nickte. »Ja, oben im Turm. Ich weiß aber nicht, ob die Schlüssel passen. Warum?«

Ich dachte an die erste und die zweite Höhle, an Hinweise und Zeichen.

»Ich will sehen, was da drin ist. Wenn sie verschlossen sind, könnten sie etwas Wichtiges enthalten.«

Thomas überdachte das für ein paar Sekunden, nahm dann wortlos den Schlüsselbund erneut an sich. Wir ließen Gewehr, Munition und Fackeln zurück und stiegen mehrere Treppen hoch, bis wir die steilen Stufen einer schmalen Wendeltreppe im Turm erreichten. Es gab auf jedem der vier Stockwerke eine Tür: Die ersten beiden waren nicht abgeschlossen und führten in kreisrunde Räume – wegen der Schießscharten viel freundlicher, wärmer und heller als die Säle unten, aber gänzlich leer. Im dritten Stock war die Tür verriegelt, der Raum dahinter jedoch abgesehen von einem weiteren Feldbett ebenso enttäuschend. Das Zimmer im obersten Stockwerk sah indes vielversprechend aus: Es gab einen morsch aussehenden Schrank und einen Schreibtisch mit einem wackeligen Stuhl. Der letzte Schlüssel vom Bund passte in den Schrank, und damit war zumindest eines klar: Wenn wir hier nichts finden würden, dann war in der Burg nichts zu finden, was die große Frage nach dem Warum beantworten konnte.

***

Thomas zog mir den hochlehnigen Stuhl zurück, ich setzte mich, und als Patrick die elendig in ihren Angeln quietschende Schranktür aufzog, waberte ein muffiger Geruch durch den Raum: feuchtes Papier und altes Holz.

»Eine Kiste«, meldete Patrick den sehr übersichtlichen Inhalt des Schranks.

Thomas hob den Kasten auf den Tisch, und als er den schweren Deckel geöffnet hatte, enthüllte der ein einziges, dafür aber riesiges Stück Papier. Dick und cremefarben war es, mit ein paar Flecken und Rissen am abgenutzten Rand. Es fühlte sich weicher an als das heutige Papier für Hefte oder Bücher, und es war an den Faltpunkten nicht richtig scharf geknickt, weil dafür zu flexibel. Als wir es behutsam auseinandergefaltet hatten, bedeckte es mit seinen zwei mal ein Meter die ganze Schreibtischplatte.

Es war ein riesiger Stammbaum, erkannte ich, aufgemalt mit teils bereits verblasster Tinte in verschiedenen Handschriften, oft heillos verschnörkelt und sehr schwer lesbar. Seine Zweige entsprangen einer übersichtlichen Reihe von vielleicht einem Dutzend Paaren unter dem reich verzierten Schriftzug 'Borrone' und verästelten sich über den großformatigen Bogen wie ein Flussdelta aus der Vogelperspektive. Der Plan reichte bis in das zwölfte Jahrhundert zurück, die ersten Einträge trugen die Jahreszahl 1163.

»Das muss der Plan sein, der neulich in der Kapelle hing«, sagte Thomas, »von der Größe kommt das hin. Der Gamper hat darauf irgendetwas erklärt.«

Ich erinnerte mich an die seltsame nächtliche Versammlung und musste Thomas Recht geben. Und damit war auch klar, was wir hier vor uns hatten: Eine Auflistung aller Familien des Dorfes mit ihren Töchtern, Enkelinnen und Urenkelinnen. Erstellt zu einem einzigen Zweck, nämlich den Überblick darüber zu behalten, welche Mädchen für die Schlucht in Frage kamen und welche Familie an der Reihe war, das Opfer zu stellen.

»He, da bin ich!«, rief Patrick und deutete auf seinen Namen in einer der untersten, jüngsten Reihen, neben dem von Thomas und seiner Schwester. »Wir sind kleiner geschrieben als Lilla«, fügte mein Blutsbruder hinzu und klang fast beleidigt. »Sogar Thomas, obwohl der älter ist.«

»Nicht nur ihr, alle Jungs«, bemerkte ich und zeigte auf weitere Namen. »Wahrscheinlich, weil ihr nicht als Tierfutter taugt.«

»Ich frage mich, warum der Plan hier liegt«, sagte Thomas nachdenklich. »Niemand klettert freiwillig in eine Schlucht mit diesen Tieren, nur um kurz was einzutragen. Das ist viel zu gefährlich.«

»Vielleicht verstecken sie ihn genau deswegen in dieser Burg«, gab ich zurück. »Wer könnte ihn besser bewachen als diese Monster?«

Thomas wiegte seinen Kopf, nicht ganz überzeugt, vertiefte sich dann in die Namen und die Linien, die sie verbanden. Als ich mich gerade ebenfalls darüber beugen wollte, sah der große Indianer auf und versenkte seinen schwarzen Blick in meinem.

»Sagtest du nicht, du hättest keine Verbindung zu diesem Dorf?«, fragte er, ich nickte – und er tippte auf eine Ansammlung von Namen, gar nicht weit von der Stelle entfernt, an der Patrick sich selbst aufgespürt hatte.

»Dann hast du dich geirrt.«

Ich runzelte die Stirn, beugte mich vor, was der Kratzer in meiner Seite mit einem fiesen Pieken bestrafte – doch der Laut, der mir dann über die Lippen kam, war ein Laut des Erstaunens. Kein Zweifel, da war ich: Siena, keine Geschwister, Tochter von Luise und Peter, Enkelin von Okka und Massimiliano, Nichte väterlicherseits von Nera. Nera? Ja, tatsächlich. Geboren 1962, gestorben als Schluchtmädchen 1979, verewigt mit einer Plakette in der Höhle, geliebt und vermisst von Giacomo – diese Nera war meine Tante! Und ich hatte ihren Namen nie zuvor gehört, hatte nicht gewusst, dass sie gestorben war, hatte noch nicht einmal geahnt, dass sie gelebt hatte! Was hatte Nele mir erzählt? Die Familie hätte Neras Verschwinden nicht ertragen, wäre weggezogen. Oh ja, verdammt weit weg, hoch hinauf in den Norden – wo Neras Bruder eine gewisse Luise kennen und lieben gelernt hatte. Hochzeit, Kind. Ich. Und nicht einmal war in meiner Familie dieses Dorf erwähnt worden, oder eine ermordete Tante! Aber von wem auch? In meinem Kopf überschlugen sich Namen und Jahreszahlen – nicht viele, denn als ich nun wirklich darüber nachdachte, stellte ich schnell fest, dass ich von der Familie meines Vaters quasi gar nichts wusste.

Meine Oma hatte ich nie kennen gelernt, Okka war gestorben, als mein Vater selbst noch ein Kind gewesen war. Er war bei Pflegeeltern aufgewachsen, ich kannte sie gut, mochte sie, auch wenn ich sie nicht Oma und Opa nannte, wir schickten uns Geburtstagskarten und kleine Geschenke zu Weihnachten. Sie hatten ihn aufgezogen, aber sie hatten nichts von seiner Vergangenheit gewusst, ihm nichts von seinen Wurzeln erzählen können, die bis in dieses Dorf zurückreichten. Dieses Wissen war mit Okka gestorben, ihr Tod hatte die Verbindung gekappt. Und mein Opa? Massimiliano? Diesen Namen hatte ich nie zuvor gehört. Der Stammbaum hier verzeichnete ein Kreuzchen mit dem Jahr 1977 neben seinem Namen, damit war er gestorben, bevor seine Tochter in der Schlucht um ihr Leben gelaufen war. Okka hatte es nicht geschafft, ihre Tochter zu retten, wohl aber, ihren Sohn aus diesem Dorf rauszubringen – nur, um kurze Zeit später ebenfalls zu sterben. Am Schmerz, Ehemann und Tochter verloren zu haben? Vielleicht.

Ich spürte Thomas Hand auf meiner Schulter, und als ich die Augen schloss und meinen Kopf zurücklehnte, vergrub er seine Hand tief in meinen Locken, während er mich an sich drückte.

»Warum ich, wenn schon meine Tante dran war?«, fragte ich, als ich wieder Worte fand, Thomas Hand hielt inne.

»Wie meinst du das?«

»Es sieht doch so aus, als hielte das Dorf in diesem Plan fest, wer im richtigen Jahr geboren wurde und wer wann aus welcher Familie in der Schlucht gestorben ist. Warum sollten sie das aufschreiben? Du hattest gesagt, diese Opfersache müsse gerecht sein, das hätte der Gamper betont. Das wäre die wichtigste Regel.«

»Ja.«

»Also tragen sie alles hier ein, damit sie ablesen können, wer als nächstes an der Reihe ist.«

»Wahrscheinlich.«

»Und der Plan sagt, dass aus meiner Familie schon meine Tante in der Schlucht gestorben ist. Jetzt, zwei Runden später, bin ich dran, und damit wieder meine Familie. Warum? Was haben wir getan?«

»Du bist nicht an der Reihe«, antwortete Thomas. »Hast du vergessen, was ich dir über Lilla erzählt habe? Sie war dran, du bist der Ersatz.«

»Genau das meine ich ja«, beharrte ich. »Wie kann ich der Ersatz sein, wenn vor so kurzer Zeit meine Tante hier gestorben ist? Wenn meine Familie noch nie an der Reihe gewesen wäre, deine ebenso wenig – okay. Wenn ich einfach ein fremdes Mädchen mit dem passenden Farben-Namen gewesen wäre, das geopfert wird, damit keines aus dem Dorf stirbt – auch okay. Aber so verstehe ich das nicht. Da ist keine Logik hinter.«

Thomas schwieg, schüttelte dann den Kopf. »Ich weiß es nicht. Das können uns nur die Leute im Dorf beantworten.«

Ich nickte, und neben mir gab Patrick einen erfreuten Laut von sich, als hätte er nichts von dem mitbekommen, was wir besprochen hatten.

»Guck mal, wir sind verwandt!«, rief er, Thomas und ich tauschten einen Blick, dann beugten wir uns wieder über den Plan und folgten Patricks braunem Finger über die Linien.

»Da«, sagte er, »die Mutter der Mutter der Mutter deiner Mutter war die Schwester des Vaters der Mutter des Vaters meines Vaters!«

»Du hast ein 'Mutter' vergessen, oder?«, fragte ich.

»Na und? Das ist doch cool!«

Ich nickte, er strahlte, Thomas lachte. Und der Kleine schien noch etwas entdeckt zu haben, denn er tippte jetzt wieder auf meinen Namen.

»Neben den Farben-Namen sind komische Zeichen«, sagte er und fuhr von 'Siena' hinüber zu 'Nera'. »Du hast ein Sternchen, deine Tante und Lilla auch. Wie ein paar andere Mädchen. Hier.« Er zeigte auf 'Naranja', geboren im gleichen Jahr wie meine Tante.«

»Sind das vielleicht die, die wegen ihres Geburtsdatums in Frage kommen?«, erkundigte ich mich, Thomas nickte.

»Wahrscheinlich.«

»Aber Lilla muss nicht auch her, oder?«, fragte Patrick mit Angst in der Stimme, Thomas legte seinem Bruder eine Hand auf die Schulter.

»Wer dieses Jahr an der Reihe ist, haben sie erst vor kurzem entschieden«, sagte Thomas beruhigend, »das steht in diesem Plan noch nicht drin. Lilla hat nichts zu befürchten, mach dir keine Sorgen. Ab jetzt hat nie wieder ein Mädchen etwas zu befürchten.«

Außer mir, dachte ich, denn ich muss heute noch einmal mit dem Tier tanzen.

»Neben manchen Mädchennamen sind Kreuze«, sagte Patrick dann, und ich spürte den scharfen Blick, den Thomas seinem Bruder für diesen Fauxpas zuwarf, mehr als dass ich ihn sah. Aber egal: Die Kreuze waren da, und wenn ich mich richtig an die Holztäfelchen in der Höhle erinnerte, waren sie korrekt eingetragen: Azul war das Mädchen vor mir gewesen, ich fand ihren Namen sehr weit links und ein paar Reihen weiter oben. Dann meine Tante Nera, davor Roja und Bianca – alles tote Mädchen, beerdigt mit einem Holztäfelchen in der Höhle und einem Tintenkreuz auf Papier. Neben meinem Namen stand noch keins, aber es war Platz genug dafür.

»Und was heißt das Zeichen hier?«, fragte Patrick und zeigte auf einen Kreis mit der Ziffer 5 darin, neben dem Namen von Nele. Ich fuhr mit den Augen die Linie ab, die in etwa meine Generation abgedeckte, und entdeckte nicht bei mir, wohl aber bei Lilla eine ähnliche Markierung.

»Hm. Diese Zeichen tauchen erst ab dem 17. Jahrhundert auf, dafür aber ab da in jeder Generation mit Schluchtmädchen«, sagte Thomas und wies auf diverse Namen:

eine Greta mit 7, eine Anna mit 16, eine Isabella mit 23, eine Eva mit 9. »Die Erste mit diesem Zeichen ist« – er beugte sich tiefer über das Papier – »Bernadette, mit einer 2. Geboren 1611.«

»Vielleicht sind die ... ach nein.« Patrick stockte, fuhr jedoch fort, als ich ihn fragend ansah. »Ich dachte nur, diese Mädchen könnten ja einfach so gestorben sein. Und das wäre das Alter, in dem sie gestorben sind.«

Thomas schüttelte den Kopf. »Die Todesdaten stehen neben den Geburtsdaten. Hier, Greta mit der 7 im Kreis wurde 1864 geboren und ist 1929 gestorben, da war sie fünfundsechzig. Und sie hatte auch keinen Farben-Namen, also kam sie nie für die Schlucht in Frage.«

Gemeinsam beugten wir uns wieder über den Stammbaum. Meine Augen wanderten über das vergilbte Papier, verharrten immer wieder bei den Zahlen in den Kreisen. Es gab diese Zahlen hauptsächlich bei Mädchen mit normalen Namen, aber ich fand immer wieder auch Farben-Mädchen, die so markiert waren: Kein Muster erkennbar. Manche Mädchen mit Sternchen hatten eine Zahl – und auch Mädchen ohne, also auch hier keine Logik. Ich verglich die Zahlen in den Kreisen, stellte fest, dass sie über die Jahrhunderte stiegen und fielen, somit gab das ebenso wenig her. Ich verglich die Zahlen innerhalb einer Generation, und fand zumindest dort, wo Farben-Mädchen und Mädchen mit normalem Namen mit einer Zahl markiert worden waren, eine Regel: Die Zahlen der Farben-Mädchen waren höher, viel höher als die der anderen. Und: Keines der Mädchen mit einer hohen Zahl hatte auch ein Kreuz – nein, Kreuze gab es nur bei Mädchen ganz ohne Zahl, egal ob niedrig oder hoch. Ich stutzte. Eine hohe Zahl? Hauptsächlich bei Mädchen mit Farben-Namen? Ich lehnte mich zurück. Was waren die Gefahren für die Mädchen im Dorf? Bei der Geburt im richtigen Jahrgang einen Farben-Namen bekommen, das war Schritt eins. Wer so gekennzeichnet wurde, der war potentielles Tierfutter. Und dann ...

»Vielleicht anders herum«, murmelte ich, Thomas sah auf.

Ich suchte seine Augen, suchte Hilfe. »Wann ist ein Mädchen gefährdet? Wenn seine Mutter zum richtigen Zeitpunkt schwanger wird. Aber es werden oft mehrere Frauen gleichzeitig schwanger – in meinem Jahrgang gibt es noch Lilla und Nele. Und da die Mädchen für die Schlucht bei ihrer Geburt diesen besonderen Namen bekommen, muss doch dann schon feststehen, ob sie zu den Ausgewählten gehören oder nicht. Aber jemand muss ja beschließen, wer es wird und wer nicht. Lilla ja, Nele nein. Vergleich die Zahlen, schau dir unsere Generation an. Was wäre, wenn es bestimmte Möglichkeiten gibt, mit denen eine Familie beeinflussen kann, ob das Kind zu einem Schluchtmädchen wird?«

Thomas Augen verengten sich und ich erkannte, dass er wusste, worauf ich hinaus wollte.

»Ist die Familie von Nele reich?«, erkundigte ich mich, Thomas schüttelte den Kopf.

»Im Vergleich mit uns, wegen Lilla? Nein.« Er tippte auf den Plan. »Aber schau, Nele ist mit dem Gamper verwandt. Sie ist seine Großnichte. Daher war es wahrscheinlich für sie günstiger.«

Thomas und ich starrten uns an. Ich wusste, dass es wahr war, und wollte es trotzdem nicht wahr haben – weil es zu billig war. Zu einfach. Zu gemein.

»Wer verwaltet die Stammbäume und sucht die Mädchen aus?«

»Immer der jeweilige Bürgermeister.«

Na klar.

»Ich versteh's nicht«, sagte Patrick.

Mir fehlten die Worte, um dem kleinen Indianer das Unfassbare zu erklären, aber Thomas hatte eine Antwort parat, die kurz, schmerzlos und absolut verständlich war: Er griff in seine Hosentasche, kramte eine Münze heraus und legte sie auf den Kreis mit der Zahl neben Neles Namen, Ziffernseite nach oben: 5 Cent über der 5 in Neles Kreis.

»Die Zahl im Kreis steht für die Summe, die bezahlt worden sind, um ein Mädchen vor der Schlucht zu bewahren. Und je später man sein Kind ausgelöst hat, desto teurer wurde das«, sagte Thomas. »Schau.« Er deutete aus das Papier, irgendwo im 18. Jahrhundert. »Hier gab es drei Mädchen. Eine wurde Bernadette getauft – ihre Eltern haben 2 bezahlt, damit sie keinen Farben-Namen bekommen musste. 2 könnten 2.000 sein, oder auch 200. Die beiden anderen nannte man Naranja und Violetta, damit kamen sie beide für die Schlucht in Frage. Dann haben Violettas Eltern 12 bezahlt, wie du an der Zahl im Kreis hier siehst, und das Kreuz landet bei Naranja. Zwei Familien haben bezahlt, und Naranja musste sterben.«

»Weil ihre Eltern weniger Geld hatten?«

»Kann sein. Oder sie hatten weniger Beziehungen und konnten das Mädchen nicht freikaufen, weil man es ihnen gar nicht angeboten hat. Vielleicht haben sie geglaubt, sie wären an der Reihe, das sei Schicksal.« Thomas Finger wanderte hinunter in meine Generation. »Schau hier, bei Lilla, Nele und Siena: Die Eltern von Nele haben 5 dafür gezahlt, dass ihre Tochter nicht in die Auswahl kam, deswegen hat sie einen ganz normalen Namen bekommen, ohne Farb-Bezug. Unsere Eltern haben Lilla erst vor kurzem ausgelöst, und das hat sie viel mehr gekostet, nämlich 30. 30.000 vermute ich. Weil Neles Eltern und unsere bezahlt haben, gab es im Dorf kein Mädchen mehr, das vom Alter gepasst hätte. Nur ... Siena. Also haben sie sie hergelockt.«

Er verstummte, starrte auf den Plan, dann hob er den Blick. Seine schwarzen Augen waren plötzlich umschattet und ich sah, dass er sich entsetzlich schämte. Nein, mehr: dass er sich schuldig fühlte, als habe er dafür bezahlt, dass seine Schwester lebte und ich starb.

Ich griff nach seiner Hand, drückte sie.

»Es ist verständlich, dass deine Eltern versucht haben, Lilla zu helfen. Du hast daran absolut keine Schuld. Aber dieses System ...« Ich gestikulierte zum Plan. »Von wegen gerecht! Es geht ums Geld, um nichts anderes! Und es ist unfassbar, dass sie tatsächlich die noch verfolgen, die das Dorf längst verlassen haben.« Ich schüttelte den Kopf. »Wenn meine Eltern mich nicht so halb nach meiner Großmutter benannt hätten, wenn ich Lisa, Lena oder Laura hieße, dann wäre ich nicht hier.

Dann wäre Lilla ... «

»Jetzt tot«, vervollständigte Thomas meinen Satz.

Für ein paar Minuten hingen wir alle unseren Gedanken nach. Die Brüder haderten mit dem Schicksal, das so haarscharf an ihrer Schwester vorbeigegangen war, ich war enttäuscht, weil sich am Ende immer alles um den schnöden Mammon drehte.

»Wer das Geld bekommen hat, steht hier«, sagte Patrick, ich erwachte aus meinen Gedanken und folgte seinem Finger bis an den Rand des Plans ganz links, wo sich endlose Zahlenreihen fanden.

Thomas trat zu seinem Bruder, studierte die Listen, suchte dann die Beträge neben den Namen der Mädchen.

»Das passt«, sagte er schließlich, nachdem er drei Generationen verglichen hatte, und Patrick wurde vor Stolz ein paar Zentimeter größer. »Die Summen stimmen genau.«

»Stehen Namen dabei?«, fragte ich, Thomas schüttelte den Kopf, fuhr die Liste mit den Fingern ab. »Nein, nur Initialen, aber das ist nicht schwer. Wenn ich schaue, was unsere Eltern bezahlt haben ... Die Buchstaben neben dem größten Anteil passen zum Bürgermeister, die drunter zu seinem Bruder. Die andere ... A.D. ... Ich tippe auf den Mann der Bäckerin, dick befreundet mit dem Gamper.« Der große Indianer sah auf, zuckte mit den Achseln. »Aber es könnte jeder sein.«

»Jeder und keiner«, sagte ich und hörte selbst, wie müde meine Stimme klang. Ja, ich war müde, und ich bezweifelte, dass wir hier Antworten auf die Fragen finden würden, die mich beschäftigten. Ich wusste nun immerhin, warum man mich als Ersatz für Lilla geholt hatte, aber welchem Ziel das Spiel mit Tieren und Opfern diente, das war nicht klarer geworden. Dass ein paar Leute Geld kassierten, war zu wenig, viel zu wenig, denn es erklärte nicht, warum das Dorf seit Jahrhunderten mitspielte und seine Töchter, Schwestern, Enkelinnen opferte.

Ich stemmte mich von dem Stuhl hoch.

»Lasst uns den Plan mitnehmen, den können wir vielleicht brauchen. Ich glaube nicht, dass die im Dorf von dem Geld wissen, wahrscheinlich gibt es wirklich zwei Versionen. Eine Offizielle – und die hier, mit den Zahlungen«, sagte ich.

Thomas faltete den Bogen zusammen und schob ihn sich hinten in den Hosenbund. Dann fasste er mich mit seinem kräftigen Arm um die Taille und geleitete mich die Treppen hinab, hinaus in Wald. Zusammen traten wir durch die Tür in die warme, frische Luft der Schlucht – ein befreiendes Gefühl nach der Zeit in den dicken Mauern der dunklen Burg. Die Tür zogen wir nicht hinter uns zu: Sollten sich doch die Tiere der Schlucht dort häuslich einrichten, die Menschen hatten sie eh seit langem aufgegeben.

***

»Wir sollten nicht alle drei rein gehen«, sagte ich, als wir uns nach einem glücklicherweise ereignislosen Marsch durch den Wald der Höhle näherten. Der mit dem länglichen Eingang. Die so stank. In der das Nest war, in der die Tiere wohnten und die mir höllische Angst machte.

»Warum nicht?«, fragte Patrick, der natürlich ahnte, dass er derjenige war, den ich draußen postieren wollte.

»Weil wir nur denken, dass das Tier in der Höhle ist. Wenn es jedoch im Wald lauert und hinter uns in die Höhle schleicht, sitzen wir dort drinnen in der Falle. Deswegen bleibst du am Eingang und passt auf.«

Der kleine Indianer fand diese Aussicht wohl nicht besonders prickelnd, aber Thomas unterstützte mich mit einem knappen Nicken, und damit war es beschlossen: Zwei zu eins.

»Hast du dich entschieden, ob du schießen willst oder ob ich das machen soll?«, erkundigte sich Thomas, als wir nur noch wenige Meter von der Höhle entfernt waren.

Ich schluckte. Nickte. »Ich mache das. Es muss sein.«

»Dann solltest du das Laden und Anlegen üben«, sagte der große Indianer schlicht, kurz darauf lag das Gewehr wieder schwer in meinen Händen. Er erklärte mir den Mechanismus, aber ich stellte mich ziemlich ungeschickt dabei an, den Lauf zu entriegeln, aufzuklappen und die dicken Patronen in die

Läufe zu schieben. Dann klappte ich das Gewehr zu, legte an, zielte in den morgendlichen Wald, ohne abzudrücken, und wiederholte das noch drei Mal, bis Thomas zufrieden war.

»Ein Schuss wird nicht reichen, oder? Um so ein Riesenvieh zu töten?«, fragte ich, er zuckte mit den Schultern.

»Wahrscheinlich nicht. Aber du hast ja pro Ladung zwei Schüsse, und eine Schrotportion dürfte selbst so ein Tier verletzen.« Er sah mich aufmerksam an. »Hast du das mit dem Schrot verstanden?«

»Treffen ist besser als nicht treffen?«, versuchte ich mein Glück, was Patrick ein Grinsen entlockte, Thomas dagegen ein Seufzen.

»Das auch«, antwortete er. »Aber ich meinte eher die Sache mit dem Schrot und dem Streuen. Je weiter du weg bist, desto mehr Platz haben die einzelnen Kugeln, um sich zu verteilen. Wenn du also von hier auf den Baum da schießt« – er deutete auf einen dicken Stamm zehn Meter entfernt – »dann würden wir in der Rinde viele kleine Löcher mit Abstand zueinander finden. Wenn der Baum das Tier wäre, wird es daran nicht sterben, aber sicher Schmerzen haben. Wenn du die Waffe dagegen vor dir auf den Boden richtest und aus einem Meter Entfernung abdrückst, machst du ein dickes Loch. Ist das Tier nur einen Meter weg, kannst du es mit einem so nahen Schuss also schwer verletzen, vielleicht sogar töten. Je nachdem, welches Körperteil du triffst.«

Je näher, desto besser? Großartig – das kam dem Tier sicher sehr entgegen, hatte es seine Beute doch auch gern in der Nähe seiner Krallen und Zähne.

»Rechne damit, mehrmals schießen zu müssen«, fügte Thomas hinzu, was meiner Angst zusätzlichen Zunder gab: Dass das Tier uns überlegen war, wusste ich nur zu gut – ebenso, dass das Gewehr die Waage nur ein wenig zu unseren Gunsten beeinflusste. Nein, ein gleicher Kampf würde das nicht werden. Kam das Tier nah an uns heran, würde es wegen seiner Tatzen Sieger bleiben, konnten wir uns dagegen in sicherer Entfernung halten, war das Gewehr nur eine schwache Waffe, die das Tier lediglich ein bisschen auf seiner dicken

Echsenhaut kitzeln würde.

»Okay?«, fragte Thomas, ich nickte. Was hätte ich sonst tun können? Kneifen, ihn bitten zu schießen, aber das wollte ich nicht. Ich wollte seine Hände nicht mit dem Blut des Tieres besudeln, und ich wollte nicht, dass er sich in Gefahr brachte – in noch größere Gefahr, als er es ohnehin schon war.

Thomas akzeptierte meine wortlose Zustimmung, schnürte seinen Rucksack auf, nahm eine der teerigen Fackeln heraus und entzündete sie mit dem Feuerzeug.

»Wir gehen langsam und zünden alle paar Meter eine neue Fackel an. Die legen wir auf den Boden, damit sie die Räume ausleuchten.«

»Und ich komme rein und sage euch Bescheid, wenn das Tier hier draußen auftaucht«, ergänzte der kleinere Indianer die Worte seines großen Bruders, aber da musste ich entschieden den Kopf schütteln.

»Nein. Wenn es sieht, wie du dort reinläufst, kommt es dir garantiert nach. Und wir säßen alle in der Falle.«

»Was soll ich denn sonst machen? Ich kann schreien, damit ihr wisst, dass es hier ist – und dann?«

»Dann lauf«, sagte ich, »so schnell du kannst. In den Wald, da ist es langsamer als du. Nimm alle Hindernisse mit, die du findest, Steine, Baumstämme. Lauf rüber zur Höhle oder runter zum Wasserfall. Sie können nicht besonders gut klettern und haben Angst vor Wasser, also sind das die besten Optionen.«

Patrick nickte, doch als ich sein unglückliches Gesicht sah, kratzten mich Tränen in der Kehle. Ich wollte nicht, dass er diese Höhle betrat, aber ich konnte auch verstehen, dass er nicht allein sein wollte. Ich war gestern allein gewesen, hatte mit pochendem Herzen und flatternder Angst auf jedes Geräusch gelauscht, auf jede Bewegung gelauert – ja, ich wusste, was ihn erwartete. Trotzdem: Hier draußen war er sicherer, auch wenn sich das für ihn ganz anders anfühlte.

Ich trat einen Schritt auf den kleinen Indianer zu, umarmte ihn, drückte ihn an mich und hätte so gerne gewusst, dass er irgendwo anders war. Patrick erstarrte kurz, doch dann schlang er seine Arme um mich. Ich verkniff mir ein gepeinigtes Stöhnen, als er meinen Kratzer mitdrückte, und lächelte, als er mich losließ. Lächelte so gut, aber ganz bestimmt nicht so ehrlich, wie ich konnte.

»Das klappt schon«, sagte ich leise und eindringlich, »dir passiert nichts. Das Tier ist da drin, und wir werden es erwischen.«

Thomas legte seinem Bruder die Hand auf die Schulter. »Gib uns zehn Minuten«, fügte er hinzu, »mehr brauchen wir gar nicht. Du weißt, wie kurz das ist, oder? Wenn du abends lesen willst und Mama immer sagt 'Nur noch zehn Minuten'?«

Patrick schluckte und nickte. »Kann ich auch eine Fackel haben?«, fragte er, Thomas gab ihm wortlos die schon brennende und entzündete für uns eine neue. Was der kleine Indianer im warmen Sonnenschein mit dem Feuer wollte, wusste ich nicht – vielleicht hoffte er nur, dass es seine einsamen und garantiert unendlich langen zehn Minuten ein bisschen heller machen würde.

»Wie sieht die Höhle innen aus?«, erkundigte Thomas sich, ich kramte in meiner Erinnerung, hatte aber eher noch den bestialischen Gestank in der Nase als den genauen Schnitt vor Augen.

»Sie ist schmaler als die andere, wird hinter dem Eingang nicht viel breiter, ist eher ein Gang. Es geht ein paar Meter geradeaus, dann nach links. Dahinter ist ein Raum, breiter und höher als der Eingang, aber total leer. Es liegt Müll herum, vor allem vermodertes Zeug auf dem Boden. Und es stinkt dermaßen, dass einem übel wird.«

»Okay.« Thomas schulterte seinen Rucksack, ließ ihn jedoch offen, so dass er leicht und schnell an die Fackeln herankommen konnte.

»Man muss den leeren Raum ganz durchqueren«, fuhr ich fort, »dann kommt man in den nächsten. In dem war das Nest, und er war absolut stockdunkel. Das ist nicht der letzte Raum der Höhle, aber der letzte, in dem ich war. Ich bin wieder raus, nachdem ich die Eier gesehen habe.« Ich lachte leise. »Ich wollte der glücklichen Mutter lieber nicht begegnen«, fügte ich hinzu.

»Also los. Ich gehe voran«, sagte mein großer Indianer.

»Ganz sicher nicht«, antwortete ich bestimmt und deutete auf das Gewehr. »Neben mir oder hinter mir.«

»Ich habe die Fackeln«, gab Thomas zurück, und wir einigten uns stillschweigend auf nebeneinander, indem wir gleichzeitig einen ersten Schritt nach vorn machen und die Stufe zum Eingang der Höhle nahmen.

»Seid vorsichtig«, flüsterte Patrick zu unseren Rücken, ich warf einen Blick über die Schulter. Er sah ernst aus – und viel zu jung, um so ernst zu sein. Es ist nicht deine Schuld, dass er hier steht, sagte ich mir, das Dorf ist Schuld, nur dieses verdammte Dorf!

***

Thomas hielt die brennende Fackel in der Hand, und während wir den ersten Raum durchquerten, zog er eine weitere aus seinem Rucksack wie ein Bogenschütze einen Pfeil aus seinem Köcher. Er entzündete die neue Fackel an der anderen und legte eine der beiden genau in die Biegung, die der erste, schmale Raum der Höhle in Richtung Dunkelheit machte. Ich befürchtete, der klebrig-feuchte Boden würde das Feuer gleich wieder löschen – die Flamme knisterte jedoch nur kurz, qualmte schwärzlich und schickte uns dann ein warmes, flackerndes Licht voraus: kein Vergleich mit meinem Vorantasten in der Dunkelheit gestern! Siehst du, sagte ich mir: Als du das erste Mal hier warst, hattest du nur ein Feuerzeug. Jetzt hast du Fackeln, sogar ein Gewehr. Und Thomas! Na ja, widersprach ich mir selbst, aber als du das erste Mal hier gewesen bist, da wusstest du auch noch nicht, was in dieser Höhle wohnt. Da warst du ein bisschen ängstlich, weil Thomas weg war, weil du allein in der Schlucht gehockt hast und im Dunklen auf das Plateau klettern musstest. Weil du vielleicht eine Mutprobe nicht bestehen würdest. Problemchen waren das gewesen, mehr nicht, klitzekleine Problemchen!

Thomas zückte die nächste Fackel, entzündete sie. Es

zischelte vernehmlich, als der Teer anbrannte, und ich hielt Thomas am Arm fest, bevor er weiter ging, legte einen Finger auf die Lippen, damit er leise war und mich lauschen ließ. Es waren nicht nur die Fackeln, die Lärm machten: Unsere Schritte schmatzen auf dem Boden, unsere Kleidung raschelte – das Tier konnte uns sicher hören, wenn es denn da war, und leider verhinderten unsere Geräusche auch, dass wir unsererseits das Tier hören konnten.

Thomas verstand, gemeinsam erstarrten wir zu Salzsäulen und horchten. Schritte? Keckern, Fauchen, Schnauben? Nein, noch nicht einmal ein leises Atmen hörte ich. Irgendwo tropfte Wasser, vom Eingang der Höhle erklangen ein paar ferne Geräusche des Waldes, zwitschernde Vögel und mildes Blätterrauschen.

Thomas sah mich fragend an, ich schüttelte den Kopf: Nichts. Wir gingen weiter, nebeneinander und bedächtig, die dritte Fackel kam an den Übergang des leeren Raumes zum Raum mit dem Nest. Dass der schon gefährlicher war, dass die Wahrscheinlichkeit stieg, hier auf das Tier zu treffen, sagte mir mein ängstlich zuckender Magen nur zu deutlich: Wenn diese Höhle die Wohnung der Tiere war, waren wir eben aus dem Flur ins ... ja, was? Das Esszimmer vielleicht, wegen der vermodernden Kadaver auf dem Boden? Klar, warum nicht: Wir waren vom Flur ins Esszimmer gegangen, und das war für Gäste okay, selbst für ungebetene. Jetzt drangen wir jedoch ungeladen ins Kinderzimmer ein, und das ließ sich keiner gern gefallen, ob Mensch, ob Tier.

Meine Hände krampften sich um das Gewehr, Thomas entzündete die nächste Fackel. Ihr Licht waberte auf den feuchtgrauen Steinwänden, die sich hoch und höher über unseren Köpfen erhoben und uns schrecklich klein machten, Wassertropfen blitzten immer wieder auf wie Diamanten, wenn die Flammen sich in ihnen brachen. Ich registrierte weitere Kadaver, weitere Häufchen von vermodernden Blättern – dann fiel der gelbe Schein des Feuers auf das Gelege, und ich stockte. Was war das denn? Ich nahm Thomas eine der beiden Fackeln ab und eilte auf das Nest zu – oder besser: auf das, was noch von dem Nest übrig war.

Ein wohlgeformter Kreis war es gewesen, ein hoher Lehmkranz, darin aufrecht stehend die Eier, bedeckt von einer wärmenden Schicht Blätter. Und jetzt? Ich ging in die Hocke, senkte die Fackel hinab: zerstört, Eier und Nest. Der schützende Wall war niedergetrampelt, ich sah tiefe Rillen, vermutlich von Krallen, die sich bis in den Boden gegraben und hellen Stein unter dem schwarzmodrigen Schmutz freigelegt hatten. Und die Eier? Ich schluckte und musste mich dazu zwingen, den Blick auf die Mitte des zerstörten Nests zu richten, denn schon aus dem Augenwinkel war der Anblick scheußlich: Alle Eier waren kaputt, die dicken, grau-grünen Schalen zerbrochen. Ich sah große Stücke, aber noch mehr kleinere, hunderte von kleineren – als wären die Eier geradezu zerplatzt unter der Wucht der Schläge. Die Schalen waren bedeckt von zähem, durchsichtig-gelblichem Eiweißschleim, mit blutigen Schlieren durchmischt. Darin lagen ... Oh mein Gott. Ich atmete tief ein, bekam einen bestialischen Gestank nach Tod und Moder in die Nase. Und sah, was es war: Föten. Föten? Nannte man das auch bei Eiern so? Das, was da drin war, bevor es schlüpfte? Scheiß egal, Siena, scheiß egal! Es waren die kleinen Tiere, die in den Eiern gesteckt hatten, und sie sahen aus wie ... ja, wie Mini-Albino-Echsen: kleine Schnauzen mit winzigen Nüstern, kleine Tatzen, geschlossene Augen, winzige Schwänzchen, runzelige Haut. Blass, weich, weißlich-rosa. Echsen-Babies. Ungeborene, ungeschlüpfte Echsen-Babies. Nein, schlimmer noch: zermatschte, zerschnittene Echsen-Babies! Das erste, das mir am nächsten lag, war halbwegs heil, aber als meine fassungslosen Augen weiter wanderten, als ich die Fackel tiefer hielt und mehr sehen konnte ... einen zerquetschten Schädel mit winzigen, weißen Knochen ... Ich ließ die Fackel fallen, sprang auf, stolperte einen Schritt zurück, presste mir die Hand auf den Mund, kämpfte gegen ein Brennen an, das meine Kehle verengte. Das war das ekelhafteste, was ich jemals gesehen hatte, es war so brutal und gleichzeitig so traurig, so schrecklich traurig – ob es Tränen waren oder Brechreiz, was da meinen Hals verengte, konnte ich nicht sagen, aber es brannte, es brannte so schrecklich! Ich hatte schwarze Punkte vor den Augen, taumelte, spürte dann Thomas neben mir: Er legte mir eine Hand in den Nacken, zog mich an sich. Ich lehnte meinen Kopf gegen seine Wange, ließ mich von ihm halten, mich von ihm trösten.

»Schon gut, schon gut«, flüsterte er leise, ich atmete flach und schnell, sagte stumm und hektisch NICHTKOTZEN! NICHTKOTZEN! NICHTKOTZEN! vor mich hin – und irgendwie klappte es. Ich hatte die zertretenen Föten vor Augen, den Geruch nach fauligen Eiern und verdorbenem Fleisch in der Nase, aber gegen Thomas konnten sie nicht an. Ich atmete seinen wunderbaren Duft nach Erde, Steinen, Zitronen, spürte seine warme, kräftige Nähe – und nach ein oder zwei Minuten nickte ich, so gut ich es in der Geborgenheit seiner Umarmung konnte, hob den Kopf und küsste meinen großen Indianer dankbar auf die Wange.

»Entschuldige«, flüsterte ich, er schüttelte nur seinen schönen Kopf, drückte dann kurz seine Lippen auf meine.

»Warum?«, fragte ich, tonlos und fassungslos, denn wer das Nest zerstört hatte, war klar: das zweite Tier, das Kannibalen-Tier. Irgendwann zwischen meinem Besuch gestern und heute war es in diese Höhle gegangen und hatte die Eier zertrampelt. In blinder, gnadenloser Wut, wenn man sich diesen Matsch aus Schalen, Lehm, Schleim und Körpern anschaute: Mit beiden Vorderpfoten musste es auf die Eier eingedroschen haben, mit seinen riesigen, messerscharfen Krallen!

»Vielleicht weil sein Partner tot ist?«, sagte Thomas leise, ich nickte zögernd, denn das klang plausibel.

Sah man nicht in diesen Tiersendungen im Fernsehen, dass Tiere versuchten, ihre Nachkommen zu töten? Fraßen nicht manche sogar ihre Kinder, wenn sie konnten, meist die Männchen? Die eigenen Eier zu vernichten war da nicht so weit entfernt. Vielleicht hatte ich das Weibchen getötet, das Tier, das sonst auf die Eier aufpasste – jetzt war es tot, und das Männchen hatte das Nest zerstört. Aber ... Nein. NEIN!

»Es hat sich selbst zum Ausstreben verurteilt«, flüsterte ich, denn mir wurde gerade, in dieser Höhle und angesichts des zerstörten Nests zum ersten Mal so richtig klar, dass wir es mit einer Tierart zu tun hatten, die es sehr wahrscheinlich nur noch hier gab. Isoliert vom Rest der Welt in einer Schlucht, aus der sie nicht heraus konnten: weil der Wasserfall und die Felswände jede Flucht verhinderten. Aber auch beschützt vom Rest der Welt durch eben diese Schlucht: weil sie mit ihren hohen Wänden und ihrer verborgenen Lage hinter dem hinabrauschenden Wasser verhütet hatte, dass Menschen herkamen.

Ja, diese Tiere konnten die letzten ihrer Art sein, die letzten lebenden Dinosaurier, Überlebende einer anderen Zeit, und das machte sie besonders schützenswert. Wollte ich, dass diese Tiere vom Angesicht der Erde verschwanden? Nichts anderes würde das Ergebnis sein, wenn klappte, was wir vorhatten, wenn ich den zweiten Mädchenfresser auch tötete. Ein klares Nein! Ich wollte, dass diese Tiere nie wieder Menschen anfielen, dass das Dorf ihnen keine Mädchenopfer mehr schicken konnte. Aber ausrotten? Ausrotten wollte ich sie nicht, natürlich nicht – sie hatten ein Recht auf Leben, wie jede andere Kreatur auch. Ich hatte die Eier mitnehmen wollen, damit das Dorf keine neuen Tiere bekam, weiter war mein Plan noch nicht gediegen. Wir hätten sie jemandem geben können, der wusste, wie man sie ausbrütete und der vernünftig genug wäre, die Tiere so unterzubringen, dass sie leben konnten, dass sie überleben konnten!

»Aussterben? Was meinst du damit?«, flüsterte Thomas in meine trüben Gedanken, ich sah auf.

»Wir sind dabei, das letzte Tier dieser Gattung umzubringen«, murmelte ich, und er nickte zögernd.

»Ja, das kann sein. Aber überleg mal: Es gab noch ein Männchen und ein Weibchen, plus die Eier. Ein Tier hast du getötet, das andere hat die Eier zerstört. Selbst, wenn wir es jetzt nicht töten – es kann keine Nachkommen mehr haben, es ist allein. Also ... ja, du hast Recht: Wir töten das Letzte, doch dass sie aussterben werden, steht schon fest. Und das ist nicht unsere Schuld.«

»Nein, nicht unsere. Meine«, gab ich tonlos zurück, aber Thomas schüttelte nachdrücklich den Kopf.

»Das stimmt nicht. Du hast dich nur gewehrt, als das Tier angegriffen hat. Die Natur hat dir das gleiche mit gegeben wie dem Tier: Lauf um dein Leben, kämpf um dein Leben. Das Tier wollte fressen, du wolltest nicht gefressen werden. Es hat das begonnen, was mit seinem Tod geendet hat.«

Ich schluckte hart – diesmal eindeutig wegen Tränen.

»Wenn du einem Tier nicht die Schuld geben willst, weil es eben ein Tier ist, kannst du dir ebenso nicht die Schuld geben, denn du hast genauso instinktiv gehandelt«, fuhr Thomas fort, und seine Samtstimme war noch ein bisschen rauer, wenn er so leise sprach. »Wenn du einen Schuldigen brauchst, nimm das Dorf, denn sie haben dich hergebracht. Haben dich gezwungen, zu kämpfen, zu töten.«

Ich sah auf und fand in den Augen des großen Indianers eine Sicherheit und Gewissheit, wie ich sie auch gern gefühlt hätte, denn sie würde das Brennen der Schuld tief in mir lindern können.

»Das Dorf wusste über Jahrhunderte, dass sie etwas Seltenes haben, dass diese Tiere wahrscheinlich die letzten ihrer Art sind. Und was haben sie getan?«

Nichts. Sie hatten nichts getan. Na ja, nicht ganz: Sie hatten aufgepasst, dass immer zwei am Leben blieben – ein Wunder, dass das so lange gut gegangen war! Die Gefahr, dass mal eines starb, bevor die nächste Generation Nachkommen geboren wurde, war doch unglaublich groß!

»Siena, wir müssen weiter. Wenn du noch willst«, sagte Thomas leise und ich straffte mich.

Ja, ich musste weiter, denn was würde es bringen, jetzt aufzugeben? Thomas hatte Recht: Die Tiere waren verloren, die Mädchen aber nicht. Wer wusste, wie alt diese Viecher wurden, wer wusste, ob das Dorf nicht bald schon Nele, Lilla oder irgendein anderes Mädchen in die Schlucht schicken würde, solange noch ein Tier durch diesen Wald streifte!

Ich drückte meine Stirn an Thomas Wange, dankbar für seine beruhigenden Worte, dann trat ich von ihm zurück und nahm das Gewehr wieder nach vorn. Der große Indianer hob die Fackel auf, die ich achtlos neben das Nest hatte fallen lassen, lehnte sie gegen die Wand, damit auch dieser Raum beleuchtet war, und entzündete eine weitere. Nebeneinander gingen wir zur nächsten Halle, und wie schon bei meinem ersten Besuch fand ich auch jetzt, dass der Gestank schlimmer wurde, je tiefer man in diese Felsgrotte eindrang. Wenn dieser Raum hier das Kinderzimmer der Wohnhöhle war, schien der nächste das Klo zu sein, zumindest dem Geruch nach.

»Da drin war ich noch nicht«, raunte ich Thomas zu, der nickte, und wir verlangsamten unseren Schritt, bis wir uns fast in Zeitlupe fortbewegten. Wie viele Räume hatte diese Höhle? Es konnten drei, vier sein – aber auch zwanzig, dreißig. Und in welchem steckte das Tier, wenn es denn hier war? Es konnte im nächsten sein, oder im letzten.

Thomas legte wieder eine Fackel in den Durchgang und entzündete eine neue. Ich warf einen Blick auf seinen Rucksack: Viele hatten wir nicht mehr. Sollte es wirklich zwanzig Räume in dieser Höhle geben, würden wir die letzten nicht so luxuriös ausleuchten können, und die Dunkelheit wäre ein klarer Nachteil: Das Tier sah nicht nur besser als wir, das Tier kannte sich zudem auch noch hier aus.

Der Durchgang war schmal, und Thomas ging vor mir hindurch. Ich zischte ungehalten, weil er damit den Lauf meines Gewehrs kreuzte, aber er beachtete mich nicht: Er erstarrte, trat dann schnell und zielstrebig in den neuen Raum. Seine Schritte schmatzten auf dem schleimig-schwarzen Boden, und ich konnte erst sehen, was er gesehen hatte, als er darum herumging, sich daneben kniete und die Fackel darüber hielt: Es war ein Nest, ein zweites Nest. Unversehrt. Mit hohem Lehmrand und mit sechs – nein, sogar sieben! – dicken, grau-grünen Eiern darin.

**

»Noch ein Nest?«, flüsterte ich verwirrt, denn das machte keinen Sinn. »Wieso hat ein Pärchen zwei Nester? Und warum hat das Tier nur ein Gelege zerstört und nicht beide?«

Thomas zuckte mit den Schultern. »Vielleicht hatte jedes Tier ein eigenes Nest? Und es hat das des anderen zerstört, sein eigenes aber nicht?«

»Du hast gesagt, es gäbe ein Männchen und ein Weibchen«, flüsterte ich und trat zögernd noch einen Schritt näher. »Aber ein Männchen hat doch kein ...«

»Pst!« Thomas legte den Finger auf die Lippen, ich erstarrte, und dann hörte ich es auch: ein Schnauben. Leise, aber nicht ganz leise, entfernt, aber nicht weit entfernt – nicht in diesem Raum, sicher jedoch im nächsten.

Ich fasste das Gewehr fester, so gut das mit meinen feuchten Angst-Fingern ging, machte zwei, drei Schleichschritte zu Thomas hinüber – und wusste doch genau, dass das Tier jede meiner Bewegungen hören konnte.

Thomas richtete sich auf, trat von dem Nest zurück, und als ich neben ihm war, fühlte ich seine Hand um meinen Oberarm: Er hielt mich zurück.

»Wo willst du hin?«, zischte er, ich fand das ziemlich offensichtlich.

»Da rein!«

Thomas schüttelte den Kopf. »Wir können da nicht einfach reingehen. Wir wissen nicht, was nach der Biegung kommt. Das Tier kann direkt hinter der Ecke stehen, und wir würden es erst sehen, wenn es zu spät ist.«

»Also?«, flüsterte ich, er dachte nach. Sah auf mich, mein Gewehr, die Fackel in seiner Hand, dann auf das Nest.

»Locken wir es raus«, flüsterte er, »hier ins Licht.«

»Okay. Das andere ist gekommen, als ich geschrien habe«, wisperte ich, doch Thomas schüttelte den Kopf.

»Dann kommt garantiert auch Patrick angerannt«, gab er leise zurück.

»Wie sonst?«, fragte ich, Thomas nickte mit dem Kopf zum Nest hinüber und hob die Fackel ein Stück. Ich stutzte, runzelte die Stirn, verstand dann – und war nicht glücklich damit, aber einverstanden. Der Anblick der Eier hatte mich überrascht, aber auch erleichtert: Wenn es noch Eier gab, waren die Tiere nicht verloren, würden sie nicht aussterben, wäre ich nicht ganz so schuldig. Jetzt eines der kostbaren Eier zu opfern, tat mir leid – weil ich aber auch keine andere Idee hatte, nickte ich.

»Aber nur eins, ja?«

Thomas entzündete eine zweite Fackel, legte sie an der Wand ab, ging dann mit der anderen bedächtig wieder zum Nest herüber. Ich schluckte, vergewisserte mich, dass die Patronen in meiner Tasche noch da waren, dass ich das Gewehr sicher hielt, dass ein Finger am Abzug lag. Dass ich Angst hatte, aber trotzdem schießen würde, weil ich nichts anderes tun konnte, als zu schießen.

Ich sah zu Thomas, er zu mir. Ich nickte, er nickte – dann ließ er die Fackel auf eines der Eier niedersausen und es zerbrach mit dem scheußlichen Knirschen zersplitternden Porzellans, das durch die ganze Höhle hallte. Ich hielt den Atem an, lauschte – und keine Sekunde später hörte ich das Tier. Es fauchte, scharf und hell, dann kamen seine Schritte heran, schwer und schnell: DUMMM! DUMM! DUM! Ich riss das Gewehr hoch, mein Herz raste, ein Keuchen entrang sich meiner Brust, als wäre ich erneut kilometerweit durch den Wald gerannt. DUM! DUMM! DUMMM! – es wurde langsamer, schließlich stoppten die Schritte. Ich warf einen raschen Blick zu Thomas: Er hatte sich wieder aufgerichtet, und die Fackel malte seinen Schatten lang und schwarz an die Felswand der Höhle wie ein gespenstisches Puppenspiel.

Ich wandte den Kopf zurück zum Durchgang: Leer, das Tier war nicht zu sehen. Stille herrschte nun wieder in der Höhle, ich hörte nur mein Blut in den Ohren rauschen und ferne Wassertropfen zu Boden fallen. Was nun? Das Tier war herangestürmt, was tat es jetzt? Auf was wartete es? Ich sah wiederum zu Thomas, und diesmal trafen sich unsere Augen. Er nickte mit hochgezogenen Brauen zu dem Nest hinunter, und ich wusste, was er fragen wollte: Opfern wir noch eins? Ich zögerte, dann schnaubte das Tier erneut. Mein Kopf ruckte zurück zum Durchgang, und ich sah mit Schaudern, wie sich dort eine kleine, weiße Atemwolke emporkräuselte: Das Vieh stand direkt hinter der Biegung! Ich schluckte hart, trat dann ein paar Schritte zur Seite, weiter in den Raum: Ich musste das Tier sehen, wenn ich zielen wollte!

»Ich nehme das gleiche nochmal«, flüsterte Thomas. Dann zählte er herunter: drei, zwei eins – und ich hörte zum zweiten Mal dieses scheußliche Geräusch, mit dem Schale unter einem gezielten Hieb zerplatzte. Das Tier schrie auf, und ich erkannte am dumpfen Beben des Bodens, dass es kam – schnell, verflucht schnell, rasend schnell: DUM! DUM! DUM! Und da war es auch schon: Das riesige Maul, der schmale Schädel, der massive Hals, der schwere Körper – das Tier schoss aus dem Durchgang wie ein Auto aus einer Gasse, unter Vollgas. Seine Muskeln wölbten sich dick und hart unter der dunklen Haut, seine Krallen hieben kraftvoll auf den Boden, kratzten über den Stein und hinterließen lange, helle Riefen darin. Sein Maul war aufgerissen, es stürmte mit blitzenden Zähnen in den Raum, auf das Nest zu, auf Thomas zu. Ich folgte dem Körper mit dem Lauf des Gewehrs, sah fassungslos, wie er in rasender Geschwindigkeit Meter um Meter nach vorn preschte, wie Thomas zurücksprang, die Fackel hob, als wolle er damit zuschlagen, das Tier mit dieser lächerlichen Waffe abwehren, wie er irgendetwas schrie. Schrie? Ich schüttelte den Kopf, erwachte aus meiner geschockten Starre.

»Schieß!«

Schieß! Schieß! Schieß! Das Echo der Höhle peitschte dieses Wort wieder und wieder und wieder in meinen Kopf, bis ich begriff, bis ich endlich verstand. Und abdrückte.

Inmitten der kahlen Steinwände wurde aus dem Schuss ein Donnerhall, der in meinem Kopf explodierte wie eine Granate. Das Gewehr prallte gegen meine Schulter wie ein Rammbock, ich taumelte zurück, benommen, fast bewusstlos von Lärm und Schmerz, fiel gegen die Höhlenwand.

War es der Krach, der das Tier erschreckt hatte, oder hatte ich tatsächlich getroffen? Ich wusste es nicht. Auf jeden Fall wurde es aus der Bahn geworfen, und das war das Wichtigste, denn das rettete Thomas das nackte Leben. Die Krallen schrappten kreischend über den Stein, als es auf dem feuchten

Boden um sein Gleichgewicht kämpfte, und als es den schweren Körper wieder im Griff hatte, war Thomas in Sicherheit – denn nun schoss das Vieh pfeilgerade auf mich zu. Ich riss das Gewehr hoch, eine pure Reflexreaktion, denn ich war noch immer benommen, viel zu benommen für einen klaren Gedanken. Musste ich neu laden? Hatte ich einen Schuss abgefeuert oder schon zwei? Ich betätigte nochmals den Abzug, und erneut ließ ein Schuss die Höhle erbeben. Auch dieser fühlte sich an wie ein überdimensionaler Gong, angeschlagen in meinem Kopf, unendlich verstärkt und reflektiert von den Steinwänden. Das, gepaart mit dem Rückstoß von der Qualität eines Trittes gegen die Schulter, ließ mich erneut das Gleichgewicht verlieren und gegen die Felswand wanken. Das Vieh schrie auf, und diesmal sah ich auch, dass ich getroffen hatte: Die Haut in seiner rechten Vorderflanke war aufgerissen, schwärzliches Blut lief auf der noppigen Lederhaut herunter.

Eine Bewegung in meinem Augenwinkel, ich wandte den Kopf zu Thomas. Sein Mund bewegte sich, doch das Sirren in meinem Kopf ließ das eine Wort, das er brüllte, nicht durchdringen. Ich drehte mich zurück nach vorn. Ja, mein Schuss hatte das Tier getroffen: Es wankte und quäkte, als es zu viel Gewicht auf das verletzte Bein bekam, aber es war noch immer in Bewegung. In Bewegung auf mich zu.

Wieder ein Blick zu Thomas, und diesmal brannten meine Augen auf seinen Lippen, um trotz klingelnder Ohren irgendwie verstehen zu können, was er mir zurief. Er wiederholte das Wort, nochmal und nochmal und nochmal, von mir wahrgenommen wie in Zeitlupe. L – A – D – E – N. Laden.

»Laden!«, brüllte Thomas, »laden! Siena, du musst laden!«

Scheiße, ja! Ich brach das Gewehr, fischte zwei Patronen aus der Tasche, ließ eine fallen, kramte eine neue hervor, drückte beide Ladungen in die Läufe, klappte das Gewehr zu, riss es hoch und presste es fest gegen meine Schulter. Das Tier war nur noch drei, maximal vier Meter von mir entfernt, als ich das Gewehr jetzt zum dritten Mal abdrückte, und diesmal erwischte es mein Schuss am Hals.

Es schrie auf, aber es wurde nicht einen Deut langsamer. Scheiße! Scheiße, Scheiße, Scheiße! Meine Arme zitterten, ich sah die gelben Echsenaugen, die bräunlichen Zähne, die schwarzen Krallen, roch seinen Müllgestank und spürte die unglaubliche Hitze, die von diesem Muskelkoloss ausging. Noch zwei Meter, noch einer – und ich schoss erneut. Das Vieh heulte auf, wankte, ich spürte erneut Thomas Hand stahlhart an meinem Oberarm. Er riss mich mit sich, und das Tier krachte gegen die Wand, gegen die, an der ich gerade noch gelehnt hatte. Es prallte mit dem Kopf gegen den Fels und brach davor zusammen, sattrotes Blut lief ihm über das Maul: Mein letzter Schuss hatte es seitlich am Kopf getroffen, hatte ihm einen Teil des Kiefers weggerissen. Die Haut über den Zähnen war weggefetzt und in der tödlichen Reihe nadelspitzer Hauer klaffte ein schartiges Loch. War es tot? Endlich tot, endlich tot?

Nein, war es nicht. Nach Sekunden der Regungslosigkeit gab das Tier einen klagenden Laut von sich, dann kratzten seine Krallen über den Boden, im verzweifelten Versuch, den schweren Körper aufzurichten. Die Atemluft zischte schaurig und hohl durch das Loch in seinem Maul, und als sich feine Blutfäden ihren Weg den Hals hinunter bahnten, erinnerte ich mich daran, dass ich es auch dort erwischt hatte: Sein Atem hechelte und pfiff, wurde schneller und schneller – und immer vergeblicher, denn die durchlöcherte Luftröhre brachte die wertvolle Luft nicht mehr in die danach gierenden Lungen. Die Klauen suchten Halt dem Boden, die Beine bebten, der dicke Schwanz peitschte gegen die Wand – ein grauenvoller Anblick von unbändigem Schmerz und purer Todesangst, der wie ein Dolch in meine Seele stach.

»Ich muss raus hier«, stieß ich hervor und taumelte einen Schritt zurück, zurück zum Ausgang, weg von diesem Anblick.

Thomas ließ mich los.

»Wir können es so nicht liegen lassen«, gab er zurück, und durch meine vom Schuss noch immer klingelnden Ohren klang seine Stimme kraftlos und fern. »Es leidet!«

Ich zwang mich, stehenzubleiben. Mich umzudrehen, wieder hinzusehen. Und hinzuhören. Ja, es litt. Es stieß wieder diesen unendlich traurigen, tragenden Ton aus, einen Ton, den ich ganz ähnlich schon heute Morgen gehört hatte, als es seinen toten Artgenossen beweint hatte, einen Ton, der die Luft zum Schwingen brachte, mein Herz aufschnitt und mir Tränen in die Augen trieb. Warum stirbt es denn nicht?, dachte ich verzweifelt, warum stirbt es nicht einfach, so wie das andere gestorben ist? Ich wischte mir mit dem Ärmel über das Gesicht und machte dann den Schritt, mit dem ich gerade schon so feige zum Ausgang geflüchtet war, wieder nach vorn: Ich hatte es töten wollen, schnell und schmerzlos, damit niemand mehr leiden musste, weder Mädchen noch Tier, aber ich hatte meinen Job beschissen gemacht.

Ich sah zu Thomas, suchte seine schwarzen Augen und sah das Mitleid darin, Mitleid mit dem Tier und seinem Schmerz. Ich schluckte und traf dann eine Entscheidung, von der ich wusste, dass sie mich in den nächsten Jahren im Schlaf verfolgen würde, dass sie aber auch nötig war. Nötig, um das zu Ende zu bringen, was ich so stümperhaft begonnen hatte.

Ich holte neue Patronen aus meiner Hosentasche, lud sie in den Lauf, trat damit zu dem Tier. Es hackte mit einer Tatze nach mir und unterbrach seinen Schmerzensgesang für ein bösartiges Fauchen, das seine Lunge kraftlos rasseln ließ. Ich brachte mich in sichere Entfernung zu Krallen und Zähnen, setzte das Gewehr auf seinen Kopf. Als der Stahl des Laufes seinen Schädel berührte, schwieg das Tier, hielt die Tatzen still und den Schwanz ruhig. Sein gelbes Reptilienauge lag auf mir, sein Atem pfiff durch den zerschmetterten Kiefer, seine Lunge pumpte wie wild, sein Herz klopfte seine letzten Takte.

»Es tut mir leid«, flüsterte ich, schloss die Augen und drückte ab.

***

»Thomas? Thomas!«

Patricks Stimme kam hallend und viel zu hell bei uns an.

Entweder machte die Angst sie höher oder aber die Felswände – kindlich klang sie, eine Kleinmädchen-Version von Patrick.

Ich atmete tief durch, hob den Kopf, realisierte, wo ich war: Ich hockte neben dem toten Tier, eine Hand auf seinem Vorderbein, den anderen Arm hatte ich um Thomas geschlungen. Mein großer Indianer strich mir beruhigend über den Rücken, sein Hemd war nass von meinen Tränen, und meine Hand war ebenfalls nass – vom Blut des Tieres. Gott, was tat ich da? Ich blickte auf das Tier, stockte, als ich das Loch sah, das tödliche Loch, das mein Schuss in den Dino-Schädel gestanzt hatte. Das Tier hatte die Augen geschlossen, so dass mir sein stumpfer Todesblick erspart blieb, und sein Gesichtsausdruck war ... ja, entspannt. Es sah aus, als würde es schlafen – mit zerfetztem Kiefer, blutüberströmtem Hals, durchbohrtem Schädel, aufgerissenem Bein. Oh Scheiße.

»Thomas? Siena? Hallo?« Wieder Patrick.

Thomas stand auf, zog mich mit sich. Ich fühlte mich zitterig und schwach, strauchelte kurz, straffte mich dann. In meinen Ohren summte ein Bienenschwarm, Nachwirkungen des Lärms von den Schüssen.

»Komm nicht her«, rief Thomas seinem kleinen Bruder zu. »Gib uns eine Minute, wir kommen raus!«

»Ist es ... tot?« Patricks Stimme brach, als er das letzte Wort rausbrachte.

Thomas sah zu dem Tier, nickte. »Ja, es ist tot. Es ist alles gut, wir gehen jetzt nach Hause.«

Thomas legte mir einen Arm um die Schulter, drehte mich weg von dem großen, braunen Kadaver, führte mich sanft, aber nachdrücklich zum Ausgang dieser stinkenden Höhle. Ich ließ ihn, setzte brav einen Fuß vor den anderen: am heilen Nest vorbei, am zerstörten Nest vorbei, durch von ersterbenden Fackeln flackernd beleuchtete Räume hinaus in das helle, warme Sonnenlicht. In dem Patrick mit seiner brennenden Fackel in der Hand völlig fehl am Platze aussah.

»Hol Siena Wasser«, bat Thomas den kleinen Indianer, als wir aus der Höhle auf den federnden Grasboden sprangen – er leicht und gelenkig, ich mit einem scharfen Zischen und schmerzverzögerten Bewegungen.

»Ich brauch kein Wasser«, sagte ich und ließ mich in das Gras sinken, weil meine Beine immer noch aus Gummi waren.

»Doch«, erwiderte Thomas und drückte mir die Flasche in die Hand.

Ich trank einen Schluck und war überrascht, wie gut es mir tat: Es schien die Tränen und den sauren Ekel aus meinem Hals zu spülen, und damit auch ein bisschen was von meiner Angst und meiner Trauer um das tote Tier. Ich goss mir Wasser über meine blutverschmierten Finger und wischte sie am Gras ab: Ich hatte Hände wie ein Metzger und fühlte mich auch so – wie ein brutaler, gefühlsloser Schlächter. Immerhin, die Schnittwunde von der Kralle hatte aufgehört zu schmerzen, stellte ich fest, als ich das blutdurchtränkte Pflaster von meiner Hand abzog, was man von der in meiner Seite nicht eben behaupten konnte: Nach den hektischen Sekunden in der Höhle, vor allem jedoch von den Stößen, die mir das Gewehr verpasst hatte, brannte die Wunde nun wie die Hölle.

»Erzählt mir, wie es war«, forderte Patrick, doch Thomas schüttelte den Kopf.

»Später, wir müssen erst die Eier aus dem Nest holen. Wir verstauen sie in meinem Rucksack, aber wir müssen sie irgendwie polstern.«

»Blätter«, bot Patrick, der kleine Pfadfinder an, »wir könnten Blätter nehmen. Sie darin einwickeln.«

»Gute Idee«, sagte Thomas. »Ich hole die Eier. Du pflückst Blätter und wickelst sie darin ein.«

Der kleine Indianer legte die Fackel in den Höhleneingang, sah sich suchend um und lief dann zu einem Busch am Waldrand, der große, kreisrunde Blätter hatte. Ich sah ihm zu, drückte mir den Arm gegen den Kratzer und spürte Thomas Hand auf meiner Schulter.

»Wir haben es geschafft«, flüsterte er. »Wir packen die Eier ein, dann gehen wir.«

Gehen? Das klang gut, und ich hätte den beiden Indianern gern geholfen, damit wir so schnell wie möglich aus der Schlucht rauskamen, doch ich konnte nicht mehr.

»Sorry«, sagte ich, »aber ich bin ... keine große Hilfe. Ich bin ziemlich fertig.«

Thomas hockte sich neben mich, legte eine Hand unter mein Kinn und zog mein Gesicht zu sich herum. Er sah müde aus, fiel mir auf, und besorgt: Ich war nicht die Einzige, die hier ganz schön was mitmachte, und mein egoistisches Gejammer tat mir leid.

»Sind wir alle«, sagte Thomas. »Aber du bleibst jetzt hier sitzen, es ist nicht gut für deine Wunde, wenn du zu viel herumläufst. Und du hast schon genug getan.«

Ich nickte: Ja, ich hatte genug getan. Genug Scheiße gebaut, besser gesagt. Genug für heute, für dieses Jahr, für ein ganzes Leben!

»Was ist los?«

Scheinbar war mein Nicken nicht besonders überzeugend gewesen, denn Thomas Blick war jetzt fragender, dringender.

»Ich fühl mich schlecht«, wisperte ich, damit Patrick nichts mitbekam.

»Warum?«

Ich seufzte – wie sollte ich das erklären? Das, was nur als teeriger Klumpen in meinem Magen lag? Als unverdauliche Schuld, tonnenschwer, widerlich, stinkend und böse?

»Schau ... Ich war sauer auf das Dorf. Weil sie Mädchen umgebracht haben, und weil sie mich umbringen wollten.«

Thomas nickte, wartete auf mehr.

»Jetzt habe ich die Tiere umgebracht. Das erste Tier ... da habe ich kein schlechtes Gewissen, oder nur ein klein wenig. Es hat mich gejagt, es hat mich verletzt. Dass ich es erwischt habe, das war eh nur Glück. Aber das gerade in der Höhle ... das war gemein. Sinnlos und gemein.«

Thomas kniete sich neben mich, legte mir den Arm um die Schultern, lehnte seine Stirn gegen meine.

»Das stimmt nicht«, sagte er nach einer ganzen Weile. »Das, was du über das zweite Tier gesagt hast. Wir haben es getötet, damit es keine Mädchen mehr umbringen kann. Damit niemand mehr solche Angst haben muss, damit niemand mehr um sein Leben laufen muss.«

»Aber das war ja nicht die Schuld von diesem Tier. Das Tier war nur ein Tier. Und das gerade ... Es hat uns nicht von sich aus angegriffen. Es hat uns gehört, und es hat sich versteckt. Es ist erst gekommen, als wir das Ei zertrümmert haben, es wollte nur seine Kinder beschützen. Die Tiere würden keine Mädchen fressen, wenn man sie ihnen nicht betäubt die Höhle legen würde. Die Tiere sind nicht Schuld. Und jetzt mussten sie sterben, damit das Dorf sie nicht mehr benutzen kann. Und dann auch noch so sterben.«

Meine Stimme bebte, ich hatte wieder Tränen im Hals.

»Weißt du«, fügte ich hinzu, nachdem ich mich geräuspert und meine Stimme etwas besser im Griff hatte, »ich bin nicht besser als das Dorf. Die Mädchen waren unschuldig, die Tiere ebenso. Ich wollte, dass keiner mehr sterben muss, und um das zu erreichen, habe ich getötet. Sie haben mich dazu gezwungen, selbst zu töten!«

Gott, klang das wirr: Ich wusste doch eigentlich genau, was ich fühlte, aber ich konnte es nicht in Worte fassen. Thomas wiegte denn auch seinen Kopf hin und her, nicht überzeugt.

»Der Gedanke war, dass das Dorf nur aufhört, die Mädchen zu opfern, wenn es keine Tiere mehr gibt«, sagte er.

»Ich weiß doch.« Ich seufzte, zuckte mit den Schultern. »Aber ich fühle mich mies. Schuldig. Wie ein Mörder.«

»Du bist kein Mörder. Wenn du das Gewehr genommen hättest und ins Dorf marschiert wärst, um den Bürgermeister zu erschießen – das wäre was anderes.«

»Wir haben noch Munition, oder?«, erkundigte ich mich nach kurzem Nachdenken, Thomas stutzte, als frage er sich, ob ich das wirklich ernst meinte. Und? Nein, natürlich nicht. Andererseits ... Dem Bürgermeister den leeren Lauf des Gewehrs vor das Gesicht halten, einen Lauf, von dem nur ich wusste, dass er leer war – ja, das wäre was! Mein Magen entklumpte sich ein wenig, das Böse wurde leichter.

Thomas starrte mich an. »Nein«, sagte er, mit strenger und endgültig klingender Stimme. »Auf keinen Fall. Nicht wegen dieses Scheißkerls Gamper, der kann meinetwegen verrecken. Sondern wegen dir. Du hast jetzt schon ein schlechtes

Gewissen, wegen eines Tieres – stell dir mal vor, wie sich das anfühlt, wenn du einen Menschen umgebracht hättest. Das ist was ganz anderes.«

»Ach ja?«, entgegnete ich. »Das Tier hat sich um seine Kinder gesorgt, wollte seine Kinder beschützen. Das Tier hat Schmerzen gehabt und getrauert, es hat vor Schmerzen und vor Trauer geschrien – genau das, was auch ein Mensch tun würde. Und was denkst du: Würden die Tiere ihre eigenen Kinder opfern, wie die Leute aus dem Dorf das tun? Diese ach so guten Menschen, die ja so viel weiser und klüger sind als Tiere?«

Ich verstummte, bevor ich mich um Kopf und Kragen redete, sah in Thomas schwarze Augen und lachte auf, weil er so schrecklich ernst aussah.

»Ach Thomas, so durchgeknallt bin ich nicht. Ich will ihn nicht erschießen. Ich würde ihn nur gern zwingen, einen schönen Tee mit Schlafmittel zu trinken – und dann möchte ich sein Gesicht sehen, wenn er in dieser Schlucht wieder wach wird. Allein, ohne Waffe und ohne Seil. Diese Angst, die hätte er verdient.«

Thomas Anspannung löste sich, ein Lächeln verdrängte den Ernst.

»Ja, zweifellos. Er und noch mehr Leute. Aber wir haben ihrem Spiel hier und heute auch so ein Ende gemacht. Es ist vorbei, für immer, es wird nie wieder ein Mädchen geopfert.«

Ich nickte, er küsste mich sanft auf den Mund.

»Geh schon«, sagte ich schließlich und schob ihn weg, »kümmer dich um die Eier. Du weißt doch: Sitzen kann ich gerade noch, ohne mich umzubringen.«

»Liegen«, korrigierte der große Indianer, und ich lachte: Stimmt, ich hatte 'liegen' gesagt, als ich aus der Wand gepurzelt war und er mich verarztet hatte. Ich hatte an diesem Tag entdeckt, dass Thomas nach Steinen, Erde und süßen Zitronen duftete, und ich hatte die Schlucht entdeckt. Das eine war gut, das andere schlecht. Sich jetzt daran zu erinnern fühlte sich so fern und fremd an, als wäre es in einem anderen Leben passiert.

»Du hörst tatsächlich zu, wenn ich was sage?«, fragte ich – leichthin, aber Thomas nickte trotzdem.

»Ich kann jedes Wort auswendig, dass du jemals gesagt hast«, gab er zurück. »Warte einfach hier, ja? Ich werde ein paar Mal gehen müssen.«

»Okay.«

Thomas legte das Gewehr neben mich und war kurz darauf in dem schmalen Höhleneingang verschwunden. Ich zog die Beine an, machte den Rücken rund, weil das den Zug von diesem verdammten Kratzer nahm, und sah zu Patrick, der immer noch den Busch rupfte. Aus dem Wald kam ein Vogelschrei, der kleine Indianer fuhr zusammen, presste die Blätter an seine Brust und lief dann schnell zu mir hinüber.

»Das war nur ein Vogel«, sagte ich, er bekam rote Flecken auf seinen glatten Kinderbacken. »Schäm dich nicht«, fügte ich hinzu, »was denkst du, wie ich geschlottert habe, als das erste Vieh aus dem Wald kam? Ich hätte mir beinahe in die Hosen gemacht!«

Patrick grinste nicht, lachte nicht. »Warum erzählt ihr mir nicht, was da drinnen in der Höhle los war? Wie ihr den Dino erwischt habt?«

»Hey, das waren ja Fragen! Und gleich zwei auf einmal!«, antwortete ich, was den kleinen Indianer aber nicht zufrieden stellte. Natürlich nicht – geantwortet hatte ich ja auch nicht, ich hatte nur versucht, ihn abzulenken, damit ich die Geschichte nicht erzählen musste. Und noch etwas war klar: Er wollte natürlich wissen, was da drin los gewesen war. Wir hatten geschrien und geschossen, das Tier hatte seinen Klagelaut ausgestoßen, lang und tragend und gequält – und er hatte derweil vor dem Höhleneingang gestanden und Angst gehabt. Erst Angst davor, dass das Vieh doch nicht in der Höhle, sondern noch im Wald war, dann Angst davor, dass das Tier mich und Thomas erwischte statt umgekehrt. Ja, er hatte ein Recht darauf, alles zu hören.

Patrick sah das wohl genau so, denn er stand noch immer vor mir und sah fordernd auf mich hinunter. Ich musste gegen die Sonne blinzeln, um ihm ins Gesicht schauen zu können, seufzte und kapitulierte.

»Wir haben es nicht einfach so erwischt. Beim ersten Schuss habe ich es nicht gut getroffen, es war nur verletzt, am Bein vorn« – ich klopfte mir auf den Oberarm. »Ich musste weiter schießen, getroffen habe ich es dann am Hals und am Maul. Nach dem vierten Schuss ist es zusammengebrochen. Es hat geschrien und hatte Schmerzen, es bekam keine Luft mehr, weil sein Hals aufgerissen war.«

Ich stockte, schluckte, sah auf meine bleichen Knie.

»Ich musste es dann ... aus nächster Nähe erschießen. Ich dachte, ich drücke nur ab und es fällt tot um, aber so war es nicht. Es hat gelitten, es hat geblutet, es hatte Angst. Todesangst.« Ich sah wieder hoch. »Es war keine gute Idee, da rein zu gehen.«

»Es hat doch funktioniert«, wandte Patrick ein, ich schüttelte den Kopf.

»Ja, aber es war ...« Ich fand keine Worte passenden für das, was ich sagen wollte. »Es war ... gemein. Das Tier hatte nichts Böses getan. Nichts, was ihm selbst böse erschien, es hat nur gejagt, wie es jeden Tag sein Futter jagt. Es hatte schlimme Schmerzen, es wusste, dass es sterben würde. Es tat mir schrecklich leid.«

Patrick kniete sich neben mich, drückte mit seiner schmalen, braunen Hand tröstend die meine.

»Aber die Viecher sind doch so fies. Sie fressen sich gegenseitig!«

»Ich weiß. Ich kann so was wohl nicht. Mein Magen tat weh und ich ... musste heulen. Schon wieder.«

»Macht doch nichts«, sagte Patrick. »Und ich habe gesehen, dass du geweint hast. Du hast wieder so Tupfen um die Augen, die krieg ich auch immer.« Er stockte. »Früher. Wenn ich früher geheult hab.«

Hinter uns näherten sich Schritte: Thomas. Er hatte das erste Ei in der Hand und legte es behutsam neben mir ins Gras. Im Sonnenlicht sah die Schale stumpf und rau aus, ein bisschen heller auch als in der dunklen Höhle – als wäre sie aus Stein, einem gefleckten, grau-grünen Stein.

»Es war ziemlich festgeklebt«, sagte Thomas und nahm eine Flasche Wasser aus dem Rucksack, »ich hatte Angst, dass ich es kaputtmache. Vielleicht löst etwas Wasser diesen Matsch.«

»Boah, ist das groß«. Patrick umfasste das Ei vorsichtig, fast schon ehrfürchtig mit beiden Händen. »Ich glaub ja nicht, dass die leicht kaputt gehen.«

»Pack sie trotzdem gut ein«, bat ich, »es sind die Letzten, die es gibt.«

Patrick sah auf, ich sah die Frage hinter seiner gerunzelten Stirn. Dann nickte er und begann, das Ei mit den Blättern zu umwickeln – was nicht klappte, da die Blätter dick, frisch und noch eigenwillig waren: Sie sprangen immer wieder ab, wollten sich nicht biegen lassen.

»Hol dir ein paar von den Halmen da vorn«, schlug ich vor und deutete auf ein Büschel langer, dünner Stängel, Patrick eilte hinüber und schnürte die Eier dann ein wie mein Geburtstagsgeschenk: mit etwas zerknautschten Blättern und windschiefer Schleife. Thomas zog eine Augenbraue hoch, als er kurz darauf zum zweiten Mal aus der Höhle kam und das eigenwillig verpackte Ei sah. Er legte zwei weitere im Gras neben mir ab.

»Mit dem Wasser geht es. Pack noch Gras in den Rucksack, damit sie nicht aneinanderstoßen«, bat er Patrick.

»Okay. Wie viele sind denn das?«

»Sechs.«

Thomas verschwand wieder, Patrick wickelte die beiden frisch angelieferten Eier ein.

»Meinst du, die Tiere haben auf den Eiern gesessen? Sie ausgebrütet? Wie Vögel auf ihrem Nest?«

»Nein, dafür sind sie wahrscheinlich zu schwer«, antwortete ich. »Die Eier waren mit Blättern bedeckt, das hat sie warm gehalten.«

»Und meinst du, die ziehen die Kleinen dann auch richtig auf? Bringen ihnen jagen und so bei?«

Ich konnte mir die Viecher nicht als fürsorgliche Eltern vorstellen, was wahrscheinlich nur ein Vorurteil war: Warum sollte ein Tier, das ich gefährlich, hässlich, stinkend, bissig und übellaunig fand, nicht gut zu seinen Kindern sein?

Ich antwortete ein vages 'wahrscheinlich', Patrick streckte konzentriert die Zungenspitze zwischen den Lippen hervor, während er das dritte Ei mit einer Schleife verzierte, die schon sehr viel gerader war als die ersten beiden. Thomas lieferte die Eier Nummer vier und fünf ab, Patrick verschnürte beide, hatte dann keine Blätter mehr und lief wieder zu dem Busch.

»Sind da wohl schon kleine Tiere drin? In den Eiern?«, rief er zu mir herüber, ich schluckte, hatte erneut die zerschnittenen, zermatschten, grau-rosa Baby-Echsen vor Augen. Ja, da waren Tiere drin, aber das brauchte der kleine Indianer nicht zu wissen.

»Kann sein«, gab ich wage zurück. Im Wald raschelte es wieder, der Vogel schrie, jetzt schrill und aufgeregt, doch dieses Mal sah Patrick gar nicht hin, pflückte einfach Blatt nach Blatt.

»Meinst du, wir könnten die ausbrüten?«, rief er, und aus dem Wald drang nun ein deutliches Knacksen. Kein leises Rascheln, kein mildes Knistern: Es knirschte vernehmlich, es brachen Äste – große Äste, keine kleinen Zweige. Ich merkte auf, Patrick wandte dem Wald weiterhin den Rücken zu, noch ganz auf die Eier konzentriert.

»Wir könnten ja noch eine Decke in den Rucksack ...«

Es knackte erneut, näher, lauter. Ich tastete nach dem Gewehr, das neben mir im Gras lag.

»Komm her«, befahl ich Patrick, und meine Stimme klang gepresst – diesmal war ich diejenige, die Böses ahnte, aber der Junge schüttelte nur den Kopf.

»He, es gab nur zwei von den Viechern. Das ist bestimmt wieder der dumme Vogel«, sagte er – und hinter ihm schob sich eine Schnauze durch das Gebüsch. Sie gehörte gewiss keinem Vogel, auch keinem Fuchs, Waschbär oder was es sonst noch für Tiere hier geben mochte: Sie war nicht pelzig, sondern noppig beledert. Sie war nicht klein, noch nicht einmal groß, sondern schlicht und einfach riesig. Doppelt so groß wie die, die ich kannte, die mich angefaucht hatten, die nach mir geschnappt hatten. Ich umfasste das Gewehr, drückte mich schwerfällig vom Boden hoch. Der Schnauze folgte ein Kopf, dem Kopf ein Hals, dem Hals ein Körper. Auch der war viel kräftiger als der der anderen Viecher – was ich da sah, war eine XL-Ausgabe des Tieres, und sie trat unmittelbar hinter Patrick aus dem Gebüsch.

Der kleine Indianer starrte mich mit weit aufgerissenen Augen an, als schwere Schritte die Erde unter seinen Füßen dumpf erbeben ließen, dann wandte er sich um, langsam, in Zeitlupe geradezu, erblickte das Vieh und begann zu zittern: vom Kopf bis zu den Füßen, ein sichtbares Beben, das seine dünnen Glieder zum Schlottern brachte, ähnlich dem, was ihn nach meinem Kuss geschüttelt hatte, nur andauernder, heftiger. Das Monster atmete aus, eine bis zu mir herüber stinkende Atemwolke entwich mit kräftigem Schnaufen den Nüstern. Der Junge ließ die Hände sinken, als habe ihn alle Energie verlassen, die Blätter rieselten zu Boden.

Ich riss das Gewehr hoch, legte an, zielte auf das Vieh – und konnte nicht schießen, weil Patrick genau in der Schusslinie stand.

»Geh zur Seite«, flüsterte ich, während meine Gedanken wieder losrasten wie eine Achterbahn und zu wissen verlangten, was das für ein Vieh war, wie viele zum Teufel es noch von diesen Bestien gab, wann endlich Schluss wäre mit diesem Albtraum, wann wir endlich in Sicherheit wären.

Und während meine Gedanken rasten, tasteten meine Augen weiterhin das Tier ab. Ich registrierte den monströsen Körper, der schon auf allen Vieren so hoch war wie ein Pferd: Waren die beiden anderen Tiere Ponys gewesen, war das hier ein ausgewachsener Kaltblüter. Der Brustkorb war breiter als ein Fass, die Beine dicke Stampfer mit straff gespannten Sehnen und sich prall wölbenden Muskeln. Ich registrierte auch die Haut, die vielfarbig und giftig schillerte, wie eine Öllache auf dem Wasser – leuchtend grüne Linien auf dem schlammfarbenen Rücken, dazwischen rostrote und schwarze Streifen, braune und weiße Sprenkel auf den Gliedmaßen. Und dann noch Schuppenstacheln, die grau und steinern, sie zogen sich vom Schwanz über den Rücken bis auf den Schädel. Und der Kopf? Ich schauderte. Die Form war die gleiche wie bei den kleineren Viechern, ein Dino-Schädel. Aber trotzdem war er anders als bei den ersten beiden Tieren, trotzdem war er böser als bei den ersten beiden Tieren: Das Maul dieses Monsters war mit einem leuchtend roten Rand umgeben, als hätte die Natur es für nötig befunden, diesen Bereich extra zu kennzeichnen. Und noch etwas bemerkte ich, und zwar zuerst am Kopf des Monsters: hell schimmernde Narben. Eine zog sich quer über die Nase mit den feuchten, nach Witterung zitternden Nüstern, weitere gab es am Hals und auf dem Bauch. Sie ließen dieses Vieh wie einen gestählten Kämpfer aussehen, und mir dämmerte in meinem kleinen Menschenhirn, dass das hier das Tier war, das auf dem Relief in der Höhle abgebildet war. Und dass das hier das Männchen war. Natürlich: Es war größer und ... ja, auch prächtiger, wie so oft im Tierreich.

Es gab also nicht ein Weibchen und ein Männchen, sondern zwei Weibchen und ein Männchen. Das beantwortete dann auch all die Fragen, die ich mir seit gestern gestellt hatte: Warum sahen die beiden Tiere, mit denen ich es bis jetzt zu tun gehabt hatte, so gleich aus? Antwort: Weil ich nicht ein Männchen und ein Weibchen gesehen hatte, sondern zwei Weibchen. Warum hatte es zwei Nester gegeben? Antwort: Weil es zwei Weibchen gegeben hatte, die sich wohl kein Nest teilen wollten. Warum hatte das eine Tier eines der Gelege zerstört? Antwort: Weil das die Brutstätte der Nebenbuhlerin gewesen war. Deren Eier waren unerwünscht und zertrampelt worden, als es dafür keine Strafe mehr hatte geben können, weil sie tot war. Ja, jetzt war alles klar – und wir hatten ein neues Problem, das größte Problem bisher!

Das Problem schnaufte wieder, Patrick stand noch immer wie festgenagelt da, mit todesbleichen Wangen, ich wollte schießen, konnte aber nicht, ohne den kleinen Indianer ernsthaft zu gefährden. Dann schnellte das Monster auch schon zwei, drei Schritte nach vorn, holte mit seinem gewaltigen Schädel aus und versetzte dem Jungen einen Schlag, der ihn vom Boden abheben ließ, als wäre er eine Stoffpuppe, achtlos in die Ecke geworfen von einem gelangweilten Kind.

Ich sah den Körper durch die Luft segeln, sah den Ausdruck in Patricks Gesicht, sah Angst, Fassungslosigkeit, Schmerz – dann prallte der kleine Indianer gegen einen Baum und sackte leblos an dessen Fuß zusammen. Leuchtend rotes Blut lief ihm aus den Haaren über das Gesicht, ich schrie seinen Namen – und sah, wie das Vieh seinen Kopf in meine Richtung wandte.

Ich drückte das Gewehr gegen meine Schulter, zielte, drückte ab – doch es ertönte nur ein hohles Klacken. Ich zog den Abzug noch mal durch, hoffte auf eine Patrone im zweiten Lauf, bekam das gleiche leere Geräusch, keinen Schuss. Scheiße! Ich hatte in der Höhle nicht nachgeladen und nur eine Patrone in den Lauf geschoben, um das Tier dort endgültig zu töten. Warum hätte ich mehr laden sollen, warum hätte ich danach nachladen sollen? Es sollten zwei Tiere sein, zwei Tiere waren tot, für mich hatte das Gewehr seine Schuldigkeit getan gehabt!

Ich ließ die Waffe sinken, das Vieh machte einen schweren Schritt in meine Richtung: WUMM! Dann noch einen: WUMM! Es keckerte nicht, es schnaubte nicht, starrte mich nur mit seinen gelben Echsenaugen an. Über seinen Gesichtsausdruck brauchte ich mir keine Gedanken zu machen, wie ich das beim ersten Tier getan hatte, denn es hatte keinen: Keine Neugierde, kein Interesse, kein Erstaunen über ein fremdes Wesen – dieses Ungetüm glotzte nur, und es machte mir damit unglaubliche Angst. Mein Herz raste wie blöde, meine Knie zitterten, Schweiß trat mir auf die Stirn und machte meine Hände glitschig: Kalt war der Schweiß, als presse ihn die Panik mit eisiger Hand aus mir heraus.

Ich warf einen schnellen Blick rüber zum Rucksack, wo es noch Patronen geben musste: Eine ganze Schachtel hatten wir gehabt, voll war sie gewesen, voll mit diesen dicken Zylindern! Aber ... hatte ich mir nicht auch welche in die Taschen gestopft? Ja! Wie viele waren es gewesen, wie viele hatte ich noch? Meine Taschen waren klein, die Patronen groß, und ich hatte in der Höhle einige verbraucht.

Ich nahm eine Hand vom Gewehr, langsam, behutsam, um das Tier nicht zu erschrecken. Legte sie auf meine rechte

Hosentasche. Ja, da war was drin, ich hatte also noch Patronen! Wie viele es waren, vermochte ich nicht zu sagen, ganz sicher nicht genug. Nicht genug für meine völlig unzureichenden Schießkünste. Ich wog meine Chancen ab: Zum Rucksack laufen, in dem riesigen Ding wühlen, bis ich die Schachtel fand, mir mehr Munition greifen, laden, anlegen – nein, das würde nicht klappen. Das Vieh war schnell wie ein Alligator, es würde mir nicht so viel Zeit lassen, ich musste mit dem auskommen, was ich hatte.

Leichte Schritte in der Höhle hinter mir: Thomas. Die Angst in meinem frisch verliebten Herz wurde schwer wie Blei – das Vieh hatte Patrick weggekickt, hatte aus dem kleinen Indianer einen blutenden, sich kaum regenden Haufen gemacht. Wenn das Vieh jetzt auch Thomas erwischte ... nein, niemals!

»Thomas, bleib da drin! Es gibt noch ein Tier, es hat Patrick verletzt! Ich locke es weg – kümmere dich um deinen Bruder!«, schrie ich, und dann tat ich das, was ich in letzter Zeit viel zu oft hatte tun müssen: Ich gab Fersengeld.

***

Ich bekam nicht mit, ob Thomas meinen Schrei gehört und meine Botschaft verstanden hatte, aber ich hoffte darauf. Er musste sich um Patrick kümmern und mich rennen lassen – wenn man denn dieses Vorwärtstaumeln überhaupt als Rennen bezeichnen konnte. Ich hatte das Gewehr in der Hand, ein paar Patronen Schrot in der Tasche und einen entzündeten Schnitt in der Seite, der mir bereits die ersten Schritte dieses wer weiß wie langen Weges zur Qual machte. Und der die Lage, in der ich mich befand, so viel schlimmer machte als die, die ich bereits von gestern kannte. Und noch etwas war heute anders, war heute schlimmer, bemerkte ich schon nach wenigen Metern. Nach einem Start, der kaum schneller gewesen war als der, den dieses Vieh hingelegt hatte: Diesmal führte nicht ich das Tier durch die Schlucht, über Stock und Stein und Bach, nein, heute war es das Vieh, das die Richtung angab. Das mich trieb und hetzte. Und seine Schritte waren kein leichtes 'DumDumDum' auf dem weichen Waldboden, dieses Monster brachte die Erde zum Beben, wirklich und wahrhaftig. Es machte ein verzögertes WUMMM! ... WUMMM! ... WUMMM! ..., als wäre jedes Aufsetzen der riesigen Pranken ein Donnerschlag, bei dem man sich unweigerlich fragte, wie nah das Unwetter war, wann der heiße, scharfe Blitz des Schmerzes kam. Doch außer den donnernden Schritten vernahm ich nichts von diesem Riesenvieh, und das lag nicht nur daran, dass mein eigener, schmerzgepresster Atem so laut war: Es fauchte nicht, es keckerte nicht, es jaulte nicht – es war still. Monströs, tödlich, still.

Ich wankte nach Süden, an der Felswand entlang. Geplant war diese Fluchtrichtung nicht gewesen, sie hatte sich einfach dadurch ergeben, dass Patrick und das Vieh rechts von mir gestanden hatten, und damit der Weg nach Norden blockiert gewesen war. Patrick ... Der Name des kleinen Indianers fühlte sich an wie pure Schuld, schmeckte auch so – ein Brühwürfel Schuld quasi, ohne Wasser in den Mund gesteckt, salzig und bitter. Ich hatte das Knacken seiner Knochen gehört und dieses dumpfe, weiche Geräusch, als der schmale Körper gegen den Baumstamm geprallt war – auch wenn er lebte (hoffentlich, BITTE! BITTE! BITTE!), war er doch verletzt, wahrscheinlich sogar schwer. Und das nur, weil er ein guter Freund hatte sein wollen, ein echter Blutsbruder!

Ich warf einen Blick über die Schulter, während in meinem Kopf Patricks Blut herumspukte, während das leblose Gesicht des kleinen Indianers mein Herz kalt und hart machte: Das Monster war nah, verflucht nah. Fünf oder sechs Meter, mehr betrug der Abstand nicht. Ich sah zum Waldrand, auf die dichten Stämme, das buschige Unterholz, die dschungelhafte Enge: Diese hatte ich beim ersten Tier so gut für mich nutzen können, sollte ich mich nicht auch jetzt in den Wald retten? Wäre dieses Riesenvieh zwischen den Bäumen nicht viel langsamer als das erste Tier, das schlankere Weibchen? Bestimmt! Ich lenkte meine Füße ein wenig nach rechts, zum Wald, doch sofort veränderten sich die Schritte des Monsters:

WUMMM! .... WUMM! ... WUM! Es klang, als würde es schneller werden, aufschließen. Als ich mich erneut umsah, erkannte ich, dass das nicht stimmte: Das Vieh war zwar schneller geworden, mir aber nicht wirklich näher gekommen. Es hatte immer noch einige Meter Abstand, es war jedoch nun nicht mehr hinter, sondern neben mir, auf fast gleicher Höhe: wir liefen Kopf an Kopf, als wären wir Sprinter beim Hundertmeterlauf, ich nahe der Felswand, das Vieh am Rand des Waldes. Ich fragte mich, warum es neben mich gelaufen war, fragte mich, was es mit diesem Manöver bezweckte. Wenn es so spielend leicht schneller laufen und aufholen konnte, hätte es mich doch einfach mit ein paar Schritten und einem kleinen Schnappen der Schnauze packen können? Das hatte es jedoch nicht getan, es hatte seine Kraft darauf verwendet, sich neben mir in Stellung zu bringen. Warum, wieso, weshalb?

Beim nächsten Blick zur Seite sah ich, dass das Tier mich ebenfalls beäugte: Ein Auge lag auf mir, blank und unbewegt – wie ein Röntgenblick, gelb und giftig. Als ich wieder nach vorn sah, bemerkte ich einen Felsbrocken, der direkt am Fuß der Wand lag, nicht besonders dick, aber zu groß, als dass ich einfach so darüber hätte springen können. Der Brocken zwang mich zu einem Ausweichmanöver, zwang mich, ein paar Schritte von der Wand abzuweichen, näher zum Wald zu laufen, näher zum Tier. Und dieser kleine Schwenk zeigte mir, was ich gerade noch nicht verstanden hatte, nämlich warum das Monster sich so brav neben mir hielt. Ich schauderte, als ich das Warum begriff, vor Angst, aber auch mit Respekt. Nein, du hast kein Spatzenhirn, lobte ich das Vieh in Gedanken, du bist ein cleveres Miststück! Ja, die Lösung war ganz einfach: Wenn das Monster sich neben mir hielt und mich dabei eng an die Wand drückte, musste ich an seiner tödlichen Schnauze vorbei, wenn Stämme und Felsen kamen, denen ich ausweichen musste. Das Tier brauchte also nichts anderes zu tun, als gemächlich neben mir her zu traben, mir nicht zu viel Raum zu geben und auf das Hindernis warten, das mich in Reichweite brachte. Nah genug zum Zuschnappen, wie beim Running Sushi. Das machte wahrscheinlich einfach mehr Spaß, als einfach so einen Teller hingeknallt zu bekommen. Das Tier war ein Jäger, das Tier wollte jagen.

Wusste das Vieh vielleicht schon, dass solche Hindernisse kamen? Ich wusste es nicht – und weil ich es nicht wusste, musste ich davon ausgeben, dass es sie gab und dass ich bereits in der Falle saß. Was mochte es sein? Ein noch größerer Felsen? Ein enormer Baumstamm? Meine Augen irrten mit steigender Panik über den friedlich wogenden Grasstreifen, das Monster ließ sein dumpfes WUMMM! ... WUMMM! ... WUMMM! ... hören – und mich machte dieser unerschütterliche Tritt, diese kraftstrotzende Selbstsicherheit plötzlich unglaublich wütend. Was dachte dieses hässliche Drecksvieh? Dass es besser war als ich? Schlauer als ich? Schneller? Ha! Niemand war schneller als das Füchschen, niemand war schlauer als das Füchschen!

Ich hatte allerdings weder eine zündende Idee noch genügend Kraft, um das eine oder andere unter Beweis zu stellen – daher tat ich schließlich das, was mir als logische Konsequenz erschien: So plötzlich ich konnte, nahm ich alles Tempo aus meinem Schritt, machte auf der Stelle kehrt und rannte blitzschnell zum Wald hinüber – hinter dem Vieh her, so eng, dass die Spitze des Stachelschwanzes nur Zentimeter vor mir vorbeizog. Als ich den stinkenden Riesenleib passiert hatte und die Donnerschritte des Monsters langsamer wurden, weil es verstand, was ich getan hatte und ebenfalls auf die Bremse trat, fühlte ich mich besser: Es war übel, die schwächere Spezies zu sein – wenn man aber auch noch die blödere Spezies war, konnte man sich gleich zum Aussterben anmelden.

**

Ich schlängelte mich durch die Bäume wie ein Skifahrer durch seine Slalom-Tore. Ich hatte noch immer das Gewehr dabei, und es wurde mit jedem Schritt schwerer. Ich brauchte eine Hand, um es festzuhalten und den anderen Arm dazu, um ihn gegen den Kratzer zu pressen: Hätte mein Trainer meine

Körperhaltung gesehen, hätte er wahrscheinlich geheult. Heulen ... Ja, danach war mir auch, denn ich hatte mittlerweile das Gefühl, dass ich hier auf ewig umher hetzen würde, über Steine und Stämme, mit einem stinkenden Monster im Nacken. Wie Sisyphus, gefangen in einer Endlosschleife: Immer, wenn ich glaubte, ich hätte das Tier erledigt, würde es wieder aufstehen und das Spiel begänne von neuen.

Ich brauchte ein paar Meter im Wald, bis meine Augen sich an die Dunkelheit gewöhnt hatten. Ich war in einen Bereich mit dicken Bäumen geraten, stellte ich fest, uralt, teilweise – nein, größtenteils! – umgestürzt oder abgestorben. Ein Sturmschaden? Vielleicht. Die Stämme waren moosüberzogen, von den meisten war nicht mehr übrig als die Rinde, was sie aussehen ließ wie dicke Rohre. Ich gab ein erschrecktes Keuchen von mir, als sich vor mir etwas bewegte, schnell, huschend, rötlich: Ein Eichhörnchen. Den buschigen Schwanz vor Schreck aufgeplustert und einen kleinen Tannenzapfen im Maul flitzte es einen Stamm entlang und verschwand in einem Loch. Ich stockte, meine Augen scannten die Stämme, die über- und untereinander lagen wie dicke, hohle Mikado-Stäbe. Und bevor ich wirklich überlegt hatte, ob das vernünftig war, hatte ich das Gewehr achtlos fallen gelassen, war auf allen Vieren und dabei, es dem Eichhörnchen gleichzutun: Ich krabbelte in einen der Stämme.

Feuchtigkeit, Erde und Holz drangen in meine Nase, fadenförmige, bleiche Wurzeln strichen mir über das Gesicht wie Spinnenweben. Ich sah Käfer, Asseln und fingerlange Tausendfüßler, die flüchteten, als ich in ihr geschütztes, dunkles Reich vordrang – auf der Flucht vor einem Tier, das aus meiner Perspektive wahrscheinlich genau so groß war wie ich für diese Insekten.

Es war eng in der Röhre, natürlich. Ich lag auf dem Bauch und robbte nun mehr, als das ich krabbelte, voller Angst, die Röhre wäre doch zu eng oder doch nicht lang genug, voller Angst, ich würde stecken bleiben und meine Beine würden herausschauen, dem Vieh signalisieren, wo ich war. Doch es passte. Es passte! Ich musste die Beine etwas anwinkeln, so gut es denn in der Enge ging, meine Wange presste sich in eine weiche Schicht aus verrottetem Laub, in der es knisterte und von krabbelte, aber es passte. Und als es passte, hielt ich den Atem an – und wartete.

***

WUMMM! ... WUMMM! ... WUMMM! ... Der Boden bebte, als das Tier sich mir und meinem Versteck näherte. Die Schritte donnerten ungebremst heran und entfernten sich wieder, ich ließ den angehaltenen Atem mit einem erleichterten Zischen entweichen: Es hatte mich nicht gesehen, tatsächlich nicht gesehen!

WUMMM! ... WUMMM ... Wummmm ... wummmmm ... Dann Stille, ich erstarrte wieder. Das Vieh hatte gestoppt, hatte zweifelsohne bemerkt, dass ich nicht mehr vor ihm war, dass ich verschwunden war. Irgendwo, irgendwann zwischen meinem und seinem Eintauchen in den Wald.

wummmmm ... wummmmm ... wummmmm ... Die Schritte klangen weiterhin fern. Langsam, lauernd, suchend. Dann ein Schnaufen, eine dichte Wolke frustrierter Atemluft, ausgeblasen aus den Nüstern über dem mächtigen Maul, gefolgt von Stille. Das Krabbeln und Kribbeln der Insekten drang mir wieder ins Ohr, während das Tier verharrte. Sekundenlang, Minutenlang. Ich atmete so flach ich konnte, spürte, wie einige der rechtmäßigen Bewohner des alten Baumstammes meine nackten Glieder erklommen und mich kitzelten, leicht wie Federn. Ich unterdrückte den Wunsch, sie abzustreifen, mit Armen und Beinen zu zucken, auch wenn es mir schwer fiel. Ich ekelte mich nicht vor den Baumbewohnern, aber sie kitzelten, kitzelten ganz schrecklich.

Das Tier wartete, ich wartete, die Insekten erklommen meinen Körper. Dann, nach einer Ewigkeit, erklang ein neues Schnaufen. Und neue Schritte. wummmmm ... Wummm ... WUM! Die Donnerschläge kamen näher, das Tier kam näher. Wie nah? Ich wusste es nicht, mein Gesichtsfeld beschränkte sich auf ein kleines Stück Dunkelheit. WUM! ... WUM! ...

WUM! ... Gleichbleibende Lautstärke der Schritte, dann Stille, dann ein anderes Geräusch. Kein Schnaufen, eher das Gegenteil, ein Einsaugen von Luft. Ein Schnuppern? Ja – das Vieh suchte meinen Geruch. WUM! ... WUM! ... Schnuppern. WUM! ... WUM! ... Schnuppern. Ich schloss die Augen, nahm das Gebet wieder auf, dass ich beim ersten Tier geflüstert hatte, dieses wirre BITTE! BITTE! BITTE! – und hoffte, dass es dieses Mal dafür sorgen würde, dass das Vieh nicht näher kam, dass das Vieh mich nicht fand. WUM! ... Wumm ... wummm ... Das Tier entfernte sich wieder. wummm ... Wumm ... WUM! Es kam zurück. WUM! ... WUM! ... WUM! ... Wieder ein Schnüffeln und Schnauben ganz in der Nähe. Ich zuckte zusammen, als irgendetwas auf mein Gesicht fiel, klein und leicht, ein Insekt, ein Stück Holz, was auch immer, konzentrierte mich dann wieder auf das Tier. WUM! ... WUM! .. WUM! .. Gleichbleibende Entfernung? Ja. Wirklich? Nein, der Ton veränderte sich, wenn auch nur minimal. Entfernte es sich oder kam es näher? Es kam näher, aber langsam, ganz, ganz langsam, und das konnte nur eines bedeuten: Es zog Kreise. Kreise um mein Versteck, Kreise um meinen Duft.

Das bisschen Zuversicht, dass ich eben noch verspürt hatte, fiel in sich zusammen, aber die Enttäuschung war nicht so schlimm – ich war es nun schon gewohnt, vergeblich zu hoffen. Nein, ich hatte nicht wirklich geglaubt, dass ein alter Baumstamm die Lösung war, dass ein alter Baumstamm mich retten konnte. Das Tier mochte nicht gerade den besten Geruchssinn der Welt haben, aber er würde genügen. Es suchte nach mir, und über kurz oder lang würde es mich finden. Ich musste schon vorher aus dem Stamm raus sein, musste bereit sein, in Windeseile herauszukrabbeln und weiterzulaufen – denn wenn das Tier mich in dem Baumstamm stellte, wäre es um mich geschehen. Die morsche Rinde mochte einen guten Sichtschutz bieten, für die Zähne des Tieres wäre sie nichts anderes als eine knackige Kruste rund ums Abendessen. Nein, so funktionierte die Schlucht nicht, so funktionierte überleben nicht.

Ich hörte das Tier schnuppern, stampfen und kreisen,

beschloss aber dennoch zu warten, nicht sofort weiter zu laufen. Ich musste jede Sekunde nutzen, um mich zu erholen, um Kraft zu sammeln, um den Schmerz in meiner Wunde in den Griff zu bekommen. Ja, ich brauchte jede Sekunde Ruhe und Pause, die ich bekommen konnte - und ich würde jede weitere mitnehmen, die ich bekommen konnte.

***

Der Lauf des Gewehrs prallte gegen einen Ast, ich keuchte, als der Schaft schmerzhaft in meinen Magen schlug. Scheißding, unhandliches Scheißding! Ich warf einen Blick über die Schulter: Das Vieh hatte einen ziemlichen Abstand, nachdem ich aus dem Baumstamm heraus gekrochen und weiter gelaufen war, zwanzig Meter oder mehr. Ein Glück für mich, denn irgendwann, während es geschnuppert und gesucht hatte, geschnauft und gestampft, hatte ich das Gefühl gehabt, es stünde schon über mir und meinem dürftigen Versteck, groß und dunkel und drohend wie eine Gewitterwolke. Seine Schritte hatten so nah geklungen, so schwer, der Gestank seines Riesenleibs war durch die Ritzen und Löcher der Rinde gekrochen, hatte mich würgen lassen. Und immer, wenn ich gedacht hatte, jede Sekunde würde dieses Maul auf mich herunter stoßen, hatte ich doch nur wieder neues Schnaufen vernommen, neue suchende Schritte. Irgendwann hatte ich dann entschieden, dass es genug war. Nicht unbedingt erholt, aber dennoch dankbar für die unverhoffte Pause, für die Ruhe für meinen Kratzer und für die Zeit. Zeit für Thomas, um Patrick in Sicherheit zu bringen - und Zeit für meinen Kopf, um sich wieder auf Jagd und Flucht einzustellen.

Ich sah mich um: Noch immer zwanzig Meter. Wenn es so weit hinter mir lag, hatte ich dann nicht eine Chance? Eine Chance ... nachzuladen? Eine Chance ... zu schießen? Gute Idee, verdammt gute Idee! Ich langte in meine vordere Hosentasche, fummelte eine Patrone heraus, versuchte, das Gewehr im Laufen aufzuklappen, sah nach hinten, versuchte erneut, das Gewehr zu brechen, schaffte es, schob mit zittrigen

Fingern die Patrone in den linken Lauf, fischte eine Zweite aus der Hosentasche, ließ sie fallen, fluchte, fand eine Neue, drückte sie in den rechten Lauf, klappte das Gewehr zusammen. Und nun? Umdrehen und schießen. Theoretisch einfach, praktisch jedoch ... Dazu brauchte es verdammt viel Mut, und der war bei meinem Hin und Her durch die Schlucht irgendwo auf der Strecke geblieben.

Ich riskierte einen weiteren Blick nach hinten: Fünfzehn Meter Abstand waren übrig. Ein Zweig erwischte mich im Gesicht, malte mir eine frische Schramme auf die Wange, ich achtete nicht darauf und kratzte mangels Mut all das zusammen, was ich sonst noch in mir fand: Hilflosigkeit, Verzweiflung, Angst. Und ein bisschen Glauben, Glauben an Glück – das Glück, dass mir beim ersten Tier auch schon assistiert hatte. Indem es mir den Nagel geschenkt hatte, und die Chance, ihn zu benutzen.

Ich tat wieder das, was das Vieh eben bereits überrascht hatte: Ich bremste ab. Blieb stehen, von einer Sekunde auf die andere. Fuhr herum, suchte das Monster – kein Problem, das knallrote Horror-Maul war selbst im schattigen Wald nicht zu übersehen. Es trabte auf mich zu, den Hals vorgereckt und auf das Ziel fixiert wie die Kanone eines Panzers. Ich riss das Gewehr hoch, drückte den Schaft an meine Schulter, versuchte, das Monster anzuvisieren, aber meine Hände zitterten zu stark, die Waffe bebte geradezu. Mein Ziel war so breit wie ein Lieferwagen, doch als der erste Schuss die Stille der Schlucht zerriss, wusste ich, dass ich meilenweit vorbei geschossen hatte. Das Vieh wiegte sich mit seinen langen Schritten auf mich zu, machte Meter über Meter gut. Ich presste den Schaft erneut an meine Schulter, fester, stärker, hielt die Luft an, um das Gewehr zu stabilisieren. Ein zweiter Schuss peitschte los, das Vieh gab ein dumpfes Grollen von sich: Links am Bauch hatte ich es erwischt. War es verletzt? Ja. Tödlich? Nein. Schmerzhaft? Scheinbar auch nicht, denn außer diesem Grummeln erntete ich keine Reaktion. Ich hatte Zeit und Munition vergeudet – und als ich mir das Gewehr wieder auf den Rücken geschwungen hatte und weiter rannte, war mein eben noch so schöner Vorsprung auf ein paar lächerliche Meter zusammengeschmolzen.

***

Nachdem ich die beiden Schrotladungen sinnlos verballert hatte und die Bestie auf wenige Meter an mich heran gekommen war, positionierte sie sich mit langen, wiegenden Schritten schräg hinter mir. Damit war die Situation nun die gleiche wie draußen an der Felswand: Sobald ich versuchte, mich weiter nach rechts zu orientieren, weil es an der Wand dort immerhin (und diesmal ganz sicher!) noch das Seil gab, das Thomas, Patrick und ich zum Abstieg aus der Höhle benutzt hatten, kam ich in die Nähe des grell ummalten Mauls und der nachtschwarz schimmernden Krallen. Und das Vieh schien leider aus meiner überraschenden Kehrtwende gelernt zu haben, denn wenn ich jetzt zu ihm herüber blickte, sah das Untier aufmerksamer aus: Es hatte die blutrote Haut über den Zähnen zurückgezogen, als stände der Biss kurz bevor, den Kopf schräg gelegt, als wolle es keine meiner Bewegungen verpassen, als genüge ein giftgelbes Auge nicht, um mich im Blick zu behalten. Und als ich vor einem Baumstamm zögerte, bevor ich darüber sprang, verlangsamten sich die Schritte des Monsters sofort – es beobachtete mich, es reagierte auf mich. Trieb mich auch? Ja, so fühlte es sich an, wie eine Treibjagd. Aber wohin wurde ich getrieben?

Unser Weg führte in den Süden der Schlucht, wo es meines Wissens nach hinter den Höhlen außer dem Teich nichts mehr gab. War das das Ziel? Was erhoffte sich das Vieh davon, mich auf das Wasser zuzutreiben? Warum hielt es diese Seite des Tals für eine Stelle, die ihm nutzen konnte? Wenn die Tiere Angst vor Wasser hatten, wie ich es selbst gesehen hatte – wieso sollte es mich in den Teich jagen wollen? Oder ... Vielleicht wollte es mich nicht in das Wasser treiben, sondern nur an das Ufer des Sees? Dachte das Monster, ich könnte ebenso wenig Schwimmen wie es selbst, fürchtete das Wasser wie es selbst? Dann war die Richtung okay, dann konnte ich mich in die vermeintliche Falle treiben lassen und mit triumphierendem Lachen davonschwimmen!

Neben mir knackste es vernehmlich, und als ich einen schnellen Blick über die Schulter riskierte, sah ich, wie ein zartes Bäumchen brach, nur davon, dass dieses Riesenvieh es mit der Schulter gestreift hatte. Die Krone fiel mit einem hellen WITSCH! zu Boden, die Blätter raschelten, als wollten sie gegen dieses viel zu frühe Ende ihres doch so jungen Lebens protestieren. Das Gewehr schlug mir hart an den Oberschenkel, ich zog es an seinem Riemen hoch und wich einem Felsbrocken aus. Ich konnte nun nicht mehr über Hindernisse hinwegsetzen, das fühlte ich genau, der Baumstamm eben war schon schlimm gewesen: Meine Brust brannte wie die Hölle, meine Arme waren schwer, mein Herz voller Schuld. Wegen Patrick. Und voller Sehnsucht, wegen Thomas. Denn auch wenn ich es meinem Indianer nie wünschen würde, in Todesangst vor einem solchen Tier flüchten zu müssen, hätte ich doch viel dafür gegeben, ihn bei mir zu haben.

Thomas ... Meine Beine wurden schneller, als ich an ihn dachte, als wäre sein Name ein Stück Traubenzucker – ein kleiner Kick, eine Mini-Portion Glück! WUMMM! ... WUMMM! ... WUMMM! ... Das Vieh schlich sich mit seinem schweren Wiegeschritt zurück in mein Bewusstsein. Ich nahm wieder einen Arm hoch, presste ihn gegen meinen Kratzer. Der Verband hatte sich gelöst, ohne die enge Binde wurden die Hautlappen bei jedem Schritt auseinandergezogen und zusammengestaucht. Ich biss die Zähne aufeinander: Was jammerte ich, wo es Patrick so viel schlimmer ging? Patrick ... Auch sein Name war ein Kick für mich, aber ein böser, wie ein Elektroschock. Warum hatte das passieren müssen? Warum hatte ich das nicht verhindern können? Die Schuld schmeckte nach wie vor bitter, und ich wünschte mir so etwas wie eine Zurückspul-Taste her. Eine Fernbedienung für das Leben, mit der ich Patricks Schmerz ungeschehen machen konnte – und noch mehr. Aber wie viel mehr? Wie weit würde ich zurückspulen? Nur bis zu der Stelle, als das Monster Patrick verletzt hatte? Nein, da waren wir bereits in der Schlucht gewesen. Bis zu der, wo ich mit Thomas zu diesem ach so harmlosen Ausflug aufgebrochen war? Nein, denn da war ich schon im Dorf gewesen, und wenn sie mich nicht gestern in die Schlucht gebracht hätten, dann heute oder morgen oder übermorgen. Sollte ich also zurückspulen bis zu der Stelle, wo ich meinen Koffer ins Auto geworfen und mich von meiner Mutter zu meiner Hinrichtung hatte kutschieren lassen? Nein, denn da war ich auch schon verurteilt gewesen. Andererseits: Wäre ich nicht ins Dorf gekommen, hätte ich die beiden Indianer nie getroffen – und allein der Gedanke daran, dass ich Thomas und Patrick gar nicht kennen könnte, machte mich entsetzlich traurig.

Nein, wenn schon zurückspulen, dann bis über den Anfang – am besten bis zu dem Moment vor Hunderten von Jahren, wo irgendein Arschloch die Idee gehabt hatte, die Viecher mit Mädchen zu füttern, als abergläubische Tarnung dafür, sich die Taschen mit Geld vollzustopfen. Dann wäre alles anders gekommen, dann hätte niemand sterben müssen – aber dann wäre ich vielleicht nie geboren worden. Ja, natürlich! Eine kleine Veränderung nur, und alles wäre anders gekommen. Vielleicht nicht im großen Lauf der Welt und der Geschichte, wohl aber im Kleinen: andere Menschen, andere Leben. Und kein Ich, keine Siena. Was für eine quälende Wahl wäre das: Bewahre ein paar Dutzend Mädchen davor, sinnlos und in Todesangst zu sterben, doch der Preis ist, dass du vielleicht niemals existieren wirst. Ich ahnte, dass ich so selbstlos nicht sein würde – und war sehr froh, dass es keine Fernbedienung für das Leben gab, vor allen nicht ein meinen Händen.

***

Vor mir wucherte ein stacheliges Gebüsch, ich korrigierte meine Richtung, soweit ich es mit dem lauernden Tier im Nacken wagen konnte, und hörte ein quatschendes Geräusch, als ich den Busch passiert hatte: Wasser schwappte mir in die Schuhe. Es war kein richtiger Bach, durch den ich da gelaufen war, eher ein flaches Rinnsal - scheinbar kam ich dem Teich allmählich näher. Das Vieh neben mir fiel nun etwas zurück, als wolle es mir den Vortritt lassen, schien vor diesem bisschen Wasser jedoch keine Angst zu haben, denn es zauderte nicht, protestierte nicht: Es lief unbeirrt weiter, mit seinen langen Schritten, ohne einen Laut von sich zu geben, WUMMM! ... WATSCH! ... WUMMM! ...

Ich stolperte über einen toten Ast, der aus einem Haufen vertrockneter Blätter ragte, konnte mich mit rudernden Armen gerade noch fangen – und fragte mich dabei, für was das Vieh mich wohl hielt. Beim ersten Tier hatte ich das Gefühl gehabt, es würde sich durch mich unterhalten fühlen. Nicht lange natürlich, wie ein Weihnachtsgeschenk für ein verwöhntes Kind hatte ich das Tier schnell genervt, weil ich nicht so funktioniert hatte wie gedacht, trotzdem hatte es sich erstmal für mich interessiert. Ich war beobachtet worden, angekeckert, angefaucht. Aber was war ich für diese Bestie? Futter auf zwei Beinen? Wahrscheinlich, und noch dazu eine große Portion Futter, wenn ich an die kleinen Kadaver in der Höhle dachte. Nein, ich brauchte keinen Gedanken daran zu verschwenden, dass ich als Mensch irgendwas anderes war als Futter – und wenn hier nicht bald etwas passierte, würde ich auch als Ebensolches enden. Dieser Gedanke erschöpfte mich unendlich. Ich fühlte mich, als wäre mein ganzer Körper wie betäubt, vor Schmerz, vor Schwäche, vor Verzweiflung. Meine Beine protestierten gegen jeden Schritt, meine Schultern wollten das Gewicht des Gewehrs nicht mehr tragen, die Wunde in meiner Brust bettelte um Ruhe, um Medikamente, Sauberkeit, Kühle, Frische! Selbst die Tränen, die mir mittlerweile in stetigem Fluss aus den Augen quollen, fühlten sich viel zu warm an. Wann kam dieser verdammte Teich, wann kam endlich dieses Wasser? Kalt würde es sein, es konnte mich nicht nur retten, sondern auch kühlen, säubern, erfrischen!

Ich straffte die Schultern und konzentrierte mich auf das Wasser, klares, blaues Wasser: Nachdem mir erst der Wald mit seinen morschen Stämmen und dicken Felsbrocken bei meiner

Flucht geholfen hatte, war es danach die Felswand gewesen, die sich willig hatte erklettern lassen und mir in der Höhle Zuflucht gewährt hatte. Ja, die Natur der Schlucht war gut zu mir gewesen – als schien sie zu wollen, dass die großen, bissigen Tiere verschwanden, dass das kleine, rothaarige Wesen überlebte.

***

Ich brach durch einen Farn mit mannshohen Wedeln, danach trafen meine Füße nach Hunderten von Metern durch altes Laub und watteweiche Moosteppiche wieder auf Gras – und damit hatte ich den Wald hinter mir. Ich wischte mir die Tränen vom Gesicht und straffte mich, denn nun waren wir dort, wohin unser Weg uns geführt hatte, waren wir am Ziel, dort, wo es sich entscheiden sollte, ob ich lebte oder starb: am Wasserfall, am Teich.

Es war ein Motiv wie von einem Kitschbild aus dem Versandhaus, das sich da vor mir auftat – mit jedoch einem verdammt großen Schönheitsfehler, der meine Freude platzen ließ wie einen übervollen Luftballon. Ja, der Wasserfall glitzerte sich in einer prachtvollen Regenbogengischt das Plateau hinunter. Aber sollte er nicht unten in einen türkisblauen Teich mit sanft gekräuselter Oberfläche rauschen? Nun, es gab den Wasserfall, der Teich jedoch fehlte. Er war nicht mehr als eine trübe Pfütze, umgeben von einem nach totem Fisch stinkenden, braunen Schlamm, auf dem Algen klebten und in der Sommerhitze schimmelten. Nein, das war nicht der Teich, den ich mir erhofft hatte, und es war auch nicht der Teich, den ich gestern Morgen durch den Spalt erblinzelt hatte! Das hier war der klägliche Rest, der noch übrig war – übrig nach der Ableitung, die meine Mutter gebaut hatte, um das Becken auf der anderen Seite, auf der Dorfseite, trocken zu legen. Ein hysterisches Schluchzen entrang sich meiner Kehle, während meine Augen hin und her irrten, als suchten sie nach dem echten Teich, als wäre das hier nur eine böse Fata Morgana. Doch sie fanden nichts, meine gierigen Augen, nur Fäulniss und Schlamm.

Und jetzt? Und jetzt? Und jetzt? Noch ein Schluchzer aus meiner Kehle, der herzlich wenig brachte, weitere Schritte über die Wiese, hinüber zu dem Sumpf, der einmal der Teich gewesen war, der mich nicht retten konnte und doch das einzige Ziel war, das sich mir bot. Mein linker Fuß stieß gegen einen Felsbrocken, den die hohen Grashalme verborgen hatten. Ich stolperte, fing mich wieder, warf einen Blick nach hinten, sah das Monster in seinem kraftvollen Wiegeschritt durch die Bäume kommen – und japste auf, als ich wieder nach vorn blickte, wo sich ein weiterer Stein in meinen Weg stellte und mich zu einem halbherzigen Sprung zwang. Größer als der davor war er, und ich bemerkte auch seine Form: unnatürlich rechteckig, mit scharfen Kanten – menschengemachten Kanten, keine Produkte der so viel zufälligeren Natur.

Meine Schritte vergrößerten den Abstand zwischen mir und dem Vieh, verringerten den zwischen mir und dem schlammigen Rest-Teich – und als ich einen dritten Stein passierte, sah ich, dass er eine Inschrift besaß. Ich kam erneut aus dem Tritt. Eine Inschrift? War das ein Name gewesen, darunter eine Jahreszahl? Mein Magen klumpte sich hart zusammen: Menschen schrieben Namen auf Steine, damit diese überdauerten, was dem Träger des Namens nicht vergönnt war, nämlich die Zeit. Steine mit Inschriften waren Grabsteine, Wiesen mit Grabsteinen waren Friedhöfe. Oh mein Gott, ich rannte über einen Friedhof!

Der Schlamm kam näher, aber das Vieh auch, denn meine Schritte wurden langsamer. Ich passierte einen weiteren Stein und diesmal sah ich genauer hin: er gehörte 'Violetta'. Dann kam ein zerplatzter Brocken, ich konnte nur noch 'anc' lesen. Weiter links hatte eine 'Rouge' ihre letzte Ruhestätte gefunden, rechts 'Azura'. WUMM! ... WUMM! ... WUMM! ... machte das Monster, dann ertönte ein mahlendes Geräusch: Etwas Massives war zerplatzt. Ich riss den Kopf nach hinten und sah, wie Rouges Stein zu Staub wurde, pulverisiert unter der riesigen Pratze und dem tonnenschweren Gewicht dieses Ungetüms. NEIN!, schrie mein Herz, NEIN! Holztafeln,

Tintenkreuze und diese Steine – mehr war von den Mädchen nicht geblieben, und jetzt löschte das Vieh diese Andenken an die sinnlosen Opfer aus? Ich spürte etwas in mir klopfen, pochen, knistern – und ich erkannte, dass es Wut war. Eisige Wut auf dieses Monster, auf das, was es da so gedankenlos tat, auf das, was es bedeutete, wenn es diese Steine zerstörte.

Ich umkreiste einen Stein, der 'Marron' gewidmet war, zog das Gewehr nach vorn, kramte zwei neue Patronen aus der Tasche und stopfte sie in die Läufe. Als der schwarze Matsch des Teiches nur noch zwei, drei Meter entfernt war, als der faulige Fischgeruch des in der Sonne dampfenden Schlamms mich nicht mehr nur in der Nase, sondern bereits im Hals kitzelte, als ich einen Grabstein sah, der algenbewachsen aus dem Schlamm herausragte und besagte, dass auch eine 'Rose' hier gestorben war, fuhr ich herum und riss das Gewehr hoch. Atmete tief ein, presste den Holzschaft gegen meine wutkalte Brust und zog den Abzug durch. Ohne Zögern.

Die Waffe explodierte mit einem höllischen Knall und spukte dem Vieh eine Ladung Schrot ins Gesicht. Es gab ein schrilles Jaulen von sich, das das Zersplittern eines zweiten Steins übertönte: Auch 'Marron' war zu Staub zermahlen, und das Monster wurde langsamer. Ich hatte es an der Nase getroffen, Blut lief ihm aus den Nüstern, das Rot vermischte sich mit der Signalfarbe rund um sein Maul. Es fiel in dicken Tropfen zur Erde, als weinte das Vieh blutige Krokodilsstränen, doch es trabte weiter, schwingend und schwer. Ich machte einen Schritt nach hinten, noch einen und noch einen, bis es unter meinen dünnen Sohlen quatschte und der moderwarme Brei des Teichgrundes in meine Tennisschuhe schwappte. Ich zog den Abzug des Gewehrs zum zweiten Mal durch, ein weiterer Schuss zerriss die wasserfallrauschige Beschaulichkeit des Friedhofs. Das Vieh schrie erneut und schüttelte den Kopf, als wolle es die kleinen, beißenden Kugeln abschütteln, und mehr war das Schrot wahrscheinlich auch nicht: ein Schwarm missgelaunter Bienen, bissfreudig und nervig.

Ich ging weiter rückwärts, unbeholfen nun, weil der

Untergrund immer matschiger und schleimiger wurde, weil meine Schuhe immer wieder kleben blieben und meine müden Beine meine Füße immer schwerer aus dem saugenden Schlamm herausbekamen. Ein Griff in die linke, dann die rechte Hosentasche: Leer, ich hatte keine Patronen mehr. Und ich hatte auch kein Wasser, in dem ich dem Vieh würde davonschwimmen können – mein Latein war am Ende, ich war am Ende. Die Waffe hatte ausgedient, ich hob sie über den Kopf und schleuderte sie mit einem Schrei, der meine ganze Verzweiflung enthielt, zu dem Vieh hinüber. Es zog den Kopf zurück, als das lange, schwarze Ding auf es zuflog, und als das Gewehr das Tier am Rücken traf, zuckte es kurz zusammen. Die Waffe fiel mit einem dumpfen Geräusch ins Gras, das Vieh knickte den Hals ab und schnüffelte daran – genau einmal, nicht zweimal, oder dreimal. Es atmete ein, atmete aus, nahm den Kopf zurück nach vorn, legte seine giftgelben Augen wieder auf mich. Jetzt war ich unbewaffnet, und das war ein übles Gefühl: Hatte ich beim ersten Tier immerhin noch den Nagel gehabt, hatte ich nun gar nichts mehr – leere Hände, leere Taschen und ein absolut leerer Kopf.

***

Leer. Leer. Leer. Das Wort hallte in meinem Kopf, während ich zurückwich, Schritt für Schritt, Meter für Meter. Leer war nicht nur ich, leer war auch der Teich, der mich doch eigentlich hatte retten sollen. Und leer war auch der Spalt, der, den sonst der Wasserfall mit seiner tonnenschwer herabfallenden Wasserlast füllte. Und verschloss, wirksamer als ein Tor.

Ein Tor ... Ein Tor? Ich warf einen schnellen Blick über die Schulter, versuchte, die Größe des Spaltes zwischen den Felswänden zu schätzen. Breit genug für mich war er zweifellos – aber war er andererseits schmal genug, um das Vieh aufzuhalten? Das Vieh, das sich nun mit langsamen Bewegungen näherte, lauernd, fast schon schleichend, als wolle es sich anpirschen, als wäre es nicht riesengroß und mit seiner vielfarbigen Lederhaut auffällig wie ein Papagei? Meine Augen vermaßen den Spalt, dann den im Sonnenlicht farbenfroh schillernden Körper des Tieres. Es war so riesig, der Spalt so schmal – er musste zu eng sein, musste einfach!

Das Tier hatte nun ebenfalls den Schlamm erreicht und setzte ohne Zögern seine mächtigen Tatzen in den Schleim. Der schwarze Modder quoll zwischen den Krallen hindurch, es schmatzte pampig, wenn es eine Tatze hob. Ich hegte kurz die Hoffnung, dass ihm das Gleiche wiederfahren würde wie dem Weibchen gestern Abend im Wald, dass es im Sumpf einsinken, vielleicht sogar versinken würde – und ich lachte auf, amüsiert über die Fantasien, die mein angstverwirrtes Hirn mir eingab. Was würde ich mir als nächstes wünschen? Einen Blitz, der vom Himmel herniederfuhr und das Vieh röstete? Aus dem Himmel, der seit Jahrhunderten gleichgültig zusah, wie Mädchen nach Mädchen hier starb, ohne kleinste Hoffnung auf Überleben?

»Heute werden wir das ändern«, knurrte es aus meiner Kehle, dann drehte ich mich um und lief los.

Der Schlamm war weich, fraß bei jedem Schritt gierig so viel von meinen Füßen, wie er vermochte. Noch fünf Meter, vier, drei, zwei – und als ich meine Hand auf den ersten Balken des Gerüsts legte, brüllte das Vieh auf. Ich fuhr herum und sah, wie aus den lauernden, schleichenden Schritten ein Galopp wurde. WATSCH! ... WATSCH! .. WATSCH! . WATSCH! Das Vieh preschte auf mich zu, den Kopf nah über dem Boden, das Maul weit aufgerissen, den markerschütternden Protest zu mir hinüber speiend.

Ich schwang mich auf den ersten Balken, rutschte mit meinen schmierigen Schuhen ab, mahnte mich zur Vorsicht und wand mich hinein in den Spalt. Die Hitze der Schlucht wich schlagartig einer feuchten Kälte, schwere Tropfen Wasser klopften auf meinen Kopf, aus dem hellen Sonnentag wurde Dämmerung, fast schon Nacht. Wie ein dunkler Tunnel erstreckte sich der Spalt vor mir, doch es war ein Tunnel mit Licht am Ende: Auf der anderen Seite leuchten die Terrakottaschindeln der Häuser warmrot über dem Betonbecken, auf dessen Rand stand eine Flasche Wasser, die kühl und rein zu mir herüberblitzte, wahrscheinlich vergessen von einem der Arbeiter: Nein, es gab nicht nur Licht am Ende des Tunnels, dort war Leben!

***

Die Holzbalken ragten vor mir auf wie der anspruchsvollere Teil in einem Klettergarten. Scheinbar willkürlich in den Spalt gerammt, verliefen sie mal diagonal, mal quer und mal längs: ein Durcheinander, das mich zwingen würde, hier zu balancieren, dort zu klettern, mal nach einem Halm über meinem Kopf zu greifen und dann mit einem weiten Schritt eine Kluft zu überwinden. Und das schnell, verdammt schnell, denn das Vieh schien nicht akzeptieren zu wollen, dass ich mit dem Eintauchen in den Tunnel gewonnen hatte und außer Reichweite war. Es brauchte in seinem Sturmschritt keine fünf Sekunden, um den Schlamm zu durchmessen, eine Zeit, die es mich allein schon kostete, auf dem zweiten Sparren balancierend einen Weg durch dieses nasse, dunkle, ohrenbetäubend laute Labyrinth auszumachen.

Ich sprang vom zweiten Balken auf den dritten, krallte meine zerschundenen Finger in das feuchte Holz, warf einen Blick über die Schulter – und gab ein Keuchen von mir, als ich aus nächster Nähe in die lidlosen, gelben Augen des Monsters blickte. Es hatte seinen langen Hals an den Stützen vorbeigewunden wie eine Schlange, und als sich das riesige Maul nun öffnete, keinen Meter von mir entfernt, entrang sich ein Schrei meiner Kehle, den ich angesichts des Lärms des Wassers über meinem Kopf nicht hören, wohl aber als schmerzhaftes Sirren meiner Stimmbänder spüren konnte. Ich starrte fassungslos auf die nadelspitzen Zähne, die schwärzliche Schlangenzunge, bekam den Verwesungsgeruch des Atems in die Nase. Dann schnappte das Maul zusammen, vielleicht zwanzig, dreißig Zentimeter von mir entfernt, und das helle Geräusch der aneinander entlangratschenden Beißer übertönte selbst das Trommeln des Wasserfalls.

Ich stand da, eingefroren, gelähmt vor Angst. Warum kam

es nicht näher? Was hielt es zurück, was hatte dieses Mal mein kleines, rothaariges Leben gerettet? Die ersten Stützpfeiler, lautete die Antwort, denn sie verhinderten wie die Stäbe eines Gitters, dass das Vieh weiter in den Spalt vordringen konnte. Ich sah, wie die Pfeiler sich in die Muskeln des Tieres pressten, wie sie unter der Kraft des Tieres ächzten, sich unter der Kraft des Tieres bogen. Meine Augen irrten nach oben, zu der Stelle, an der die Pfeiler auf das Dach trafen. Hielten sie? Ja. Nein. Eine langsame Bewegung konnte ich ausmachen, Millimeter pro Minute quasi, aber unzweifelhaft drückte das Tier gegen die Pfeiler – verschob das Tier die Pfeiler. Oh Scheiße! Auf das Dach prasselte Wasser, Tonnen in jeder einzelnen Sekunde. Schwer genug, um mich niederzuschlagen, schwer genug, um mich unter sich zu begraben. Um mich zu töten? Ja, sicher auch das! Würden die Pfeiler fallen? Natürlich, und bei meinem Glück früher als später. Was würde passieren, wenn sie fielen? Das Dach verlöre einen Teil seiner Stützen. Konnten die anderen es halten? Vielleicht. Würde das Tier auch die nächsten Pfosten umwerfen, wenn es die Ersten schon aus dem Weg geräumt hatte? Wahrscheinlich.

Ich fuhr herum: Noch acht, höchstens zehn, nein, zwölf Meter war dieser Tunnel lang – ich musste jetzt los, jetzt sofort! Wieder rutschte ich beinahe vom feuchten Holz ab, als ich zum nächsten Balken hinübersprang, und kaum hatte ich mich hinaufgeschwungen, ertönte hinter mir ein schauriges Knirschen. Ein Blick zurück, und ich sah, wie der erste Pfosten fiel – viel früher, als ich gedacht hatte! Ein Sprung zum nächsten Balken, danach konnte ich zusehen, wie auch der zweite Pfeiler vor dem Körper des Tieres kapitulierte – und hören, wie das Geräusch des Wassers sich veränderte, dass es nun irgendwie hohler klang. Der nächste Balken war zu weit entfernt, als dass ich ihn mit einem Satz hätte erwischen können, und so blieb mir nichts übrig, als in den Schlamm zu springen, der den Boden der Spalte bedeckte. Er war eisig kalt und höllisch schmierig, ich verlor das Gleichgewicht und schrie auf, als der Kratzer in meiner Brust das verzweifelte Rudern meiner Arme mit einem bösen Stechen bestrafte. Meine Füße schmatzten sich durch den Schleim, meine Arme ertasteten Halt an der Felswand, ich schaffte zwei, drei Meter, dann riskierte ich wieder den Blick zurück. Es knirschte jetzt vernehmlich in diesem finsteren Tunnel, trotz des lärmenden Wassers: Als wäre es mit seiner Geduld am Ende, als ginge ihm das bedächtige Schieben zu langsam, hatte das Tier den schweren Schädel gesenkt und ließ ihn vorschnellen wie einen Rammbock. Mein Blick kam gerade zur rechten Zeit, um zu sehen, wie der dritte Pfosten abknickte, als wäre er ein Streichholz. Das Vieh machte einen Schritt zurück, senkte den Kopf erneut, schnellte nach vorn – und der Pfeiler fiel, in meine Richtung. Ich tauchte unter einem Querbalken hindurch und schlüpfte von der rechten auf die linke Seite des Spalts, keine Sekunde später donnerte der Pfeiler knapp hinter mir zu Boden, begleitet von einem triumphierenden Kreischen des Tieres. Noch zwei Meter, noch einer – vom Ausgang wehte mir ein warmer, trockener Wind entgegen, der nicht nur das Ende der Angst verhieß, sondern gleich eine völlig andere Welt.

Hinter mir fiel der vierte Pfeiler, aus dem Knirschen über mir wurde ein Knacken und Brechen: das Dach und die verbleibenden Stützen, am Rande ihrer Belastungsgrenze. Ich kletterte, hüpfte, duckte und wand mich um die Balken, und als ich vom letzten Sparren hinaus in das leere, trockene und wunderbar warme Auffangbecken sprang, gab das Dach mit einem erschöpften Ächzen nach. Ich fuhr herum: Das Vieh brüllte mit emporgerecktem Kopf auf, als Holz und Wasser auf es herunter prasselten, ein Ton, der die Welt ob seiner bodenlosen Wut erstarren ließ. Es war eine weiß schäumende Gischt, die da herunterkam, eine gewaltige, kochende Wassermasse. Und nachdem sie keine Sekunde gebraucht hatte, um das Vieh unter sich zu begraben, schoss sie in meine Richtung – mit der Kraft und dem Getöse eines ungebremsten Zuges.

***

Vor mir ragte die Betonmauer des Beckens auf, dahinter war das Dorf, war Sicherheit. Ich hatte schon einmal vor dieser Mauer gestanden, von der anderen Seite, und da hatte sie mir gerade so bis zur Brust gereicht. Doch das Becken war tiefer als der Boden auf der Dorfseite, und so befand sich die obere Kante der Einfassung außer Reichweite meiner Hände. Ein gutes Stück sogar. Das Innere des Beckens war gerundet wie eine Schale, verputzt, doch der graue Beton war großflächig abgeschlagen worden und legte eine Ziegelmauer frei: die Arbeiten zur Ausbesserung des Beckens.

All das nahm ich in Sekundenschnelle auf, und ebenso schnell nahm ich Anlauf, um mit Schwung bis hinauf zur Oberkante der Mauer reichen zu können: Ich musste aus diesem tödlichen Krater heraus, bevor die hinter mir brüllend schäumende Flutwelle mich erreichte. Doch ich schaffte es nicht, das Wasser war zu schnell, das Becken zu tief, ich zu erschöpft. Meine Finger schrappten haltlos über den Beton, ein verzweifelter Schrei entrang sich meiner Kehle. Dann war das Wasser auch schon da: Es erwischte mich in der Sekunde, als meine Finger von der Kante abrutschten und schleuderte mich gegen die Mauer. Mit der Kraft und dem Getöse eines Stieres, der mich auf die Hörner genommen hatte.

Durch irgendeine Fügung war es weder mein Kopf noch sonst ein empfindliches Körperteil, das für den Zusammenstoß mit der Mauer herhalten musste, sondern mein vergleichsweise gut gepolsterter Po. Es fühlte sich trotzdem an, als hätte ich einen saftigen Tritt in denselben bekommen: Der explodierende Schmerz gurgelte wertvolle Luft aus meiner Lunge, ich riss panisch die Augen auf, schlug um mich, sah jedoch nichts außer einer gleißenden Helligkeit. Sie rührte von Milliarden Luftblasen her, denn das Wasser um mich herum sprudelte und blubberte und perlte – die Luftbläschen prickelten über meinen ganzen Körper und vernebelten die Sicht wie ein Schneesturm.

Ebenso wie die Blasen war auch das Wasser selbst in Bewegung, und nachdem es mich erst gegen diese Mauer geprügelt hatte, zog es mich nun nicht weniger gnadenlos von ihr weg. Ich wurde von einem Sog erfasst und in die Mitte des Beckens befördert, mit offenen Augen in das kochende Wasser starrend, voller Angst vor einem weiteren Zusammenstoß mit der Mauer, und voller Angst vor diesem Vieh. Es war so nah hinter mir gewesen, als das Dach über ihm zusammengebrochen war, und ich glaubte nicht eine Sekunde daran, dass das Wasser vermocht hatte, dieses Monster zu töten! Ich ruderte mit Armen und Beinen, um mich der Gewalt des Wassers zu widersetzen, um nicht zu seinem Spielball zu werden. Als meine Beine auf etwas Hartes prallten, wand ich meinen Körper herum, in der Hoffnung, wieder am Beckenrand angekommen zu sein – und erstarrte wie ein Stein, als statt der erwarteten Betonmauer die Schnauze des Monsters vor mir aufragte. Ich sah weder die Augen noch den Hals, geschweige denn den Körper: Es war nur dieses Maul, das durch den Vorhang aus Luftperlen ragte. Bewegte es sich, suchte es nach mir? Nein. Es war still, reglos. Es lag auf dem Grund, auf dem Boden des Beckens, niedergeschlagen von der Macht des Wassers, etwas schräg, das Maul leicht geöffnet, die rote Haut über den Zähnen zurückgezogen. Regungslos. Aber auch tot? Blutfäden kräuselten sich wie Rauch aus den Schrotwunden empor – und Luftbläschen aus den Nüstern. Nein, es war nicht tot, das Vieh atmete noch. Unter Wasser? Warum nicht, was wusste ich schon von Dinosauriern. Der Anblick erzeugte hektische Schwimmbewegungen in meinen Gliedern, mobilisierte die letzte Kraft, die in den erschöpften Muskelzellen enthalten war, angetrieben von einem einzigen Gedanken: Weg, nichts wie weg!

Ich strampelte und ruderte, schaffte es irgendwie, mich von dieser Schnauze wegzudrehen. Als mein Fuß erneut gegen etwas Hartes stieß und ein nadelscharfer Schmerz mein Bein durchzuckte, wusste ich, dass ich erneut die Schnauze dieses Viehs getroffen hatte. Oder besser: die Zähne. Ja, ich war zwischen die Hauer geraten, mein Knöchel hing zwischen diesen riesigen Rasiermessern fest. Und es fühlte sich an, als würde ich mir den Fuß abschneiden, bei der kleinsten Bewegung nur. Das Monster hatte meinen Fuß – oh mein

Gott, es hatte meinen Fuß! Der letzte Rest Atemluft gurgelte aus meinem Mund, als ich unter Wasser schrie, wie ich nie zuvor geschrien hatte. Und trotz meiner Angst vor diesen Zähnen und davor, dieses Vieh zu wecken, ich trat erneut aus, so kräftig, wie ich konnte, so kräftig, dass der Widerhall einen stumpfen Schmerz durch meinen ganzen Körper jagte. Und – Wunder oh Wunder! – der Tritt befreite meinen Fuß. Mit Schmerzen, ja, aber er befreite ihn.

Meine Erleichterung währte nur kurz, denn der Stoß, den ich zustande gebracht hatte, hatte mich erneut dem gierigen Sog des Wasserfalls ausgesetzt. Es fühlte sich an wie eine Waschmaschine im höchsten Schleudergang, ich unfreiwillig mitten drin – mit mittlerweile mehr als nur ein wenig Luftknappheit: Dunkle Punkte tanzten vor meinen Augen, ein milder Schwindel hatte meinen Kopf erfasst. Er rief mir zu, ich müsse atmen, jetzt sofort den Mund öffnen und meine Lungen füllen, wie ich es doch schon Millionen Male getan hatte, es wäre ganz einfach, ganz natürlich ... Einflüsterungen des Luftmangels, der meine Brust schier zu sprengen drohte. Was für eine Ironie: Ich war durch die ganze Schlucht gerannt, war vor diesen Tieren mit ihren grausigen Klauen und messerscharfen Zähen geflüchtet – um nun von diesem Wasserfall umgebracht zu werden! Aus den dunklen Punkten vor meinen Augen wurde eine schwarze Gardine, meine Lunge schrie geradezu nach Luft und mein Herz hatte aus blanker Angst sein Tempo verzehnfacht, weil es das Vieh irgendwo hinter mir wusste. Ich musste aus diesem Wirbel heraus – und ich hatte nicht viel Zeit, um das hinzukriegen. Vor meinen Augen zog erneut die graue Betonwand des Beckens vorbei, hinter diesem schwarzen Nebel, der dichter und dichter und dichter wurde, und damit hieß es: jetzt oder nie. Das Wasser zog an mir, als hätte es tausend Hände, die mich halten wollten, die sich an mich klammerten, an Gliedern, Kleidung und Haaren rissen, doch ich zog meine Füße an, stemmte sie gegen die Wand, drückte mich ab ... und kam frei.

***

DIE SCHLUCHT

Der Wasserwirbel rotzte mich regelrecht aus sich heraus, doch meine Fahrt war nicht vorbei, als ich den Strudel hinter mir hatte. Ich schaffte es zwar, durch die Oberfläche zu brechen und den Kopf über Wasser zu bekommen, lange genug für einen gierigen Atemzug, LUFT! LUFT! LUFT!, aber danach ging die Tour weiter. Ungebremst. Ich wusste nicht, wie mir geschah, sehen konnte ich nichts mehr, außer Wasserblasen und nochmals Wasserblasen. Ich hatte das dumpfe Gefühl, statt im Strudel nun in einer Strömung gefangen zu sein, und sie beförderte mich wie eine Unterwasser-Achterbahn durch ein Rohrsystem. Die Rinne!, blitzte es mir durch den Kopf, ich war aus dem Becken in die Betonrinne geraten, die das Wasser aus dem Becken in den Fluss und danach in den Teich peitschte!

Ich versuchte, die Arme nach vorn zu nehmen und eine Schwimmbewegung zu machen, um die Kontrolle zurückzugewinnen, um zurück an die Oberfläche zu gelangen, aber vergeblich: Das Wasser riss mir das Hemd über den Kopf, zerrte an der klaffenden Haut meines Kratzers, warf mich umher wie es wollte. Die Fahrt dauerte eine Minute, vielleicht zwei, gefühlt eine Ewigkeit – dann folgte ein Gefühl wie bei einem Bungee-Sprung, ein freier Fall von zwei, drei oder mehr Metern, eine harte Landung, umgeben von Lärm und Brausen – und danach wurde das Wasser langsamer. Ich verstärkte meine Schwimmversuche, und als ich glaubte, mit einer Hand durch weiche, warme Luft gefahren zu sein, ruderte ich wie wild, wie besessen, bis mein Kopf durch die Wasseroberfläche brach und ich meine Lungen nicht nur einmal, sondern zweimal, dreimal, viermal mit dieser süßen Luft füllen konnte.

Das Wasser zog mich indes weiter unbeirrt mit – wir passierten gerade die Stelle, an der ich vor ein paar Tagen Patrick und Thomas zum ersten Mal getroffen hatte. Der Fluss war hier schon breiter, jedoch noch zu schnell, als dass ich einfach so ans Ufer schwimmen konnte. Er schleifte mich über den steinigen Grund, Steine knufften und pufften mich gegen Schenkel und Schultern, doch schließlich schien ihm die Puste auszugehen. Kein kochendes Wasser, nur noch milde plätschernde Wellen, kein tödlicher Sog, nur noch ein sanftes Vorwärtsströmen. Der Fluss wurde breiter, der Fluss wurde zum Teich – und damit war diese Reise vorbei, endlich vorbei.

Meine Füße trafen auf den Grund, ich kam schwankend zum Stehen. Schritt für Schritt wankte ich in Richtung Ufer, nahm die Arme zu Hilfe, als ich schwindelte und fiel, krabbelte mehr, als dass ich ging, wie ein Lurch bei seinen ersten Gehversuchen nach Jahrmillionen Evolution. Und als ich steinigen, trockenen, warmen Boden erreichte, brach ich mit einem aus tiefstem Herzen kommenden Seufzer zusammen.

**

Wie lange ich dort am Ufer gelegen hatte, konnte ich nachher nicht sagen. Ich war bewusstlos geworden, einfach weggesackt, zu Tode erschöpft. Es war nicht so lang, dass jemand vorbeigekommen wäre und mich gefunden hätte, auch nicht so lang, dass mir erneut ein Blick in einen abendlichen Himmel gesagt hätte, dass Stunden vergangen waren: Es war nach wie vor helllichter Tag, als ich die Augen aufschlug, geweckt von irgendeinem Geräusch oder meinem noch immer im Sturmschritt pochenden Herz.

Meine Uhr konnte mir die Antwort, wie lange ich dort gelegen hatte, nicht geben: Zum einen wusste ich nicht, wann genau ich ans Ufer gekrabbelt war, zum anderen war sie kaputt. Das Glas war gesplittert, und als ich mein Handgelenk nach unten drehte, tröpfelte Flusswasser aus dem Gehäuse. Sie war indes nicht das Einzige, was ein bisschen hinüber war, zeigte ein prüfender Blick an mir herunter. Mein linkes Bein zierte ein leuchtend roter Streifen vom Schienbein bis hinunter zum Knöchel, zweifellos eine Hinterlassenschaft der Zähne dieses Viehs. Die Haut an meinen Armen und Beinen war völlig zerkratzt, Shorts und Hemd hingen mir nass am Körper, waren vielfach eingerissen und trotz des Bades im Fluss noch immer fleckig von Schlamm und Blut. Meine Haare klebten mir feucht im Gesicht, ich strich mir ein paar störrische Strähnen aus der Stirn und untersuchte mein Bein: Nicht schlimm, urteilte ich, das war wirklich nur ein Kratzer – dafür, dass ich damit quasi im Maul des Viehs gewesen war, ein wahres Wunder.

Apropos: Was machte die Wunde an der Brust? Böse brennen tat sie, sobald ich den auf der Haut pappenden Stoff des Hemdes davon abgezogen hatte und durch den Ausschnitt meines Hemdes linste. Der Verband war runter gerutscht und lag wie ein lockerer Gürtel auf meiner Hüfte, ich wickelte ihn ab und warf ihn ins Gras. Er war voller hellrostroter Flecken – mein Blut, ausgewaschen vom Flusswasser. Und der Schnitt selbst? Aufgequollen und weißlich war die Haut darum herum, wie bei einer Wasserleiche. Ich stöhnte, als beim Anblick der Wunde der Schmerz erneut einsetzte, begrüßte ihn mit diesem wenig freundlichen Geräusch wie einen alten Bekannten, den ich definitiv nicht vermisst hatte.

Ich kam schwankend auf die Beine, mit gekrümmtem Rücken und wieder einen Arm gegen die schmerzende Brust gepresst. Ich fühlte mich, als wäre ich hundert Jahre alt, schwach und zittrig und müde – ja, müde vor allem, entsetzlich müde. Hinlegen, die Augen schließen, schlafen, sich einfach fallen lassen, in Ruhe, in Sicherheit, wäre das schön! Vielleicht mit Thomas neben mir, den Kopf auf seiner Schulter, in der Nase seinen herrlichen Duft ... Moment – Thomas? Wo war mein großer Indianer? Ihn musste ich finden! Er konnte mir sagen, wie es Patrick ging! Aber wo mochte er jetzt stecken? Noch auf dem Weg ins Dorf, mit dem verletzten Patrick in den Armen? Wie lange brauchte er für diese Tour, diese Tortur? Wie viel Zeit war vergangen, seit dem ich an der Höhle losgelaufen war, mit der Pause im Versteck, der Bewusstlosigkeit jetzt gerade und der Jagd, dieser zweiten Jagd durch den Wald, die gefühlt eine Ewigkeit gedauert hatte?

Okay, Thomas suchen – das war eine konkrete, eine einfache Aufgabe, aber wo sollte ich beginnen? Bei ihm zuhause? Ich wusste nicht, wo er wohnte. War er zu Martha gegangen? Immerhin wäre die Ärztin diejenige, die sich am besten um Patrick kümmern konnte. Und wo mochte meine

Mutter sein? Was hatte man ihr überhaupt erzählt, wo ich steckte, was mit mir passiert war? Die Wahrheit sicher nicht!

Ich drehte mich weg vom Teich, hin zum Dorf, zu dieser trutzigen, grauen, himmelhohen Mauer, und ich wusste eines ganz genau: Ich wollte keinen Schritt mehr in die düsteren Gassen dieses Mörderdorfes setzen. Aber natürlich waren es nicht die Gassen, es waren die Leute, die ich fürchtete: Es wussten alle, dass ich hatte sterben sollen – was würde passieren, wenn ich nun wiederkam? Wie ein Zombie durch die Gassen wankte, mit zerkratztem Gesicht, nassen Klamotten und strähnigen Haaren, gekrümmtem Körper, entsetzlich schwach? Sie würden mich anstarren, sie würden flüstern. Aber niemand würde auf mich zukommen, ahnte ich, niemand würde sich um mich kümmern. Mir sagen, dass er oder sie froh war, mich wiederzusehen, mich fragen, ob ich Hilfe bräuchte. Ich wäre die personifizierte Schuld, eine wandelnde Anklage – sie würden mich meiden als hätte ich die Pest, mich nur ansehen, schuldig und stumm.

Ich starrte auf die Häuser, wusste, dass ich hinübergehen musste, wenn ich Thomas oder meine Mutter finden wollte, und bewegte mich dennoch keinen Zentimeter. Ich fürchtete die Leute fast mehr als das Tier: Wegen ihrer Falschheit, ihren Lügen, ihrer ... Gott, wie nannte man das, wenn Menschen kaltherzig Leben opferten? Ich wusste es nicht, und während ich noch nach passenden Worten grub, drang ein Geräusch an meine Ohren, das mich aufmerken ließ: eine Sirene. Ihr schriller, hoher Ton schwoll an, bis mir die Ohren gellten, dann wurde er leiser, nur, um kurz darauf wieder zuzulegen – Wellen von Lärm, die aus dem Dorf zu mir herüberbrandeten. In der nächsten leiseren Phase vernahm ich den spitzen Angstschrei einer Frau, unterlegt von dumpfen Schlägen wie von einem fernen Bass, und damit wusste ich auch, was dieser Alarm bedeutete: Das Tier hatte den Wasserfall überlebt, das Tier war im Dorf.

***

Es vergingen Sekunden, in denen ich nur wie angewurzelt dastand und auf das lauschte, was nur wenige hundert Meter von mir passierte. Geschieht euch recht!, war mein erster Gedanke, doch schon der zweite war voller Besorgnis – dieses Mal nicht um mein eigenes, rothaariges Leben, sondern um das der Menschen dort drüben. Ja, sie hatten es verdient, in Todesangst vor diesem Vieh wegzulaufen, den stinkenden Atem im Nacken, die wummernden Schritte als gnadenlosen Taktgeber in den Ohren. Sie hatten es verdient, weil sie genau das seit Jahrhunderten unschuldigen Mädchen und Jungen antaten, weil sie Mörder waren. Sie alle? Nein, nicht alle. Der Gedanke daran, das Vieh könne hinter Nele, Frederic oder meinetwegen auch Lilla her sein, setzte mich in Bewegung, ohne dass ich es eigentlich wollte. Und als ich kurz darauf durch das Stadttor trat, ahnte ich, dass ich diesen Schritt noch bereuen würde: Ich war zweimal vor so einem Vieh geflüchtet, zweimal um mein Leben gerannt – und nun kehrte ich zurück in die Reichweite dieses mörderischen Mauls. Warum? Um was zu tun? Ich wusste es nicht, aber ich ging dennoch.

Die Gasse, die vom Teich zum Dorfplatz führte, war abgesehen von einer rotgetigerten Katze völlig verlassen. Den Schwanz gesträubt, den Rücken zu einem Buckel gebogen und das Mäulchen zu einem Fauchen erstarrt, schien sie sich das gleiche zu erwarten wie ich: dass jeden Moment das Monster um die Ecke kommen würde. Die Sirene jaulte weiter an- und abschwellend vor sich hin, ihr Lärm reduzierte all das, was oben im Dorf vor sich gehen musste, zu einem fernen Donner, vergleichbar einem Gewitter, das weit hinten am Horizont tobte. Ich sah, wie in einem Haus die Fensterläden in den unteren Geschossen zugerissen wurden, in einem anderen verschwand gerade ein Jeansbein in der Haustür, die dann mit Wucht ins Schloss geworfen wurde. Als der kühle Schatten der Gasse grellem Sonnenlicht wich, hatte ich den Dorfplatz erreicht – und zu meiner Verwunderung war er nicht leer: Auf der Bank am Denkmal mit diesem verräterischen Standbild saß Matteo. Als wäre nichts passiert, als ließe nicht der donnernde Schritt des marodierenden Tieres den Boden erbeben, als belege die Sirene nicht das ganze Tal mit einem Ton, der alarmierte, hochschreckte, geradezu schmerzte. Er saß da wie immer, den verknautschten Hut tief in die Stirn gedrückt, die fleckigen Hände auf dem Knauf seines knorrigen Stockes verschränkt. Regungslos.

Ich stoppte meinen Sturmschritt, als meine umherirrenden Augen auf die Gestalt des Alten fielen, zu absurd war dieser Anblick. Für eine Sekunde kam mir sogar der Gedanke, er sei tot, einfach gestorben an seinem Lieblingsplatz, so aberwitzig starr wirkte er. Eine schnelle Bewegung auf der anderen Seite des Platzes lenkte mich ab, und ich kniff die Augen zusammen, um das, was da durch die schattendunkle Gasse auf mich zukam, erkennen zu können. War es das Tier? Nein, ein Mensch. Eine einzelne Gestalt mit auf und ab schnellenden Beinen, angepeitscht durch die Angst, die in ihrem verzerrten Gesicht lag und ihren Mund zu einem in all dem Lärm unhörbaren Schrei geweitet hatte. Als die Gestalt den sonnenbeschienenen Platz erreichte, verstummte die Sirene abrupt und machte das WUMM! ... WUMM! ... WUMM! ... der schweren Tierschritte zum alles beherrschenden Ton. Noch konnte ich das Tier nicht sehen, noch steckte es irgendwo in den Gassen. In den engen Gassen, ergänzte ich im Geiste, als ein Scheppern erklang, gefolgt vom einem Knacksen und einem scharfen Fauchen – wahrscheinlich hatte das Vieh irgendetwas umgerissen. Und dann hörte ich noch etwas: eine Männerstimme, heiser, aber kräftig, sie dirigierte die flüchtende Gestalt.

»Ins Haus, lauf ins Haus, schneller, mach schon, schneller!«

Das Stampfen kam näher, ein riesiger Schatten machte die Gasse auf der anderen Seite des Platzes nachtschwarz: Das Tier war da.

Es stockte, als die Dunkelheit der Gasse der blendenden Helligkeit des Platzes wich und die Ovalpupillen seiner Reptilaugen sich verengen mussten, damit es etwas sah. Sein Hals senkte sich gen Boden, der Kopf schwenkte umher wie ein Radar. Und das Radar erfasste mich – natürlich, was auch sonst. Ich glaubte, ein Erkennen in der sonst so unbeweglichen

Fratze des Tieres ausmachen zu können, eine Art Stutzen, ein Erinnern. Ja, diese giftgelben Augen lagen auf mir, und als das Tier sein Maul zu einem neuen Fauchen öffnete, war ich einfach zu müde, um ein weiteres Mal die Flucht zu ergreifen.

Das Tier wummerte einen Schritt in meine Richtung, einen zweiten, einen dritten. Nun war auch der Körper aus der Gasse heraus, die Sonne ließ die Rückenstacheln schimmern, als wären sie aus poliertem Stein. Ein vierter Schritt, ein fünfter – nun trennten uns nur weniger Meter, und als ich erneut den modrigen Geruch dieses Riesenleibs in der Nase hatte, wusste ich, dass so der Tod roch. Ich musste rennen, sofort. Nein, ich hätte rennen müssen, schon vor einer Minute, um auch nur den Hauch einer Chance zu haben. Doch ich stand nur da und starrte auf das Tier, das sich Schritt für Schritt heranschlich. Lauernd, als wäre es noch immer in seinem angestammten Jagdrevier, im Wald der Schlucht, als wäre es nicht groß wie ein Lieferwagen und stinkend wie eine Mülldeponie, als wären seine Schritte keine Paukenschläge auf dem alten Pflaster. Ja, ich stand nur da, denn ich wollte nicht mehr rennen, konnte nicht mehr rennen. Aber wenn ich nicht rannte, würde ich sterben – diese Regel galt noch immer!

»Hierher!«, brüllte die heisere Stimme, die eben die Gestalt in die sichere Zuflucht eines der Häuser gelotst hatte. »Mädchen, hierher! Ganz langsam!«

Mädchen? War ich gemeint? Vielleicht. Kannte ich diese Stimme? Ja, doch einen Namen hätte ich nicht benennen können. Sollte ich auf diese Stimme hören? Wo so widersinnig war, was sie verlangte, weil rennen, laufen und flüchten das war, was mich retten konnte, was erwiesenermaßen wirksam war? Ich wagte nicht, einen Blick zur Seite zu werfen, um zu sehen, wer gerufen hatte, starrte nur wie hypnotisiert auf das Tier. Das riss sein Maul auf und fauchte erneut, fauchte in meine Richtung. Wiederum: Natürlich. Hatte es mich gesucht? Wahrscheinlich, schließlich hatte es noch eine Rechnung mit mir zu begleichen. Mit mir, die ich zwei seiner Spezies getötet hatte.

»Mädchen, hörst du nicht? Komm her!«

WUMMM!... WUMMM!... WUMMM!...! Das Tier setzte sich wieder in Bewegung, wiegte sich näher heran, seine Zähne bissen in Luft.

»Weg mit dir, du Bestie!«

Etwas Langes kam geflogen, aus Richtung des Denkmals, und fiel scheppernd vor dem Tier auf den Boden. Ich registrierte, dass das Geschoss ein Stock war – nein, dass es der Stock war, Matteos Stock. Ich fuhr herum: Der Alte stand nun vor der Bank, einen Arm noch erhoben, und an seiner eben noch so gebrechlich wirkenden Gestalt war nichts mehr von den Jahrzehnten zu sehen, die er mit sich herumtrug. Und es war seine Stimme, die den Platz füllte, streng, stark. Befehlsgewohnt.

»Auf den Boden, Mädchen! In Deckung!«

Das Tier öffnete sein Maul und brüllte zurück, ein glasklarer und eiskalter Ton, lauter als die Sirene, markerschütternd – und ich tat entgegen aller Vernunft, was Matteo von mir verlangte, ich ließ mich fallen.

***

Es knallte, kaum, dass ich auf den Boden lag, laut und unzählig oft, mal in schnellem Abstand, dann erst wieder nach Sekunden der Stille. Der Krach schmerzte in meinen Ohren, wie Messerstich nach Messerstich, auch wenn ich die Arme über den Kopf geworfen hatte, als könne mich das vor den tödlichen Zähnen des Tieres oder dem Lärm schützen. Das Gebrüll des Tieres veränderte sich unter dem Geprassel, wurde zu einem schmerzerfüllten Jaulen, schrill und hoch. Vor meinen fest zusammengepressten Lidern stand das Bild des zweiten Tieres in der Höhle, mit dieser scheußlichen Wunde am Kopf, mit diesem Blick voller Todesangst. Und ein Schluchzer entrang sich meiner Brust, als ich realisierte, dass auch diese Töne Schüsse waren – und dass wenige Meter von mir entfernt das letzte Tier starb.

Ein schwerer Schritt, der den Boden erbeben ließ, gefolgt von einem Zweiten. Es fühlte sich an, als würde ich abheben, wenn das Vieh sein tonnenschweres Gewicht auf die muskelbepackten Beine warf: Nanometer nur, aber mit einem derart verkrampften Magen, als hätte man mich ohne Fallschirm aus einem Flugzeug geworfen. Und dieses Gefühl wurde stärker – was nichts anderes bedeutete, als dass das Vieh näher kam.

Erregte Stimmen mischten sich in die Geräuschkulisse aus Schüssen, Schritten, Schmerzensschreien. Hell klangen sie, jung, aufgeregt, panisch sogar. Unterbrochen wurden sie von der Stimme, die mich angewiesen hatte, mich auf den Boden zu werfen: Matteo bellte Befehle, dirigierte die Schüsse und dirigierte die Menschen, die sie abgaben, unermüdlich. Und es verging eine gefühlte Ewigkeit aus Knallen und Schmerz und Schreien, bis das Tier ein dumpfes Grummeln hören ließ, gefolgt von einer Erschütterung gleich einem Erdbeben. Ein letzter Schuss folgte, sinnlos und mehr Zeichen von Angst als alles andere, danach lag Stille über dem Platz. Ich verharrte auf dem Boden, den seltsam erdigen Geruch der alten Pflastersteine in der Nase, der Atem keuchend. Ich zählte bis zehn, bis zwanzig, bis dreißig. Dann erst hob ich den Kopf und blinzelte wie eben das Tier im Sonnenlicht, bis ich erkannte, in was ich da geraten war.

Auf den Dächern der Gebäude rund um den Platz standen Gestalten – wer genau, konnte ich in der gleißenden Helligkeit nicht ausmachen. Sie hielten Gewehre in den Händen, reckten diese gen Himmel, und als ich mich erhob, entrang sich ein unbändiger Jubel ihren Kehlen, als hätten sie auf ein Lebenszeichen von mir gewartet. Sie klangen erstaunt, als hätten sie nicht damit gerechnet, dass ich lebte. Und dass sie Tier besiegen konnten, aber genau das hatten sie geschafft. Ich stand auf, gekrümmt und schwankend, blickte auf das Tier, das wenige Meter von mir entfernt zusammengebrochen war. Es atmete noch, schnaufte die letzte Luft aus seinen Lungen, während sich kleine Rinnsale von Blut aus zahllosen Wunden auf dem Boden sammelten. Die knallrote Haut über den nadelspitzen Zähnen zurückgezogen, entrang sich ein müdes Stöhnen diesem massigen Körper, dann durchlief ihn ein

Zittern. Die letzte Bewegung, das letzte Aufbäumen des Lebens, danach kam nichts mehr: Das Tier war tot.

»Wie wunderbar, dich wohlbehalten zu sehen«, sagte Matteos eben noch so befehlsgewohnte Stimme in sanftem Tonfall hinter mir.

Ich wandte den Kopf und sah in seine zu hellen, milchigen Augen. Sie lachten und zerknitterten die Haut zu einem Netz reiner Freude, der Mund mit den lückenhaften Zahnreihen darunter lächelte ebenfalls. Ein würziger Duft nach Holz ging von dem Alten aus, und als er seine Hand an mein Gesicht hob, um mir mit zittrigen Fingern über die Wange zu streichen, war ich kurz davor, Matteo um den Hals zu fallen: weil er besorgt war, weil er sich freute, mich zu sehen. Und beides hatte ich mir von niemanden aus diesem Dorf erwartet.

»Wo sind Thomas und Patrick? Wo ist meine Mutter?«, fragte ich mit brüchiger Stimme, unfähig, mich für die Anteilnahme des Alten zu bedanken, während um uns herum erst vereinzelt, dann mehr und mehr Leute aus den Häusern traten. Zögernd, mit leisem Gemurmel und weit aufgerissenen Augen, die gebannt auf dem riesigen Kadaver des Tieres lagen.

»Patrick ist auf dem Weg ins Krankenhaus. Aber sei unbesorgt, wir haben für ihn getan, was wir konnten. Und das ist einiges«, erwiderte Matteo, mit einer seltsamen Betonung auf diesem letzten Satz. Und einer Bitterkeit in der Stimme, als habe man Mittel genutzt, die nicht hätten genutzt werden dürfen.

»Also ... wird er überleben?«

»Ganz sicher.«

Ich stieß einen erleichterten Seufzer aus, denn alles andere wäre eine unauslöschliche Schuld gewesen.

»Und ... Thomas?«

Matteos zittriger Arm wies nach oben, schräg über meine Schulter. Ich drehte mich um, mein Blick wanderte hinauf auf das Dach des Rathauses, auf dem sich eine schlanke Gestalt gegen den wolkenlosen Himmel abhob: Thomas, mit einem Gewehr in der Hand. Er starrte zu uns herunter, bewegungslos, war nicht eingestimmt in den Jubel derer, die neben ihm standen und noch immer im Triumph ihre Hände in den Himmel streckten.

»Er dachte, du wärest tot«, sagte Matteo. »Er erzählte, du seist schwer verletzt davon gelaufen, mit dem Tier auf deinen Fersen. Ist das wahr?«

»Ja«, antwortete ich, ohne dem Alten noch wirklich zuzuhören und stolperte einen Schritt nach vorn, auf Thomas zu. Doch Matteo hielt mich zurück.

»Thomas!«, rief er, und seine Stimme hatte nun wieder so viel Volumen wie eben, als er seine kleine Armee angeleitet hatte. »Thomas, schau her. Schaut alle her: Siena lebt!«

Diese Worte füllten die Stille, die die Schüsse und der Jubel hinterlassen hatten, malten Empörung auf die Gesichter der gerade noch zaudernden Leute und bewirkten, dass Thomas zusammenfuhr, als habe man ihn geweckt. Sein Blick brannte auf mir, und ich erahnte einen letzten Rest einer Trauer darin, die so groß war, dass dieses Leid unmöglich von seiner Sorge um mich stammen konnte. Dann schloss er seine Augen, für eine Sekunde nur, stieß irgendetwas hervor, ein Wort, vielleicht auch zwei, und lief los. Seine bloßen Füße ließen die Schindeln klimpern, eine Dachluke verschluckte ihn. Ich glaubte fast, hören zu können, wie die alten Holztreppen des Rathauses unter seinem stürmischen Schritt ächzten – dann flog die Tür auf und Thomas stürzte auf mich zu. Mein Herz wurde ganz leicht, als wäre es ein Vogel, dessen zarte, schnelle Flügelschläge mich in meiner Brust kitzelten – ein wunderschönes Gefühl. Matteo Hand verschwand von meinem Oberarm und Thomas umschlang mich, drückte mich an sich, mit einem erleichterten Seufzer, den ich schon einmal gehört hatte: gestern Abend in der Höhle, als ich dem ersten Tier entkommen war. Die Hand des großen Indianers vergrub sich in meinen Haaren, ich presste mein Gesicht gegen seinen Hals und atmete seinen Duft so gierig ein, als wäre ich wieder minutenlang unter Wasser gewesen.

»Ich dachte, du seiest tot!«, flüsterte Thomas atemlos auf mich hinunter. »Als das Tier aus dem Becken kam, war seine Schnauze voller Blut!«

Ich schluchzte, statt zu antworten, denn ich brachte kein Wort raus, viel zu eng waren meine Brust und Thomas Griff.

»Fehlt dir nichts?«, flüsterte er auf mich herunter, »fehlt dir wirklich nichts?«

Ich schüttelte den Kopf und Thomas hielt mich etwas lockerer. Legte seine Hand unter mein Kinn, hob mein Gesicht, über das seine Augen prüfend hinwegfuhren, bis er erleichtert seufzte und mich wieder an seine Brust drückte.

»Was ...« Ich räusperte mich, versuchte es erneut. »Was ... ist mit Patrick?«

»Ich habe ihn zu Martha gebracht«, sagte der große Indianer, »sie hat ihn untersucht, jetzt sind sie auf dem Weg ins Krankenhaus. Er hat mehrere gebrochene Rippen, eine Platzwunde am Kopf und wahrscheinlich eine Gehirnerschütterung.«

»Aber er ... wird wieder okay?« Auch wenn Matteo es mir schon versichert hatte – ich musste einfach noch einmal fragen.

»Oh ja, sie hat ihn gleich hier mit dem Serum behandelt, er ist nicht mehr in Gefahr. Er hatte Schmerzen, aber er war wach, die ganze Zeit. Und er hat nach dir gefragt. Er hat viele Fragen gestellt, war wieder ganz der Alte.«

Tränen in meinen Augen, wegen meines kleinen, heldenhaften, hübschen Blutsbruders.

»Ich hatte solche Angst um euch«, wisperte ich mit kläglich schwacher Stimme, Thomas lachte leise auf.

»Du hattest Angst um uns?« Seine Stimme klang ungläubig. »Was denkst du, welche Sorgen ich mir gemacht habe! Ich habe das Tier gesehen, dieses riesige Vieh, und wie du davon gelaufen bist ... Du hast ausgesehen, als würdest du keine zehn Meter weit kommen, nicht mit dieser Wunde!«

Er hielt inne, als wäre ihm etwas eingefallen, hob den Kopf.

»Matteo?«, fragte er, der Alte antwortete mit einem heiseren Räuspern.

»Ist noch was da? Von diesem ... Zeug?«

Diesmal war das 'Ja' besser zu verstehen, die Schritte des Alten schlurften davon und Thomas drückte sein Gesicht wieder in meine strähnigen, flusswasserfeuchten Haare.

»Wie hast du es geschafft? Wie bist du entkommen?«, verlangte seine flüsternde Stimme zu wissen, ich konnte ihm nichts Besonderes antworten.

»Ich weiß es nicht. Ich bin gelaufen ... Ich wollte in den Teich, aber der war völlig ausgetrocknet. Ich bin durch den Spalt geklettert, das Vieh kam hinterher – dann ist das Gerüst zusammengebrochen und das Wasser hat mich weggespült. Es war Glück. Pures Glück!«

Thomas schüttelte den Kopf, und ich konnte das Lächeln in seinen Worten hören, als er mir antwortete.

»Oh nein. Du bist die Schnellste und die Klügste, das weißt du doch, oder?«

Ich lachte mit Tränen in der Stimme. »Was war denn hier los?«, fragte ich ihn dann, »wo habt ihr die Gewehre her? War das deine Idee?«

»Nein, Matteos. Als sie Patrick weggefahren haben, wollte ich zurück in die Schlucht, dich suchen. Ich musste wissen ...« Thomas hielt inne, ich drückte seinen Arm: Lass, sprich nicht weiter, ich habe verstanden, und ich danke dir.

»Wir standen weiter oben, wo wir wohnen«, fuhr er dennoch fort, »viele Leute. Sie sind gekommen, als sie den Streit gehört haben. Lilla hat sich total aufgeregt, als sie Patrick gesehen hat, mein Vater und der Bürgermeister haben versucht, sie zu beruhigen, aber Lilla ist echt durchgedreht. Dann ist die Verschalung zusammengebrochen, alle sind zum Becken hochgelaufen. Das Tier ... es lag da, bewegungslos, alle dachten, es wäre tot. Dann ist es aufgewacht und aus dem Becken gestiegen. Die Erwachsenen sind davongelaufen, doch Matteo hat gesagt, wir müssten etwas tun, sonst würde es Tote geben. Das Vieh war völlig durch den Wind, hat sich geschüttelt und gefaucht, als hätte das Wasser benommen gemacht – das hat uns Zeit verschafft. Also haben wir die Gewehre aus dem Rathaus geholt und uns auf den Dächern postiert. Nele, Frederic, Chiara, Charlie, Lilla und ich. Ich wollte laufen, den Köder spielen, um es hier runter zu locken, aber Matteo sagte, ich wäre zu schwach. Weil ich Patrick hergeschleppt habe. Charlie hat sich gemeldet.«

Ich erinnerte mich an die angsterfüllten Augen des Jungen und wusste nur zu gut, was er empfunden haben musste – und was für einen Mut es gekostet hatte, sich freiwillig vor dieses Vieh zu stellen!

»Es hat funktioniert«, flüsterte ich Thomas zu. »Es ist alles gut, das Tier ist tot!«

Er nickte, ich spürte sein Herz dennoch viel zu schnell in seiner Brust wummern.

»Und die Eier? Liegen die noch vor der Höhle?«, wisperte ich, Thomas schüttelte den Kopf.

»Nein. Sie sind hier. Versteckt, außer uns weiß niemand davon«, fügte er rasch hinzu, als ein alarmierter Ruck durch meinen Körper ging. »Ich hätte sie einfach liegen gelassen, aber Patrick hat verlangt, dass ich sie einpacke. Er hat aus dieser Kopfwunde geblutet wie ein Schwein und wollte unbedingt, dass ich diese verdammten Eier einpacke!«

Ich erinnerte mich an die schleifenverzierten Blätter-Päckchen, die der kleine Indianer so eifrig geschnürt hatte, und musste Tränen wegschlucken.

»Du hast die Eier und Patrick geschleppt?«, fragte ich ungläubig, Thomas zuckte mit den Schultern.

»Die Eier im Rucksack, Patrick vorn. Der Kleine wiegt so gut wie nichts, und ich hatte ja die Strickleiter«, setzte der große Indianer hinzu, aber ich konnte mir dennoch kaum vorstellen, wie er das geschafft hatte.

»Ich bin so froh«, flüsterte ich, drückte meine Stirn in Thomas weiche, glänzende Haare, gönnte mir ein bisschen Ruhe, genoss seine Nähe.

»Lassen sie uns gehen?«, fragte ich nach ein oder zwei Minuten, in denen wir nur geschwiegen und uns festgehalten hatten, Thomas Arme lösten sich von meinem Rücken.

»Ich weiß nicht«, sagte er, während ein trauriges Lächeln seinen Mund umspielte, ich warf einen Blick über die Schulter und stellte fest, dass sich mittlerweile das halbe Dorf auf dem Platz versammelt hatte: Eine stumme Gruppe, in ihr entdeckte ich den Bürgermeister, die Bäckerin, deren Mann, Thomas

Vater. Sie bildeten eine schweigende Masse, die den riesigen Tierkörper dicht umstand, als beklage sie dessen Tod, als gäbe sie mir die Schuld an diesem Tod. 'Als gäbe'? Blödsinn – natürlich war ich schuld, am Tod dieses Tieres wie dem der beiden anderen! Ich spürte die Blicke der Leute, abschätzig, kalkulierend, kalt. Gab es auch Mitleid? Nein, ebenso wenig wie Anzeichen eines schlechten Gewissens oder Reue – eher schon Verärgerung, als hätte ich etwas ganz Unerhörtes gewagt, als ich überlebt hatte.

Doch Thomas und ich standen dieser Gruppe nicht allein gegenüber. Chiara, Lilla, Frederic und die anderen aus Matteos kleiner Armee waren mittlerweile von ihren Posten auf den Dächern heruntergekommen und umrahmten den großen Indianer und mich, als wollten sie uns den Rücken stärken. Nele blitzte wütend zu den Leuten hinüber, Frederic nickte mir zu, und ich las einen Respekt in seinem Blick, der mir guttat. Sie alle sahen erwachsener aus als noch vor ein paar Tagen, und das lag nicht an den Gewehren in ihren Händen. Es waren die Gesichter, vor allem aber die Augen, in denen sich etwas verändert hatte – sie hatten gesehen, was sie nicht hatten sehen sollen, hatten tun müssen, was sie nicht hätten tun dürfen. Allein gelassen von denen, denen sie die wenigen Jahre ihres Lebens blind vertraut hatten.

Und auch Matteo war wieder da, in der Hand eine kleine, braune Flasche.

»Wir werden jetzt gehen«, sagte Thomas, der Alte nickte.

»Geht in die Stadt, im Krankenhaus findet ihr nicht nur Patrick, sondern auch Sienas Mutter. Martha hat ihr gestern eine starke Beruhigungsspritze gegeben, dann haben sie sie weggebracht. Erzählt ihr die Wahrheit und tut, was getan werden muss. Damit Strafe zu denen kommt, die sie verdient haben. Und da nehme ich mich nicht aus.«

Bei seinen letzten Worten hatte er seine Stimme merklich gehoben, und meine Augen glitten nun erneut über die Gesichter der Leute. Niemand erwiderte etwas, aber ein paar Augen funkelten – vor allem die derjenigen, die den Kern der Gruppe eng um den Bürgermeister bildeten. Der starrte mich vernichtend an, und ich ahnte, dass es nicht so einfach werden würde, zu verschwinden. Für den Bürgermeister war diese Sache wichtig, er hatte viel zu verlieren: Amt und Geld, vielleicht sogar seine Freiheit. Und mit Abstrichen galt das für alle, die uns gegenüberstanden.

»Hier. Die Hälfte dürfte reichen.«

Matteo legte die Ampulle zusammen mit einer Einwegspritze in Thomas Hand, mein großer Indianer nickte dankend. Er gab mir die Flasche zum Halten, packte die Spritze aus – doch ich hielt ihn auf, als er sie durch den Foliendeckel des Fläschchens stechen wollte.

»Was ist das?«, fragte ich und blickte von der Flasche auf die Spritze.

»Der Grund, warum sie die Tiere halten. Und warum sie immer einen Menschen in die Schlucht bringen, bevor sie die neue Ernte einfahren. Also ein Tier töten.«

Die Fragezeichen in meinem Kopf wurden größer.

»Sie gewinnen dieses Serum aus dem Blut des Tieres, wie bei einem Impfstoff«, fuhr Thomas fort, die Stimme voller unterdrückter Wut. »Das Tier bekommt Menschenfleisch, daraufhin verändert sich etwas in seinem Blut. Es bildet irgendwelche Antikörper, und die heilen Wunden, wie die auf deiner Brust. Knochenbrüche, Verbrennungen. Und sie verhindern Infektionen und Entzündungen. Früher haben sie das Blut verkauft, zur äußerlichen Anwendung, aber jetzt destillieren sie dieses Serum heraus. Was glaubst du, warum hier nicht nur Beamte im Rathaus arbeiten, sondern Chemiker und Apotheker?«

Diese letzte Frage spukte er geradezu aus, doch sie schien eher ein Vorwurf gegen ihn selbst und seine Blindheit zu sein denn gegen meine Unwissenheit.

»Ja, sie stellen es hier her und verkaufen es verdammt teuer. Diese Flasche ist fünfzigtausend Euro wert. Und von diesem Geld lebt das Dorf. Das ganze, verdammte Dorf«, fügte er bitter hinzu.

Ich sah hinunter auf das Fläschchen: Es enthielt vielleicht fünf Milliliter, eine winzige Pfütze! Mir fiel die Wunde an der

Hand ein, die ich mir beim Herausschneiden der Kralle aus der Tatze des Tieres zugezogen hatte. Und, dass sie merklich weniger gebrannt hatte, nachdem das Blut des zweiten Tieres sie bedeckt hatte. Als ich meine Hand nun betrachtete, fand ich nur noch eine rote Linie, die zweifellos schon verschorft wäre, hätte ich sie nicht ausgiebig im Flusswasser gebadet. Und was hatte ich gesehen, als ich kurz nach unserer Ankunft im Dorf im Rathaus hatte telefonieren wollen? Einen Fahrer, der ein Medikament abgeholt hatte. Also war es wahr? Diese absonderliche Geschichte war wirklich wahr? Also war diese Geschichte mit den Mädchen, den jungfräulichen Mädchen, nichts anderes als die abergläubische Verpackung einer Geschäftsidee?

»Was hast du vor?«, erkundigte ich mich bei Thomas mit Blick auf die Ampulle mit diesem Tier-Serum. »Willst du mir das Zeug spritzen?«

Er nickte. »Du kannst es brauchen. Ich kann Spritzen geben, keine Sorge.«

»Woher?«

»Lilla ist zuckerkrank, und sie hasst es, das selber tun zu müssen.«

Ich warf seiner Schwester einen Blick zu, sie starrte trotzig zurück und reckte das Kinn nach oben, was mir gefiel. Weil es so 'Na und?' war.

»Ich will das nicht in mir haben. Das Zeug ist aus toten Mädchen gemacht. Aus Azul«, fügte ich in Erinnerung an die vorletzte Holztafel in der Höhle hinzu.

Ich nahm Thomas das Fläschchen ab, wog es in der Hand. So klein, so leicht, so grausam gewonnen! Und so unendlich wertvoll, denn es konnte Schmerz lindern, Qualen beenden, Leben retten. Aber es hatte auch ein Leben zerstört, und damit war es böse. Eine Essenz des Bösen, destilliert aus Habgier und Menschenverachtung! Ich holte aus und feuerte das Fläschchen über die Köpfe der Leute zum Denkmal, wo es an der Statue zerschellte.

»Wie viele gibt es noch davon?«, fragte ich Matteo, der Alte lächelte zahnlos.

»Keins, das war das Letzte. Sie berechnen genau, wie viel sie wann und für welchen Preis verkaufen müssen, damit ein Tier siebzehn Jahre hält. Damit das Geld das ganze Dorf siebzehn Jahre lang ernährt.« Das Lächeln verblasste, wich einem triumphierenden Blitzen in den blassen Augen. »Aber dieses Mal haben sie sich verrechnet.«

Ich nahm das als Stichwort und drückte Thomas Arm.

»Lass uns abhauen«, bat ich ihn, mittlerweile ziemlich am Ende meiner Kräfte, Thomas nickte und griff nach meiner Hand.

»Ihr werdet das Dorf nicht verlassen«, sagte eine dunkle Stimme aus der Gruppe, und als hätten sie das geübt, teilten sich die Leute und gaben uns den Blick auf den Bürgermeister frei. Er trug heute nicht seinen zu großen Anzug mit den protzigen Goldknöpfen, sondern einen genau passenden in Schwarz, als hätte er sich schon mal für meine Beerdigung schick gemacht.

»Ihr werdet das Dorf nicht verlassen«, wiederholte der Bürgermeister, doch Matteo schüttelte den Kopf.

»Das ist nicht deine Sache«, antwortete der Alte, und ich hörte an seinem rasselnden Einatmen, wie viel Kraft die Anstrengungen der letzten Stunde ihn gekostet hatten.

»Es ist jedermanns Sache. Wenn sie gehen, sind wir verraten und verkauft.«

»Wenn es jedermanns Sache ist, ist es auch die meine. Und ich sage, sie gehen«, antwortete Matteo schlicht. »Es ist vorbei, das weißt du ebenso gut wie ich.«

»Du irrst dich. Dieses Tier mag tot sein, aber das können wir verkraften«, widersprach der Bürgermeister. »Das Mädchen gehört der Schlucht, daran hat sich nichts geändert.«

Matteo straffte sich. »Das Mädchen gehört nicht der Schlucht, vor allem aber nicht dir. Kein Mensch gehört einem anderen.«

»Behalte deine weisen Sprüche für dich, alter Mann«, sagte der Bürgermeister, und ich hörte die Verachtung in seiner Stimme. »Du bist weich geworden mit den Jahren«, fuhr er fort, »und einfach zu alt, um es zu verstehen. Ich werde mich darum kümmern, dass alles so kommt, wie es kommen muss. Wie es seit Jahrhunderten ist. Das Mädchen muss sterben, so will es unser Gesetz. Ja, wir haben ein Tier vergeudet, aber das bedeutet nichts. Es gibt andere, es wird weiter gehen.«

Ich spürte, wie Thomas neben mir sich anspannte, und auch in meinem Kopf explodierten die Gedanken wie Feuerwerkskörper am Nachthimmel. Es gab doch nicht wirklich noch irgendwo Tiere? Etwa in einer anderen Schlucht dieser zerklüfteten Gegend?

Es kribbelte mich wieder in den Füßen, wegzulaufen, zu flüchten, diesmal nicht vor den Tieren, sondern vor den Menschen. Vor diesen Leute mit ihren bösen Blicken, die sich wie ein Mob um den Bürgermeister scharrten und nun zustimmend murmelten. Würden diese Leute mich aufhalten, jagen, stellen? Ja, ganz gewiss: Sie hatten seit Jahrhunderten Mädchen verschwinden zu lassen, ich wäre nur ein weiterer Fall. Und diesmal würde wahrscheinlich nicht nur ein Mädchen sterben, sondern auch ein Junge: Thomas stand ebenfalls kurz davor, zum Tode verurteilt zu werden, und ich wusste nicht, wie ich ihn aus dieser scheußlichen Sache raushalten sollte.

»Hab keine Angst, Siena«, sagte der Alte, der mein Zittern gespürt hatte. »Hab keine Angst, es ist vorbei. Sag doch den lieben Leuten, wie viele Tiere es gestern in der Schlucht gab.«

Ich räusperte mich und brauchte peinlich lange Zeit, bis ich antworten konnte.

»Drei.«

Der Alte nickte, während die Leute sich untereinander fragende Blicke zuwarfen.

»Drei Tiere waren es, wo wir alle dachten, es wären nur zwei. Und Siena lebt!«, rief er zu den Leuten hinüber, dann wandte er sich erneut an mich. »Sag, wie viele Tiere es jetzt noch in der Schlucht gibt.«

»Keins. Sie sind alle tot.«

Wieder ein Nicken, wieder Worte an die Horde.

»Ein Mädchen hat zwei Tiere getötet. Und eure Kinder mussten das Dritte erschießen, weil ihr wie die Hasen in eure Häuser gelaufen seid. Weil sie nicht zulassen konnten, was ihr ohne Reue geschehen lasst, weil es hinter dieser Felswand geschieht, jenseits dieses Wasserfalls, in einer anderen Welt. Damit gibt es kein lebendiges Tier mehr.«

Die Dorfbewohner erstarrten.

»Sag den Leuten, ob es in den Höhlen ein Nest gab«, bat mich der Alte.

»Ja.«

»Und was ist mit dem Nest?«

»Es ist kaputt. Nest und Eier, die Tiere haben sie zerstört«, antwortete ich, fragte mich aber sofort, ob das die richtige Antwort gewesen war. Die richtige Lüge, genauer gesagt, immerhin hatten wir einen Satz Eier gerettet und aus der Schlucht rausgebracht.

Doch Matteo schien mit meiner Antwort zufrieden zu sein, denn er nickte zittrig.

»Also gibt es keine Eier mehr, und kein lebendes Tier. Damit ist das Spiel zu Ende. Es hat viel zu lange gedauert, aber irgendwann musstet ihr auf jemanden treffen, der sich wehrt.«

In der Horde wurde wieder gemurmelt, ich konnte den Tonfall diesmal jedoch nicht eindeutig zuordnen. Meine Augen fuhren über die Leute, unterschieden die Gesichter, suchten nach ihren Gefühlen und Gedanken. Und am deutlichsten erkannte ich Wut, vor allem bei denen, die sich dicht um den Bürgermeister scharrten. Treue Anhänger, weil sie regelmäßig etwas von dem Lösegeld bekamen, das die Familien der in Frage kommenden Mädchen zahlten?

»Ich warne dich, alter Mann«, knurrte der Gamper, was Matteo auflachen ließ, ohne Freude in der Stimme.

»Womit willst du mir Angst machen? Ich bin alt, sterbe in absehbarer Zeit. Mit einem Gewissen, dass nicht rein, aber seit heute um einiges leichter ist. Denn ich werde wissen, dass dieses Mädchen nicht gestorben ist, und dass nie wieder ein Mädchen in dieser Schlucht sterben wird. Ihr habt jahrhundertelang vom Tod gelebt, habt eure Häuser, dieses ganze Dorf auf Blut gebaut – dem der Mädchen und auch dem der Tiere. Dieses Leben ist vorbei, ihr werdet eure Strafe bekommen. Und die, die nach euch hier leben, werden ihr

Leben so bestreiten, wie es dem Menschen am besten zu Gesicht steht: durch ehrliche Arbeit.«

Die Horde grummelte ihr Missfallen, der Bürgermeister schnaubte, machte eine wegwerfende Geste und schien seine Selbstsicherheit wiedergefunden zu haben.

»Ich beende dieses überflüssige Gerede an dieser Stelle, denn es führt zu nichts. Und es wird auch nichts ändern.«

»Ändern woran?«, fragte Thomas, und mein Magen sackte ab wie ein ungebremster Aufzug, als ich das harte, kalte Lachen des Bürgermeisters hörte.

»Ja, woran wohl? Daran, dass deine kleine Freundin dieses Dorf niemals verlassen wird. Wir können nicht zulassen, dass sie dort draußen erzählt, was geschehen ist. Und du solltest dir gut überlegen, ob du ihr Schicksal teilen möchtest.«

Thomas Griff um meinen Arm verloren seine Kraft, als diese unverhohlene Drohung auf dem Platz verhallte, mein Magen krachte vor Enttäuschung hart auf den Boden und zerplatzte in unzählige Splitter aus purer Angst. Würde der große Indianer mich wirklich verlassen? Würde er gehen, würde er aufgeben? Es dauerte eine Sekunde, zwei vielleicht, dann packte Thomas wieder fester zu.

»Das werden Sie nicht wagen«, presste er heraus, aber ich hörte in seiner Stimme, dass er bereits wusste, dass der Bürgermeister es sehr wohl wagen würde. Mit Unterstützung, wie es aussah, denn nun schob sich Thomas Vater durch die Leute, bis er neben dem Gamper stand.

»Thomas, rede keinen Unsinn. Ich habe es dir gestern schon gesagt: Vergiss das Mädchen, es gibt Tausende wie sie.«

Aus Thomas festen Griff um meinen Oberarm war jetzt ein stahlharter geworden, es tat mir richtiggehend weh, wie seine Finger mein Fleisch zusammenpressten. Aber ich wollte ihm nicht sagen, dass er mich loslassen sollte, denn wenn er mich losließ, konnte dass bedeuten, dass er mich für immer losließ. Und wenn nicht, wenn er festhielt? Dann konnte das bedeuten, dass er mit mir sterben würde.

»Was verlangst du da von deinem Jungen?«, stieß Matteo hervor, doch niemand beachtete den Alten jetzt noch.

Das war's dann wohl, dachte ich und spürte, wie alle Hoffnung aus mir herausfloss, als habe jemand die Adern geöffnet, in denen sie eben noch so belebend durch meinen Körper zirkuliert war: als ich dem Tier entkommen war, als Thomas mich in die Arme geschlossen hatte. Im Endeffekt hatte ich nun also doch verloren, war leer und erschöpft und dennoch wieder so seltsam angstlos wie im Sumpf, als das Tier auf mich zugestürmt war. Tränen brannten in meinem Hals, Tränen der Trauer, denn ich musste Thomas nun loslassen. Er war bis hierhin mit mir gegangen, und dafür war ich ihm dankbar – jetzt würden sich unsere Wege trennen. Wenn er es noch schaffte, die Eier wegzubringen oder zu zerstören, würden mir keine Mädchen mehr nachfolgen können. Dann wäre es vorbei und ich hätte nicht umsonst gekämpft, wäre nicht umsonst gerannt – wenigstens etwas!

»Eins möchte ich wissen«, hörte ich mich sagen, noch bevor ich festgestellt hatte, ob ich den Mut dazu aufbrachte, »und zwar, wie ihr behaupten könnt, dieses System wäre gerecht. Jede Familie wäre mal dran, müsse ihren Beitrag leisten. Mich wolltet ihr töten, obwohl schon meine Tante in dieser Schlucht gestorben ist. Was ist daran gerecht?«

»Deine Familie hat Jahrhunderte lang keinen Beitrag geleistet«, zischte der Bürgermeister zu mir herüber. »Jahrhundertelang haben sie sich rausgehalten, haben andere ihren Teil tun lassen. Damit musste einmal Schluss sein. Drückeberger waren sie, schon immer. Bedank dich bei ihnen, gib nicht uns die Schuld!«

»Bleib bei der Wahrheit«, knurrte Matteo zurück, doch der Bürgermeister machte nur wieder diese wegwerfende Bewegung.

»Hör auf, deine Märchen zu erzählen, sie interessieren keinen«, gab er zurück, was Matteo jedoch nur freudlos auflachen ließ.

»Diese Geschichte mag so alt wie ein Märchen sein, aber wie so oft steckt ein Körnchen Wahrheit darin. Erinnerst du dich an Okka? Okka, mit diesem flammend roten Haar?« Matteo wandte sich an mich. »Mein Sohn hat sie geliebt, deine schöne Großmutter. Er hat ihr nie verziehen, dass sie einen anderen geheiratet hat und alles getan, um ihr Glück zu zerstören. Er hat dafür gesorgt, dass ihre Tochter sterben musste, Nera. Auch damals war deine Familie nicht an der Reihe. Er hat von den anderen kassiert und Nera genommen. Sie war schon tot, als Okka gemerkt hat, dass sie nicht mit den anderen am Teich war, sondern in der Schlucht.«

Ich schwindelte. Nera hatte sterben müssen, weil der Gamper von meiner Großmutter einen Korb bekommen hatte? Das war alles, das war der Grund? Und: Mehr war nicht nötig, damit jemand nach Jahrzehnten noch Rachegelüste verspürte?

»Oh ja, er hat mit Leben gehandelt, als wäre das hier ein Marktplatz!«, zischte Matteo, als habe er meine Gedanken hören können, dann machte er einen Schritt nach vorn und spuckte als Zeichen seiner Verachtung auf das Pflaster. »Ich schäme mich für dich, ich schäme mich für uns alle!«

Stille hing nach diesen Worten über dem Platz, und ich hatte ein wenig das Gefühl, dass die Leute nun lauernder waren als vorhin. Sie schienen die Ohren zu spitzen, schienen Sachen gehört zu haben, die sie noch nicht wussten. Was war es gewesen, dass ihre Aufmerksamkeit geweckt hatte? Die Rache an Okka? Das wäre schön, aber ich hielt es für unwahrscheinlich – sie war vor Jahrzehnten hier weggezogen, wahrscheinlich erinnerte sich kaum jemand an sie, ihr Schicksal war das einer Fremden. Was sonst? Ich runzelte meine Stirn, doch dann wurde es klar. Natürlich!

»Hast du den Plan noch?«, flüsterte ich Thomas zu, mein großer Indianer stutzte, nickte dann. Und lächelte.

»Oh ja.«

Er griff hinter sich, und als er die Hand wieder hervorholte, brachte sie den dicht gefalteten Bogen vergilbtes Papier mit.

»Ich habe hier etwas, dass euch interessieren dürfte«, sagte er und hielt das alte Dokument hoch. »Ihr wisst, was das ist, oder? Der Plan, auf dem jede Familie dieses Dorfes verzeichnet ist. Mit ihrem Blutzoll. Der gerecht sein soll, es aber vielleicht doch nicht ist.«

Seine Augen fuhren aufmerksam über die Leute.

»Fragt ihr euch, wie ich ihn aus dem Rathaus herausbekommen habe? Nun, die Antwort ist einfach: Das hier ist nicht der Plan, den ihr kennt. Zumindest kennen ihn nicht alle von euch. Dieser Plan stammt aus der Burg, und er enthält interessante Dinge, die in dem anderen nicht zu finden sind. Etwa die Antwort auf die Frage, was es den Eltern der in Frage kommenden Mädchen wert war, dass damals Okkas Tochter sterben musste. Ihr glaubt, dass dieses Auswahlsystem gerecht ist, aber das ist es nicht, schon lange, lange Zeit nicht mehr. Es wird bezahlt und geschachert, um Leben und Tod.«

»Mach dich nicht unglücklich, Junge«, knurrte der Bürgermeister, doch Thomas hielt mir den Plan hin.

»Gamper«, sagte er, »Harald Gamper. Siena, schau mal, ob du seine Initialen findest. In dieser besonderen Liste am Rand.«

Ich entfaltete das Papier, und obwohl ich bereits wusste, dass ich ihn dort sehen würde, zitterte mein Finger, als ich die Zahlen abfuhr.

»Als erstes hat er 7.500 bekommen, 1962 von den Eltern von Isabella. Damit ihre Tochter keinen Farben-Namen bekommen musste, vermute ich. Und 1979 gab es 15.000 von den Eltern von Rosa, damit blieb damals nur Nera für die Schlucht.«

»Und dieses Jahr? Hat er auch dieses Jahr etwas bekommen?«

Thomas Stimme war ganz ruhig, und vielleicht gerade deshalb umso provokanter.

»Ja. 20.000.«

»Von wem?«

Ich wusste, dass Thomas die Antwort kannte, aber ich sprach es trotzdem aus.

»Von deinem Vater, für Lilla. Und vor siebzehn Jahren 3.000 für Nele, wegen des Namens. 1.000 gingen damals an zwei andere. Insgesamt waren es 5.000.«

Ein Murmeln durchlief die Gruppe, Thomas Vater bekam fragende Blicke ab, ebenso der Bürgermeister.

»Wer hat dieses Jahr noch kassiert?«

»A.D. und S.F. jeweils 2.000, M.G. erhielt 6.000.«

Das Murmeln wurde lauter, der Gesichtsausdruck des Bürgermeisters hasserfüllt: Er sah aus, als würde er sich am liebsten auf uns stürzen und uns diesen Papierbogen aus den Händen reißen. Dennoch waren die Reaktionen der Leute nicht so voller Empörung, wie ich mir das gedacht hatte. Ja, sie murmelten, ja, sie waren beunruhigt – aber Wut auf den Bürgermeister und seine Kumpane konnte ich nicht wirklich entdecken. Und damit auch keine Rettung für Thomas und mich.

Ich schüttelte frustriert den Kopf, spürte, dass auch Thomas sich wunderte über die wenigen, verhaltenen Reaktionen - dann erklang eine Stimme aus der Gruppe. Die sich überrascht umwendenden Menschen gaben den Blick frei auf eine Frau von vielleicht siebzig Jahren mit kräftigem Körperbau, deren ebenfalls recht umfangreiche Stimme keine Probleme hatte, den Dorfplatz zu füllen.

»1962 starb meine Schwester Roja in der Schlucht«, sagte sie. »Es gab keine Wahl, es hieß, der Plan zeige eindeutig, dass wir sie hergeben müssten. Wurde damals auch etwas bezahlt? Wenn ja, von wem?«

Ich suchte, nickte. »12.000 an F.T. und das gleiche an M.D.«, las ich vor, die Frau wirkte fassungslos.

»Wer? Wer hat das bezahlt?«

Ich brauchte länger, um diese Information aus dem umfangreichen Stammbaum herauszulesen, und als ich sprach, nahmen die Leute meine Worte geradezu gierig auf.

»Familie Manetti für Celeste.«

Ein spitzer Schrei entrang sich der Kehle der Frau.

»Das kann nicht wahr sein! Mein Vater sagte damals schon, es wäre ungerecht, weil doch schon meine Urgroßmutter ...« Die kräftige Stimme brach, weil die Frau nach Luft rang, doch als sie dann fortfuhr, war sie wütender denn je. »Es war gekauft? Roja musste sterben, weil wir weniger Geld hatten? Es ging die ganze Zeit nur um das beschissene Geld? Das wirst du mir büßen, du ...«

Das folgende Schimpfwort verstand ich nicht, weil es in

den aufgebrachten Stimmen unterging, die nun ebenfalls ihrer Wut, ihrer Meinung oder einfach nur ihrer Sensationsgier Luft machen. Auf jeden Fall verwandelte sich die uns eben noch so vorwurfsvoll anschweigende Masse der Dorfbewohner in einen wirren Haufen aus einander anschreienden Menschen – konzentriert auf den Bürgermeister, der vor der stämmigen Matrone zurückwich, mit beruhigend erhobenen Händen.

»Also geht es wirklich heute zu Ende?«, fragte Matteo mit ungläubiger Stimme, während wir zusahen, wie die eben noch so einmütigen Dorfbewohner schrien und stritten.

Thomas nickte. »Ja, wir machen der Sache ein Ende. Für immer.«

Mein großer Indianer nahm mir den Stammbaum ab und legte ihn in Matteos zittrige, fleckige Hände. Ich griff in meine hintere Hosentasche und holte die beiden Holztäfelchen heraus. Die, die Matteo gemacht hatte und die Thomas und meinen Namen trugen, legte sie dazu, wortlos, weil Erschöpfung und Erleichterung gleichermaßen mir die Kehle zuschnürten.

Matteos altes Gesicht wurde traurig, und er hob noch einmal seine zitternden, knotigen Finger an meine Wange.

»Bitte verzeih uns. Irgendwann. Wenn der Schrecken verblasst ist.«

Ich nickte und bemühte mich um ein Lächeln, um seinetwillen und als Dankbarkeit – doch ich bezweifelte stark, dass ich das jemals hinkriegen würde.

– Epilog –

Wir brauchten eine gute Stunde, bis wir die Straße erreichten: Wir waren müde, wir hatten schwer zu tragen. Und ich war verletzt. Thomas hatte einen Arm um meine Taille geschlungen, um mich zu stützen, den anderen streckte er zur Straße hin aus, in der internationalen Anhalter-Geste, einen Daumen ausgestreckt. Den schweren, dicken Rucksack mit den Eiern, den er wie durch ein Wunder aus der Schlucht herausgebracht hatte, trug er auf dem Rücken: Es tat mir Leid, ihn mit diesem Gewicht und dem meinen belasten zu müssen, aber ich konnte nun einfach nicht mehr, so sehr ich auch wollte: Nichts tragen, nicht allein gehen, nicht reden, kaum klar denken.

Auf der Straße war nicht viel Verkehr – leider, denn damit sank die Aussicht, dass sich eine freundliche Seele fand, die uns mitnahm. Zwei, drei Autos fuhren in einer guten Viertelstunde an uns vorbei, ohne auch nur ansatzweise langsamer zu werden, und ich konnte es ihnen nicht verdenken: Wir sahen ziemlich übel aus, zerzaust, schmutzig, unsere Gesichter müde, resigniert. Und ich taumelte ab und an wie eine Betrunkene, weil die Wunde in meiner Seite sich nun entzündete und mich entsetzlich schwach machte. Ich hatte Schweiß auf der Stirn und ein immer schneller pochendes Herz, ich musste zu einem Arzt, ich brauchte Antibiotikum, Antitetanus, Antiseptikum und alles, was es noch so an 'Anti' gab: eine halbe Stunde, maximal eine ganze, dann würde ich zusammenbrechen, ohnmächtig werden. Während der Jagd hatte mich die Spannung, die Aufregung, das durch meine Adern peitschende Adrenalin aufrecht gehalten, danach die Sorge um Patrick und schließlich die Angst davor, den Leuten im Dorf in die Augen schauen zu müssen. Jetzt war getan, was hatte getan werden müssen, war gesagt, was hatte gesagt werden müssen, und mein Körper verabschiedete sich nun, wo ich ihn nicht mehr so dringend zum Überleben brauchte.

Ein riesiger Lastwagen rauschte vorbei, sein Luftsog erfasste uns und ließ uns nach vorn stolpern. Thomas fasste mich fester, was mich vor Schmerz aufstöhnen ließ, und schickte dem LKW ein paar Flüche hinterher – dann straffte er sich.

»Der hält an. Komm!«

Sein Arm hob mich fast vom Boden ab, als er seinen Schritt beschleunigte und wir auf die grellrot aufleuchtenden Bremslichter zueilten. Zwei Anhänger hatte der Lastwagen, Kühlwagen, mit Eiskristallen verzierte Erdbeeren waren darauf gedruckt. Die Fahrerkabine war gut eineinhalb Meter über dem Boden: Wir konnten vom Fahrer nicht viel mehr als seinen Kopf und die Schultern sehen, als er die Beifahrertür aufgestoßen hatte und sich zu uns hinunter beugte. Dichte, weißgraue Haare und ein ebensolcher Vollbart, dahinter ein freundliches Gesicht – ein bisschen wie der Weihnachtsmann, allerdings trug der bestimmt kein Feinripp-Unterhemd.

»Wo wollt ihr denn hin?«, fragte der Weihnachtsmann, Thomas drückte mich an sich und ließ den Rucksack von seiner Schulter gleiten.

»In die nächste Stadt.«

Die blauen Augen des Weihnachtsmanns wanderten zwischen mir und meinem Indianer hin und her, dann nickte er.

»Okay, steigt ein. In die Stadt darf ich mit dem Hänger nicht rein, aber ich lasse euch an der Ausfahrt raus.«

Ich spürte das Seufzen von Thomas mehr, als ich es hörte: Er nickte und sagte ein aus ganzem Herzen kommendes 'Danke', ich bemühte mich um ein nicht zu schmerzverzerrtes Lächeln, war mir aber nicht sicher, ob es mir gelang.

»Gib mir den Rucksack, Junge«, sagte der Weihnachtsmann, Thomas wuchtete das schwere Ding rauf.

»Bitte seien Sie vorsichtig damit«, bat er, und der Fahrer legte unser kostbares Gepäck behutsam hinter den Sitzen ab.

»Jetzt das Mädchen«, sagte der Weihnachtsmann und streckte mir eine Hand entgegen, aber Thomas schüttelte den Kopf. Er lehnte mich gegen die Tür, da er (zu Recht!) erkannt hatte, dass ich nicht mehr allein würde stehen können, stieg ein, setzte sich auf den Beifahrersitz, beugte sich zu mir hinunter, packte mich unter den Achseln und zog mich zu sich hoch. Ich biss die Zähne zusammen und unterdrückte einen Schmerzensschrei, gestand mir dann aber doch ein erleichtertes Aufstöhnen zu, als ich oben war – hoffentlich übertönt von dem unverschämt fröhlich vor sich hin trällernden Radio.

»Ich klaue keine Mädchen«, sagte der Fahrer. »Aber pass ruhig auf deine Kleine auf, das ist schon richtig so.«

Ich mochte nicht gern als 'Kleine' bezeichnet werden, war aber zu müde, um zu protestieren – und es hatte auch eher nett geklungen, nach einem Kompliment für Thomas und nicht wie eine Spitze gegen mich. Der LKW hatte vorn nur zwei Sitze, also setzte Thomas mich einfach seitwärts auf seinen Schoß. Ich bemerkte, dass der Weihnachtsmann eine fransige Jeansshorts und weinrote Kunstleder-Sandalen zu seinem Unterhemd trug, was ein bisschen sonderbar aussah, dafür war seine Nase ebenso rot wie die des berühmten Geschenkebringers. Vielleicht kam er ja mit seinem Gefrierlaster direkt vom Nordpol? Du hast Fieber, informierte mich mein Gehirn, du denkst dummes Zeug. Ich lehnte meine Stirn gegen Thomas Wange, schlang ihm die Arme um den Hals und schloss die Augen.

Thomas zog die Tür zu, der Fahrer ratschte durch ein paar

Gänge, wir fuhren los, mit sonorem Brummen und einem weichen Rollen, dass ich schon nach wenigen hundert Metern ziemlich einschläfernd fand. Ich wollte jedoch wach bleiben, wenigstens wach – ich war so schon eine Last für Thomas, war noch etwas, um das er sich kümmern musste, da war es doch das Mindeste, dass ich halbwegs bei Bewusstsein war! Ich konnte jedoch nicht mehr tun, als mich festzuhalten und darauf zu hoffen, dass Thomas schon wusste, was er tat: Ich konnte nichts mehr entscheiden, nichts mehr regeln, ich war fertig. Ich wusste immerhin noch, wohin Thomas wollte, denn das hatte er mir gesagt. Irgendwann, während er mich aus dem Dorf geführt hatte, durch den kalten, feuchten und nachtdunklen Tunnel zur Straße: Zum Krankenhaus. Dort würden sie mir helfen, meine Wunde säubern und verbinden, mir Medikamente geben, viele große, weiße Anti-Irgendwas-Pillen. Meine Mutter würde dort sein, und wir konnten nach Patrick sehen, dem kleinen Indianer, der immer noch vor Schuld und Sorge meinen Magen verklumpte, wenn ich an ihn dachte. An seine bewegungslose Gestalt, sein abwesendes Gesicht, seinen schlaffen Körper, ohne Leben, ohne Lebhaftigkeit.

»Wo kommt ihr her?«, fragte der Fahrer gerade, als ich mich mit aller Kraft wieder auf das Hier und Jetzt konzentrierte: Der Gedanke an Patrick war zu traurig, ließ mir Tränen in die ohnehin schon vor Müdigkeit brennenden Augen steigen und mich gegen ein Weinen anschlucken. Thomas zog den Sicherheitsgurt heraus und wickelte ihn um uns beide.

»Aus dem Dorf da hinten«, sagte er, und als der Fahrer antwortete, hörte ich das Erstaunen in seiner Stimme.

»Ein Dorf? Hier? Wo?«

»Hinter der Abzweigung, die vor zwei oder drei Kilometern.«

»Die, die in die Berge führt?«

»Ja.«

»Ich dachte, da ginge es ins Nirgendwo, da steht ja noch nicht mal ein Schild! Wie heißt es denn, das Dorf?«

»Borrone.«

»Nie gehört«, erwiderte er, »nie gehört. Schön?«

»Nein«, sagte Thomas nur, und ich drückte meine Stirn ein wenig fester gegen seine Wange, verstärkte den Druck meiner Arme um seinen Hals, als er dieses kleine Wort ohne Zögern aussprach.

Auf diese entschiedene Antwort folgte ein längeres Schweigen, in dem mein Indianer mir sanft den Rücken streichelte und ich flach atmete, um meine malträtierte Brust nicht zu sehr zu dehnen: Jeder Atemzug schmerzte, jedes Auf und Ab meiner Brust zog den Schnitt einmal auseinander, stauchte ihn dann wieder zusammen – und das erschöpfte mich mehr und mehr.

»Danke, dass Sie uns mitnehmen«, sagte Thomas nach einer Weile, der Fahrer machte eine abwehrende Bewegung.

»Ihr saht aus, als bräuchtet ihr ein bisschen Hilfe«, erwiderte er, und ich spürte Thomas nicken.

»Bringst du sie zu einem Arzt?«, fragte der Fahrer, Thomas nickte wieder.

»Ins Krankenhaus«, sagte er, »ja.«

»Warum habt ihr keinen Krankenwagen gerufen? Sie sieht aus, als hätte sie Fieber.«

»Kein Telefon«, antwortete Thomas, was selbst für meinen wirren Kopf nicht logisch klang, wenn wir aus einem Dorf kamen – es mochte abgelegen sein, aber so abgelegen war heute kein Dorf mehr.

»Habt wohl ein bisschen Ärger gehabt?«

»Kann man so sagen«, gab Thomas zurück, und der Fahrer lachte.

»Okay, okay. Ich fahre und schweige, schon gut. Aber ... wenn ihr nicht so verdammt jung wärt und, würde ich sagen, ihr habt ein Ding gedreht und seid ihr auf der Flucht. Seit ihr aber nicht, oder?«

Nur ein bisschen Misstrauen in der Stimme des Weihnachtsmannes, Thomas schüttelte den Kopf.

»Okay ... was ist dann in diesem Rucksack, wenn keine Millionenbeute?«, fragte der Fahrer, mit einem Lachen, das schon sagte, das das keine ernst gemeinte Frage war.

»Frische Eier«, antwortete Thomas, »frische Eier vom Land.«

Wir donnerten durch ein Schlagloch, ich japste, als ein fieser Stich von der Wunde aus durch meinen Körper jagte, Thomas Griff um mich herum wurde noch mal fester. Ich atmete seinen beruhigenden, so herrlich vertrauten Duft nach Erde, Steinen und Zitronen, spürte seine warme Haut auf meiner, seine weichen Haare an meiner Wange, und ich wehrte mich nun nicht mehr länger dagegen, wegzudämmern, einzuschlafen, loszulassen. Ich liebte Thomas mehr, als ich jemals zuvor etwas geliebt hatte, und ich war mir sicher, dass er dieses so schöne, dieses so heilige Gefühl absolut aufrichtig erwiderte.

Ich hatte in den letzten Tagen etwas verloren, das ich schon jetzt schmerzlich vermisste, auch wenn ich es nicht in Worte fassen konnte. Vielleicht ... mein Vertrauen in das Gute im Menschen? Das klang zwar ziemlich hochtrabend und gestelzt, doch genau so fühlte es sich an, leider. Aber ich hatte auch etwas gewonnen: Thomas und ... ja, auch Patrick. Einen großen Indianer und einen kleinen. Einen Freund? Nein, mehr. Vielleicht: Einen Geliebten? Besser, aber ziemlich schwülstig. Jemanden, den ich liebte und der mich liebte, Punkt. Und noch mehr: Einen Seelenverwandten, ein zweites Ich, ein Yang zu meinem Yin. Und was war Patrick? Mein kleiner Bruder, mein Blutsbruder. Ich liebte beide, und der Gedanke an Thomas und Patrick an meiner Seite machte mich schwindelig, glücklich schwindelig, nahm mir etwas von der Angst – der Angst vor dem, was kam. Der Zukunft, dem Leben nach der Schlucht.

Ich hörte den kräftigen Puls des großen Indianers langsam gegen meinen hektischen anklopfen: Es hörte sich an, als wolle sein Herz meinem das kranke Tempo nehmen, als wolle es mich beruhigen, wenn nicht gar heilen. Ich atmete tief ein, um die aufsteigenden Tränen in den Griff zu bekommen, und bezahlte dafür natürlich mit beißendem Schmerz, der nur langsam wieder zum mittlerweile so wohlbekannten Brennen abflaute.

Als ich wieder auf Thomas und mein Herzklopfen lauschte,

war mir, als könnte ich noch ein drittes Klopfen hören. Es war nicht das des Weihnachtsmannes am Steuer, nein. Es war das Stakkato-artige Pochen von sechs kleinen Herzen – von sechs kleinen Echsenherzen, sechs kleinen Menschenfresserherzen, sicher verwahrt in ihren Eiern, die wiederum sicher verpackt in Thomas Rucksack: DUM! DUM! DUM! DUM! DUM! DUM!

+++ ENDE +++

DAS BUCH

»Wir haben keine richtigen Namen«, sagte ich mit tonloser Stimme.
»Wir Schluchtmädchen heißen wie Farben, nicht wie Menschen. Ich
bin Geschmack Braun, Lilla Violet, Bianca Weiß und Nera Schwarz.
Wie bei Jelly Beans. Wir sind ... buntes Tierfutter.«
Ein abgelegenes Dorf ohne jede Verbindung zur Außenwelt, eine
verbotene Schlucht und ein harmloser Ausflug, aus dem ein Kampf
auf Leben und Tod wird: Die siebzehnjährige Siena läuft um ihr
Leben, verfolgt von einem Wesen aus längst vergangener Zeit.

DIE AUTORIN

Tina Sabalat, geboren 1973 in Nordrhein-Westfalen, studierte
Germanistik und Philosophie und lebt in München.

AUSSERDEM ERSCHIENEN:

Tödliches Orakel, ISBN-10: 3-8476-9458-8
Sophies Spiegel, ISBN-10: 3-8476-9459-6
Die Ewigen, ISBN-10: 3-8476-6941-9